D1118011

Le Ciel de Luna

Du même auteur
chez le même éditeur

Les Olives de ma grand-mère

Barbara Samuel

Le Ciel de Luna

traduit de l'anglais (États-Unis)
par Lucie Ranger

Flammarion
 Québec

Catalogage avant publication de Bibliothèque et Archives Canada

Samuel, Barbara, 1959-

Le ciel de Luna

Traduction de : A piece of heaven.

ISBN 2-89077-266-7

I. Ranger, Lucie, 1945- . II. Titre.

PS3573.I485P5414 2004   813'.54   C2004-941405-4

Graphisme de la page couverture : Olivier Lasser
Photo de la page couverture : © Benelux Press / Masterfile

Titre original : A Piece of Heaven
Éditeur original : Ballantine Books, filiale de Random House, Inc.

© 2003, Barbara Samuel
© 2004, Flammarion Québec pour la traduction française

Tous droits réservés
ISBN 2-89077-266-7
Dépôt légal : 3e trimestre 2004

Imprimé au Canada

À Meg Ruley,
une battante, une championne, une femme avisée
et un être absolument merveilleux.

Quand nous vieillissons, nos péchés se font plus subtils :
ce sont des péchés de désespoir plutôt que de luxure.

PIERS PAUL READ

Prologue

Abuela

Il ne lui restait plus beaucoup de temps, Placida Ramirez le savait. Elle sentait la vieillesse dans ses os. Pas comme quand, dans la soixantaine, elle avait commencé à éprouver de la raideur dans les genoux après une pluie ou quand, à soixante-seize ans, elle se réveillait parfois dans son fauteuil, un épi de maïs à moitié épluché encore dans la main.

Non, c'était maintenant une sensation de vieillesse profonde, très profonde. Elle était la femme la plus âgée d'une vieille, très vieille ville, et même les tout-petits l'appelaient *vieja*.

Il ne lui serait d'ailleurs pas difficile de partir maintenant. Elle avait survécu à quatre de ses enfants et à deux de ses petits-enfants, sans compter ceux qui ne s'étaient pas rendus à terme. Son mari était mort depuis si longtemps qu'elle avait vécu beaucoup plus d'années sans lui qu'avec lui.

Une seule chose la retenait encore, et Placida devait s'en occuper avant son départ. Elle avait donc réuni des herbes, de l'encens et des bougies, qu'elle n'avait pas utilisés depuis longtemps, très longtemps. Elle attendit que la lune soit propice – pleine et débordante de la lumière des femmes – et adressa sa supplique à la Madone, la Vierge, la Mère.

Les prières n'étaient pas toujours exaucées. Pourtant, cette fois, Placida sentit une bouffée de vent chaud passer sur ses vieux os et traverser son cœur. Un moment, elle regarda d'un air sceptique la flamme qui léchait la robe en bois sculpté de la statue de Notre-Dame de Guadalupe. Peut-être la Vierge lui accorderait-elle seulement plus d'énergie pour qu'elle règle le problème elle-même, songea-t-elle.

— Non, dit-elle en tendant le doigt vers la bougie.

Celle-ci se renversa.

Avec un petit cri, Placida la saisit, mais trop tard. Le vieux tapis qui recouvrait l'autel s'était embrasé, et le feu se propagea rapidement aux rideaux de mousseline accrochés à la fenêtre. Ils s'envolèrent en fumée. Avec ses mains noueuses, Placida ne réussit pas à se débarrasser de son tablier aussi vite qu'il eût fallu. Dans son désespoir, elle se retourna et s'empara du torchon à vaisselle pour tenter d'étouffer les flammes.

Voilà l'ennui avec les saints, les prières et les incantations. Même si une personne a en tête un plan parfaitement raisonnable, il y a toujours des esprits malins qui s'en mêlent.

Entrefilet dans *The Taos News* :

À propos de la pleine lune

On dit que la lune est pleine quand sa face visible de la Terre est entièrement éclairée, alors que le Soleil et la Lune sont de part et d'autre de notre planète. La pleine lune est à son apogée à minuit. Fortes marées. Noms des pleines lunes d'août et de septembre : pleine lune rouge, pleine lune verte du maïs, pleine lune de l'esturgeon.

Un

Heureusement pour Placida Ramirez, la lune était pleine en cette nuit du mois d'août où elle mit le feu à sa maison. En effet, ce fut la lune, éclairant sa chambre comme le faisceau d'un projecteur, qui réveilla Luna McGraw. À dire vrai, ce fut plutôt un rêve à propos de son père, disparu depuis longtemps, qui l'éveilla en sursaut. Les inquiétudes provoquées par l'arrivée de sa fille, le lendemain, l'empêchèrent de se rendormir.

Mais ce fut la lune, et sa lumière blanche si froide dans le ciel d'été, qu'elle blâma.

Elle enfila un short sous sa chemise de nuit, se leva et prépara du café. Si la mère de Luna avait su que sa fille se faisait un café au beau milieu de la nuit, elle en serait devenue folle. Pourquoi pas une tasse de thé ? Quelque chose de calmant, d'apaisant ?

Ce n'était pas le genre de Luna. Autrefois, elle aurait bu une bonne rasade de tequila dans un verre à eau. Elle regrettait presque ce temps.

Au moins, le café avait un peu de mordant. Elle versa une mesure d'Irazú dans son nouveau moulin Krupps et compta jusqu'à vingt et un. La mouture parfaite pour un *latte*. Pour Luna en tout cas. Il y avait à présent beaucoup trop de diktats concernant le café – le café est une question de goût personnel et personne ne devrait se laisser imposer une façon de le boire. Luna aimait le sien assez fort pour y faire tenir une cuillère, avec du lait moussé à la vapeur et une tonne de sucre. Comme drogue, ce n'était pas si mal. Un bon *latte* exigeait aussi une préparation minutieuse. La mesure. La mouture. Après avoir tassé les grains moulus dans un petit panier en métal, elle mit la machine en marche. Elle versa ensuite du lait partiellement écrémé dans une immense tasse en poterie et attendit, en bâillant, que la vapeur soit assez chaude pour le faire mousser.

Les préparatifs et l'arôme du café l'apaisèrent un peu. Elle s'aperçut qu'elle pouvait rester debout dans sa cuisine, un pied nu posé sur l'autre, sans trop souffrir du manque de nicotine. Et sans se demander pourquoi elle avait trouvé si brillante l'idée de cesser de fumer au moment même où sa fille s'apprêtait à venir vivre avec elle pour la première fois depuis huit ans. Peut-être, songea-t-elle amèrement, devrait-elle essayer de nouveau dans quelques semaines, quand les choses se seraient tassées.

Mais, en fait, c'était pour Joy qu'elle avait décidé d'arrêter. C'était aussi pour elle qu'elle pourrait persévérer encore un peu. Joy détestait les cigarettes, et Luna ne voulait pas se sentir comme une chiffe molle devant elle. Sa décision de ne pas fumer lui apparaissait comme une preuve de volonté.

De toute façon, elle devrait cesser de fumer un jour ou l'autre – tout le monde le faisait, pas vrai? Le tabac puait, il précipitait l'apparition des rides, il nuisait à la santé, et il était devenu presque impossible de sortir pour partager un bon dîner prolongé sans patch, ce qui était aussi tordu, quand on y songeait.

Des raisons fondamentales, se dit-elle, une vieille habitude. Sur la porte d'une armoire, elle avait collé une note : LE TABAC PUE. Qu'importaient les risques de maladie ou de rides prématurées? Elle détestait l'odeur de la cigarette sur son corps, dans ses cheveux, dans l'air et sur ses mains. Pouah! Elle s'intéressait à la senteur des choses – les parfums, l'encens, les fleurs, les herbes et le matin dans le désert. Le café au milieu de la nuit.

La machine se mit à gargouiller. Luna enfonça le bec à vapeur dans le lait pour le faire mousser, versa l'expresso dans la tasse, y ajouta trois sachets de sucre turbiné et brassa le tout.

Ensuite? Elle devait recoudre un bouton sur son plus beau chemisier. Elle aurait pu lire le roman posé sur la table de la cuisine. Dans l'atelier voisin, divers projets de bricolage, y compris une table à demi peinte, l'attendaient. Luna s'en approcha et l'examina – c'était le motif le plus extravagant qu'elle ait jamais dessiné, une rose fraîche éclose avec un cœur saignant au centre. Sa mère le détestait, elle le trouvait effrayant. Luna ne partageait pas son avis, mais elle ne se sentait pas d'humeur à y travailler.

Du tabac. De la tequila. Du zinfandel blanc. Un mince paquet rouge de Marlboro.

Au moins, cela lui donnerait quelque chose à faire.

Avec un soupir qui traduisait à la fois son ennui et son agitation, elle sortit sur la galerie avec sa tasse. Au-dessus de sa tête, la lune brillait de sa lumière froide comme une femme méchante. Tout en la fixant du regard, Luna s'installa dans une berceuse en métal, du genre de celles qu'on trouve dans les motels. Elle y avait peint une Vierge de Guadalupe souriante, un peu kitsch dans sa robe rose, sa cape vert lime et son visage de poupée Barbie. Une Barbie Guadalupe, disait-elle aux gens dont elle était certaine qu'ils ne s'en offenseraient pas. Même ceux qui aimaient vraiment la Guadalupe – et, franchement, qui ne l'aimait pas ? – appréciaient son interprétation. En s'y asseyant, Luna se sentit apaisée, comme si elle s'était retrouvée dans le giron de sa mère.

Mais le faisceau de la lune brillait toujours sur Taos. Dans les replis de son cerveau, les démons de Luna hurlaient à son reflet. Elle les imaginait, avec leur peau de lézard verdâtre, leurs longues griffes et leurs oreilles semblables à des ailes de chauve-souris, qui exhumaient toutes les fautes oubliées de sa vie, les petites comme les grosses. Tous les chagrins, d'ordinaire soigneusement enterrés, les souvenirs en lambeaux de l'enfance et les images dont la vue lui était insupportable, habituellement si bien cachées dans des étuis en velours. Un diable déterra un bracelet en mailles de cuivre, décoré d'aigles gravés. En l'entendant suffoquer de surprise et d'indignation, il s'enfuit avec le bijou en gloussant.

Bouffées de chaleur nocturnes, disait sa mère, mais c'était minimiser le problème. Quand Kitty en avait souffert, elle devait songer à la fois où elle avait engueulé son patron ou à la nuit où Luna et sa sœur, Elaine, l'avaient vue attraper un de ses amoureux par le fond de culotte pour le jeter dehors. Kitty n'avait pas grand-chose à se reprocher.

Contrairement à Luna, avec son insigne des Alcooliques Anonymes, sa fille dont elle avait perdu la garde et sa carrière qu'elle avait ruinée.

12

Curieusement, ce n'était pas ce qui la hantait cette nuit. C'était plutôt la pensée de son père, lequel avait quitté la maison quand Luna avait sept ans pour ne jamais revenir, qui l'avait réveillée. Elle rêvait de lui une ou deux fois par année, ce n'était donc pas particulièrement étonnant. En buvant son *latte* et en savourant dans chaque gorgée le goût si spécial du lait moussé, elle s'étonna qu'une personne puisse vous manquer aussi longtemps, surtout lorsqu'elle ne le méritait pas.

Assise dans le giron de Guadalupe, une douce brise lui caressant le visage, Luna entendit dans sa tête la voix d'une psychothérapeute expérimentée. Barbie, qui portait de grandes lunettes à monture d'écaille et dont les cheveux argentés étaient relevés en chignon, venait de mettre le doigt sur la vérité. «Pas étonnant que tu rêves de lui cette nuit, alors que ta propre enfant s'apprête à venir vivre avec toi. Ça fait remonter de vieux problèmes à la surface, n'est-ce pas?»

Et voilà!

Elle était complètement éveillée au beau milieu de la nuit et s'efforçait de ne pas fumer parce que sa fille de quinze ans venait vivre avec elle pour la première fois depuis huit ans. Plus que tout au monde, Luna tenait à ce que tout se passe bien.

Une brise légère, réchauffée par les rochers brûlés par le soleil, là-haut dans les montagnes du Sangre de Cristos, qui entouraient la ville comme des sentinelles, lui caressait le visage et les genoux. Le vent portait l'odeur, si fraîche et si caractéristique du Nouveau-Mexique, des champs de *chamiso* et de sauge qu'il avait traversés. Quand Luna avait quitté la maison, à seize ans, ce parfum lui avait terriblement manqué. Cette nuit, s'y mêlait une pointe de fumée d'un feu de bois. Luna imagina un couple d'amoureux tendrement enlacés devant un foyer en forme de *kiva*[1]. Cette image la détendit un peu et chassa un moment son envie persistante de nicotine.

À tel point qu'elle inspira de nouveau l'air de la nuit, tout en écoutant les grillons et le faible gémissement du vent ou, peut-

_____

1. Sanctuaire des Anasazis, Amérindiens du sud-ouest de l'Amérique du Nord (VIIIᵉ siècle après Jésus-Christ). *(N.d.T.)*

être, de *La Llorona*, la célèbre pleureuse de la légende, dont on dit qu'elle marche ici, le long de la rivière, à la recherche de ses enfants qu'elle a perdus.

Des enfants perdus.

«Et voilà!» s'exclama sèchement Barbie.

Sa nervosité était tout à fait normale, surtout qu'il y avait tout un embrouillamini dans la modification subite de l'entente sur la garde de l'enfant. Joy avait eu quelques ennuis l'année précédente, mais apparemment rien de sérieux. Luna avait pris l'avion pour Atlanta à deux reprises, ce qui avait fait un gros trou dans son budget, sans grand résultat. Joy avait changé d'allure, son attitude était parfois hostile, et ses notes chutaient, mais elle ne manifestait aucun signe d'abus de drogues ou d'autres substances. Pourtant, Luna était inquiète. Elle avait demandé à son ex-mari d'envisager la possibilité d'envoyer leur fille passer quelques mois avec elle à Taos. Il avait catégoriquement refusé.

La situation avait empiré au cours du printemps et au début de l'été. Joy avait dû rester à Atlanta, au lieu de venir à Taos, comme d'habitude, parce qu'elle s'était fait recaler à plusieurs examens. Puis, tout à coup, Marc, l'ex-mari de Luna, l'avait appelée pour lui dire que leur fille pouvait s'installer à Taos. Luna, craignant un stratagème, avait demandé à Marc de s'engager par écrit. Ce qu'il avait fait. Encore plus étrange.

Quelque chose ne tournait pas rond. Cependant, quels que fussent les motifs cachés de son ex-mari, Luna aurait l'occasion de s'assurer que sa fille allait bien, de la voir tous les jours et de découvrir ce qui avait entraîné une telle modification de son comportement au cours de l'année précédente. La chance, comme on le disait dans la bonne vieille série *Quantum Leap*[1], de remettre en place ce qui s'était détraqué.

Elle avait repeint la deuxième chambre, accroché des rideaux légers dans la fenêtre au large rebord, révisé ses connaissances diététiques sur l'alimentation des enfants. Elle avait même fait modifier son horaire de travail pour être certaine de se

---

1. Série d'émissions de télévision (96 épisodes répartis en cinq saisons, de 1989 à 1993) créée par Donald P. Bellissario. *(N.d.T.)*

trouver à la maison à l'heure du retour de l'école. Ses amis la taquinaient à ce propos – quelle adolescente de quinze ans s'inquiétait de savoir si sa mère serait là ou non à son retour du collège ? –, mais Luna se contentait de sourire. Sa propre mère avait travaillé le soir afin d'être présente quand ses filles revenaient de l'école, et c'était important pour elle.

Les grillons se turent tout à coup, comme si une main énorme les avait écrasés. Sentant une rafale venir de loin, Luna se redressa. Elle se couvrit les yeux et protégea sa tasse juste au moment où la bourrasque atteignait la galerie. Le vent n'était pas froid, seulement poussiéreux. Les yeux fermés, Luna attendit qu'il passe.

De la fumée.

Pas la fumée d'une cigarette, qu'elle aurait volontiers inhalée jusqu'au fond de ses poumons. Pas non plus celle d'un feu de camp allumé par des amoureux. L'odeur intense prenait presque à la gorge. C'était celle de flammes en pleine expansion. Quand la bourrasque s'éloigna, aussi vite qu'elle était venue, Luna fouilla l'ombre des yeux, maudissant la lumière de la lune, si brillante qu'elle l'empêchait de voir le brasier. L'été avait été terriblement sec, et des feux brûlaient partout aux Four Corners. Le vieux quartier, entouré de champs d'herbes sèches et de sauge, était particulièrement vulnérable. Le moindre incendie pourrait être désastreux.

Elle posa sa tasse et se précipita vers la route en tournant lentement sur elle-même pour tenter d'apercevoir une lueur, en humant la forte odeur de fumée pour trouver d'où elle venait.

— Merde !

Le feu était tout près. Des flammes orange sortaient par la fenêtre de chez la très vieille dame qui vivait deux maisons plus loin, dans la même rue.

Mue par l'adrénaline – et la caféine, sans doute –, Luna se rua à l'intérieur, téléphona aux pompiers, puis ressortit aussitôt et courut pieds nus sur le chemin en terre. Elle traversa ensuite le terrain couvert d'herbes sèches qui entourait la maison de la vieille femme. Elle posa le pied sur une ortie et dut s'arrêter pour retirer les épines, les mains tremblantes. Par la fenêtre de la cuisine, elle voyait le feu danser. Il léchait le tronc d'un pin qui se tenait comme une sentinelle à l'arrière de la maison et menaçait d'embraser le toit d'un instant à l'autre.

Inquiète du sort de la vieille femme, Luna sauta sur la galerie et ouvrit aussitôt la porte à moustiquaire.

— Allô! cria-t-elle en frappant la porte du poing. Allô! Êtes-vous là?

Pas de réponse. Elle essaya d'ouvrir, mais c'était fermé à clé.

— Allô!

Elle cogna encore plus fort. Toujours pas de réponse. La fumée était si épaisse que Luna avait l'impression d'étouffer. Elle tenta sa chance du côté de la fenêtre. Verrouillée, elle aussi.

Sur une marche, il y avait un pot de chrysanthèmes. Luna s'en empara, fracassa la vitre, déverrouilla la fenêtre et passa la tête dans l'intérieur enfumé.

— Allô! Il y a quelqu'un? Grand-mère! *Abuela!* cria-t-elle en songeant qu'elle serait mieux comprise si elle parlait en espagnol. *Hola!*

Âcre et acide, la fumée lui piquait les yeux. Une terreur primitive lui serrait la poitrine. Elle hésita. Les pompiers seraient là d'un moment à l'autre. Ils avaient l'entraînement pour faire face à ce genre de situation. N'était-ce pas bien présomptueux de croire que c'était sa responsabilité de sauver une vie?

Elle songea alors à la vieille petite dame toute ratatinée. Si elle ne faisait rien, comment Luna pourrait-elle se regarder encore dans la glace le lendemain matin? Avant de perdre courage, elle se glissa dans la maison par la fenêtre et se laissa tomber au ras du plancher, comme elle avait retenu qu'il fallait faire. Au niveau du sol, la fumée était moins dense, et l'air respirable. En rampant, elle avança dans l'obscurité. La salle de séjour. La porte menant à une chambre, fermée.

Son cœur battait si vite qu'elle en tremblait. Le feu crépitait et haletait, comme un animal qui refait ses forces. *Sors d'ici, sors d'ici.* Luna résista à la terreur. En toussant, elle ouvrit la porte de la chambre.

Par bonheur, il n'y avait pas de fumée dans la pièce, pour l'instant du moins. Luna se leva et regarda dans le lit. Vide.

De l'arrière de la maison lui parvinrent un grand craquement et un étrange gémissement. Luna faillit suffoquer de peur en imaginant les poutres sur le point de s'écrouler. Mais elle entendit une exclamation assourdie – pas un cri, mais une sorte de juron – et elle sortit de la pièce en courant, son tee-shirt relevé sur la bouche et le nez. Même si elle avait les yeux pleins d'eau, elle aperçut, se découpant sur la lumière infernale de la cuisine, une silhouette toute menue qui s'affairait.

En s'armant de tout son courage, Luna prit une grande inspiration à travers le tissu de son tee-shirt et s'engouffra dans le corridor vers le cœur du brasier. La vieille dame était là et donnait des coups de torchon humide sur les flammes qui léchaient les murs. En haletant, en toussant, parfois pliée en deux, elle continuait à s'agiter.

— *Abuela!* cria Luna. Venez!

La vieille femme lui jeta un regard furibond, recula en posant presque le pied dans le feu et proféra, en espagnol, un flot d'injures que Luna ne comprit pas. Les sourcils roussis par la chaleur, elle dut rassembler toutes ses forces pour avancer et plonger dans l'enfer. Elle réussit à attraper la vieille femme qui lui frappa le bras et battit des jambes quand Luna la saisit par la taille pour la jeter sur son épaule. Elle entendit alors la sirène des voitures de pompiers, de plus en plus proche.

— Non! Non! criait *Abuela,* en frappant la tête et le dos de Luna et en lui donnant des coups de pied dans le ventre.

Luna tint bon et sortit de la maison avec une énergie qui la surprit elle-même. Une fois en sécurité sur la pelouse, Luna laissa tomber son fardeau qui se débattait et reçut un coude dans l'œil pour sa peine. En inspirant enfin de l'air frais, elle toussa et s'essuya les yeux, inquiète de savoir si elle aurait des bleus le lendemain. Elle avait mal à la joue.

La vieille femme fit mine de retourner vers la maison.

Luna la saisit par le dos de sa robe.

— Vous allez vous tuer là-dedans!

Un long moment, la vieille femme regarda fixement les flammes avec l'expression de la fureur la plus totale. Elle dit quelque chose en espagnol et tenta de dégager son bras.

Luna la retint.

— Allez-vous encore essayer d'aller là-bas ?

— Non, répliqua la vieille d'un ton fier, en frappant de nouveau les mains de Luna.

— D'accord.

Les yeux plissés, *Abuela* recula de trois pas et observa, avec un air de dégoût, les pompiers s'avancer lourdement avec leurs tuyaux, arroser d'abord le pin, puis s'attaquer aux flammes qui léchaient le toit.

— Comment est-ce arrivé ? lui demanda enfin Luna.

Abuela lui jeta un regard furieux. Elle cracha ensuite quelque chose que Luna ne comprit pas et agita la main en direction du feu. Puis elle serra les lèvres et refusa de dire un mot de plus.

Quand le téléphone sonna, Thomas Coyote ne dormait pas. Assis à la table de la cuisine, il ne faisait pas grand-chose. Immobile sous la lumière blafarde du plafonnier, dans le silence inaltérable de la fin de la nuit et de la solitude, il examinait minutieusement ses mains, croisées devant lui. De grandes mains, même pour un homme de sa stature. Elles étaient brunes de naissance et, à cause du soleil, d'un brun un peu rougeâtre. La couleur des crayons terre de Sienne qu'il utilisait toujours, quand il était enfant, pour colorier les visages comme ceux des personnes qui l'entouraient. Terre de Sienne, brun et une autre couleur dont le nom lui échappait. Le crayon pêche, il le gardait pour des rubans ou des robes.

La grande maison n'était pas vide, mais elle était silencieuse. Le chien de Thomas était étendu sur le seuil de la porte menant à la salle à manger. Tonto, un jeune chien fou de race akita, avec une tache noire autour d'un œil. Ses pattes tressautaient alors qu'il pourchassait en rêve un écureuil ou un lièvre. Sur l'appui de la fenêtre, au-dessus de l'évier, était assis un chat noir au poil long, Ranger, qui battait de la queue en observant le paysage éclairé par la lune. Dans une chambre à l'étage, dormait Manuel « Tiny » Abeyta, un des meilleurs employés de Thomas. Six semaines plus tôt, il était apparu sur le seuil de la maison, un œil au beurre noir, les cheveux gras comme quelqu'un qui vient de sortir de prison et l'air d'un chien battu. Pour violence conjugale, il avait été condamné à porter pendant trois mois un bracelet de surveillance à la cheville. Il lui était également interdit d'essayer d'entrer en contact avec sa conjointe de fait. Celle-ci ne pouvait pas plus communiquer avec lui et devait, comme lui, suivre des sessions de gestion de la colère. Ils en étaient à mi-parcours, et Thomas ne voyait pas tellement d'amélioration, mais on ne sait jamais quand peut se produire un revirement. Tiny n'avait actuellement personne d'autre au monde que Thomas.

Il n'était pas le premier à occuper le lit de cette chambre et il ne serait pas le dernier. La femme de Thomas devenait folle devant ces êtres égarés qu'il recueillait, des humains comme des animaux. Ou des animaux aussi souvent que des humains. Cela agaçait vraiment Nadine.

L'image de son ex-femme tentait de s'imposer à son esprit. Résolument, il la repoussa pour se concentrer sur ses mains. Des ongles ovales, bien taillés parce qu'il les limait fréquemment en regardant la télévision. Il ne pouvait supporter les ongles mal soignés. Dans son travail de maçon, il se frappait et se coupait souvent. L'argile asséchait terriblement la peau. Alors, tous les soirs après sa douche, il se frottait les mains avec une crème spéciale pour faciliter la cicatrisation des coupures et garder la peau douce. C'était un truc que lui avait enseigné sa grand-mère. Une fois, alors qu'il avait dix-huit ans et qu'il se préparait pour une sortie avec sa petite amie, elle lui avait dit que pas une femme n'aimait se faire égratigner les *chichis* par des mains rudes.

Ce souvenir le fit sourire. Il se frotta les mains l'une contre l'autre, prenant plaisir à éprouver la force et la souplesse de ses longs doigts et de ses paumes bien lisses. Dans leur jeunesse, ses mains avaient caressé bon nombre de *chichis,* mais pas très longtemps. Peut-être était-ce terminé. Il se sentait fatigué rien qu'à penser à tous les ennuis et à tous les tourments que causaient les femmes.

La sonnerie du téléphone vint rompre le calme et le fit sursauter. Un long moment, il regarda fixement l'appareil vert accroché au mur. Des appels téléphoniques au milieu de la nuit étaient toujours porteurs de mauvaises nouvelles. Au troisième coup, il se leva et décrocha.

— Allô, dit-il d'un ton bourru.

— Personne n'est mort, ne vous inquiétez pas. Êtes-vous Thomas Coyote? demanda une voix de femme.

— Ouais. C'est Placida?

L'inquiétude lui serra le cœur.

— Elle va bien, dit la femme.

Elle avait une bonne voix. Une Américaine blanche, mais de l'Ouest, avec de la douceur à la fin des mots.

— Mais elle… a eu un petit problème cette nuit. Elle a mis le feu aux rideaux, et la cuisine est endommagée?

La voix monta à la fin de la phrase, comme s'il s'agissait d'une question. Thomas sut aussitôt qu'elle était native de la région. Il grogna pour lui signifier qu'il l'écoutait.

— Il va falloir lui trouver un endroit où coucher cette nuit, poursuivit la femme.

— J'arrive.

C'était à deux pâtés de maisons, un vers l'est et un en descendant la colline. Il s'y rendit rapidement et aperçut aussitôt les voitures de pompiers dont il avait entendu les sirènes sans s'en préoccuper. Il frissonna. Pourvu que…

Sa grand-mère, son arrière-grand-mère en fait, debout sur la pelouse, gardait un silence buté. Elle portait une robe fleurie de tous les jours et sa longue tresse lui tombait jusqu'au bas du dos. Ses bras maigres étaient croisés sur sa poitrine. La lumière se réfléchissait sur ses lunettes épaisses qui déformaient ses yeux. Elle était pleine de taches de suie, et ses cheveux étaient recouverts d'une fine couche de cendre. Il en eut des sueurs froides. Merde.

— *Abuela!* dit-il, du reproche et de l'inquiétude dans la voix.

Il n'avait pas besoin de voir ses yeux pour savoir qu'elle était furieuse et que, d'une certaine façon, elle jetait le blâme, à tort ou à raison, sur la femme debout à côté d'elle.

— Grand-maman, dit-il en se penchant pour passer le bras autour de ses épaules. Qu'est-il arrivé?

Elle siffla d'un ton méprisant.

— Tu vois bien, dit-elle en espagnol. J'ai mis le feu aux rideaux.

Il lui répondit en anglais. C'était leur façon habituelle de dialoguer. Il parlait anglais. Elle parlait espagnol. Les seules fois qu'elle utilisait l'anglais, c'était en chuchotant.

— Comment ? Pourquoi si tard ?

Si Placida Ramirez était vieille, elle n'était pas sénile.

— Ça me regarde.

La femme debout à côté de sa grand-mère étouffa un petit rire, et il leva la tête pour l'observer. L'air solide et communicatif, elle avait une toison de boucles folles, blondes et brunes, et des jambes apparemment robustes. Elle était entrée dans la maison en flammes, c'était évident. Il y avait de la suie sur son menton et le devant de son tee-shirt. Un de ses genoux était éraflé et couvert de poussière, et elle avait une traînée de sang sur un bras.

— Vous êtes allée à l'intérieur ?

— J'ai fracassé une vitre, dit-elle. Je savais qu'elle était vraiment vieille et je craignais qu'elle ne soit encore endormie.

— Vous savez que vous avez une coupure ?

Fronçant les sourcils, elle baissa les yeux, sans rien voir dans un premier temps. Elle releva ensuite la manche de son tee-shirt.

— Ce n'est pas grave. Il n'y aura pas de problème.

Sa voix était douce et verte, comme un étang dans une forêt. Il contempla ses jambes musclées sous son short et ses seins libres sous son tee-shirt. Il se passa la paume sur la cuisse.

— Vous êtes certaine ?

— Oui, dit-elle en reculant de quelques pas. À présent qu'elle est en sécurité, je vais aller me nettoyer.

— Je suis Thomas Coyote, dit-il en lui tendant la main pour la retenir un instant encore. Merci.

Après une seconde d'hésitation, elle mit la main dans la sienne. Il apprécia la sensation de ses doigts. Elle avait une bonne poigne.

Sa grand-mère grogna et laissa tomber un torrent de mots espagnols, rien moins que flatteurs. Lui jetant un regard furieux,

Thomas abandonna la main de la femme et la sentit s'éloigner aussitôt. Par politesse, il songea qu'il devrait l'inviter à dîner pour la remercier. Ou autre chose du même genre. Mais il n'en fit rien. Le visage renfrogné, il la regarda traverser la rue, passer à grandes enjambées athlétiques devant l'habitation voisine, puis s'engager sur la pelouse d'une maison qu'il avait souvent remarquée, petite, en adobe, bien entretenue, entourée d'un terrain tout fleuri. Elle y entra. Un instant plus tard, il aperçut de la lumière dans une série de grandes fenêtres qui donnaient sur l'arrière.

À côté de lui, sa grand-mère maugréait. Il ne saisissait pas tout ce qu'elle disait – sa connaissance de l'espagnol n'était pas assez bonne –, mais il comprit qu'elle parlait des Américains blancs et d'une voleuse.

— Elle t'a sauvé la vie, *Abuela,* dit-il.

Placida leva vers lui un regard maussade.

Il était certain qu'elle n'avait pas tenté de se donner la mort. C'était un péché mortel, et elle était, d'abord et avant tout, une bonne catholique. Mais, peu importe ce qu'elle était en train de faire, elle n'en parlerait pas pour le moment.

— Viens coucher à la maison. Demain, tu vas être trop fatiguée pour faire quoi que ce soit.

Vie des saints – Sainte Rose de Lima :

Née d'immigrants espagnols au Nouveau Monde, elle a été baptisée Isabelle. Très jolie, elle attachait tant d'importance à son vœu de chasteté qu'elle avait utilisé du poivre et de la soude pour ruiner son teint et ne plus être séduisante. Dans le jardin où elle vivait, elle méditait, cultivait des légumes et confectionnait des ouvrages en broderie qu'elle vendait pour soutenir financièrement sa famille, en fille dévouée, et venir en aide aux pauvres.

Deux

Le journal de Maggie

17 août 2001
Sainte Jeanne de la Croix

Cher Tupac[1],
Je m'appelle Maggie et, il y a quelques semaines, j'ai acheté
ce cahier pour y écrire, car il n'y a ici personne à qui parler et je
suis en train de devenir folle. Une fois, un professeur nous a dit
qu'on pouvait écrire des choses, et que c'était presque comme
parler. Elle m'a dit que j'écrivais bien et que je serais pro-
bablement heureuse si je le faisais, et je suppose que c'est mieux
que rien. Je lui ai demandé à qui je devrais écrire, et elle m'a dit
de simplement inventer quelqu'un, comme cette fille juive, Anne
Frank. Quelqu'un qui, croit-on, va écouter tout ce qu'on dit et s'y
intéresser. Alors, je t'ai choisi. Peut-être que, si tu es vraiment
mort, tu n'as rien d'autre à faire, alors ça ne te dérangera pas.

Je n'ai pas commencé avant aujourd'hui parce que je ne
savais pas quoi dire. Mais, ce soir, j'ai quelque chose à raconter.
Voici ce qui est arrivé.

Il y a une bruja *qui vit derrière chez moi. Ça veut dire*
« sorcière » en espagnol. Sa maison est à l'autre bout du champ
et, quand elle a pris feu, j'étais assise dans la fenêtre de ma
chambre, enveloppée dans une couverture et les pieds pendants
au-dessus du sol qui se trouve deux étages plus bas. Avant, ma

---

1. Tupac Shakur : célèbre rappeur, mort en septembre 1996 des suites d'une fu-
sillade qui a mitraillé la voiture de son producteur. Depuis sa mort, ses albums
continuent à sortir, ce qui accrédite la rumeur voulant qu'il soit toujours
vivant. *(N.d.T.)*

maman détestait que je fasse ça, mais elle s'en fiche à présent. Ce n'est pas parce que c'est dangereux que je le fais. D'ailleurs, ce n'est même pas dangereux, même si je suppose qu'un petit enfant pourrait tomber. Je ne suis plus petite, j'ai déjà quinze ans, même si je n'ai pas eu ma quinceañera, *comme j'aurais dû, en juin dernier, parce que papa est mort et que tout le monde a oublié. Pas moi, mais tous les autres, oui, et je pense que je comprends. Je ne sais pas si on peut avoir une* quinceañera *à, disons, seize ans, mais je connais le prêtre depuis ma naissance, alors peut-être il voudrait. On a déjà acheté tout ce qu'il faut, des serviettes de table en papier vraiment jolies et d'autres choses du Mexique, avec peut-être un peu trop de rose si tu vois ce que je veux dire, mais je les aime quand même.*

De toute façon, je ne dormais pas parce qu'il y avait une lune vraiment très très brillante. Sa lumière m'a réveillée, et j'ai entendu des hurlements étranges dehors du côté du ruisseau. Ça m'a fait peur, ça m'a fait penser à La Llorona, *un fantôme vraiment effrayant qui vole les enfants et les noie. Alors, je me suis levée, parce c'est habituellement tout ce que je dois faire pour me sentir mieux, ne pas rester couchée là, à me faire peur. Parce que, évidemment, il n'y a pas de fantôme au bord de la rivière. Je m'en suis bien rendu compte après avoir tout examiné, parce que même un fantôme n'aurait pas pu se cacher dans cette lumière. Il faisait aussi clair qu'en plein jour, mais il faisait froid.*

Peu importe. Je te parlais de la maison de la bruja *qui avait pris feu. Je ne regardais pas de ce côté-là, parce que ma fenêtre donne sur la montagne Taos, mais quand j'ai entendu les camions de pompiers tout près, je suis descendue dans la cour pour voir ce qui se passait. Les flammes jaillissaient de l'arrière de la maison, comme on voit à la télé, orange vif contre le ciel de la nuit. Ça a été magnifique quand elles ont surgi sur le toit, dansant et tournoyant en longeant les planches de bois. Debout sur la galerie, ma couverture sur les épaules, j'ai regardé les pompiers arroser le feu avec leurs tuyaux.*

La bruja *est une vieille femme maigre qui ressemble à un hibou. Elle fait pousser toutes sortes de plantes anciennes dans son jardin, et ma mère va chez elle pour avoir des herbes contre* la toux, pour jeter un sort à quelqu'un ou pour lui parler d'un rêve qu'elle a fait.

Je ne crois à rien de tout ça. Les sorts, les saints, les maléfices, les prières – comme si quelque chose pouvait vous donner la sécurité, tu vois ? Ça n'a même pas marché pour la vieille femme, pas vrai, parce que sa maison était en train de brûler devant mes propres yeux. J'ai un peu honte de te le dire, mais ça m'a fait plutôt plaisir. Je ne voulais pas qu'elle meure, mais elle me donne la chair de poule avec ses vieux yeux si ronds et ses mains comme des serres.

« Magdalena ! » La voix de ma mère, enrouée de sommeil, m'est parvenue d'une fenêtre derrière moi. « Que fais-tu ? »

« Les camions de pompiers m'ont réveillée. Je suis venue voir ce qui se passait. »

Maman est sortie pieds nus sur la galerie, ses longs cheveux noirs lui tombant sur les épaules et dans le dos. Ils sont maintenant vraiment très longs. Elle portait une simple chemise de nuit blanche et, sous cette horrible lune, elle avait presque l'air d'une morte, les yeux creux et la peau gris pâle. Je pense que maman ne dort pas toujours très bien, elle non plus, même si ça ne paraît pas le jour, quand elle est toute maquillée pour aller travailler. Tout le monde dit alors qu'elle est vraiment jolie et qu'elle ne fait pas son âge, trente-six ans.

Elle est sortie de la maison, comme s'il était tout à fait normal de ne pas dormir au beau milieu de la nuit. Elle s'est allumé une cigarette. La fumée s'est envolée comme des petits nuages, et elle a toussé. « As-tu vu Placida ? »

« Ouais. » Je lui ai montré les ombres de quelques personnes debout dans la cour. « Quelqu'un l'a fait sortir. »

Les yeux vitreux, ma mère a dit : « Il faut que je la voie. J'ai encore fait des rêves. »

Je lui ai dit : « Maman ! J'en ai marre de tes rêves ! Ce ne sont pas tous les rêves qui ont une signification, tu sais ! » Je serrais la couverture autour de moi.

« Pas tous, h'ita, mais certains, oui. » Elle m'a caressé l'épaule, et j'aurais voulu m'éloigner, parce que j'étais furieuse, mais, en même temps, j'aimais la sensation de sa main sur moi.

26

À présent, elle est folle presque tout le temps, ce qui n'est vraiment pas juste dans les circonstances. Une personne devrait pouvoir garder au moins un parent si elle a seulement quinze ans et si elle en a besoin.

Mais, comme si quelqu'un voulait me faire comprendre qu'elle était complètement cinglée, ma mère a dit : « Les rêves au sujet de ton père étaient vrais. Je ne voulais pas le croire, mais j'ai tout vu venir longtemps avant que ça arrive. »

J'ai levé les yeux au ciel. « Je retourne me coucher. »

« Bonne nuit, mon bébé. » Elle ne m'a rien dit d'autre. Je l'ai ensuite regardée par la fenêtre, assise, les épaules voûtées, en train de fumer dans le noir, toute seule. Ça m'a donné envie de fracasser quelque chose, comme quand je suis devenue dingue à l'école, l'année dernière, et que j'ai mis la classe sens dessus dessous parce que personne ne voulait m'écouter et que j'étais si bouleversée à cause de mon père et que tout le monde voulait que je me comporte comme une personne normale, alors que je ne l'étais pas. Tout à l'heure, je voulais fracasser les vitres ou un des gros vases en verre qu'elle collectionnait avant. Maintenant, ils restent là à s'empoussiérer comme tout le reste dans la maison. Comme si tout le monde ici était mort, pas seulement papa. Très bientôt, les araignées vont se mettre à tisser des toiles partout.

Moi, je ne veux pas être morte. Et je ne veux pas non plus qu'elle soit morte. Je ne voulais même pas vraiment fracasser quelque chose, parce que, pour te dire la vérité, ça ne soulage pas tant que ça. Peut-être que l'année dernière je me suis sentie mieux pendant trois minutes, mais papa était toujours aussi mort.

Je voudrais juste qu'on fasse ce qu'on a à faire. Prendre encore un dîner normal à table et rire parfois, et s'asseoir simplement pour regarder la télé. C'est tout ce que je veux. Il me semble que ce n'est pas grand-chose.

Ça suffit pour le moment. Ma main est fatiguée, et j'ai rempli quatre pages.

Affectueusement,

Maggie

Le café

An 1453 : le café fut introduit à Constantinople par les Ottomans. Le premier café, Kiva Han, y fut ouvert en 1475. La loi turque accordait le divorce à une femme dont le mari négligeait de lui fournir sa dose quotidienne de café.

Trois

Quand Luna était petite, il ne se buvait pas de café à la maison. Personne n'en buvait. Sa mère et sa grand-mère prenaient du thé. Luna et sa sœur, Elaine, les accompagnaient. Du thé fort, chaud et sucré, avec du lait, ou glacé et doux. Sans lait, évidemment. Contrairement au *chai,* que Luna aimait presque autant qu'un bon *latte.* Presque.

Elle avait découvert le café toute seule, quand elle avait commencé à travailler dans un restaurant de la ville, à quinze ans. Toutes les autres serveuses et le cuisinier en buvaient. Longtemps attirée par son odeur, elle avait fini par céder à la tentation. Une histoire d'amour très intense s'était ensuite développée, car Luna était la personne des grandes passions. Le café avait survécu à toutes les autres.

Malgré toutes les émotions de la nuit, ou peut-être parce qu'elles l'avaient distraite de toutes ses préoccupations, Luna s'endormit dès son retour à la maison, après l'épisode de l'incendie. Elle se réveilla juste après l'aube, d'un réveil brutal mais sans équivoque, qui anéantit toute idée de se rendormir. Elle se leva et ouvrit le congélateur pour faire l'inventaire des variétés de café en grains qui s'y trouvaient. Pour ce matin, quelque chose de stimulant et de corsé, peut-être un peu épicé. Parmi les sept sacs sur les tablettes, elle choisit une torréfaction française, un mélange préparé spécialement pour elle dans une boutique de café de la ville. Elle moulut les grains pour sa machine à filtre automatique – une mouture beaucoup moins fine que pour l'expresso – et entra dans la douche en titubant. Elle rinça ses yeux rougis par la fumée et débarrassa ses pores de la suie. Puis elle enfila un short et un chemisier à la garçonne qui lui plaisait à cause de son ambiguïté, et aussi parce qu'il faisait paraître son buste légèrement plus gros pour contrebalancer ses fesses un peu rebondies. Elle coiffa ses cheveux encore mouillés, avant que ses boucles ne s'emmêlent.

Pourtant, même en prenant tout son temps, elle fut prête avant le café, ce qu'elle aurait voulu éviter pour ne pas se retrouver à attendre, en regardant le ciel par la porte arrière et en rêvant d'une cigarette.

Non. C'était un euphémisme. Luna ne rêvait pas de fumer, elle en mourait d'envie. Le rituel de sortir une cigarette d'un paquet neuf, de saisir un des petits briquets qu'elle aimait tant, d'allumer et d'inhaler profondément. Très profondément. Puis de relever la tête pour souffler la fumée vers le ciel.

Avec une mauvaise humeur qu'elle ne réussissait pas à contenir, elle ouvrit brusquement un tiroir et en sortit un nouveau patch. Selon les instructions, on pouvait les garder la nuit, mais, comme elle voulait débarrasser son système de la nicotine le plus rapidement possible, elle les ôtait. En relevant sa manche, elle vit la marque laissée la veille par l'adhésif. Sur son autre bras, elle découvrit le carré rouge de l'avant-veille. Elle en eut la chair de poule. C'était dégueulasse de songer aux effets de la drogue sur son corps, pendant toutes ces années, si le contact avec la peau pouvait laisser de telles traces en seulement quelques heures. Elle avait déjà lu que quelques gouttes de nicotine pure dans un réservoir pouvaient tuer une ville entière. À moins que ce ne soit un plein tube.

De toute façon, ce n'était pas une grande quantité.

Derrière elle, la cafetière achevait son cycle en gargouillant. Un café, une cigarette, la journée commençait. D'un regard furieux mais résigné, elle fixa le patch couleur de sparadrap en se demandant à quoi bon. Il fallait bien mourir de quelque chose. Pourquoi espérer vivre dix ans de plus si chaque seconde était un martyre?

Assez! C'était la voix de la dépendance. Elle prit une profonde inspiration, la plus profonde possible, et la retint dans ses poumons, puis elle la souffla, comme si c'était de la fumée de cigarette. Un peu soulagée, elle recommença. Elle avait lu aussi

– ce n'était pas sa première tentative pour arrêter – que les fumeurs oublient de respirer profondément.

Simplement respirer.

Elle sentit la tension diminuer dans sa poitrine et appliqua le patch sur son bras. Elle n'avait même pas eu le temps de se servir une tasse de café que sa peau se mit à picoter.

Mais elle était absolument incapable de s'asseoir calmement sur la galerie en regardant le quartier s'éveiller, surtout qu'elle avait englouti deux tasses de café de suite. L'avion de Joy n'arrivait à Santa Fe qu'un peu après midi. Beaucoup de temps à tuer.

D'où elle était, elle apercevait la maison de Placida. Elle décida de prendre une bouteille d'eau et d'aller examiner les dégâts. À l'est, les nuages bas au-dessus de la montagne Taos donnaient un caractère de calme profond à la matinée. Les maisons en adobe du quartier, vieilles pour la plupart, petites et carrées, étaient construites le long d'une *acequia*, un fossé d'irrigation qui longeait la route en terre battue. Même s'il n'y avait pas de véritables fermes, les environs gardaient un aspect rural. La plupart des gens faisaient pousser du maïs, des haricots et, souvent, des melons ou des pommes de terre. Certains élevaient quelques animaux. Un coq lançait son cocorico tous les matins, mais Luna ne l'avait jamais vu. Elle l'imaginait comme un oiseau imposant aux plumes d'un rouge ardent.

C'était un quartier extraordinaire, et elle aimait y vivre. Surtout pour le calme. Pour l'heure, il n'y avait que le cliquetis des feuilles des peupliers qui s'entrechoquaient et le glouglou de l'eau dans le fossé. En entendant les pas de Luna sur le gravier, les chèvres des Medina s'approchèrent aussitôt de la clôture en bêlant doucement et passèrent leurs museaux gris et blanc pardessus pour voir si elle avait quelque chose de bon à leur offrir. Nombreux sont ceux qui n'aiment pas les chèvres, qui leur trouvent un regard louche, mais Luna les trouvait amusantes. Elle leur tapota la tête, à tour de rôle, avec une attention particulière pour le chevreau qui la suivit le long de la clôture aussi loin qu'il put.

En quittant les chèvres, elle traversa le terrain de Placida en diagonale et contourna le jardin d'herbes, où les plants étaient d'une luxuriance presque indécente, pour aller examiner la cuisine de l'arrière.

Les dégâts étaient considérables. À la lumière du petit matin, apparaissait un immense trou carbonisé à l'endroit où était la fenêtre et un autre sur le toit, de la taille d'un pneu de camion. En revivant un écho de sa terreur de la nuit précédente, elle longea le côté de la maison en buvant de l'eau à petites gorgées et se dirigea vers l'avant. Quelqu'un avait placardé la fenêtre fracassée. Elle gravit les marches de la galerie et tenta de regarder à l'intérieur. Malgré la lumière vive à l'est, il y avait trop de suie sur la vitre pour qu'on puisse y voir.

Sans doute à la faible odeur humide du bois brûlé, Luna comprit soudain que c'était un miracle qu'elle ait été réveillée. La vieille femme ne serait jamais sortie vivante de cette maison. En reculant de quelques pas, Luna se demanda ce qu'elle pouvait bien faire avec des bougies au beau milieu de la nuit.

Elle entendit un aboiement, se retourna et vit un grand chien noir et roux qui gambadait vers la maison. Jeune et musclé, avec une drôle de tache noire autour d'un œil. Il bondit sur la galerie et renifla la main de Luna comme s'ils étaient de bons amis. Elle éclata de rire.

— Salut, toi. D'où viens-tu?

Il s'assit poliment à ses pieds et leva les yeux vers elle, la langue pendante.

— Comme tu es mignon!

Elle s'agenouilla pour se retrouver à sa hauteur.

— Tu es charmant.

— Bonjour.

Cette voix.

La voix de Thomas Coyote, le petit-fils de la vieille femme. Luna se releva lentement, en essayant de dissimuler sa timidité soudaine.

— Est-il à vous?

— Ouais, le coquin.

La main toujours sur la tête du chien, un point d'appui, elle ne réussit pas à regarder vraiment son maître et se contenta de lui lancer de petits coups d'œil. C'était un homme très séduisant. Pas beau ni parfait – sa peau gardait les marques de vieux problèmes d'acné et il était un peu trop gras à la taille –, il était exceptionnel. Sa présence colorait l'air, le faisait presque miroiter.

À dire vrai, il y avait des mois qu'elle l'avait remarqué de loin. Taos était une petite ville, et les hommes libres d'un certain âge y étaient rares. Trop d'artistes – des écrivains, des photographes et des peintres –, tellement égocentriques qu'une femme n'était qu'un accessoire pour eux, une simple commodité. Thomas était… pas ordinaire, non pas du tout… mais vrai. Elle l'apercevait souvent chez le marchand de glaces, le soir, quand il faisait chaud, dans un café, en train de manger en solitaire tout en lisant les journaux d'Albuquerque et de Denver. Mais elle le voyait surtout à l'épicerie où elle travaillait comme fleuriste. Il achetait du détergent Tide, beaucoup de raviolis en boîte et des épis de maïs congelés.

Le silence durait, de plus en plus long et dense. Après avoir glissé une mèche folle derrière son oreille, comme si cela pouvait l'aider, Luna réussit enfin à poser une question.

— Comment va votre grand-mère ?

— Bien, je crois. Elle dort encore. À quoi ça ressemble là-dedans ? demanda-t-il en indiquant la fenêtre d'un geste du menton.

— Affreux.

Il monta les marches, et Luna garda instinctivement une bonne distance entre eux pendant qu'il essuyait la vitre, pour essayer d'enlever la suie, comme elle quelques minutes plus tôt. En se tenant prudemment à l'écart, elle remarqua que ses cheveux, encore humides, formaient une tresse serrée qui suivait le creux de sa colonne vertébrale presque jusqu'à la taille. Ils avaient mouillé sa chemise soigneusement rentrée dans son jean, une chemise aux rayures bleues et blanches dont les manches étaient roulées sur des avant-bras musclés et bronzés, couleur cannelle.

Il se retourna.

— C'est pire que je croyais, grogna-t-il en hochant la tête. Je me demande bien ce qu'elle manigançait.

Il sortit un trousseau de clés de sa poche et déverrouilla la porte.

— Voulez-vous m'attendre un instant, au cas où je passerais au travers du plancher ?

— Bien sûr.

— Reste, dit-il au chien, qui faisait mine de le suivre à l'intérieur de la maison.

En gémissant, la bête lui obéit en s'asseyant presque sur le pied de Luna. Thomas haussa un sourcil.

— Vous aussi.

Elle lui fit un petit sourire en regardant, derrière lui, vers la cuisine incendiée.

— Je crois que vous ne devriez pas prendre le risque d'aller dans la cuisine. Les madriers ont vraiment l'air en mauvais état.

— Ouais.

Il avança lentement, la tête levée vers le plafond couvert de tourbillons noirs. Il s'arrêta sur le seuil de la pièce. Sans poser le pied sur le plancher carbonisé, il se pencha et ramassa un objet qu'il laissa aussitôt retomber avec un petit cri, en se secouant les doigts. Il regarda Luna par-dessus son épaule.

— C'est chaud ?

Il prit un air préoccupé.

— Ce n'est pas la chose la plus brillante que j'aie faite.

De sa poche arrière, il tira un mouchoir blanc bien plié – combien d'hommes au monde utilisent encore des mouchoirs ? – et ramassa ce qu'il avait laissé tomber pour le lui rapporter.

— Regardez.

C'était un lourd chandelier en métal.

— Pourquoi faire brûler des bougies au milieu de la nuit ?

— Un rituel, des prières quelconques, dit-il en examinant l'objet de tous les côtés. Je crois que je vais le lui rapporter.

Le regard de Luna fut attiré par une boucle de cheveux noirs qui lui tombait sur le front, et elle recula un peu brusquement. Elle se sentait vaguement humiliée de constater qu'il lui plaisait et elle espérait vraiment qu'il ne s'en était pas aperçu.

— Bonne idée, dit-elle.

— Comment va votre éraflure ? demanda-t-il.

Elle y toucha.

— Un peu à vif, mais rien de grave.

— Faites-moi plaisir, dit-il en sortant de sa poche un petit calepin, un crayon et des lunettes de lecture, qu'il mit sur le bout de son nez avant de gribouiller quelque chose sur le papier. Voici mon numéro de téléphone, au cas où vous devriez consulter un médecin.

Avec ses lunettes, il avait l'air d'un professeur en études ethniques ou en littérature amérindienne à l'Université du Nouveau-Mexique. Pour une raison qu'elle ne prit pas le temps d'analyser, elles le faisaient paraître plus accessible. Elle réussit à le regarder bien en face tout en prenant le papier.

Son visage ressemblait plus ou moins à ce qu'elle avait imaginé de loin. Indien, à coup sûr, mince et osseux, avec des pommettes très saillantes et une grande bouche. Il était difficile de deviner à quelle nation il appartenait – probablement pas celle de Taos ni même celle de Pueblo, mais une des nations des Plaines – Cheyenne, peut-être, ou Sioux. Ses yeux noirs et bridés semblaient tristes, mais c'était peut-être elle qui l'imaginait parce que ses achats à l'épicerie laissaient croire qu'il vivait seul.

Cesse de rêvasser, veux-tu ?

Bien. Luna prit le morceau de papier qu'il lui tendait, et l'atmosphère changea, comme si la pression barométrique était tombée brusquement. Elle sentit le besoin de bâiller pour se déboucher les oreilles. Il semblait avoir un petit coup de soleil sur son nez proéminent, et il émanait de lui une odeur qu'elle ne réussissait pas à identifier.

Tout à coup, elle eut terriblement envie d'une cigarette.

La vie était belle. Elle était même extraordinaire.

— Je suis certaine que ce ne sera rien, dit-elle en s'écartant lentement de lui. Au plaisir de vous revoir.

Il releva la tête et resta sans bouger, ses lunettes à la main, les coins de la bouche un peu abaissés. À son expression, Luna crut comprendre qu'elle n'était pas la seule à ressentir de l'attirance. Pendant qu'elle examinait ses cheveux, il avait dû observer ses lèvres, peut-être ses yeux ou ses seins, selon ce qui l'attirait le plus chez une femme. Un pincement au cœur, elle se mit à éprouver des désirs auxquels elle avait cru renoncer à jamais.

Thomas pencha la tête, et elle attendit la suite.

— Faites-le-moi savoir si vous avez des problèmes avec votre bras, dit-il simplement.

— J'espère que votre grand-mère va bien s'en tirer.

Il acquiesça en la fixant d'un regard sérieux.

Il ne restait plus à Luna qu'à repartir vers sa maison en essayant d'ignorer qu'il la suivait des yeux. Tout en s'efforçant de marcher normalement, elle regrettait de ne pas avoir une longue chevelure ondoyante, de longues jambes fines ou d'autres attraits vraiment exceptionnels.

Joy devait arriver à Santa Fe à quatorze heures. Comme elle avait du temps, Luna fit un saut à une réunion des Alcooliques Anonymes, juste pour se rasséréner. Son envie de tequila et de vin avait été très forte la nuit précédente. Peut-être ses efforts pour cesser de fumer faisaient-ils revivre de vieux démons. C'était une bonne idée. Une heure plus tard, elle en sortit confiante et plus solide.

Du sous-sol de l'église où se tenait la réunion, elle marcha jusqu'à la maison de sa mère. Tout était calme et tranquille sur la colline. Dans ce quartier comme dans le sien, les maisons étaient basses, et les adobes couleur de sable se fondaient dans le paysage.

Mais ces villas valaient des millions de dollars. Des peupliers et des bosquets d'arbustes indigènes assourdissaient le moindre bruit et cachaient les fenêtres des superriches et même de certaines célébrités qui y avaient trouvé refuge. Au loin, dans la plaine, des enfants criaient en jouant. Un avion bourdonnait au-dessus du couvert nuageux.

En s'approchant de la grille de l'élégante cour et en y entrant, Luna observa que plusieurs feuilles du peuplier étaient bordées d'or, premier signe de la venue de l'automne. Cela lui parut trop tôt, comme si le temps passait trop vite, et elle froissa les feuilles entre ses doigts en attendant que sa mère lui ouvre la porte.

— Luna! s'exclama celle-ci. Tu es en avance!

Elle était la seule à appeler Luna de son vrai prénom. Les autres l'appelaient Lu. C'était un peu étrange, Luna, surtout accolé à McGraw. Le choix du nom venait de son père, charmé par sa peau blanche et ses cheveux blonds. Comme sa mère était elle-même sous le charme de son père, elle n'avait pas protesté. Elle voyait une certaine magie à nommer une enfant en l'honneur de la lune. Et, si Jesse Esquivel n'avait pas disparu quand Luna et sa sœur avaient respectivement sept et cinq ans, elle se serait appelée Luna Esquivel, ce qui sonnait mieux.

Avec une pointe de surprise, Luna sentit ses démons de la nuit précédente surgir et se mettre à hurler.

Elle porta la main à sa poitrine. Il y avait des peines qu'on n'arrivait jamais à surmonter. Malgré toutes les thérapies, les journaux intimes, les créations artistiques ou les rituels, certaines blessures restaient toujours douloureuses. Un point c'est tout. Elles laissaient à tout jamais d'énormes cicatrices nébuleuses, si sensibles qu'elles pouvaient se rouvrir presque sans raison. Le départ de son père avait laissé une cicatrice de ce genre. À Luna, à sa sœur, Elaine, et à leur mère.

Debout dans la cour de la luxueuse maison de Kitty, en ce samedi matin, Luna demanda à sa mère de lui accorder un moment.

Kitty hocha d'abord la tête, puis elle acquiesça.

— Prends tout ton temps.

Luna s'éloigna de la porte et se mit à faire les cent pas. Pendant sa convalescence, elle avait entre autres appris à reconnaître les émotions au moment où elles apparaissaient plutôt que d'essayer de les ignorer. Même si elle ne réussissait pas toujours.

Son rêve de la veille avait été remarquable. Seulement elle et son père, juste avant son départ, dans une boutique de souvenirs à Albuquerque où il lui avait acheté un bracelet en cuivre gravé d'aigles.

« Fouille un peu plus », dit la psychothérapeute Barbie.

Jesse Esquivel avait quitté la maison un beau matin, avec, sur la tête, une casquette couverte d'écussons d'équipes de football et un tee-shirt blanc rentré dans son jean. Il n'était jamais revenu. Luna se rappelait ses bras, bruns et musclés par le travail, si puissants que les deux sœurs s'y accrochaient comme à des barres de fer. Leur père les adorait. C'était pourquoi Luna l'avait attendu tous les soirs, à genoux sur le canapé pour pouvoir regarder par la fenêtre, persuadée que l'odeur du repas et le parfum de sa mère finiraient par le ramener à la maison. Tous les soirs, pendant un temps qui lui avait paru des années, mais qui n'avait duré que quelques mois, selon sa mère, elle avait espéré qu'il passe la porte d'entrée.

Et elle savait aussi exactement comment cela se déroulerait. Il apparaîtrait simplement un soir, peut-être un de ces jours où, au retour de l'école, il faisait noir trop tôt pour pouvoir jouer dehors. Il arriverait à la même heure que d'habitude. Les filles abandonneraient leur jeu, pousseraient un cri perçant, «Papa!», comme toujours, et s'accrocheraient à ses jambes musclées. Lui, il rugirait, rirait et les laisserait se balancer au bout de ses bras. Puis, attirée par toute cette agitation, Kitty sortirait de la cuisine en essuyant ses mains à une serviette. Elle porterait la robe bleue qu'il aimait tant et l'embrasserait sur les lèvres. Toute la famille s'assiérait ensuite pour manger le dîner que Kitty aurait préparé, et il n'en serait jamais plus question.

Son rêve ne s'était jamais réalisé.

Debout dans la cour de l'élégante maison de sa mère, une trentaine d'années plus tard, perdue dans ses souvenirs, Luna souffrait encore pour cette petite fille. Pendant trois ans, elle avait porté son bracelet de cuivre sans jamais l'ôter. Une fois par semaine, Kitty nettoyait, à l'aide d'une brosse à dents, les taches verdâtres qu'il formait sur son poignet, mais elle n'avait jamais essayé de convaincre Luna de l'enlever.

Tôt un matin dans la cour d'école, alors qu'elle était en troisième année du cours élémentaire, Luna avait quitté à la hâte une aire de jeu pour aller en classe. Son bracelet s'était accroché dans une vis un peu lâche. Sa main avait failli être sectionnée de son bras avant que le métal ne cède. Elle avait encore une cicatrice sous le pouce. Le bracelet était fichu, mais elle en avait gardé les morceaux jusqu'à aujourd'hui.

— Luna, ma chérie, ça va? lui demanda Kitty depuis la porte.

— Ça va, dit-elle en souriant, pour montrer que c'était bien vrai. J'ai rêvé de papa la nuit dernière. Je suppose que ça m'a rendue un peu triste.

Une ombre passa sur le visage de Kitty, mais elle ne parlait jamais de Jesse. Comme toujours, elle se tut. En souriant, elle s'approcha de Luna, la serra dans ses bras, dans un tourbillon d'odeurs de parfums et de cosmétiques, et l'entraîna à l'intérieur d'une main parce qu'elle tenait une chaussure dans l'autre.

— Je suis presque prête. J'ai fait des brioches, alors prends-en une avant que nous partions.

Avec une seule sandale turquoise au pied, elle se rendit dans la cuisine en boitillant et fit un geste en direction de la cafetière tout en s'appuyant sur le comptoir.

— Sers-toi. Au caramel, comme tu les aimes.

— Tu es impossible, dit Luna.

Elle savait qu'elle ne devrait surtout pas se permettre de manger une brioche au caramel et aux noix de pécan, une des douceurs géniales concoctées par sa mère. Ses vêtements commençaient à être sérieusement trop serrés – un autre effet pervers de l'abandon de la cigarette.

Elle sortit quand même une assiette de l'armoire et se servit une brioche, sachant que Kitty ne se laisserait pas tenter, mais qu'elle prendrait un café. Luna remplit deux tasses de la mixture pâle et insipide. Assise à la table sculptée à la mode du Sud-Ouest, elle observa Kitty se battre avec la lanière de sa sandale, son petit derrière mince appuyé contre le comptoir. Sa posture dénudait une bonne partie de ses seins dans le décolleté, bordé d'un liséré or, de son chemisier turquoise. À ses doigts brillaient des diamants de la taille de noix de Grenoble.

— Où est Frank ? demanda Luna.

— Au golf, répondit Kitty, en finissant d'attacher la lanière autour de sa ravissante cheville.

Elle laissa retomber la jambe de son pantalon et s'approcha de la fenêtre au-dessus de l'évier, dans le cliquetis de ses talons sur le plancher en tuiles de la cuisine.

— Si tu veux, nous pouvons sans doute l'apercevoir. Il porte une casquette rouge pour que je puisse toujours le reconnaître.

En se penchant comme une petite fille, elle plissa les yeux pour le chercher, puis lui fit un signe de la main comme s'il pouvait la voir.

— Le voilà, sur le septième trou !

Luna sourit. Il était impossible de ne pas adorer Frank, qui adorait leur mère. Producteur de pétrole texan et veuf, il avait rencontré Kitty au bar de la piste de courses où elle travaillait comme serveuse et l'avait poursuivie de ses assiduités, gentiment et sans relâche, pendant six ans avant qu'elle n'accepte de l'épouser. Elle ne cessait de lui dire que leur mariage, entre une serveuse et un homme riche, ne fonctionnerait pas, et il ne cessait de la contredire. Elle avait finalement cédé, dans un mélange de larmes et de passion qui avait fendu le cœur de Frank. Luna était présente. Encore fragile, elle avait vécu chez sa mère dans les premiers temps de sa convalescence. Ce fut l'unique fois de sa vie qu'elle vit Kitty pleurer sur son père.

Frank, un gros homme avec une bedaine, un crâne chauve et les yeux les plus bleus et les plus gentils que Luna connaisse, avait simplement pris Kitty dans ses bras. Il lui avait dit qu'il préférait se faire couper le pénis que de renoncer à elle. Ce qui avait tellement fait rire sa mère, un peu grivoise, qu'elle l'avait embrassé.

C'était quatre ans plus tôt et il avait développé depuis l'art de la gâter. Kitty commençait à l'apprécier. Il lui avait acheté cette immense maison de style méditerranéen, l'inondait de bijoux et l'amenait faire toutes les croisières dont elle avait rêvé pendant les deux décennies où elle avait élevé seule ses deux filles, sans beaucoup d'argent.

Luna ne savait absolument pas comment sa mère y était arrivée.

— Es-tu excitée ? demanda Kitty, les yeux brillants.

— Oui. Et un peu nerveuse aussi.

— Bien sûr, mais rappelle-toi que tu es une mère merveilleuse et fie-toi à ton instinct. Je suis tellement excitée à l'idée d'avoir notre bébé avec nous pendant toute une année !

Et Joy adorait sa grand-mère. C'était toujours ça de pris.

— Je sais. Moi aussi.

— Alors, grouille-toi un peu, ma fille. Ta sœur vient-elle dîner ce soir ?

— Oui. Peut-elle coucher ici ? Elle déteste dormir sur mon canapé.

Luna n'en dit rien, mais elle haïssait voir Elaine s'installer chez elle. Sa cadette était devenue chrétienne évangéliste à peu près à l'époque où Luna s'était tournée vers l'alcool pour régler ses problèmes, et c'était un supplice de l'entendre parler des enseignements de Jésus pendant plus de deux ou trois heures.

— Tu sais bien que ça ne me dérange pas. Nous avons plusieurs chambres.

Elle vérifia l'attache d'une boucle d'oreille et écarta une mèche blonde de ses yeux. Elle lissa son pantalon avec la main et s'empara de son sac en cuir turquoise.

— Es-tu prête?

— Tout à fait.

Thomas retarda autant qu'il le put le coup de téléphone qu'il devait donner à son frère. En accomplissant ses tâches du samedi – l'épicerie pour sa maisonnée de plus en plus grande, le balayage des planchers des couloirs à l'étage, le nettoyage de la salle de bains et des plats des animaux. Il ne s'octroya toutefois pas le droit de sortir ses outils de menuiserie avant d'avoir fait l'appel.

Il se rendit enfin dans la salle de séjour. La pièce avait déjà dû s'appeler le salon ou le boudoir dans cette maison victorienne qui représentait une véritable anomalie dans un quartier de Taos construit surtout en adobe. Vestige d'un passé oublié, elle était encore dans un état plutôt lamentable. Lors d'une promenade matinale, Thomas était tombé amoureux de cette maison et il avait convaincu Nadine d'y vivre. Un autre de ses projets ratés, songea-t-il.

La pièce était calme et silencieuse. Le soleil, qui entrait par les vieilles vitres minces de la grande fenêtre donnant sur l'avant, formait des taches de lumière sur le plancher de pin. Il dorait la petite table de cèdre que Thomas avait fabriquée et sur laquelle le téléphone était posé. Un téléphone blanc, du modèle qui s'était déjà appelé «princesse». Il décrocha et entendit la tonalité.

Un long moment, il se contenta de l'écouter. Il se sentait un peu nauséeux, mais il ne pouvait pas demander à ses cousins de faire une fois de plus le sale travail pour lui. Pendant que le téléphone sonnait à Albuquerque, il pria pourtant le ciel qu'il n'y ait que le répondeur à l'autre bout.

Ce fut plutôt une voix de femme. Vive et joyeuse, elle semblait avoir interrompu une tache agréable pour écouter de bonnes nouvelles. Pendant quelques instants pénibles, il l'imagina parfaitement – le poids de ses lourds cheveux noirs sur les épaules, l'éclair dans ses yeux exotiques et la ligne de son cou élancé. Trop jeune pour lui, avait-il pensé lorsqu'ils s'étaient rencontrés. Elle lui avait couru après, comme sa mère aurait dit, pendant plus d'un an avant qu'il accepte de seulement sortir avec elle.

— Nadine, dit-il, c'est Thomas.

— Je reconnais ta voix, Thomas. Tu n'as pas besoin de toujours t'identifier.

— Ouais. Euh… j'ai entendu dire que des félicitations étaient de mise. Un bébé en décembre?

Un court silence.

— Comment le sais-tu?

— C'est James qui me l'a dit.

— Ouais. Eh bien! merci.

Les paupières de Thomas se mirent à picoter. Il posa le bout des doigts dessus.

— Mon frère est-il dans les parages?

— Il est allé au magasin. Veux-tu que je lui demande de te rappeler?

— Non. Dis-lui simplement que Placida a mis le feu à sa maison la nuit dernière et qu'elle va bien, mais qu'elle reste avec moi pour le moment.

— Mon Dieu! Thomas, va-t-elle bien?

— Je viens juste de te le dire.

Il avait toujours été agacé par la manie qu'elle avait de tout répéter.

— Je ne voulais pas qu'il s'inquiète.

— Thomas, dit-elle, est-ce que ça va? Je sais à quel point tu désirais un bébé, et cela aurait pu être…

— Arrête, Nadine.

Il raccrocha. Sa main était tellement mouillée de sueur que le combiné faillit lui échapper.

Il allait bien. Parfaitement bien. Aussi bien que possible.

Un peu ébranlé, il rejoignit Tiny et Placida dans la cuisine, une pièce qu'il aimait pour deux raisons. D'abord, elle était immense. Assez grande pour contenir une table que Thomas avait fabriquée lui-même d'une superbe plaque d'érable et huit chaises. Ensuite, elle était remplie de lumière toute la journée. La fenêtre au-dessus de l'évier donnait vers le sud, et une série de fenêtres plus petites, qui perçaient tout un mur, avaient une vue vers l'est, le bas de la colline et toute la ville.

C'étaient cependant ses seuls atouts. Elle avait été rénovée dans les années 1920, la plomberie avait été refaite et quelqu'un avait installé des armoires en contreplaqué, recouvertes plus tard de papier autocollant imitant le bois. À en juger par la façon dont le papier se décollait, cela avait dû être fait, au mieux, une vingtaine d'années plus tôt. Au sol, il y avait un linoléum usé dont le motif effacé donnait une teinte indéfinissable de gris. Il se promettait toujours de s'en occuper – il pourrait au moins découvrir le plancher pour voir s'il était assez beau pour le garder tel quel.

Ce jour-là, la pièce était remplie de l'arôme riche du chili et du porc mêlé à l'odeur plus subtile des tortillas fraîches qui brunissaient dans une poêle. Debout à côté de la cuisinière, Placida mitonnait joyeusement des plats pour l'homme courbé sur la table. Thomas s'arrêta pour piquer une tortilla et humer le ragoût.

— Comment vas-tu ce matin ? lui demanda-t-il en touchant son dos maigre.

— Bien, bien, dit-elle en espagnol.

D'un geste du menton, elle indiqua Tiny qui dévorait ce qu'elle avait cuisiné.

— Ton ami, il a faim. Je lui ai fait à manger.

Tiny eut un large sourire.

— C'est bon. Bien meilleur que de la cuisine de célibataire, hein ?

En acquiesçant, Thomas se rappela son appel avec un coup au cœur.

— Mets-en un peu de côté, *Abuela,* dit-il. Je vais en apporter à ta voisine. Range-le dans le réfrigérateur, et j'irai plus tard.

— Non, répliqua-t-elle sans le regarder. Tiens-toi loin d'elle.

Il haussa les sourcils.

— Elle t'a sauvé la vie.

L'air obstiné, elle leva les yeux vers lui.

— Non.

— Non, elle ne t'a pas sauvé la vie ou, non, je ne peux pas lui apporter de chili ?

— Les deux, dit-elle en redressant la tête. Tiny pourrait y aller.

Thomas tendit la main pour prendre une tortilla de la pile posée sur une assiette.

— Pas question.

Pour mettre fin à la discussion, il sortit sur la large galerie qui entourait la vieille maison en mangeant la tortilla encore tiède, une lanière à la fois. Dans un coin se trouvaient ses outils de menuiserie. Avec un soupir de soulagement, il prit un cube de pin, d'une trentaine de centimètres de côté, qu'il avait déjà commencé à sculpter, et un ciseau. Il laissa le bois lui parler et lui faire tout oublier.

Dans la famille de Placida cohabitaient deux talents, très estimés dans l'ancien temps. Son père avait été tisserand à Chimayó et son mari, *santero*, un sculpteur sur bois se consacrant aux saints. Parmi ses enfants et maintenant ses petits-enfants, on trouvait toujours des tisserands. Un cousin de Thomas avait fait fortune en exportant des couvertures sur les marchés touristiques.

Par contre, la sculpture avait failli se perdre. Aucun des fils de Placida ne s'y était intéressé ni aucun de ses petits-fils jusqu'au plus jeune, le *tío* Hector de Thomas. Ensuite, Thomas, dont la mère disait souvent qu'il était né avec un bâton dans la main. Quand il était petit, Placida l'emmenait fréquemment à Taos et lui avait laissé passer les longs étés tempérés dans la montagne, avec son arrière-grand-mère et son petit-fils, Hector, qui prenait soin d'elle, de ses chèvres et de ses moutons. Le jour, Hector lui montrait comment travailler avec l'adobe, en faire des briques et construire des choses durables. Le soir, tous deux sculptaient des saints, des squelettes et d'autres objets rituels.

Thomas trouvait que la continuité dans sa vie lui apportait de l'harmonie. Il aimait se perdre dans la forme d'un pied apparaissant sous les plis d'une robe. Il était heureux de s'être mis à s'occuper de sa grand-mère après la mort d'Hector. D'avoir fait de l'entreprise en déclin de son oncle une affaire prospère, au cours des cinq dernières années. S'il lui restait encore tant de travaux à faire sur sa maison, c'était par manque de temps, pas d'argent. L'argent coulait à flots actuellement à Taos et Thomas en récoltait une bonne partie grâce à l'adobe. De la paille changée en or.

L'image de la femme qui avait sauvé sa grand-mère lui revint à l'esprit. Sa chevelure était un mélange de paille et d'or. Elle avait des yeux foncés. Méfiants. Presque aussi méfiants que les siens à lui devaient l'être. Un frisson lui parcourut les nerfs, et il fit un signe affirmatif de la tête. Il lui apporterait du chili, peu importe ce qu'en pensait Placida. Ce n'était que justice.

Dans *Astrology Magazine* :

Les effets des éclipses

Il est essentiel de s'intéresser aux éclipses solaires, parce qu'elles sont toujours annonciatrices de changements. Ce mois-ci, deux éclipses solaires majeures sont à surveiller. Ce sera une période de mutations et de bouleversements qui affecteront la vie des hommes. Tenez-vous bien! Nous assisterons à un branle-bas général.

Quatre

Le vol fut évidemment en retard pour faire rager Luna qui avait tellement hâte de voir sa fille. Kitty passait le temps en feuilletant une pile de magazines dont elle arrachait de temps à autre des images qu'elle rapporterait et collerait dans un cahier à reliure en spirale qu'elle gardait à cet effet. Pas des illustrations montrant des façons de décorer les fenêtres ou d'idées de jardinage qui lui plaisaient. Simplement de jolies images, un flacon de parfum aussi bien qu'un vitrail. Du plus loin que Luna se souvienne, elle l'avait toujours fait, bien avant que la mode préconise de s'adonner à des activités par pur plaisir.

Incapable de rester longtemps en place, Luna alla s'acheter un *latte* dans une machine et se mit à faire les cent pas dans la salle d'attente. Elle s'efforçait de ne pas penser aux pirates de l'air, aux bris mécaniques et à toutes les autres horreurs qui pouvaient toucher les avions. Tout en marchant, elle se répéta le nom de sa fille comme une rengaine – *Joy, Joy, Joy.*

Du moment où, dans la salle d'accouchement, Joy avait levé vers elle son regard calme et curieux, Luna avait été complètement transformée. Prête à vivre ou à mourir, à danser et à chanter, esclave consentante des charmes de la maternité.

C'était pourquoi les événements ultérieurs lui avaient été si pénibles. En prenant une gorgée de *latte*, elle essaya d'écarter les souvenirs. Pas aujourd'hui, dit-elle aux démons qui menaçaient de sortir de leur tanière. Pas maintenant. Peut-être pour chercher le calme auprès de sa propre mère, elle s'assit à côté de Kitty sur une chaise en plastique moulé.

Kitty posa son magazine.

— Joy est-elle heureuse de venir passer l'année scolaire ici ?

— Apparemment, oui. Avec les événements de l'année dernière, je ne sais pas trop. J'ai de la difficulté à saisir ce qu'elle ressent vraiment, dit Luna.

Il y avait près de six mois qu'elle et sa fille ne s'étaient pas vues. Elles s'étaient parlé au téléphone et avaient échangé des courriels quelques fois par semaine, mais ce n'était pas du tout pareil.

— Elle a eu des problèmes à l'école et Marc est très furieux.

— Quelle surprise ! dit doucement Kitty.

Même si elle ne faisait pas de commérage, jamais, et défendait qu'on en fasse en sa présence, elle ne réussissait pas à être charitable à l'endroit de l'ex-mari de Luna. Et Marc était une des rares personnes dans tout l'univers à ne pas avoir succombé au charme de Kitty. Une des pires disputes du couple avait eu lieu quand Marc avait dit à Luna, d'un ton caustique, que Kitty avait à peu près autant de charme qu'une putain de Las Vegas.

— J'ai bien l'impression que Joy se réjouira de ne pas être là pendant qu'il s'occupe de sa campagne électorale. Je trouverais ça horripilant de toujours avoir des journalistes à mes trousses, et tu sais que c'est ce qui va se passer, si ce n'est déjà fait.

— J'en suis certaine.

Luna soupçonnait que c'était justement cette campagne qui avait entraîné les changements dans l'entente sur la garde. Une adolescente à l'air boudeur pouvait gâcher bien des reportages photographiques. Avec Joy à l'écart, en sécurité, Marc et sa deuxième famille – bien propre, blonde et impeccable – pourraient offrir l'image du ménage américain modèle en toutes circonstances.

Elle ne voulait toutefois pas en parler à Kitty et elle avait probablement raison. Ce genre de pensée ne donnait jamais rien de bon. À dire vrai, Marc était un salaud, superficiel et arriviste. Il avait profondément blessé Luna, à un moment où elle était très vulnérable, et il l'avait fait comme le pire manipulateur qu'on puisse imaginer. À l'époque, elle avait eu des rêves de vengeance qui auraient rendu jaloux même Attila le Hun, et Marc aurait bien mérité toutes ces tortures.

Elle n'avait quand même jamais songé sérieusement à les réaliser. Même dans ses pires moments, elle n'aurait jamais rien fait pour blesser Joy, contrairement à ce que le juge avait conclu.

On annonça enfin l'arrivée du vol. Luna bondit sur ses pieds, et Kitty lui serra la main.

— Rappelle-toi, ma chérie, tout ce dont un enfant a besoin, c'est de l'amour.

Luna acquiesça, le cœur gonflé dans sa poitrine. Toutes deux se frayèrent un chemin dans la foule pour essayer d'apercevoir Joy.

Mais Luna ne la reconnut que lorsqu'elle fut à deux pas d'elle.

— Maman, c'est moi.

Luna n'en croyait pas ses yeux de voir sa fille, naturellement blonde, avec des cheveux teints en rouge fluorescent et en noir. Elle portait un haut en filet et un pantalon à pattes d'éléphant. Ses ongles étaient vernis en noir. Sous sa lèvre inférieure percée brillait une pierre bleue. Pétrifiée et inquiète, Luna ne savait ni quoi dire ni comment réagir devant cette nouvelle allure. Mais ce furent l'amour et le soulagement – elle était enfin là! là! – qui prirent le dessus. Elle se réjouit aussi de lire un bonheur réel et manifeste dans les yeux bleu pâle de Joy.

En la serrant contre elle, Luna poussa un petit cri de ravissement, heureuse de sentir autour de son cou l'étreinte des bras minces de sa fille.

— Je suis si contente de te voir! s'écria-t-elle.

Joy continua un long moment à l'enlacer, bien fort.

— Moi aussi, murmura-t-elle. Tu ne peux pas savoir à quel point.

Quand elles arrivèrent à Taos, Joy était lessivée, et Luna la conduisit dans sa nouvelle chambre. Sa fille parut aimer sincèrement la pièce que Luna avait peinte d'un turquoise vif. Elle avait complété la décoration avec des accessoires kitsch évoquant le film *Day of the Dead* : un pied de lampe avec des squelettes grimaçants et un miroir encadré avec des os et des crânes.

— Je regrette qu'elle soit beaucoup plus petite que celle à laquelle tu es habituée, dit Luna en ouvrant le placard pour lui montrer les étagères à l'intérieur. Je sais que tu voudras y ajouter des choses à ton goût, mais la vue est magnifique. Regarde.

Elle écarta les rideaux de la fenêtre donnant vers l'est pour lui faire admirer la montagne Taos s'élevant au-dessus d'un bosquet de chênes. Puis, vers le nord, une vue de la rivière.

— C'est parfait, maman, je t'assure. J'adore le style *Day of the Dead*. Tu as un vrai talent d'artiste, dit Joy en passant ses doigts sur la vieille coiffeuse repeinte. Je voudrais bien être capable d'en faire autant.

— C'est facile. Je te montrerai. Pour l'instant, tu devrais faire une petite sieste. Tout le monde va venir te voir ce soir.

— Génial.

En bâillant, elle se laissa tomber sur le lit. Luna se dirigea vers la porte.

— Maman.

Luna se retourna en souriant.

— Je suis si heureuse d'être ici. Merci.

Luna lui envoya un baiser du bout des doigts.

Dans la cuisine, elle mit de la musique douce pour lui tenir compagnie pendant qu'elle préparait une salade de pommes de terre. C'était le seul plat qu'elle réussissait suffisamment bien pour rivaliser avec les talents culinaires de ses amies et des membres de sa famille. La recette, une spécialité du sud, lui venait d'une vieille tante de Marc. Tout en hachant le céleri, les oignons, les pommes de terre bouillies dans leur pelure et les œufs cuits dur, Luna fredonnait avec le disque compact qu'elle avait fait jouer en boucle pendant qu'elle cuisinait.

Elle venait de ranger le bol dans le réfrigérateur et songeait à aller prendre une douche rapide lorsqu'on frappa à la porte. Croyant que c'était Allie, sa meilleure amie, elle prit un air légèrement impatient en ouvrant.

Mais ce n'était pas Allie, c'était Thomas Coyote.

— Oh! réussit-elle à articuler.

Debout, la poignée de la porte sous la paume de sa main droite, elle le regardait fixement. Dans son cerveau vide, elle ne trouvait aucun autre mot pour s'exprimer.

Si elle ne se sentait pas trop mal à l'aise, c'était parce qu'il semblait chercher ses mots autant qu'elle. Ils restèrent donc à se regarder en chiens de faïence pendant ce qui lui parut un bon cinq minutes.

Luna avait oublié ce qu'on éprouvait devant une attirance aussi forte. Elle avait oublié le curieux besoin de noter le plus de détails possible de l'apparence d'un homme pour les garder précieusement en mémoire et s'en souvenir plus tard. Elle s'intéressa particulièrement à son cou dans l'ouverture de son polo blanc, un triangle de douce peau foncée au sommet de sa tête où ses cheveux si noirs brillaient d'un éclat blanchâtre et à sa grande bouche qui ne souriait pas…

— Euh… bonjour, dit-elle enfin maladroitement. Je m'excuse. J'ai l'esprit vide. Je ne m'attendais pas à vous voir.

Elle se tut et recula d'un pas pour l'inviter à entrer.

— Je suis simplement passé pour vous remercier dans les formes, dit-il.

Alors seulement elle s'aperçut qu'il portait un fourre-tout en toile, du genre de ceux que les clients achètent cinq cents pour transporter leur épicerie.

— Je vous ai apporté quelque chose.

— Entrez, je vous en prie.

Elle continua à reculer dans la pièce de séjour, consciente de ses pieds nus et de l'apparence fripée du chemisier qu'elle avait porté toute la journée. Elle essayait de ne pas penser à ses cheveux, qu'elle avait attachés pour cuisiner, mais qui avaient leur propre volonté et étaient plutôt indociles. Elle s'empêcha d'y toucher avec la main.

— Ce n'était vraiment pas nécessaire.

Il hésita avant de passer le seuil, comme s'il avait vu sur une carte géographique l'indication qu'il pouvait y avoir des dragons dans cette salle de séjour. Il entra prudemment. Luna, en penchant la tête, remarqua la forme de sa cuisse, longue et robuste, sous son jean et songea qu'il devait avoir un corps très musclé en raison de son travail. Quand il s'approcha d'elle, son regard fut attiré par un anneau d'argent qui dépassait de ses cheveux et, dessous, par une épaule solide sous le tricot de coton. Quand il s'arrêta enfin devant elle, elle fit un effort réel pour ne pas regarder ses cheveux, mais elle ne put s'empêcher d'apercevoir sa longue tresse, noire et lourde, qu'elle aurait voulu défaire pour voir l'apparence de sa chevelure quand elle était libre.

Debout au milieu de la salle de séjour, à côté de la table basse, il lui parut immense.

— Voulez-vous vous asseoir ? demanda Luna. J'ai des sodas dans le frigo.

Son sac toujours dans les bras, il observait lentement la pièce, comme pour se rappeler le moindre détail. Luna se demanda s'il en aimait les couleurs, que la plupart des gens trouvaient trop vives, si les tableaux lui plaisaient, et s'il serait à l'aise sur le canapé. Elle s'aperçut qu'elle avait inconsciemment croisé les doigts, ce qui lui apportait du réconfort. Il leva les yeux vers elle.

— Vous sentez vraiment bon, dit-il de sa merveilleuse voix rauque.

— C'est probablement la salade de pommes de terre. Ma fille vient d'arriver et j'ai fait un peu de cuisine.

Il eut un léger tremblement des lèvres.

— Je suis convaincu que ce n'est pas la salade de pommes de terre.

Luna réussit enfin à rire et décroisa les doigts.

— Je m'excuse, je me comporte comme une idiote. Au cas où vous ne le sauriez pas, je… euh… bien…

Elle prit une grande inspiration, redressa la tête et le regarda bien en face.

— Il y a longtemps que je vous observe un peu partout en ville. Alors, je suis un peu troublée de me retrouver en train de vous parler.

— Moi aussi.

Ils échangèrent un regard direct et soulagé, les yeux dans les yeux, en se demandant ce qui arriverait s'ils en restaient là.

— Je suis divorcé, dit-il tout à coup, avant d'ajouter, probablement conscient que c'était un peu sec, je ne veux pas vous donner une mauvaise impression de moi.

— Depuis combien de temps ?

Thomas pencha la tête et regarda à l'intérieur du sac qu'il tenait.

— Deux ans en octobre.

— Avec le temps, ça devient moins difficile.

— Ce n'est pas difficile, dit-il en haussant les épaules. C'est mon deuxième divorce. Je commence à m'y faire.

Elle acquiesça, mais sentit, avec un peu de tristesse, que ce n'était pas aussi facile qu'il le disait. C'était évident dans la rigidité de sa bouche, qui tentait de ne pas prendre un pli amer, et dans le vide de son regard, qui ne voulait pas montrer combien il était affligé.

— Si je ne me trompe, ce n'était pas votre choix.

Un haussement d'épaules.

C'était peut-être mieux ainsi. Elle n'avait surtout pas besoin d'un homme dans sa vie au moment où elle avait bien d'autres préoccupations. Un être qui vit une déception amoureuse est vraiment très dangereux, et Luna s'était donné comme principe de ne jamais s'intéresser à quelqu'un qui était encore épris de son ex. Pis encore, il avait deux ex-femmes. Un mauvais point pour lui. Et certainement un très mauvais choix pour elle qui commençait enfin à reprendre sa vie en main.

Elle recula d'un pas.

— Venez donc dans la cuisine pour boire un soda, Thomas. J'en ai d'excellents. Je préfère à la vanille, mais j'imagine que vous êtes plutôt un type à aimer la *root beer,* ajouta-t-elle pour détendre l'atmosphère.

Les yeux brillants, il lui sourit.

— À la vanille ?

Des yeux superbes, songea-t-elle à regret. Brun velours.

— Oui, monsieur.

Thomas la suivit, un peu à contrecœur, en portant toujours consciencieusement le sac en toile qui contenait des portions du chili vert préparé le jour même par sa grand-mère. La vieille maison traditionnelle en adobe de Luna avait un banc sous les fenêtres en demi-cercle du côté est de la cuisine. Dessus, des coussins rayés, en turquoise, pourpre et jaune, et devant, une table basse en pin.

— C'est joli, dit-il. Vous avez fait beaucoup d'améliorations dans cette maison.

— Merci. Oui, j'ai travaillé fort. Ça m'a pris près d'un an à la rendre habitable.

Il entendit la musique douce qui jouait à l'arrière-plan et fronça les sourcils en essayant de reconnaître l'air.

— Hé! je connais ça. *White Bird*. Du groupe It's a Beautiful Day, dit-il en plissant les yeux. C'est ça?

— C'est ça, répondit-elle avec une expression de réel plaisir.

La musique du violon modifia l'humeur de Thomas et lui fit voir tout un monde de possibilités, mais ne fit pas disparaître sa gêne. Il posa le sac sur la table et, pour se donner une contenance, en sortit le chili dans son bol en plastique et l'emballage en papier d'aluminium des tortillas, tout en regardant Luna s'affairer dans la cuisine. Sous son short ample, il remarqua de nouveau que ses jambes étaient très robustes. Ses cuisses n'étaient pas exagérément gonflées, mais les muscles de son mollet se voyaient à chacun de ses mouvements. D'une armoire, elle sortit des verres pourpres avec une bordure jaune, puis elle se retourna pour aller chercher de la glace. Quand elle se pencha, il ne put s'empêcher de regarder son short remonter sur ses cuisses. Elle lui offrit un verre rempli de *root beer* bien pétillante et il le huma avec plaisir, laissant les bulles lui picoter le nez avant d'en boire une grande rasade. Très bon.

— Que m'avez-vous apporté? demanda-t-elle.

— Du chili.

Il posa son présent sur le comptoir en se rappelant la réaction de son *abuela* quand il avait parlé d'en offrir à Luna.

— Je suis intrigué de savoir ce que vous avez bien pu faire à ma grand-mère.

— Je ne crois pas lui avoir jamais adressé la parole avant hier soir. Et elle était furieuse contre moi, dit-elle en grimaçant.

— Elle ne voulait pas que je vous apporte de son chili.

— J'ai bien cru qu'elle allait me donner une raclée dans sa cuisine, je vous assure. Je ne sais pas pourquoi, mais elle refusait absolument de sortir.

Elle ouvrit le contenant de chili vert et le huma profondément en fermant les yeux.

— Merveilleux.

Elle prit l'emballage en aluminium et le porta aussi à son nez.

— Et des tortillas maison.

Il apprécia sa façon de le dire. Pas une question, mais une affirmation.

Il acquiesça.

— Je crois qu'il n'y a rien que j'aime plus au monde. Et le chili est encore tiède.

Elle sortit une tortilla fraîche et épaisse de son emballage, en fit un rouleau qu'elle trempa dans le bol, puis se pencha pour manger sans tacher ses vêtements.

— Délicieux.

Thomas l'observait très attentivement. Les yeux fixés sur sa bouche, il essayait d'apercevoir sa langue en la regardant manger. Il voyait ses seins sous son simple chemisier rose et ses cheveux fournis et rebelles, à peine retenus dans une queue de cheval.

Elle leva les yeux vers lui et le regarda. Calmement. Comme si elle savait des choses qu'il ignorait.

— Depuis combien de temps êtes-vous divorcée ? demanda-t-il brusquement.

— Des siècles. Dans une autre vie.

— Votre fille vit avec son père ?

— Jusqu'à présent. C'était mieux ainsi, dit-elle en écartant une mèche de cheveux de ses yeux. Avez-vous des enfants ?

— Non, dit-il avant d'ajouter le secret qu'il n'avait encore confié à personne. Mais elle est actuellement enceinte. Mon ex-femme. Elle va avoir un bébé en décembre.

— J'imagine que ça doit être difficile pour vous.

Thomas retint son souffle.

— Je n'y pense pas.

— Hum ! dit-elle en souriant, un peu sceptique. Vraiment ?

Il fléchit. Il lui dit la vérité, ce qu'il faisait rarement ces temps-ci.

— Je suppose que je n'ai pas eu beaucoup de chance. Vous êtes la première personne à qui j'en parle.

Elle posa la main sur la sienne. Thomas, sans savoir pourquoi, tourna sa paume vers le haut pour la saisir.

— Vous savez, lui dit-elle en le regardant dans les yeux, je suis certaine que vous pensez parfois que vous allez mourir de douleur, mais ça finit par s'améliorer. C'est seulement que c'est long.

Ils se tenaient beaucoup plus près l'un de l'autre que de purs étrangers le font habituellement, et il se demandait pourquoi elle ne s'écartait pas de lui. Autour d'eux, l'air devint si lourd qu'il aurait dû prendre une teinte pourpre foncé. Il remarqua la courbe de son cou et il voulut la sentir.

Tout en se penchant vers elle, il savait qu'il le regretterait. Mais il ne s'arrêta pas et posa ses lèvres sur les siennes. Il ne ferma pas les yeux, et elle non plus. Ce ne fut pas long. Leurs langues ne se touchèrent pas, ce fut un simple baiser, intime sans l'être vraiment. Pendant un instant infinitésimal, il éprouva de l'espoir – à cause de l'odeur de la salade de pommes de terre et de la musique de violon. Mais il vit alors ses yeux, sombres et profonds, grands et arrondis, et il s'écarta brusquement, se trouvant ridicule.

— Je m'excuse.

— Vous êtes simplement esseulé, Coyote.

Elle tapota sa main comme une tante d'un certain âge, lui laissant croire qu'il avait été seul à sentir l'air crépiter.

— Ouais, dit-il d'un ton bourru, je suppose. Au revoir.

Il se dirigea vers la porte, le cou bien droit pour montrer qu'il lui restait au moins une once de fierté. Quelle importance ? Sur la galerie, il s'arrêta pour prendre une grande inspiration.

Derrière lui, il entendit la voix de Luna.

— Thomas.

Il se retourna.

Elle entrouvrit la porte à moustiquaire et la retint par l'épaule, puis elle tendit devant elle ses mains qui tremblaient manifestement.

— Je n'ai besoin de personne dans ma vie qui me fasse ressentir ce genre d'émotion, dit-elle d'une voix si voilée qu'il dut se pencher pour l'entendre. D'accord ?

Il comprenait très bien. Il acquiesça.

— Bonsoir, Luna.

— Tout le monde m'appelle Lu, dit-elle avec un geste de la main.

— Non, dit-il, c'est censé être Luna.

Après avoir pris une douche rapide, Luna s'assit sur la galerie de devant, avec un peigne à larges dents et une bouteille de démêlant en aérosol, pour s'attaquer à ses cheveux. Ce n'était pas une sinécure, mais elle en était venue à bout quand Alicia Mondragon arriva, dans sa Fiat toute cabossée, une voiture à problèmes qu'elle dorlotait à coups de réparations mineures et majeures pour des centaines de dollars chaque mois. Elle agita un bras mince en direction de Luna, puis arrêta la radio, ensuite la voiture – si la radio était allumée quand elle essayait de démarrer, elle pouvait surcharger le système électrique terriblement délicat – et sortit enfin. Son chien, Jack, un berger allemand bâtard extrêmement conscient de son propre charme, s'échappa et traversa le terrain en reniflant joyeusement au passage le chat noir d'un voisin qui s'y était aventuré. Puis il lécha les deux poignets de Luna avant de retourner au galop vers sa maîtresse. Luna riait.

Allie tenait un immense bol bleu dans ses mains. C'était une femme élancée aux longs cheveux noirs. Elle portait une jupe en batik avec un simple corsage à encolure en V et une tonne de bijoux en argent, y compris un lourd pentacle orné d'une magnifique pierre de lune. Alicia était wiccanne[1]. Elle avait une petite boutique de bougies, proche du centre commercial, un magasin étroit dont on disait qu'il était hanté par le fantôme d'une Espagnole qui s'était pendue à l'arrière à cause de son amoureux qui l'avait abandonnée. Beaucoup d'histoires de ce genre couraient à Taos.

— Oh! s'exclama Luna en indiquant le pentacle. C'est nouveau.

---

1. Adepte d'une religion (la Wicca) fortement enracinée dans le paganisme, centrée sur la nature, les cycles du temps, la lune et les saisons, visant l'harmonie avec le monde naturel. *(N.d.T.)*

— Il m'a coûté une fortune, mais ça valait la peine, tu ne trouves pas ?

Elle lui montra le bol.

— J'ai apporté de la salade de fruits. Tout était frais au marché ce matin.

— Parfait, dit Luna en prenant le bol et en acceptant un baiser sur la joue. Ma mère apporte des *spare ribs,* et Elaine prépare un dessert.

— Miam-miam. Le gâteau au fromage qu'elle a apporté la dernière fois était bon à s'en lécher les doigts, dit Allie en tenant la porte pour Luna. Tu dois au moins admettre que ta sœur est une excellente cuisinière.

— Ouais. Le problème, c'est qu'il faut prier pendant deux heures avant de pouvoir goûter à ses plats.

— Tous les chemins mènent au même endroit, affirmat-elle sentencieusement en haussant les épaules.

En riant, Luna se dirigea vers la cuisine avec le bol.

— Tu te moques de moi ! Le pentacle n'est pas le signe de ton adhésion à quelque secte, hein ?

Elle fit un clin d'œil.

— La croix médiévale qu'elle portait la dernière fois était un peu trop évidente.

— Ça fait des siècles qu'elle l'a.

Quand elles arrivèrent dans la cuisine, Luna s'efforça de ne pas regarder l'endroit où se tenait Thomas vingt minutes plus tôt. Elle avait l'impression de sentir encore sa présence et s'imaginait qu'elle pourrait voir la trace des pas d'un fantôme.

— Je suis la première arrivée, hein ? demanda Allie en se dirigeant droit vers le bol de chili sur le comptoir.

— Tu le savais déjà.

Elle ouvrit le couvercle du contenant et huma l'odeur qui en émanait.

— Qui a fait le chili ?

Luna saisit un torchon qu'elle commença à tordre dans ses mains.

— C'est un type qui l'a apporté pour me remercier. Sa grand-mère a mis le feu à sa maison hier soir, et j'ai appelé les pompiers.

— Oh là là ! Quelle maison ? Que s'est-il passé ?

Luna lui raconta l'histoire tout en regardant son amie déchirer un morceau de tortilla et le tremper dans le bol.

— Tu veux que j'en réchauffe ? Je devrais peut-être allumer le four pour les tortillas. Tout le monde va bientôt arriver.

— Un petit instant, dit soudain Allie en plissant les yeux. Foutue.

— Qui était ce type ? Vieux, jeune, bel homme ? Qui ?

Luna ne réussissait pas à trouver les mots pour lui répondre parce que, tout à coup, elle songea au goût du baiser de Thomas et à sa présence à côté d'elle, si vivante qu'elle eut l'impression qu'il restait une partie de lui dans la cuisine.

— Un petit-fils, dit Allie, la bouche grande ouverte, en haussant les sourcils. Oh ! Mon Dieu ! Vraiment ? C'était lui, n'est-ce pas ? Le prince charmant ?

— Il s'appelle Thomas Coyote, dit Luna en formant un rouleau avec le torchon.

— Est-il aussi triste qu'il en a l'air ? demanda Allie, les yeux brillants.

— J'en ai bien peur.

Elle prit une casserole dans une armoire et la posa sur la cuisinière.

— Divorcé deux fois. La deuxième il y a à peine deux ans. Et son ex-femme est sur le point d'avoir un bébé.

— Merde, dit Allie en s'appuyant sur le comptoir avec un soupir. J'étais convaincue que c'était un bon gars, à prendre soin de sa grand-mère comme il le fait.

Elle trempa un nouveau morceau de tortilla dans le chili.

— Et merde, il est si séduisant.

Elle se redressa soudain et contourna Luna à toute allure.

— Hé ! Salut, ma belle, s'écria-t-elle en serrant Joy dans ses bras, qui venait de sortir de sa chambre.

Luna sourit, devinant, à voir sa fille rougir légèrement, qu'elle était comme toujours un peu embarrassée par l'exubérance d'Allie, mais qu'elle l'adorait quand même.

— Salut, tantine, dit Joy.

Elle avait attaché ses cheveux avec une pince en forme de papillon, laissant retomber artistiquement quelques mèches ici et là. Elle portait maintenant un tee-shirt très ample et un jean et avait retiré la boucle qu'elle avait plus tôt à la lèvre. Dieu merci. Elle avait les pieds nus, montrant ainsi ses ongles d'orteils peints en noir.

Allie recula d'un pas pour l'examiner.

— Oh là là ! s'exclama-t-elle sincèrement. Une nouvelle allure, hein ?

— Ouais, dit Joy en haussant les épaules et en indiquant de la main son oreille percée à plusieurs endroits.

— Je crois que j'aime ça. Rebelle. Combien de fois t'es-tu fait percer les oreilles ? dit-elle en se penchant vers Joy.

— Huit fois à gauche et sept à droite.

— Oh ! une fois pour chaque année ?

Joy éclata de rire en lançant vers sa mère un regard qui traduisait son contentement.

— Sais-tu que tu es la première adulte à le deviner ?

— Certains diraient que c'est parce que je ne suis pas une adulte, dit Allie en riant. Quoi d'autre ? T'es-tu fait percer ailleurs ?

— Au ventre, répondit-elle en levant son tee-shirt pour montrer un bijou dans son nombril. Dans un sourcil aussi, mais mon père m'a fait ôter ma boucle, et le trou s'est refermé.

— Aïe ! dit Luna en se touchant le sourcil. Ça ne te faisait pas mal ?

— Pas tant que ça. Mais celui-là, oui, dit-elle en indiquant le trou au sommet de son oreille. Il a pris des siècles à guérir. Tu n'es pas fâchée ? demanda-t-elle en regardant sa mère d'un air inquiet.

Honnêtement, Luna lui fit signe que non. Quand elles seraient seules et qu'elles en auraient le temps, elle avait bien l'intention de découvrir ce qui se cachait sous cette avalanche de mutilations corporelles, mais elle ne pouvait pas dire qu'elle était fâchée.

— Des tatouages ?

Joy détourna le regard.

— Euh... bien... un. Mais petit, et caché.

— Puis-je savoir où ?

Joy se retourna et leva de nouveau son tee-shirt pour lui montrer un petit nœud celtique, très coloré, au creux des reins.

— C'est très joli, dit Luna. Du beau travail, et à un bon endroit. Ça ne ridera pas.

— Hou !

— C'est pourtant vrai, dit Allie. J'ai de la difficulté à m'imaginer de quoi vous, les jeunes, aurez l'air à soixante-dix ans, avec vos tatouages ratatinés. Tu as fait un bon choix.

Après avoir jeté un coup d'œil à l'horloge, Luna s'affaira.

— Tout le monde va arriver d'une minute à l'autre. Il faut que je mette la table.

— Je peux t'aider, dit Joy.

— Non, ma chérie. Tu es notre invitée d'honneur, ce soir. Tu ne travailles pas.

Elle l'embrassa sur la joue, et Joy ne sembla pas s'en offusquer. Elle sourit à Luna pendant qu'Allie la prenait par la main et l'entraînait dans un coin pour lui soutirer tous les détails sur les huit derniers mois de sa vie.

Chez Joy, à Atlanta, quand on recevait pour dîner, on mangeait dans une pièce éclairée par un lustre de cristal, à une table où, avec toutes ses rallonges, pouvaient s'asseoir seize personnes. Il y avait des verres de cristal assortis pour l'eau et le vin, des paniers à pain en argent doublés de serviettes de table en toile, un service en porcelaine blanche orné d'un motif de fougère et des chandeliers en argent où brûlaient sagement des bougies blanches. S'il y avait de la musique, c'était du Chopin ou du Mozart. Dans cette pièce, Joy avait toujours l'impression d'étouffer.

En entrant dans la salle à manger de la nouvelle maison de sa mère, à Taos, elle eut envie de tournoyer, les bras grands ouverts pour tout embrasser. C'était la première maison que Luna possédait, et il lui avait fallu bien du temps pour épargner assez d'argent pour verser les arrhes. Ce qui plaisait le plus à Joy, c'était qu'elle était l'antithèse de la maison d'Atlanta. Là-bas, tout était dans les tons de champagne, d'ivoire et de chêne, avec une touche occasionnelle de vert forêt. Les pièces étaient grandes et carrées, les fenêtres encadrées de deux épaisseurs de tissu, des draperies et des rideaux.

Dans cette pièce-ci, il y avait une longue table ancienne qui gardait les traces de ses nombreuses années de service et des chaises en bois sur lesquelles sa mère avait peint des lunes et des étoiles, des coyotes et des squelettes, des roses et des croix, tous dans des couleurs très vives. De hautes portes doubles ouvraient sur des odeurs de nuit et de *chamiso* qui entraient, portées par la brise venant du jardin. Sur un mur en adobe étaient accrochées des photographies de toutes les personnes qu'elle aimait, disait Luna avec un sourire heureux. Il y avait de grosses bougies trapues partout dans la pièce et un lustre en fer forgé que sa mère avait montré à Joy, quand elles étaient venues ici pour la première fois. La maison était alors dans un tel état de délabrement que Joy s'était demandé si Luna avait toute sa tête.

Elle comprenait à présent ce que sa mère lui avait dit à ce moment-là – que le lustre en fer représentait un lien avec une autre époque, tout comme les planchers de bois, inégaux parce que tant de personnes avaient marché dessus au cours des ans. Les larges planches, noircies par le temps, étaient maintenant recouvertes d'un fini brillant, et un grand tapis tout simple vous empêchait de trop glisser.

Dans la pièce, on était aussi un peu à l'étroit, mais c'était agréable. Joy, serrée entre sa grand-mère Kitty et Allie, se réjouissait de ne pas avoir été obligée de s'asseoir sur la chaise voisine de celle de sa tante Elaine, qui était vraiment grosse et qui suait, qui était gentille, mais qui se plaignait souvent. Luna disait que sa sœur était encore en période de déni. Dieu sait ce que ça signifie, se demandait Joy.

— Cette table est trop grande pour la pièce, dit Elaine.

Luna distribuait des serviettes de table à la ronde.

— Tu l'as déjà dit quatre-vingt-dix-sept fois.

Elle croisa les mains, et tout le monde l'imita.

— Elaine, veux-tu dire le bénédicité pour nous ?

— Quelque chose de court, s'il te plaît, déesse, murmura Allie, à côté de Joy, qui dut se mordre les lèvres pour ne pas éclater de rire.

Elaine pouvait prier très longtemps. Joy leva les yeux pour voir si elle avait entendu, mais apparemment non. Allie et Elaine n'éprouvaient pas beaucoup d'affection l'une pour l'autre.

— Dieu tout-puissant, Roi du ciel et de la terre, Vainqueur du mal, dit Elaine, nous sommes réunies ici ce soir pour souhaiter la bienvenue à Joy et pour louer ton nom.

Joy, encore fatiguée par le vol – les avions lui faisaient beaucoup plus peur qu'avant –, se laissa porter par le ronron de la prière. Avec l'odeur de sauge et d'humidité qui entrait par les portes, elle se sentait très bien. La musique était un rock un peu étrange, mais au moins de n'était pas du classique. Des mets variés émanaient de délicieux arômes. C'était agréable, aussi, de se retrouver entre femmes.

— Amen, dit Elaine, beaucoup plus rapidement que Joy s'y serait attendue.

En levant les yeux, elle rencontra le regard de sa mère, qui lui fit un clin d'œil qu'elle lui rendit.

Le repas commença, et cela aussi était différent de ce qui se passait à Atlanta. Parfois, le beurre venait du mauvais côté, et tout le monde parlait à la fois ; les conversations s'entrecroisaient et formaient une grande vague de sons heureux qui émerveillait Joy. Allie fit rire toute la tablée aux éclats, même Elaine, en narrant une histoire qui était arrivée dans sa boutique. C'était au sujet d'un touriste bizarre, convaincu qu'Allie était une extraterrestre, comme lui, originaire des Pléiades.

— Je dois dire que je me suis fait faire la cour de bien des façons dans mon jeune temps, mais c'est le comble.

Même cela était différent. Joy ne pouvait absolument pas imaginer une des amies de sa belle-mère parlant d'un homme qui lui faisait la cour. Évidemment, elles étaient toutes mariées. C'était sans doute pour cela. En songeant à April, elle eut un petit pincement au cœur qu'elle s'efforça d'oublier aussitôt.

Quand elles entamèrent le gâteau au fromage, Joy se pencha vers sa grand-mère, qui avait été silencieuse presque toute la soirée.

— Est-ce que ça va, grand-maman ?

Kitty tapota la main de Joy.

— Je vais bien, ma chérie. Et toi?

— Je suis si heureuse.

Kitty ôta sa serviette de ses genoux.

— Je propose que nous chantions ensemble.

— Bravo! s'exclama Joy.

Elle adorait quand elles faisaient jouer de vieux disques, qu'elles dansaient et qu'elles chantaient. Chacune devait choisir sa chanson préférée et la faire en karaoké.

— Maman, tout le monde n'aime pas improviser comme toi, protesta Elaine.

— Elaine, ma chérie, tu as la plus jolie voix de nous toutes.

Le menton appuyé sur sa main, Allie lança vers Joy un regard qui lui rappela celui d'un chien afghan qui vivait à côté de chez elle, à Atlanta. Très élégant, il avait le poil brillant et l'œil intelligent.

— Je pourrais vous lire le tarot.

Elaine hocha la tête. Joy ressentit soudain de la pitié pour elle. Elle se rendit compte que, d'une certaine façon, elle ressemblait beaucoup à April. Elles ne voulaient jamais s'exposer à des risques.

Luna devait s'être aperçue que tout le monde taquinait Elaine, car elle étira le bras pour lui prendre la main.

— Que voudrais-tu faire, petite sœur? Le scrabble, peut-être? Trivial Pursuit?

— Je crois que c'est Joy qui devrait décider, dit Elaine.

Joy se redressa.

— Je pense... dit-elle en regardant d'abord Allie, puis Kitty, puis Elaine et sa mère.

Elaine était la meilleure à Trivial Pursuit, mais Allie y mettait aussi beaucoup de cœur.

— Jouons à Trivial Pursuit, mais seulement si Allie me lit ensuite le tarot. D'accord?

Kitty tendit la main et la posa sur la nuque de Joy qui, se sentant importante et spéciale, lui sourit.

— Le tarot, c'est de la magie noire, tu sais, dit Elaine. Chaque fois que tu donnes du pouvoir au diable...

— Elaine, l'interrompit calmement Kitty, qui buvait à petites gorgées.

Elaine se tut.

— Veux-tu passer une autre tranche de ce gâteau au fromage à Allie, Elaine? Elle en a fait l'éloge toute la journée.

Kitty fit un clin d'œil à Luna, en face d'elle. Joy rayonnait.

C'était tellement bon de se retrouver à la maison.

Calendrier des activités à Taos

19 h à 21 h Réunion de la Coffee House, concert sans alcool, sans drogue et sans fumée pour toute la famille, avec la musique de Dan Ingroff, de Charlie Whaler et de leur invité spécial, Blade; café, thé, jus de fruits et dessert au San Geronimo Lodge, 1101 Witt Road, 4 $, 555-3776.

20 h Les Goddess Babes, spectacle de danse du ventre à la nouvelle adresse de Mad Hatter, en face de chez Smith, 229 Paseo del Pueblo Sur, 5 $, 555-5196 ou 555-0632.

19 h à 21 h *La Harpe birmane,* la série des films du vendredi soir au Taos Mountain Sangha continue, une discussion suivra la projection, un don de 3 $ à 5 $ est suggéré, mais pas obligatoire, Centre de méditation Taos Mountain Sangha, 107C Plaza Garcia, 555-2383.

Si la montagne Taos vous aime, tout ira bien pour vous, et vous trouverez ici ce que vous cherchez. Sinon, vous serez éjecté comme une coquille de noix vide.

Cinq

Pour installer Joy et pour l'inscrire au collège, Luna avait pris quelques jours de congé et elle profita à plein du plaisir d'avoir Joy avec elle, de vivre vraiment avec elle. Tout n'était pas facile. Luna découvrit qu'elle détestait la musique que sa fille aimait et que celle-ci faisait jouer à tue-tête, ce qui faisait bien rire Joy.

— Si tu trouves ça trop fort, c'est que tu es trop vieille, maman.

Luna ne lui dit pas qu'elle faisait le même genre de remarque à sa mère quand elle était adolescente. Exaspérée par la musique de groupes avec des noms comme Slipknot, Disturbed et Mudvayne, Luna interdit à Joy de poser une affiche qui lui donnait la nausée – un groupe de garçons blancs avec des nattes de rastas, couverts de sang artificiel. Dire qu'on avait déjà trouvé que les Rolling Stones étaient de mauvais garçons.

Joy n'en revenait pas de devoir se brancher sur Internet dans la salle de séjour, parce que c'était le seul endroit où il y avait une prise téléphonique.

— As-tu déjà entendu parler de la protection de l'intimité? reprocha-t-elle à sa mère.

Elle fut encore plus horrifiée de s'apercevoir que Luna se branchait sur Internet avec des moyens aussi primitifs qu'un modem et une ligne téléphonique.

— Tu n'as même pas le câble ou le DSL?

Luna rit. Un peu jaune.

Elles découvrirent aussi des choses plus agréables. Elles aimaient presque toutes les mêmes émissions de télévision et adoraient regarder un film avec un gros bol de maïs soufflé entre elles. Elles aimaient les mêmes mets et ni l'une ni l'autre n'avaient le goût de parler au saut du lit.

Ce qui était mieux que tout, c'était la maison. Dans l'ancien appartement de Luna, elles étaient toujours à l'étroit pendant les visites de Joy. Dix-huit mois plus tôt, Luna avait réussi à mettre de côté l'argent nécessaire à l'achat de la maison, mais il y avait tant de travaux à effectuer avant d'y emménager – elle avait plus de deux cents ans et avait été grandement négligée – que Joy n'avait pas encore eu l'occasion d'y habiter. Ce n'était pas immense – une salle de séjour, une salle à manger, une longue cuisine étroite et deux chambres séparées par une salle de bains –, mais il y avait assez d'espace pour qu'elles aient chacune un peu d'intimité et la possibilité de se retrouver seules.

Avant la rentrée scolaire, elles firent quelques courses. Pendant qu'elles achetaient les choses essentielles, des cahiers à reliure en spirale (noirs), des crayons et un sac à dos (noir), Joy aborda la question des vêtements pour aller au collège. Son père lui avait envoyé de l'argent pour s'en procurer, à elle, pas à Luna, et elle voulait connaître les meilleures boutiques.

Elles étaient dans la section des fournitures scolaires chez Wal-Mart, au milieu des étalages de crayons et de blocs-notes agrémentés d'images de tigres et de personnages de bandes dessinées que Luna ne reconnaissait pas. Elle s'empara d'une chemise sur laquelle il y avait une fille aux grands yeux et à l'allure vaguement exotique pour elle, en se rappelant les chemises de sa jeunesse, jaunes avec des dessins de vedettes de sport. Y en avait-il d'autres à l'époque? Elle ne s'en souvenait pas.

— Qui est-ce? demanda-t-elle.

— Maman, lui répondit Joy d'un ton découragé, comme si elle se demandait de quel bled elle sortait. C'est Sailor Moon.

— Oh! J'ai entendu parler d'elle, dit-elle en souriant à sa fille et en remettant la chemise sur l'étalage. Il te faudra sûrement de nouveaux vêtements. J'imagine que tu n'as pas grand-chose de chaud.

— Pas vraiment. Dans combien de temps vais-je en avoir besoin?

— Dans un mois, peut-être deux, selon le moment où il se mettra à neiger.

Elle hésita avant de continuer, se demandant si sa fille ne la trouverait pas vieux jeu, mais c'était sans doute inévitable.

— Pourquoi n'attends-tu pas à la fin de la première semaine de cours, pour voir ce que les autres portent ? Les vêtements à la mode ici ne sont peut-être pas les mêmes qu'à Atlanta.

Tout en réfléchissant, Joy jouait avec la boucle sous sa lèvre inférieure, elle l'aspirait dans sa bouche, puis le relâchait. Luna craignait que sa fille soit outrée par sa suggestion. Pas de compromis pour elle. Ses cheveux étranges, ses trous un peu partout et les tatouages au henné qu'elle se dessinait autour des poignets et des chevilles étaient un insigne d'honneur, une marque de son identité.

D'une certaine façon, Luna la comprenait. Après tout, elle avait grandi dans les années 1970. Une décennie pas ordinaire.

Joy relâcha la boucle.

— Bonne idée. Je ne changerai rien, s'empressa-t-elle d'ajouter. Mais je vais prendre le temps d'observer, juste au cas où les autres porteraient des choses intéressantes.

Le jour de la rentrée coïncidait avec celui du retour de Luna au travail, le 28 août. À l'inscription, le jeudi précédent, Joy avait salué de la main un jeune qui habitait à côté de l'ancien appartement. C'était de bon augure, et Joy avait paru se sentir plus à l'aise.

Ce premier jour, elles firent une partie du trajet ensemble, puisque Luna devait être au travail à sept heures. Même si elle ne s'imaginait pas que cela deviendrait un rituel à long terme, elle apprécia la compagnie de sa fille. C'était un matin clair et frais. Joy portait son haut en filet (noir) avec un débardeur rouge dessous, un pantalon à pattes d'éléphant (noir) qui cachait ses pieds chaussés de bottes de l'armée (noires), et un foulard fleuri sur la tête. Elle était aussi belle qu'un geai bleu contre le vert pâle d'un champ.

— Es-tu nerveuse ? lui demanda Luna.

Elle portait un jean, un simple tee-shirt à décolleté arrondi et des sandales confortables. Elle tenait son sarrau de travail sur l'épaule pour ne pas le mouiller de sueur.

— Un peu.

— Si tu as besoin de moi, n'hésite pas à m'appeler.

— Ce n'est pas si dramatique, dit-elle en haussant les épaules. Au moins, ce n'est pas dangereux. À Atlanta, ça l'était parfois.

— Vraiment?

Joy ouvrit grand les yeux.

— Ouais, dit-elle de son ton désabusé. Tu ne lis pas les journaux? Les enfants les plus dangereux du pays sont les petits garçons riches et gâtés, qui ont accès à des armes.

Luna eut un rire étouffé.

— J'avais oublié. Euh… reprit-elle après une pause, ne sous-estime pas les gangs d'ici. Ce ne sont peut-être pas de petits garçons riches et gâtés, mais ils ont leurs propres raisons d'être irascibles.

— Maman.

— Quoi?

Joy n'avait pas grandi ici. C'était une étrangère, songeait Luna, inquiète. Il y aurait des filles qui la provoqueraient, des filles dures, qui n'avaient rien à perdre.

— Des filles, dit-elle. Je parle des filles, pas des garçons.

— J'ai quinze ans, pas six.

Luna haussa les épaules en souriant.

— Je sais. Et j'ai confiance en toi. Tu vas rapidement te faire des amis.

Arrivées à la rue principale, elles se séparèrent. Joy prit la direction du collège et Luna, celle de l'épicerie Pay and Pack. Devant l'entrée, elle salua Ernesto et Diane qui fumaient à l'extérieur, sur le banc de parc que la direction avait installé à l'ombre.

— Tu tiens toujours? demanda Ernie.

— Toujours, dit-elle en remontant sa manche pour montrer son patch. Dix-sept jours.

— C'est bien, dit Diane.

Elle avait dix-neuf ans, était hispanique et avait les cils les plus longs qu'on puisse imaginer.

— Moi, je n'ai pas la volonté.

— Tu vas réussir un jour.

Luna entra, soudain très envieuse de les voir fumer alors qu'elle s'en privait. Ce n'était pas juste.

Heureusement, parce qu'elle avait été absente, il y avait beaucoup à faire. Une autre employée, Renee, la remplaçait quand elle prenait congé, mais elle mettait tout à l'envers. Ou, plutôt, elle ne faisait pas les choses comme Luna aimait qu'elles soient faites. Celle-ci mit un tablier et commença à tout nettoyer en jetant un coup d'œil sur les étalages pour voir ce qui était en solde et ce qui restait des bouquets confectionnés par Renee. Elle vérifia si elle devait arroser les pots des fougères et des lierres anglais, si difficiles à garder dans un climat sec. Ils finissaient toujours par être attaqués par les araignées rouges. Luna essayait de convaincre les gens d'acheter plutôt des pothos. La terre des pots était si sèche qu'elle décida de s'en occuper en priorité. Elle fixa à l'évier un mince tuyau vert, ouvrit le robinet dans l'arrière-boutique, puis fit le tour des plantes, des seaux et des réfrigérateurs afin de tout arroser.

Ce n'était un travail ni palpitant ni particulièrement stimulant. C'était ce qu'on appelait, dans le jargon des Alcooliques Anonymes, un emploi. Elle avait été engagée après quatre-vingt-treize jours d'abstinence et, à l'époque, cela lui avait paru un cadeau des dieux. C'était apaisant. Les fleurs, la fraîcheur de l'eau, l'odeur des plantes, de la terre, des œillets et des roses. Elle aimait plonger les mains dans la boue et ne pas avoir à se mettre sur son trente et un pour venir travailler. Elle adorait composer des bouquets en se servant dans les grands baquets de fleurs qui arrivaient, deux fois par semaine, d'une serre d'Albuquerque. En un an, elle avait remplacé l'ancien administrateur, un peu négligent, et les profits pour les six premiers mois avaient augmenté de vingt-trois pour cent.

Alors, elle était restée. Le salaire était correct et elle bénéficiait d'un programme de soins de santé, d'une petite participation aux profits et d'un plan de retraite. Tout ce qu'il lui fallait. Elle n'avait ni travail à apporter à la maison ni inquiétudes, comme cela avait souvent été le cas avec ses clients. Et elle aimait aussi travailler dans une épicerie, ses camarades de travail et les clients du magasin. Pas une journée ne se passait sans qu'elle ait l'occasion d'aider quelqu'un et, même quand il lui arrivait de se sentir déprimée en arrivant, les fleurs réussissaient toujours à lui remonter le moral.

Dernièrement, sa mère lui avait demandé à quelques reprises si elle avait l'intention de rester à tout jamais à l'épicerie ou si elle envisageait de reprendre son travail de psychothérapeute. Venant de n'importe qui d'autre, Luna aurait songé que c'était une remarque snob, validant l'opinion qu'un type de travail vaut plus qu'un autre et qu'une fleuriste a moins de valeur qu'une psychologue. Mais il ne serait jamais venu à l'esprit de Kitty d'évaluer les emplois de cette façon.

Luna n'avait pas trouvé de réponse à la question de Kitty. Elle n'en avait toujours pas. À l'occasion, l'idée de retourner travailler comme psychothérapeute lui passait dans la tête, mais elle la repoussait aussitôt. Le travail avec les fleurs lui convenait parfaitement.

Ce matin-là, toutefois, elle s'aperçut que l'arrivée d'une commande de freesias, à l'odeur si intense, n'arrivait même pas à la distraire de sa difficulté à ne pas fumer. C'était vraiment dur. Elle ne fumait jamais en travaillant, seulement dans la salle de repos, parfois, et à l'extérieur, ce qui lui donnait un sentiment de liberté, car elle pouvait sortir par la porte entre les comptoirs de fleurs et le grand évier en métal.

Elle s'efforçait de croire que cela s'améliorerait. Mais, d'une certaine façon, cela devenait plus difficile. Elle découvrait tous les besoins que la cigarette comblait dans sa vie. Au travail, surtout – elle s'en servait comme récompense ou comme évasion, pour se donner un moment de repos ou pour s'extirper d'une situation difficile ou ennuyeuse –, toutes les raisons étaient bonnes. Quand elle avait fini de composer les bouquets, elle sortait. Après une rencontre avec son patron, maniaque du contrôle, elle prenait une cigarette.

Elle se servait aussi des pauses pour fuir, généralement quand son assistante lui racontait avec trop de détails sa dernière histoire d'amour, et elle en avait beaucoup. Jean avait vingt-trois ans, elle était jolie et portait des vêtements à la mode et une frange épaisse sur le front qui semblait presque plastifiée. Elle arriva à dix heures. Avant même d'avoir enfilé un tablier, elle se mit à parler.

— J'ai rencontré un type absolument extraordinaire, hier soir, dit-elle, le rose aux joues. Nous sommes restés assis à parler, tu sais, comme si nous nous connaissions depuis toujours, je te le jure.

Elle s'interrompit pour se laver les mains en frottant pour effacer l'estampe d'une boîte de nuit.

— Nous avons parlé de cinéma, de travail, puis, poursuivit-elle en secouant ses mains et en prenant une serviette en papier au distributeur en métal blanc accroché au mur, nous avons parlé d'art. Art, avec un A majuscule.

Jean avait quitté une ville sinistre du nord-est pour venir dans l'ouest. Elle avait étudié en art à l'université du Nouveau-Mexique, à Albuquerque, avant de se retrouver à Taos, où elle passait ses journées au magasin et ses soirées, tantôt à peindre, tantôt à boire beaucoup avec d'autres peintres en herbe. Elle n'avait même pas remarqué que Luna ne lui avait pas encore dit un seul mot.

— Il a des yeux si profonds, tu sais.

— Hum !

— On a bu jusqu'à trois heures du matin, le croirais-tu ? J'ai failli passer tout droit ce matin.

Malgré elle, Luna sourit. Cela lui rappelait le bon vieux temps, faire la fête toute la nuit, dormir trois ou quatre heures, travailler toute la journée et être prête à recommencer le lendemain soir.

— Intéressant, dit-elle.

Ignorant le monologue de Jean, elle entreprit de tailler les tiges de plants de chrysanthèmes un peu fanés. Elle devrait les mettre en solde aujourd'hui, songea-t-elle en passant le bout de son index le long des fleurs d'un rouille intense et en se laissant absorber par la forme et la couleur des pétales qui formaient de toutes petites boucles.

— Alors, dit Jean derrière elle, tu crois que je devrais le revoir ?

— Hum !

Luna jeta un coup d'œil à l'horloge. Dix heures quinze. À cette heure, elle sortait habituellement fumer une cigarette, à la fois pour fuir Jean et pour respirer un peu d'air pur, dans la petite cour qui dominait le Sangre de Cristos.

— Pourquoi pas?

— Bien, comme je viens de te le dire, il est un peu bizarre. Il pourrait ressembler à un tueur en série, ajouta-t-elle en se croisant les bras. C'est peut-être juste la créativité, hein? Comme moi.

Luna se sentit tout à coup comme si quelqu'un avait fait claquer un élastique sur son front et elle se détourna brusquement de l'évier.

— Je vais aller prendre un peu d'air. Si Josh vient, dis-lui que je serai de retour dans une vingtaine de minutes.

— Tu ne vas pas aller fumer?

Jean fumait, mais, comme elle le disait très souvent à Luna, elle était assez jeune pour se le permettre.

— Non, dit-elle avant de sortir en vitesse.

Dehors, elle inspira profondément. Elle sentit l'odeur d'une cigarette que quelqu'un d'autre venait d'éteindre. Elle s'obligea à quitter la cour pour aller sur la route. Elle marcherait dix minutes, puis elle reviendrait sur ses pas. Peut-être réussirait-elle ainsi à se détendre.

D'un livre qu'elle avait lu sur le processus de sevrage, elle avait retenu l'hypothèse voulant que la cigarette soit un moyen d'éviter de dire des choses qu'on a peur d'exprimer et que l'envie de fumer soit le signal indiquant ce qu'on s'efforce de taire. Alors, tout en marchant d'un pas lourd sur la route, sous le soleil ardent, elle y réfléchit. Qu'aurait-elle voulu dire à Jean, à part le simple : «Laisse-moi tranquille, veux-tu?»

En y réfléchissant, elle se sentit moins tendue. Elle essaya autre chose. «Cesse de parler autant. J'ai pris ce travail pour avoir du silence, pas du bavardage incessant.»

Certains de ses nerfs se relâchèrent. Très intéressant.

Bien. Quoi d'autre? À la fois intriguée et perplexe, elle creusa un peu plus. Que pourrait-elle lui dire d'autre? «S'il te plaît, ne me parle pas de ta vie amoureuse. Quand tu le fais, je me sens esseulée et inquiète.» Encore mieux. Son sentiment de rage s'atténuait. Y avait-il autre chose? Luna continua à marcher en réfléchissant et en s'efforçant de respirer profondément. Elle sentit de la sueur couler dans son cou et elle leva les bras pour nouer ses cheveux.

Elle eut une autre idée et elle l'exprima à haute voix.

— Jean, je t'en prie, cesse de boire autant. Un de ces soirs, tu vas ramener le mauvais type à la maison et il va te faire du mal ou, pire encore, tu vas te retrouver noyée au fond d'un fossé. En réalité, je souhaiterais vraiment que tu arrêtes de ramener des inconnus chez toi. C'est dangereux.

Presque toute son envie d'une cigarette avait disparu. Luna ne savait pas si c'était à cause de la marche ou de sa réflexion, mais, d'une façon ou d'une autre, c'était un soulagement. Elle balança vigoureusement les bras, pour détendre les muscles de ses épaules et de son cou, en se demandant pourquoi certaines personnes pouvaient garder leurs pensées pour elles sans avoir besoin de boire ou de fumer, alors qu'elle avait eu besoin des deux. De quoi avait-elle tellement peur ?

Comme il était étrange qu'elle ait atteint l'âge mûr – oui, ça y était –, avec un doctorat en psychologie et qu'elle ait pratiqué pendant dix ans la profession de psychothérapeute sans prendre conscience de ce problème qu'elle avait !

Sa meilleure amie, Barbie, qui portait un short, un corsage sans manches et une queue de cheval, lui dit : « C'est que, jusqu'à maintenant, tu avais toujours ton armure, pas vrai ? »

C'était vrai. Les cigarettes lui avaient été bien utiles. Peut-être, songea-t-elle en fronçant les sourcils, n'avait-elle pas la volonté ferme de les abandonner alors qu'elle avait tant à faire avec Joy. Certaines personnes étaient peut-être incapables d'affronter le monde sans une barrière chimique.

« Je t'en prie, lui dit Barbie, tu penses que tu serais accro comme une fleur trop délicate qui a besoin d'un tuteur ? »

— Merci, rétorqua Luna à voix haute, souriant involontairement, malgré la chaleur et malgré ses nerfs à vif.

Les mêmes rengaines revenaient toujours. Qu'on soit accro à la nicotine, accro à l'alcool ou accro à la bouffe... les voix de l'accoutumance tiennent toutes le même discours : « Tu n'es pas comme tout le monde. Tu es spéciale. Tu es différente, tu as besoin de ça. »

Tout en léchant la glace d'un cornet, Barbie balançait ses pieds dans un petit torrent vert. C'était la chose la plus intelligente à faire un matin comme celui-ci. « Tu vas y arriver, Lu. »

Une brise descendit de la montagne, fraîche comme l'aurore. Elle fit bruire les feuilles de peupliers et vint souffler dans le cou de Luna qui songea de nouveau à Jean et à sa ribambelle d'amoureux, tous des perdants, des artistes torturés et sans le sou, n'ayant rien d'autre à offrir qu'une souffrance égocentrique. Mais Luna pouvait-elle s'ériger en juge ? Elle n'avait pas tellement bien réussi ses propres choix en ce qui concernait les hommes, elle non plus. Peut-être le désir qu'avait Jean de vivre une vie sexuelle passionnée valait-il mieux que d'essayer de tout faire dans les règles. D'une manière ou d'une autre, il y avait toujours des cœurs brisés.

Et Luna n'était-elle pas un peu… jalouse ? Elle n'avait pas eu une vie sexuelle très active ces dernières années. Elle ne sortait pas beaucoup. Et même quand elle le faisait, ce n'était pas facile de trouver un homme à Taos. Il y en avait fort peu avec lesquels elle avait envie de faire l'amour. Avant de simplement s'envoyer en l'air avec un homme, à Taos, il fallait prétendre s'intéresser à son roman, à ses sculptures ou à sa recherche perpétuelle de lui-même. C'était trop compliqué. Comme si ses réflexions sur le sexe avaient été visibles pour les autres, Luna entendit quelqu'un siffler dans la lumière jaune du soleil. Elle leva la tête, certaine que le sifflement ne s'adressait pas à elle, mais il n'y avait personne d'autre sur la route.

Sauf les siffleurs, une équipe de maçons, assis à l'ombre devant une immense maison de ferme qui avait bien dû coûter des centaines de milliers de dollars, avec les droits d'utilisation de l'eau. Quatre ou cinq hommes étaient assis à l'ombre d'un peuplier géant, les plus jeunes, sans chemise, avaient des poitrines bronzées de la couleur du cuir brut, et leurs jeans étaient maculés de boue. Elle leur fit un sourire distrait pour montrer son appréciation et continua à marcher.

Le sifflement se répéta. Quand elle était jeune, elle trouvait ce genre d'attention inquiétante et exaspérante. À présent, elle jouait le jeu et y prenait plaisir. C'était peut-être un comportement animal, mais tant pis. Pourtant, elle ne détourna pas la tête une deuxième fois et poursuivit son chemin. Après tout, elle était seule sur la route.

— Luna!

Thomas.

Elle s'arrêta et aperçut son camion, chargé d'outils et de formes, garé dans l'entrée de la maison en construction. Elle vit une silhouette se détacher de l'ombre et elle attendit sans bouger. Ses poumons brûlaient d'impatience et d'anxiété pendant que Thomas s'approchait dans la lumière.

Même à cinquante mètres, il était beau à voir. Il y avait une sorte d'immobilité autour de lui, un halo qui l'isolait de tout le reste. À présent qu'elle connaissait un peu son histoire, elle songea que c'était probablement une bulle protectrice.

À cet instant précis, elle aussi aurait bien aimé avoir une bulle bien à elle. Il était couvert de poussière comme les autres maçons, mais il portait une chemise – Dieu merci! Mais cela n'avait aucune importance. Elle se sentait toute chamboulée et, ne sachant que faire avec ses mains, elle les enfonça dans les poches de son jean. Malgré la poussière qui ternissait l'éclat des cheveux de Thomas et les traces d'adobe sur son jean, elle se rappela aussitôt la fraction de seconde où il avait tendu le bras pour poser sa grande main sur la sienne, dans la cuisine.

Il s'arrêta à un mètre d'elle.

— Bonjour, dit-il.

— Bonjour.

Mal à l'aise avec les mains dans ses poches, elle se croisa les bras. Elle sentait la sueur couler dans son cou et le soleil qui lui brûlait le cuir chevelu dans la raie de ses cheveux.

Il détourna le regard.

— Je voulais seulement… euh… je voulais vous dire que… euh… je suis désolé d'avoir été aussi hardi avec vous l'autre jour. J'espère que je ne vous ai pas offensée, ajouta-t-il en redressant le menton au prix d'un grand effort.

Malgré elle, la bouche de Luna s'ouvrit et répondit à sa place.

— Je vous ai rendu votre baiser, vous savez.

Il cessa de fuir son visage du regard et leurs yeux se rencontrèrent. En silence. Dans le ciel parfaitement bleu, le soleil tapait si fort qu'il faisait fondre la chaussée sous leurs pieds. Luna se répétait qu'elle devrait se contenter de lui sourire et poursuivre sa route, mais elle ne voulait pas partir. Elle voulait rester à le regarder. À sentir sa présence. Son cœur battait fort et palpitait, sa gorge était sèche d'anticipation et sa peau frissonnait simplement d'être près de lui. Il y avait si longtemps qu'elle ne s'était pas sentie ainsi.

Il lui rendit son regard, de ses yeux profonds si irrésistibles – pleins à la fois d'impudence, de sensibilité et de beaucoup de réserve. C'était surtout la sensibilité qui plaisait à Luna.

— Voudriez-vous venir prendre un verre avec moi plus tard ? demanda-t-il enfin en s'essuyant le front du dos du poignet. Nous pourrions revenir à la case départ.

— Je suis alcoolique, dit-elle d'un ton sec, songeant que cela devrait suffire pour l'éloigner d'elle. Je ne bois pas.

Mais Thomas Coyote se contenta d'acquiescer. Elle devina qu'il venait de comprendre un élément de sa vie – la garde de sa fille avait été accordée au père. Voilà !

— Peut-être une glace, alors ? dit-il de sa voix douce et profonde. Je suis un peu accro à la glace, mais on me permet d'en manger à l'occasion, pour voir si je réagis bien.

Il souriait à peine, mais il avait les yeux brillants. Ce fut à cet instant que Luna tomba amoureuse de lui. Son trouble fut violent mais si fugitif qu'elle ne le reconnut pas.

— Avec du sirop au chocolat chaud ?

— Parfaitement, dit-il en plissant les yeux. Disons à dix-neuf heures trente, au Dairy Queen ?

— D'accord, dit-elle avec une envie soudaine de pleurer. Je dois rentrer au travail, ajouta-t-elle rapidement en indiquant sa montre.

— À plus tard, dit-il.

Une fraction de seconde, elle crut lire une promesse dans son regard, puis il se retourna et remonta l'allée, aussi imposant qu'un ours, avec ses larges épaules qu'elle aurait voulu caresser.

Elle retourna d'où elle était venue, les mains tremblantes. Instinctivement, elle chercha ses cigarettes et son briquet, avant de se rappeler qu'elle ne fumait plus.

— Bon Dieu, Lu, ça n'a aucun sens, se dit-elle tout haut. C'est un chaud lapin, il vit une déception amoureuse, et tu n'as surtout pas besoin de complications dans ta vie.

Mais il ne lui vint pas à l'idée de ne pas se présenter au rendez-vous.

À l'heure du déjeuner, Joy s'assit à l'écart dans la cour du collège pour observer les autres élèves. Ils se connaissaient tous. Assises à une table, serrées les unes contre les autres, trois filles bavardaient, en jetant autour d'elles des regards qui signifiaient clairement qu'elles médisaient de tout le monde. Une autre était assise seule, à l'ombre, le dos appuyé contre le mur, et personne ne lui parlait. Joy songea qu'elle devait habiter dans les environs, parce qu'elle l'avait vue dans le petit parc, au bout de la rue, qui n'était fréquenté que par les jeunes du quartier. Ce n'était pas terrible comme parc. De la pelouse usée, quelques bancs, une très vieille glissoire et quelques arbres qui donnaient un peu d'ombre. Les adolescents y fumaient de la marijuana. Même si Joy ne le faisait pas, les autres croyaient, à sa façon de s'habiller, qu'elle était des leurs, alors ils ne se préoccupaient pas d'elle. Elle ne s'intéressait pas à eux et ils ne s'intéressaient pas à elle. Super.

Quand elle venait voir sa mère à Taos, Joy avait l'habitude d'être seule. Elle s'était fait quelques amis dans l'ancien quartier de sa mère : un type blanc qui s'appelait Derek et qui était plutôt gentil, mais qui voulait toujours la peloter, et une fille un peu plus jeune qu'elle, qui lui avait montré comment mettre de l'eye-liner. Mais aucun d'eux n'était là aujourd'hui.

Du coin de l'œil, elle observait l'autre fille, se demandant si elle était nouvelle, elle aussi, ou si elle avait fait quelque chose de répréhensible que les autres avaient appris et que c'était la raison pour laquelle elle se retrouvait seule.

Mais le soleil était trop chaud et c'était trop ennuyeux d'être seule. Le pire qui puisse arriver serait que la fille soit une enquiquineuse. Kitty lui aurait dit d'être gentille, et que tout irait bien. Même si Joy avait appris que ce n'était pas toujours vrai, ce n'était pas exactement faux non plus.

En passant devant la machine distributrice, elle s'acheta un soda, puis elle s'approcha de la fille, qui leva prudemment les yeux du cahier dans lequel elle griffonnait.

— Bonjour, dit Joy en décapsulant son coca-cola.

Elle s'appuya contre le mur et regarda les autres élèves.

— Bonjour, dit la fille d'un ton indifférent, mais en refermant son cahier. Tu es nouvelle ici, ajouta-t-elle après une pause.

Joy acquiesça.

— J'ai quitté Atlanta pour venir vivre avec ma mère.

— Est-ce qu'il te manque, ton père ?

— Non, dit Joy en haussant les épaules.

— Mon père est mort le printemps dernier. C'est pour ça que personne ne me parle. Les autres pensent que je suis encore folle, comme je l'ai été alors.

Intriguée, Joy se laissa glisser le long du mur.

— Qu'est-ce que tu as fait ?

La fille hocha lentement la tête, les yeux dans le vide, comme si elle regardait dans son passé.

— Bien des choses. Je n'en suis pas fière, tu sais. Comment t'appelles-tu ? demanda-t-elle en secouant la tête pour écarter ses longs cheveux de son visage.

— Joy. Toi ?

— Magdalena, mais tu peux m'appeler Maggie, dit-elle en la fixant droit dans les yeux. Fumes-tu ? J'ai des cigarettes.

— Oui ! Ma mère vient d'arrêter et je n'ai pas fumé depuis que je suis arrivée ici. Où vas-tu ?

Maggie se leva.

— Viens avec moi. Je vais te montrer.

Alcooliques Anonymes – Un jour à la fois

Aujourd'hui, je vais m'efforcer de vivre seulement cette journée et de ne pas m'attaquer à tous mes problèmes à la fois. Pendant douze heures, j'ai la capacité de faire ce qui m'apparaîtrait irréalisable si c'était pour toute la vie.

Aujourd'hui, je vais être heureux. Comme l'a dit Abraham Lincoln, « La plupart des gens sont aussi heureux qu'ils ont décidé de l'être. »

Aujourd'hui, je vais accepter les choses comme elles sont et je n'essaierai pas de tout changer selon mes désirs. Je vais profiter de tous les petits bonheurs qui se présenteront.

Six

Pendant le reste de sa journée de travail, Luna ne pensa à rien d'autre qu'à Thomas. Des rappels de lui flottaient autour d'elle dans son petit espace – au-dessus de l'évier, ses yeux noirs lui jetaient un regard en coin, sa grande bouche lui souriait près du téléphone et ses longues mains brunes s'agitaient du côté de l'armoire réfrigérée. Elle avait envie de l'embrasser et s'en défendait tout à la fois. Pendant tout le trajet de retour à la maison, elle sentit un agréable chatouillement tout le long de la colonne vertébrale à la perspective de le voir, tout en se demandant ce qu'ils se diraient.

Mais, quand elle vit Joy, qui dormait enroulée en boule sur le canapé, la réalité vint mettre fin à son rêve. Quel genre de mère était-elle pour seulement envisager d'aller à un rendez-vous galant le jour de la rentrée ? Elle avait oublié. Une bonne mère n'aurait jamais laissé un détail aussi important lui échapper.

Pleine de remords, elle se reprocha aussi de ne pas avoir prévu un bon dîner qu'elles auraient partagé en bavardant calmement. Elle en avait eu l'intention, mais elle avait oublié.

En regardant dormir sa fille, elle se sentit terriblement coupable. Les cheveux épais de Joy, déployés sur le canapé, étaient toujours aussi brillants, malgré leur couleur farfelue, et son teint était si frais que c'était à vous couper le souffle. À son âge, Luna était sujette à l'acné. Sa fille semblait ne jamais avoir eu le moindre bouton.

Et elle exhalait, très nettement, une odeur de cigarette.

Luna se renfrogna. Comment imaginer que Joy, la championne d'un monde sans fumée, ait pu fumer ?

Elle constata avec intérêt que l'odeur ne lui donnait pas l'envie de se précipiter elle-même sur une cigarette. Elle n'en revenait pas d'être capable de reconnaître la senteur sur quelqu'un d'autre et elle en éprouva un sentiment de fierté, tout en se demandant pourquoi sa fille exhalait cette odeur. Peut-être s'était-elle arrêtée dans une maison où les parents fumaient ou s'était-elle fait une nouvelle amie qui fumait. Il ne fallait pas sauter trop vite aux conclusions.

Joy s'éveilla en sursaut, avec une expression de surprise. Ses yeux bleus encore ensommeillés, elle battit des paupières.

— Salut.

— Salut. Y a-t-il longtemps que tu es rentrée ?

Elle s'étira voluptueusement, et Luna remarqua de nouveau qu'elle avait hérité de la poitrine abondante de Kitty.

— À peu près une heure, je pense.

— As-tu faim ?

— Je meurs de faim. La nourriture est dégueulasse à l'école, dit-elle en bâillant. Je voulais me préparer quelque chose moi-même, mais je me suis écrasée de fatigue. Reste-t-il de la dinde à la cajun ?

— Bien sûr.

Luna laissa tomber son sac sur la table basse et fit signe à Joy de l'accompagner dans la cuisine où elle commença à sortir des aliments du réfrigérateur – de fines tranches de viande, des choux de Bruxelles, une demi-tomate et de la moutarde de Dijon qui, elles étaient toutes deux d'accord, rendait un sandwich divin.

— Pita ou pain de seigle ? demanda-t-elle en sortant un couteau du tiroir et deux assiettes de l'armoire.

— Pain de seigle, s'il te plaît.

En silence, elles se préparèrent deux énormes sandwiches, en empilant légumes et condiments. Luna trancha deux pommes, comme accompagnement, et sortit des chips qui restaient de la veille.

— C'est joli, dit-elle en admirant le noir du pain, le blanc des chips de maïs et le rouge des pommes sur le bleu des assiettes.

— Très patriotique, grogna Joy. Je crois que nous devrions découper les pommes en forme d'étoiles.

Avec un petit rire, Luna s'installa sur un tabouret pour attaquer son sandwich. Le trajet à pied du travail à la maison lui creusait toujours l'appétit, et Joy semblait tout aussi affamée à son retour du collège.

— Ça ne t'ennuie pas de dîner sur le pouce ? Si tu as faim plus tard, nous pourrons prendre une collation.

— Voyons ! J'adore ça.

— Je vais essayer de prévoir des repas en bonne et due forme plus souvent. Peut-être aussi un peu plus près de l'heure d'un vrai dîner, si tu veux.

Joy leva les yeux au ciel.

— Maman ! Il n'y a pas un seul adolescent au monde qui apprécie l'heure du dîner en famille, je t'assure, dit-elle en grimaçant pour donner du poids à son affirmation. D'ailleurs, ceci est parfait.

Luna acquiesça en songeant que de l'avocat serait un bon accompagnement pour une prochaine fois.

— Tu vas me le dire si tu en viens à avoir envie de rôti de bœuf et de pommes de terre, promis ?

— Je vais le dire à grand-maman.

— C'est un coup bas, dit Luna en souriant quand même. Nous allons dîner chez elle tous les samedis, tu sais. Alors, quand tu seras entraînée dans le tourbillon des activités sociales de la ville, n'oublie pas de fixer tes rendez-vous plus tard le samedi soir.

— Ça commence cette semaine ?

— As-tu déjà des projets ?

— Pas vraiment. J'ai rencontré une fille à l'école. Elle habite juste derrière chez nous, je pense. Nous avions vaguement parlé de faire quelque chose. Mais il n'est pas question que je rate un dîner du samedi chez grand-maman. Elle va peut-être faire de la fondue.

— Peut-être, dit Luna en songeant qu'elle devrait demander à sa mère de faire de la fondue.

Kitty serait enchantée de satisfaire les goûts de Joy. Comme ceux de Luna, d'ailleurs.

La tradition s'était établie quand Luna et Elaine étaient petites. Kitty était serveuse dans un bar et, le week-end, elle ne commençait pas à travailler avant vingt et une heures. Comme elle ne voulait pas perdre les gros pourboires du samedi soir, elle avait trouvé cette façon de leur rendre son absence moins pénible. À l'époque, le dîner spécial n'était souvent que des gaufres garnies de fraises et de crème chantilly ou du pain perdu avec des saucisses. Elles adoraient manger comme au petit-déjeuner pour le dîner. Cela leur semblait un peu dissolu de manger des crêpes à l'heure du coucher du soleil.

À mesure qu'elles grandissaient, Kitty avait découvert toutes sortes de délices à partager avec elles – des fondues savoyardes, des pizzas maison, n'importe quel mets qui avait frappé son imagination. Elles écoutaient les Beatles, les Doors ou les Rolling Stones – Kitty adorait le rock-and-roll – et dansaient en cuisinant. Parfois, elles se faisaient des coiffures extravagantes ou se mettaient mutuellement du vernis à ongles. Quand venait le temps pour Kitty de se préparer, ses filles l'accompagnaient dans sa chambre et l'aidaient à choisir les boucles d'oreilles, les bracelets, l'ombre à paupières et le rouge à lèvres qu'elle porterait. C'était toujours Luna qui décidait du parfum et qui, comme dans un rituel, le vaporisait sur Kitty, toute belle et toute pomponnée, juste avant qu'elle les laisse avec leur baby-sitter. Son odeur flottait dans la pièce longtemps après son départ.

Le souvenir fit sourire Luna.

— Il n'y a personne d'aussi extraordinaire que ta grand-mère, le sais-tu ?

— Elle est tellement cool, répondit Joy en souriant elle aussi. Sais-tu qu'elle a quatre-vingt-dix-sept soutiens-gorge, porte-jarretelles et autres sous-vêtements ? Elle me les a montrés la dernière fois que je suis allée chez elle. En imprimé zébré, en velours, en dentelles.

— Elaine et moi avions l'habitude de fouiller dans ses tiroirs et de tous les essayer.

En parlant de soutiens-gorge, Luna pensa tout à coup à Thomas et elle bondit sur ses pieds. Elle se mit à chercher fébrilement le morceau de papier qu'il lui avait donné le matin où elle l'avait rencontré devant la maison de sa grand-mère.

— Zut ! Il faut absolument que je téléphone à ce type tout de suite.

— Un amoureux ? demanda Joy en haussant les sourcils.

— Non, pas vraiment. Je viens juste de faire sa connaissance.

Elle trouva enfin le numéro sur la porte du réfrigérateur, sous un aimant en forme de piment.

— Mais je lui ai dit que j'irais manger une glace avec lui ce soir et, quand j'ai accepté, je dois avouer à ma grande honte que j'avais oublié que c'était ta première journée au collège.

— Quelle différence ça fait?

Le papier à la main, Luna s'approcha du téléphone et décrocha le combiné.

— Il me semble que ce serait mieux si je restais ici.

Joy se leva et coupa la ligne.

— Attends une minute, veux-tu?

— D'accord, dit sa mère en raccrochant.

— As-tu beaucoup d'amoureux ou de types que tu fréquentes? Sors-tu souvent?

— Presque jamais.

— C'est bien ce que je pensais. Grand-maman dit toujours qu'elle souhaiterait que tu sortes davantage. Une femme a besoin de compagnie masculine, dit-elle d'un ton doctoral, comme si elle était la plus vieille. Je crois que ce type te plaît, parce que tu as les joues rouges.

Ce qui fit évidemment rougir Luna davantage.

— Il a l'air sympathique.

— Maman, reprit Joy en s'appuyant sur ses coudes, je vis ici à présent. Tu n'as pas besoin de changer ta façon d'être, tu sais, tu peux continuer à mener une vie normale. Tu n'as pas à te conformer à je ne sais quel idéal de mère avec moi. J'en ai déjà une de ce genre-là à Atlanta, et elle me rend folle.

— Parfaite, hein?

En dépit d'elle-même, elle était un peu blessée.

— Je ne dis pas ça comme un compliment, voyons. Elle est toujours... euh... trop de bonne humeur, dit Joy en agitant la tête. Ses cheveux et son maquillage sont toujours parfaits, et elle habille du trente-deux. La plupart de mes amis ne portent même pas cette taille-là, tu comprends? C'est idiot.

— Alors, dit Luna en riant, je devrais me sentir mieux parce que mes cheveux ont l'air de ceux d'une électrocutée, que j'habille du quarante dans mes bons jours et que je porte rarement du rouge à lèvres, encore moins d'autre maquillage.

Joy avait l'air sérieux.

— Je sais que tu blagues, mais c'est exactement ce que je veux dire. Tu es vraie. Grand-maman aussi, même si elle accorde beaucoup d'importance à son apparence. April, c'est comme si elle le faisait parce qu'elle a peur. Parfois, je voudrais la voir se mettre vraiment en colère, lancer un objet, crier contre quelqu'un ou, une seule fois, manger tout un morceau de gâteau au lieu de prendre une toute petite bouchée de celui de quelqu'un d'autre. Je ne veux pas être jamais comme ça, ajouta-t-elle, les lèvres serrées. Jamais. C'est comme si papa était son dieu, et qu'elle était prête à tout pour lui donner ce qu'il veut. Mais il ne remarque même pas ce qu'elle fait pour lui.

Luna sentit une masse d'émotions emmêlées lui remplir la poitrine. Instinctivement, elle posa la main sur celle de Joy, et la masse éclata en un millier de souvenirs : elle revit April, raide et tendue, pendant le procès, avec son sourire parfait et ses cheveux blonds impeccablement coiffés. Elle revit couler trois petites larmes sur ses joues au teint de pêche quand Joy s'était mise à crier : « Maman ! Ma-a-a-man ! » Elle revit April, guindée et fragile, essayer de gagner l'amour d'un homme qui ignorait la signification même du mot et la façon de l'exprimer. Luna se sentit profondément et douloureusement désolée pour elle.

— Merci, Joy, dit-elle un peu rudement, ravalant ses émotions avec une grimace. Tu sais, tu as toujours été comme ça, si brutalement honnête que ça choque les gens. Je suis tellement heureuse que tu aies gardé cela en vieillissant.

Joy retourna sa main pour serrer celle de sa mère et frotta son pouce sur ses jointures.

— Eh bien ! Ce n'est pas tout le monde qui apprécie.

— Je sais. Mais ça fait partie de ta personnalité, et tu ne peux pas te changer pour plaire aux autres. Ça ne fonctionne jamais.

— Comme April.

— Pas exactement. April est naturellement ainsi – elle est une belle du sud typique, et il est probablement difficile de se défaire d'un tel modèle. Mais elle fait ce qu'elle croit devoir faire. Je me souviens de mon allure, reprit-elle après avoir pris une grande inspiration. Me vois-tu m'efforcer de jouer à la belle du sud? J'ai tellement essayé. Ça ne pouvait pas marcher, conclut-elle en riant et en hochant la tête.

Joy frissonna et en profita pour se dégager.

— Alors, va à ton rendez-vous avec ce type ce soir, d'accord? Je peux très bien rester toute seule.

— Je serai de retour à vingt heures trente.

— Ça va, dit-elle en se levant pour desservir. De toute façon, j'ai des devoirs à faire.

Arrivée devant l'évier, elle se retourna, l'air malicieux.

— Et n'oublie pas d'apporter des condoms. Tu sais comment sont les hommes.

— Joy!

Elle éclata de rire.

— C'est une blague, maman.

— Tu as tellement vieilli depuis l'année dernière.

— Ce sont des choses qui arrivent, dit-elle, un pli amer au coin de la bouche.

Elle ouvrit les robinets en regardant fixement les bulles qui se formaient dans l'évier, l'air absent.

Consciencieusement, Luna se concentra sur la tâche de remettre les couvercles sur les pots de condiments.

— Joy, s'est-il passé quelque chose cette année?

— Que veux-tu dire?

Luna referma le sac dans lequel il restait de la dinde et le contenant des choux de Bruxelles.

— Quelque chose qui t'aurait perturbée.

— Tu veux dire parce que j'ai l'air tellement différent?

Luna la regarda droit dans les yeux.

— Tu as vraiment beaucoup changé.

Joy haussa légèrement les épaules, l'air maussade.

— Bien des choses se sont passées, mais personne ne m'a fait de mal, si c'est ce qui t'inquiète. Personne ne m'a molestée ni poignardée, et je ne me suis pas mise à me droguer. Alors ne t'en fais pas à ce propos non plus, ça va?

Elle referma brusquement les robinets et appuya sa hanche toute mince contre le bord du comptoir.

— Je ne te mentirai pas. Beaucoup de mes amis prennent de la drogue et, comme j'ai l'air freak, ils m'en offrent. Mais ça ne m'intéresse pas.

— Ça va, dit Luna, un peu mal à l'aise, en souriant. Tu dis encore «freak», hein? C'était aussi ce que nous disions.

Elle remit les aliments dans le réfrigérateur et sortit un torchon de l'eau savonneuse pour essuyer la table.

— Mais il y a quand même quelque chose, Joy. Il y a un uniforme pour chaque groupe, et c'est comme si tu étais passée de l'armée de terre à la marine. Il faut qu'il y ait une raison.

— Les freaks ne te demandent pas d'être autre chose que toi-même, dit-elle. Je n'en pouvais plus, maman, de toutes les… conneries… que mes amis faisaient. Par exemple, une fille a tenté de se suicider parce qu'elle avait raté un examen. Elle a seize ans et elle pense que sa vie est finie. Ce n'est pas possible.

Luna eut tout à coup une idée.

— Cela a-t-il quelque chose à voir avec April, à sa façon de vouloir que tout soit parfait?

Le visage de Joy s'assombrit.

— Non, dit-elle sèchement en levant vers Luna des yeux remplis de colère. Tu sais quoi? J'aime April. C'est une bonne personne. Et elle, elle ne m'a jamais engueulée à cause de tout ça. D'une certaine façon, ça ne lui déplaît pas que j'aie l'air extravagant, elle me trouve courageuse de ne pas me soucier de l'opinion des gens.

— Et ton père, comment réagit-il? demanda Luna qui avait cru percevoir des sous-entendus.

Joy fit un sourire amer.

— Il déteste ça.

— Que se passe-t-il entre vous deux?

Un haussement d'épaules.

— Rien. Rien, répéta-t-elle après avoir ouvert la bouche comme pour dire autre chose. Nous sommes simplement deux personnes très différentes, et je n'apprécie pas beaucoup ses valeurs.

Luna acquiesça. Elle respira profondément et décida de ne pas poursuivre sur ce terrain. Il valait mieux y aller un peu à la fois.

— Comment as-tu trouvé ton nouveau collège aujourd'hui ?

— Pas mal, dit Joy en enfilant des gants en caoutchouc pour protéger ses longs ongles vernis en noir. Je me suis fait une amie qui est gentille. Elle habite par ici, juste de l'autre côté du champ. Elle s'appelle Maggie. Son père est mort dans un accident de voiture, le printemps dernier.

— Je vois de qui tu parles. C'était vraiment triste, il n'était pas très vieux. Est-elle un peu remise ?

— Je suppose, dit Joy en haussant les épaules. Mais jusqu'à quel point peut-on se remettre de la mort de son père ?

— Tu as raison. J'ai déjà eu d'assez bons résultats dans ce genre de situation, ajouta-t-elle après un moment d'hésitation. Alors, si tu crois qu'elle a besoin de parler à quelqu'un, je suis là.

— Merci. J'y avais déjà pensé.

Luna prit le balai pendant que Joy rinçait les assiettes.

— Maman, dit-elle après avoir réfléchi, pourquoi as-tu abandonné ? Même papa dit que tu étais vraiment une bonne psychothérapeute, même quand…

Elle rougit.

— Même quand je buvais ?

Elle fit signe que oui.

— Je ne sais pas, dit honnêtement Luna. Tout à coup, j'ai trouvé que ce n'était pas correct d'essayer de reconstruire des vies quand la mienne était un tel gâchis.

— Mais tu es sobre depuis quatre ans.

— Ouais, dit-elle en haussant les épaules.

— Ça ne te manque jamais ?

— De boire ou d'être thérapeute ? demanda-t-elle en souriant pour cacher son amertume.

— Les deux, je suppose, dit Joy en fronçant les sourcils.

Luna se redressa pour la regarder dans les yeux.

— Oui.

Elle prit une très longue inspiration pour supprimer la légère envie d'une cigarette qu'elle sentait dans ses poumons.

— L'alcool était un excellent moyen d'évasion, tu sais. Et la vie nous apporte bien des raisons de vouloir nous évader. Alors, quand les choses deviennent difficiles ou inquiétantes, je pense encore parfois à une rasade de tequila. Dans ces moments-là, je vais à une réunion, j'appelle mon parrain, je vais marcher ou – elle fit un signe de la main vers son atelier – je fais de l'artisanat. Es-tu inquiète de me voir retomber dans mon vice ? lui demanda-t-elle après une pause.

Joy rencontra son regard.

— Non. Tu sais, c'est un peu irréel pour moi. Je ne t'ai jamais vue boire, alors je ne pense jamais à ça.

— Tant mieux.

Joy retira la crépine de l'évier et la vida dans la poubelle.

— Et la psychothérapie, ça te manque ?

Tout en y réfléchissant, Luna remplit la pelle à poussière.

— Oui, ça me manque. De temps en temps, je songe à la thérapie par l'art, à utiliser la créativité pour aider des femmes à mieux se connaître.

— Pourquoi ne le fais-tu pas, alors ?

— Sincèrement, je n'en sais rien. Un jour à la fois, hein ? Je crois que je suis où je dois être pour le moment.

Joy acquiesça en replaçant la crépine dans l'évier. Luna appuya le balai contre le mur.

— Maman ?

Luna se retourna.

— Je suis heureuse de pouvoir te parler. Ça signifie beaucoup pour moi que tu me dises simplement la vérité. Merci, dit Joy en clignant des yeux pour chasser ses larmes.

— Il n'y a pas de quoi, ma chérie, dit Luna.

De chez elle, il y avait une bonne distance jusqu'au Dairy Queen, alors Luna commença à se préparer tôt. Elle hésita entre six hauts différents jusqu'à ce que Joy l'aide à se décider pour une blouse paysanne turquoise.

— Elle met tes épaules en valeur, dit-elle. Et je crois que tu devrais attacher tes cheveux, en laissant retomber seulement quelques mèches sur la nuque, ajouta-t-elle en faisant une démonstration. Tu vois?

Luna coiffa donc ses cheveux de la façon proposée par Joy, comme si cela représentait une bénédiction spéciale pour son rendez-vous. C'était une soirée magnifique. L'air sec commençait à se rafraîchir avec l'arrivée par le sud-ouest de nuages de pluie pourpres qui donnaient à la montagne une teinte d'un bleu profond. Les derniers rayons de soleil perçaient les nuages çà et là et tombaient comme des piliers dorés à certains endroits, aussi liquides que du jus d'orange à d'autres.

C'était le genre de spectacle auquel elle n'avait cessé de rêver pendant les années qu'elle avait passées au loin. Quand les gens s'émerveillaient devant un ciel ou un paysage superbes, elle devait toujours se retenir pour ne pas leur dire que, si c'était effectivement joli, ça ne valait pas sa ville natale. Cela aurait pu les blesser. Elle avait parfois l'impression de s'enivrer de toute cette couleur. Elle aurait voulu en manger, en frotter sur elle et en conserver dans des pots pour peindre ses vêtements et ses plafonds.

La majeure partie du trajet traversait des quartiers tranquilles. La route passait devant de petites maisons entourées de grands champs. Luna entendit une chèvre bégueter et un chien courir vers une clôture. Sur presque cinq cents mètres, un colley en liberté, bandana autour du cou, trotta joyeusement à côté d'elle.

À mesure qu'elle approchait du centre de la ville, il y avait évidemment plus d'animation. Des touristes obstruaient les rues avec leurs roulottes, leurs voitures de luxe et leurs motocyclettes. En groupe de deux, trois ou quatre, ils arpentaient les trottoirs, exhibant des coups de soleil et des tee-shirts ornés de photos de trembles, des poteries indiennes dans les bras. Emportée par la foule, Luna commençait à se sentir nerveuse quand elle aperçut devant elle l'enseigne du Dairy Queen. Dans un moment de panique, elle entra dans un café pour commander un double *latte* sur glace, s'accordant ainsi un peu de temps. Sans compter le courage que lui donnerait la caféine. Elle sortit avec la tasse en carton et but plusieurs gorgées. À quelques pas du Dairy Queen, elle sentit sur sa langue, comme des étoiles, des cristaux de sucre turbiné qui ne s'étaient pas dissous.

Thomas était déjà arrivé, mais il ne la vit pas tout de suite. Elle ralentit pour l'admirer à son aise et s'émerveilla, avec un petit sourire, à l'idée qu'elle allait vraiment s'asseoir avec lui. Parler avec lui. Manger avec lui. Combien de fois l'avait-elle observé de loin à l'épicerie ou l'avait-elle épié par ses fenêtres quand il apportait des sacs de provisions à sa grand-mère ?

Les passants le remarquaient. Comme il regardait vers l'ouest, la lumière pourpre et orange du couchant éclairait son nez anguleux, son front large et faisait malicieusement ressortir la courbe de son ventre au-dessus de sa ceinture. Les cheveux détachés, il avait l'air détendu et impudique. Elle comprit qu'il savait probablement que les femmes appréciaient ce genre de chevelure.

En l'apercevant, il redressa le menton, croisa les bras sur la poitrine et esquissa un sourire de bienvenue. Luna se sentit si merveilleusement belle qu'elle eut envie de pouffer de rire. De secouer ses cheveux.

— Bonjour, dit-il doucement.

Elle prit une autre gorgée de *latte* en s'approchant de lui.

— Bonjour, dit-elle, se sentant toute petite à côté de lui.

Comme il portait des bottes avec un bon talon, la tête de Luna ne lui arrivait qu'au menton.

— Vous êtes venue à pied ? s'enquit-il.

Elle fit un signe de tête affirmatif.

— Vous n'avez pas de voiture ou vous aimez marcher ?

En le regardant droit dans les yeux, elle lui dit la vérité.

— Je n'ai pas de permis de conduire.

— À cause de l'alcool ?

Il était rare que quelqu'un lui pose la question si directement. Luna trouva que ça simplifiait la réponse.

— C'est ça.

— Vous pourrez peut-être me raconter cette histoire un jour.

Elle eut un petit rire trop amer.

— Il faudrait que je vous connaisse beaucoup mieux, lui dit-elle, embarrassée.

Un moment de silence, pendant lequel il regarda fixement son visage.

— D'accord. Voulez-vous entrer ou rester à l'extérieur ? lui demanda-t-il en lui indiquant d'un mouvement de tête la fenêtre sous la liste des glaces et des prix.

— À l'extérieur, sans hésitation. Avec ce ciel !

En le voyant sourire, elle eut l'impression d'avoir gagné un point. Ils s'approchèrent ensemble du guichet où un garçon noir, maladivement maigre dans un uniforme mal ajusté, attendait de prendre leur commande. Thomas se tourna vers Luna.

— Avec du sirop au chocolat chaud ?

— Oui, s'il vous plaît.

— Un banana split ou juste de la glace ?

Elle regarda le garçon et hésita, consciente à la fois de sa gourmandise et du fait qu'elle avait remarqué la veille que son short était trop serré.

— De la glace seulement.

— Non, vous avez hésité trop longtemps. C'est notre premier rendez-vous et elle ne veut pas que je la trouve goinfre, dit-il au garçon. Vous savez comment sont les femmes.

Intimidé, le jeune homme lui fit un sourire surpris, tout étonné de se voir inclus dans ceux qui savent comment sont les femmes.

— Un banana split avec sirop au chocolat chaud, alors ?

— Deux banana split, un avec du sirop au chocolat chaud, un ordinaire avec des noix et de la crème chantilly. Tout le bataclan.

Il sortit de l'argent de sa poche avant, compta plusieurs billets d'un dollar qu'il jeta sur le comptoir et fit un clin d'œil à Luna en se tapotant le ventre.

— Nous, les hommes, nous n'avons pas besoin de surveiller notre ligne, même si nous devenons aussi gros qu'un camion.

— Ce serait bien d'être un homme à l'occasion, dit-elle en souriant.

— C'est toujours bien d'être un homme.

En voyant sa main si grande, forte et carrée, elle éprouva une poussée de désir. Elle s'imagina ses doigts sur son corps, sa bouche sur la sienne, une pensée scandaleusement intense. Se sentant rougir, elle regarda par-dessus son épaule pour trouver une table libre.

— Je vais prendre les cuillères et les serviettes de table. Cette table vous convient?

— Bien sûr.

Elle alla s'installer à une table à pique-nique, au bout de la terrasse en ciment. À l'horizon, les nuages devenaient plus sombres. Au loin, on voyait des éclairs intermittents, mais on ne sentait pas encore l'odeur de la pluie.

Thomas vint la rejoindre et ne s'assit pas en face d'elle, comme elle l'avait prévu, mais à côté d'elle et tout proche. Sa cuisse qui touchait la sienne fit renaître son désir. Elle s'éloigna un peu, prit son banana split et se pencha pour humer l'odeur du chocolat.

— Merci, dit-elle. C'est un vrai péché.

— Ouais. Ma mère ne cesse d'essayer de me convaincre de mieux m'alimenter, mais comme elle est loin d'ici, je n'en fais qu'à ma tête.

Il lui fit un grand sourire, plein d'assurance, qui découvrit ses grandes dents blanches et accentua les rides autour de ses yeux.

— Je ne blaguais pas non plus quand je vous ai dit que j'étais accro à la glace. J'en suis fou.

— Je vous ai souvent aperçu ici l'été dernier.

— Ç'a été un dur été, dit-il, une expression de tristesse sur les lèvres. Le premier après le divorce, vous comprenez.

Il plongea sa cuillère dans les fraises et la glace à la vanille et la porta à sa bouche.

Merde! Il n'était pas du tout remis de son divorce.

— Je suis désolée de vous rappeler de mauvais moments.

Il haussa les épaules.

— Vous devez vous rappeler ce genre de moments puisque vous les avez traversés vous aussi.

— Ouais, dit-elle. J'ai quitté la ville, mais c'était un peu différent dans notre cas. À ce moment-là, je détestais tellement mon ex-mari que j'avais peur de ce que je tenterais si je ne m'éloignais pas de lui.

Surtout qu'elle buvait à l'époque. Beaucoup. Tard le soir, elle avait des fantasmes vraiment très violents.

— Quoi, par exemple ? lui demanda-t-il, les yeux brillant de curiosité.

— Toutes sortes de choses. J'ai imaginé assez de scénarios de vengeance pour en remplir un livre.

— Donnez-moi un exemple.

— Hum… commença-t-elle en mêlant chocolat et vanille et en admirant les minces filets bruns sur le blanc de la glace. D'accord. Un de mes préférés était d'aller, un soir, remplir leur maison de serpents à sonnettes. Mais, comme Joy vivait alors avec eux, ce n'était pas possible.

— Leur maison ? C'est donc une liaison qui a brisé votre mariage ?

— Oui, monsieur, dit-elle en soupirant. Ils sont toujours ensemble, alors j'imagine que c'était le grand amour ou quelque chose du genre.

— Quelque chose du genre, répéta-t-il. Racontez-moi un autre de vos fantasmes de vengeance.

— Il y a bien longtemps de ça.

Elle fit une pause pour réfléchir.

— Les scénarios communs – du sucre dans le réservoir à essence, des pneus tailladés, des fenêtres brisées. Je savais que mon ex-mari serait furieux de voir des œufs écrasés sur le capot de sa voiture, et j'ai bien failli le faire.

Elle s'arrêta pour prendre une bouchée.

— Je me souviens d'un autre – des fourmis dans leur lit. Mais ça ressemble un peu à l'idée des serpents. Je cherchais aussi des idées de torture dans les bandes dessinées. À vous à présent, dit-elle en penchant la tête.

— Je n'en ai pas eu.

— Pas un seul ?

Luna essayait de se contenir, mais la thérapeute Barbie se manifesta. « Comme c'est intéressant », murmura-t-elle.

— Pourquoi ?

— Je les aimais tous les deux, dit-il très simplement et sans détour.

Les yeux fixés sur son plat, il se racla la gorge.

— Elle m'a laissé pour mon frère cadet.

— Mais c'est absolument horrible, dit Luna en sentant vraiment son cœur se serrer. Votre frère.

Il acquiesça.

— C'est merdique, hein ? J'ai toujours été joueur et je lui ai fait confiance avec ma femme. C'était une mauvaise idée.

— Non, vous n'avez pas eu tort de leur faire confiance. Ce sont eux qui ont eu tort de vous trahir.

Il avait vraiment besoin d'un fantasme de vengeance.

— Savez-vous que, dans certaines civilisations africaines, le couple adultère est enterré dans le sol jusqu'à la taille ? Ensuite on les affame, puis la tribu – elle fit une pause pour créer de l'effet – coupe des morceaux du corps de l'un des amants et les fait manger à l'autre. Par exemple, on coupe un sein à la femme et on le fait manger à l'homme. On lui coupe le pénis et on le lui fait manger à elle.

Elle lui fit un grand sourire.

— Et vous avez l'air d'une personne si douce, dit-il une étincelle dans les yeux.

— Méfiez-vous de ce qui mijote dans le cœur des femmes.

Il resta silencieux un long moment, et elle songea qu'elle en avait probablement dit assez. Ils mangèrent sans parler, leurs cuisses se touchant de nouveau et son bras à lui effleurant le sien de temps à autre. Au loin, le tonnerre grondait faiblement.

— Ce serait tellement plus facile s'ils étaient malheureux ensemble, pas vrai ? dit-il enfin.

— Absolument. S'ils nous rendent si malheureux, ils pourraient au moins avoir la décence d'en souffrir.

Elle avait terminé sa glace. Après s'être essuyé les mains avec une serviette, elle se tourna légèrement vers Thomas en appuyant un coude sur la table.

— Ce soir, ma fille me parlait de sa belle-mère. Je l'ai déjà tellement détestée que c'en était presque un chef-d'œuvre.

Elle revit dans son esprit une forme cuivrée engendrée par la chaleur de la rage et de la douleur.

— Pourtant, je suis sincèrement désolée pour elle aujourd'hui. Au moins, j'ai échappé à ce salaud.

— Un jour, dit doucement Thomas, mon frère va briser le cœur de Nadine. Il ressemble totalement à mon père – il va la quitter. Et alors, ajouta-t-il en soupirant, elle va apparaître sur le seuil de ma porte en me disant combien elle regrette ce qu'elle a fait.

— Et comment réagirez-vous?

— Je ne sais pas.

Il mit la main sur la cuisse de Luna, et elle sursauta.

— Avez-vous peur de moi, Luna? demanda-t-il en souriant.

Elle redressa la tête et s'efforça de le fixer bien en face. Elle acquiesça.

— Pas de vous précisément, dit-elle sans le toucher en retour.

Mais ils s'approchaient inexorablement l'un de l'autre, un millimètre à la fois. L'air, plus lourd, tourbillonnait autour d'eux, et ils se contentaient de se regarder. Sur sa cuisse, la main de Thomas restait immobile.

— Moi, j'ai un peu peur de vous, dit-il de sa voix chantante. Dites-moi qui vous êtes.

Il avait posé son bras nu, absolument glabre, devant elle sur la table. Sa peau avait l'air si douce et si soyeuse qu'elle eut envie d'y toucher. Compte tenu de tout ce qu'elle venait d'apprendre, c'était téméraire, très téméraire, mais elle ne put s'en empêcher. Elle plaça la paume de sa main près du coude et le majeur dans le pli du bras.

— Que voulez-vous savoir?

Enhardi par sa caresse, il passa la main dans ses cheveux et enroula une mèche autour d'un doigt.

— Quelle marque de shampoing utilisez-vous?

— Herbal Essence, dit-elle en riant. Et vous?

— Ma grand-mère fait un shampoing extraordinaire à base de yucca. Mais j'utilise habituellement la marque qui est en solde, dit-il en haussant les sourcils.

Luna ne s'était pas retrouvée avec un homme depuis bien longtemps, surtout avec un homme qui faisait battre son cœur. Les longs cheveux de Thomas les isolaient des autres clients, comme un rideau. Elle n'eut que le temps de remarquer ses pommettes saillantes et la ligne noire de ses cils avant qu'il se penche pour l'embrasser.

Consciente du risque qu'elle courait, elle lui rendit quand même son baiser, en soupirant de soulagement qu'il en ait pris l'initiative. Ses lèvres, plus chaudes qu'elle ne s'y était attendue, sentaient l'ananas. Sur sa langue, Luna perçut le goût de la banane, du sirop et d'autre chose qu'elle ne put identifier. Elle l'embrassa avec autant de passion qu'il en mettait lui-même, appréciant la forme et la texture de ses lèvres. C'était encore meilleur que dans son souvenir. Elle découvrit qu'il faisait partie des rares hommes qui aiment embrasser. Il suivait son rythme et ses mouvements, en prenant le temps de savourer le moment présent, avant de pousser davantage.

« Mauvaise idée », dit une voix qu'elle étouffa en déplaçant sa main sur le bras de Thomas pour frotter de la paume un biceps aussi musclé qu'elle l'avait cru. Il la prit dans ses bras et serra son corps contre le sien, la main passée autour de son cou. Leur étreinte devint si intense qu'elle eut peur de créer un scandale en public. Il devait l'avoir senti, lui aussi, parce qu'il s'éloigna un peu.

— Allons ailleurs, murmura-t-il, les lèvres toujours sur les siennes.

Reprenant ses esprits, elle le repoussa.

— Non, je ne peux pas, lui dit-elle à regret, soudain consciente du danger. Je ne peux pas faire ça, répéta-t-elle en fronçant les sourcils.

Elle se leva brusquement.

— Merci pour la glace.

Puis elle s'enfuit à la course, pour résister à l'envie omniprésente de se retourner, de lui prendre la main et de lui dire qu'elle était prête à le suivre n'importe où. Elle l'imaginait nu dans une chambre de motel au décor clinquant, et s'imaginait elle-même nue et serrée contre lui. Elle éprouvait un désir si fort que la colonne vertébrale lui élançait de la nuque aux fesses.

Elle redressa les épaules et écarta ses cheveux de son visage en feu, en songeant que cette histoire commençait mal, avec les mauvais messages et au mauvais moment. Tout mauvais.

— Luna, lui lança Thomas par la glace ouverte de son camion, droit devant elle.

Elle le contourna.

— Je suis désolée de vous avoir donné une fausse impression, lui lança-t-elle en se retournant. Je ne suis pas le genre de personne que vous croyez.

Après un dernier coup d'œil par-dessus son épaule, elle traversa la rue pour lui échapper. Pour se débarrasser de la lourdeur qu'elle ressentait dans la poitrine, elle descendit la colline au pas de course. Au-dessus de sa tête, les nuages étaient épais et menaçants. Le vent avait l'odeur de la pluie imminente. Si elle voulait éviter l'orage, elle devait presser l'allure. Merde !

La porte du camion claqua derrière elle. Elle l'ignora. En accélérant, elle commença à s'essouffler. Mais Thomas était plus grand qu'elle et avait des jambes plus longues. Il la rattrapa avant même qu'elle ait fait un pâté de maisons.

— Luna, je vous en prie, écoutez-moi une seconde. Je vous en prie, répéta-t-il en voyant qu'elle tentait de lui échapper.

Elle s'arrêta et leva les yeux vers lui, craignant que toutes ses émotions se lisent sur son visage. Comme d'habitude, elle aurait voulu ne rien sacrifier.

— Merde, dit-il, les mains sur les hanches.

Avec ses cheveux qui volaient au vent, il avait l'air de sortir d'un tableau.

— Je ne suis pas ainsi, vous comprenez. Je ne couche pas avec toutes les filles que je rencontre.

Son ton était cassant comme du cristal.

— Nous ne sommes pas obligés… commença-t-elle.

— Regardez-moi.

Elle lui obéit. Il avait toujours les mains sur les hanches.

— J'ai vraiment envie de vous, Luna. Je ne sais pas pourquoi. Je voulais régler la situation, pas l'empirer.

Il ravala sa salive et redressa le menton.

— Je vous jure devant Dieu de ne pas vous toucher si vous acceptez simplement de venir avec moi vous asseoir quelque part pour parler un peu.

Il leva la main comme pour faire un serment, le regard sérieux et intense. Luna y vit aussi de la colère.

— Quand je vous regarde, dit-il en posant la main sur sa poitrine, je suis capable de respirer. Il y avait longtemps que je n'y arrivais plus.

Si c'était une réplique toute préparée, elle n'en avait jamais entendu de meilleure.

— D'accord.

Il lui prit la main et l'entraîna vers le camion. Elle éprouva du plaisir à remonter la rue à ses côtés, se demandant ce que les passants pensaient d'eux. Elle monta du côté du passager dans son camion, propre et soigné. Un dossier était posé sur le siège de la banquette que Thomas avait recouverte d'un ensemble à rayures rouges, du genre de ceux qu'on peut se procurer au Wal-Mart pour 29,95 $. Il prit la direction de Rancho de Taos et s'arrêta devant un petit café dont les fenêtres donnaient vers l'ouest.

— Ça vous va? lui demanda-t-il avant qu'ils sortent du camion. Seulement un café?

— C'est parfait.

Assez loin du centre commercial et assez ordinaire pour être ignoré des touristes, c'était un café bien simple nommé Betty's Burritos, où on servait aussi des mets mexicains. Le plancher était en linoléum noir et blanc et les sièges étaient recouverts de vinyle. Sur un mur, une représentation d'un danseur amérindien avait été peinte grossièrement, mais avec beaucoup d'amour, dans des tons de rouge, bleu et vert. Quelques tables étaient occupées – un couple hispanique plus âgé, sur son trente et un, qui buvait de la bière; dans l'alcôve du coin, une famille avec de jeunes enfants; assise seule au comptoir, une Amérindienne obèse qui mangeait de la tarte. Un ruban perlé retenait son abondante chevelure qui retombait plus bas que le siège du tabouret.

La seule serveuse, une Hispanique dans la quarantaine, sortit de la cuisine en entendant tinter la cloche au-dessus de la porte.

— Salut, Thomas, dit-elle. Un café?

Il acquiesça en indiquant à Luna une alcôve près de la fenêtre.

— Voulez-vous un café, vous aussi?

— Bien sûr. Je ne sais pas pourquoi, mais ça ne m'empêche jamais de dormir.

Le café leur fut servi dans de lourdes tasses en poterie, avec de petits contenants en plastique de crème. Luna demanda du lait. En silence, Thomas et elle attendirent le retour de la serveuse, comme s'ils se préparaient à avoir une discussion importante – des parents avec un enfant à problèmes, peut-être, ou deux amis avec un gros projet. Luna détestait ce genre de tension.

— Vous ressemblez à un calendrier, dit-elle en observant la façon dont la lumière qui entrait par la fenêtre tombait sur lui.

— Je pourrais le vendre sur Internet, hein ? gloussa-t-il.

— The Lone Coyote.

— Comment ça ?

— C'est dans une chanson de Joan Baez, dit-elle. Je vous la ferai écouter un jour.

Il acquiesça et prit sa tasse.

— Alors, d'où êtes-vous ?

— Je suis d'ici. De Taos. Je suis née à Albuquerque, mais ma mère avait grandi ici, et nous y sommes revenus quand j'étais toute petite. Et vous ?

Il indiqua le sud avec son pouce.

— Pareil. Albuquerque. Mais ma mère est d'ici, elle aussi. Je me demande si elles se connaissent. Quel âge a votre maman ?

— Soixante-deux.

— La mienne est plus vieille. Soixante-dix.

Luna suivit du doigt les lignes dorées dans le formica noir.

— Quand êtes-vous venu à Taos, alors ?

— Pendant mon enfance, je passais tous mes étés ici. Quand ma grand-mère a fait une crise cardiaque, il n'y avait personne ici pour prendre soin d'elle comme je croyais qu'il le fallait. J'étais divorcé – il fit une moue désabusée – pour la première fois, en train de lécher mes plaies, alors je suis venu vivre ici. Ça me convient.

— Oui, moi aussi, dit-elle. Quand j'étais jeune, j'avais hâte de partir d'ici, de voir le vrai monde.

Elle hocha la tête en souriant tristement.

— J'ai fini mes études au collège à seize ans et je suis sortie de l'Université de Californie avec un doctorat avant d'avoir vingt-deux ans.

— Surdouée, hein? siffla-t-il.

— Un peu.

En sirotant son café, elle se détendit légèrement et finit par s'appuyer contre le dossier de son siège.

— Je ne comprends pas aujourd'hui pourquoi j'étais tellement pressée.

— À cet âge-là, nous croyons tous que nous savons tout.

— Que saviez-vous?

— Comment être un vrai Amérindien.

Comme il n'avait pas changé d'expression, elle se demanda comment elle avait deviné qu'il se moquait de lui-même.

— Pas comme tous ces faux Amérindiens dans les pueblos et les réserves, non madame. Je suis parti pour Los Angeles, poursuivit-il, les yeux brillants, je me suis inscrit dans un collège communautaire et j'ai pris une carte de membre de l'AIM. Vous savez ce que c'est? The American Indian Movement?

— Bien sûr.

Perdu dans ses souvenirs, Thomas poussa un soupir en hochant la tête.

— On peut compter sur un jeune fou pour s'emporter, surtout s'il est métis.

— J'avais remarqué.

Plus détendu, lui aussi, il étendit ses longues jambes sous la table.

— Alors, dit-il, depuis combien de temps êtes-vous sobre?

— Nous voici donc au cœur de la question.

Elle cligna des yeux en réfléchissant à tout ce qui était relié à la sobriété. Il n'y avait aucune raison de ne pas dire la vérité.

— Il y a eu quatre ans en mars dernier.

— Et vous ne conduisez toujours pas?

La meilleure façon de traiter toute cette affaire était d'en parler sans détour, avec un brin d'humour, si possible.

— Mon troisième accident – alors que mon permis de conduire était suspendu, dois-je ajouter – a mis le juge en rogne.

Il manifesta son appréciation en éclatant de rire. Ce qui le fit monter dans l'estime de Luna.

— Je n'en suis pas fière, vous savez, dit-elle. Mais il faut parfois apprendre à vivre avec la triste réalité.

— Avez-vous blessé quelqu'un?

— Personne d'autre que moi, par miracle.

Elle releva sa manche pour lui montrer les cicatrices de son opération. Elle avait des broches à trois endroits dans le coude.

— Est-ce que ç'a été le dernier?

— Ouais, dit-elle en regardant ses cicatrices qui, elle s'en était toujours émerveillée, ressemblaient aux contours d'une rose.

Elle sentit dans son cœur de petites pointes de regret parfaitement inutiles.

— J'avais touché le fond, ajouta-t-elle en laissant retomber sa manche. À votre tour, maintenant. Parlez-moi de votre première femme. Était-ce en Californie?

Il acquiesça, un pli amer au coin de la bouche.

— Ce fut… explosif.

D'un geste déterminé, il repoussa les cheveux qui cachaient son cou pour lui montrer sa propre cicatrice.

— Elle a tenté de me trancher la gorge, alors j'ai décidé que notre mariage était voué à l'échec.

À son tour, elle éclata de rire.

— Bonne décision.

La serveuse s'approcha pour leur offrir d'autre café.

— Merci, Debra, dit Thomas. Comment va ta mère?

— Elle a de bons jours et des mauvais. Nous essayons de la convaincre de revenir travailler ici, mais elle dit toujours que ce n'est pas pareil sans mon père.

— Continuez à essayer. Dis-lui que je t'ai demandé de ses nouvelles.

— Bien sûr.

Debra se dirigea vers les autres tables, versant du café de la main droite et du thé glacé, dans un pichet transparent, de la gauche.

— Sa mère est veuve depuis peu, expliqua Thomas.

Il versa une bonne dose du lait de Luna dans son café.

— Que faites-vous pour gagner votre vie, Luna McGraw ? De l'art ?

— Non, dit-elle, surprise. Pas du tout. Qu'est-ce qui vous a fait croire ça ?

— Votre maison, toutes ces couleurs vives, les étranges poupées Barbie. Les chaises. On dirait la maison d'une artiste.

Elle balança la main, contente malgré elle qu'il ait remarqué les Barbie.

— Ce ne sont que des passe-temps. Ce que je fais pour me tenir occupée.

Il plissa les yeux.

— Vous voulez dire que vous n'êtes pas une artiste professionnelle ?

— Non. Je travaille comme fleuriste à l'épicerie Pay and Pack.

— Vous avez un doctorat en horticulture ?

— En psychologie. J'ai travaillé comme thérapeute pendant dix ans.

— C'est compliqué.

— Pas vraiment. Ce qui compte, c'est ceci.

Elle étendit les mains pour signifier maintenant. Le moment présent.

La pluie se mit tout à coup à tambouriner sur la vitre, pareille à un enfant qui aurait lancé une poignée de cailloux.

— Ça commence, dit-elle en humant comme si elle pouvait sentir les odeurs à travers le verre.

Effectivement, l'orage, qui se dirigeait inexorablement vers la ville depuis une heure, éclata, les isolant, elle et Thomas. En sécurité derrière la fenêtre, ils étaient enveloppés dans la chaleur du café bien éclairé. Il se créa un sentiment d'intimité qui inquiéta Luna.

De nouveau, elle aurait voulu photographier Thomas, ou plutôt l'ensemble de la scène – la qualité du jaune sur le mur derrière sa tête, l'eau qui brouillait la vitre et ses mains brunes et puissantes autour de sa tasse. En observant ses jointures, elle éprouva une impression à la fois de confort et de fascination. Avec un sentiment croissant de panique, elle regarda la pluie, se demandant quand elle allait cesser. Pendant combien de temps deux étrangers pouvaient-ils échanger des banalités?

— Voilà, dit-il.

Elle pencha la tête avec un sourire ironique.

— À la longue, on se lasse des banalités.

Il se pencha au-dessus de la table.

— Nous n'avons qu'à passer à autre chose, dit-il d'un ton un peu bourru.

— Comment?

Leurs pieds se frappèrent. Des haut-parleurs au plafond leur parvenait une chanson d'amour espagnole aux accents plaintifs. La pluie fouettait toujours la vitre.

— Nous devrions peut-être nous parler des vraies choses, au lieu de tourner autour.

— C'est effrayant.

Il acquiesça. Elle prit une grande inspiration et le regarda dans les yeux.

— D'accord. Vous venez fréquemment au magasin. Vous achetez des raviolis en conserve, du maïs en épi congelé et vous mangez des céréales Total pour le petit-déjeuner. Probablement avec des bananes.

Il plissa les yeux.

— Vous aviez l'œil sur moi, pas vrai?

— Je le crains. Cela vous effraie-t-il?

— Pas du tout. Je regrette de ne pas y avoir fait attention.

D'un geste brusque, il forma une tente avec ses grandes mains et les posa sur les siennes.

— J'aime vraiment regarder votre visage.

— Je dis toujours des gros mots, dit-elle.

— Même ceux qui commencent par F?

— Surtout ceux-là.

Il caressait ses doigts avec son pouce.

— Il se peut que je sois encore amoureux de mon ex-femme.

— Je sais.

Elle retourna la main pour mettre sa paume contre celle de Thomas.

— Je ne peux pas me permettre de faire quoi que ce soit qui compromettrait mes chances de réussir avec ma fille.

Une chaleur intense se développait entre leurs mains. Comme pour ne pas se brûler, Thomas lui frotta les poignets et les avant-bras. Ses yeux, aussi noirs que de la mélasse, fixaient son visage sans ciller, comme pour lire dans ses pensées. Elle ne détourna pas le regard.

— Et si c'était une chance, dit-il, et que nous la laissions passer ?

— C'est l'autre aspect de la question, je suppose.

— Êtes-vous prête à prendre le risque ?

— Le risque de quoi ?

Il mit ses mains à l'extérieur des siennes et pressa ses paumes ensemble. Quatre mains en prière.

— De l'espoir.

En voyant son col mou à force d'avoir été lavé, elle ressentit de la tendresse pour lui.

— Il m'en reste peut-être un peu au fond de mon sac.

— J'en ai un supplément, si vous voulez en emprunter.

— Je pourrais bien accepter votre offre, dit Luna en riant.

— Alors, vous allez encore sortir avec moi ?

— Oui.

— Demain ?

— Pas avant le week-end. Je dois passer mes soirées avec Joy.

— D'accord. Samedi soir ?

— Ce serait mieux vendredi.

— D'accord. Le cinéma et un petit quelque chose à manger, peut-être ?

— L'idée me plaît, dit-elle. Beaucoup.

— Puis-je passer vous prendre ?

Elle hésita.

— J'aimerais mieux marcher jusque chez vous et vous y retrouver. Nous partirons ensuite de là. Je préfère garder Joy en dehors de cela, dit-elle en haussant les épaules.

— Je comprends.

Il se pencha vers l'arrière, et ses cheveux glissèrent sur un de ses bras, aussi voluptueux que du vison.

Elle sentit renaître le désir et elle détourna le regard vers la pluie qui tombait à l'extérieur, attendant que cela passe. Mais, au lieu de s'atténuer, les images de bouches humides, de ventres nus et de sueur embrouillaient sa vision. Quand il lui caressa le dos de la main avec son doigt, elle sursauta.

— Prête à partir ? demanda-t-il.

Elle fit signe que oui et ramassa son sac. Il la reconduisit chez elle sous la pluie qui ne semblait pas vouloir cesser de sitôt. Ils ne parlèrent pas. Ni ne s'embrassèrent.

— Merci, Thomas, dit-elle simplement avant de sortir du camion.

Elle courut jusqu'à sa porte sous la pluie.

Raisons accréditant la thèse selon laquelle Tupac Shakur aurait simulé sa propre mort

Où qu'il allât, Tupac portait toujours un gilet pare-balles. Pourquoi ne l'aurait-il pas porté à l'occasion d'un événement aussi médiatisé qu'un combat de Tyson ? (Pour faire croire qu'il a été tué par balle.)

Dans la plupart de ses chansons, il parle d'être enterré. Pourquoi alors aurait-il été incinéré le lendemain de sa prétendue mort ? Depuis quand procède-t-on à l'incinération d'un corps, deux jours après le décès, sans autopsie ? De plus, il est illégal d'enterrer sans autopsie une personne victime de meurtre.

Le nom d'emprunt de Tupac est Makaveli. L'orthographe du nom n'est peut-être pas la même, mais Machiavelli est un philosophe italien du XVIe siècle qui préconisait de simuler sa propre mort pour échapper à ses ennemis et acquérir plus de pouvoir.

Dans son œuvre, *Discours sur la première décade de Tite-Live*, Livre 2, chapitre XIII, Machiavelli écrit : « Le prince qui veut réaliser de grandes choses doit apprendre à leurrer les gens. » C'est l'idée-clé de Machiavelli, qui fait le lien entre Tupac et les écrits du philosophe.

Le titre du plus récent album de Makaveli (Tupac) est *The 7 Day Theory*. Il a été blessé par balle le 7 septembre, il a survécu les 7, 8, 9, 10, 11 et 12, et il est mort le 13. D'où le titre, *The 7 Day Theory*.

Sept

Le journal de Maggie

10 septembre 2001
Saint Nicolas

Cher T,
Ce soir, j'ai dû aller chez la bruja *avec maman. Je déteste*
ça. Dehors, il faisait un temps à vous donner la chair de poule.
Le ciel, à moitié pourpre et à moitié orange, me faisait penser à
une orange en train de pourrir. Le tonnerre grondait au-dessus
des montagnes. Je déteste les orages et je ne voulais pas sortir,
mais maman avait cette expression bizarre qu'elle a souvent
dans les yeux et qui m'a fait sentir qu'il était important que j'y
aille avec elle.
Maman avait encore fait un rêve et elle voulait voir madame
Ramirez – c'est le nom de la bruja *–, alors nous avons marché*
contre le vent jusqu'à une grande maison très vieille où elle
habite avec son petit-fils. Comme dans un film d'horreur, la
bruja *est venue nous ouvrir au moment même où la pluie s'est*
ajoutée au tonnerre et au vent. Ses griffes brunes retenant son
châle, elle nous a fait signe d'entrer. En silence, nous l'avons
suivie dans le couloir qui menait à la cuisine.
Je dois reconnaître que la maison est plutôt cool. Dans l'an-
cienne maison de la bruja, *il y avait toujours de drôles d'odeurs,*
mais pas dans celle de son petit-fils. Ça sentait vraiment bon, le
bois et quelque chose d'un peu salé qui vous fait savoir qu'un
homme y habite. Il n'y a pas de tapis sur les planchers en bois. Les
souliers de maman faisaient clic-clac dessus.
Dans la grande cuisine, un homme parlait au téléphone. Il
était en colère contre l'autre personne et criait sans trop élever

la voix jusqu'à ce qu'il nous voie, puis il a raccroché vraiment très vite et il est parti dans une autre pièce en marmonnant dans sa barbe. Je ne comprenais pas ce qu'il disait, mais on pouvait voir qu'il était en colère contre une femme ou peut-être son patron.

Maman et madame Ramirez se sont assises à la table pendant que je caressais un chat noir aux longs poils. Puis un gros chien marrant est arrivé aussi, et nous nous sommes assis tous les trois contre le mur pendant que maman et la bruja parlaient à voix basse. Maman avait apporté des cartes qu'elle voulait étaler devant madame Ramirez, mais je voyais qu'elles faisaient peur à la vieille femme, et elle dit en espagnol à ma mère de les reprendre. Elle se signa, ce qui me surprit. Maman se mit à pleurer.

En fait, j'ai été choquée de voir ces cartes. Papa n'aimait pas ce genre de choses et il aurait jeté le jeu de tarot dans la poubelle. J'étais furieuse contre ma mère parce qu'elle s'en était procuré, comme si les opinions de mon père n'avaient plus la moindre importance pour elle.

Et je voudrais bien qu'elle arrête de pleurer tout le temps. C'est sinistre.

Le chien était enjoué et tellement mignon. Je l'ai laissé mettre mon poignet dans sa gueule, comme pour qu'il le mâchonne. Il ne l'a évidemment pas fait, il a juste bavé dessus. Puis le chat en a eu marre et s'en est allé en secouant les oreilles. Le chien avait un grand sourire sur sa face, comme s'il était fier de lui-même, et ça m'a fait rire.

La douleur dans ma poitrine s'est un peu atténuée. Ces derniers temps, il m'arrive de penser que maman va devenir de plus en plus maigre jusqu'à ce qu'elle se transforme en fantôme. Et si ça arrive, qu'est-ce que je vais devenir ? Où vais-je aller ?

Le chien sauta tout à coup sur ses pattes et traversa la maison au galop, en jappant après quelqu'un qui venait d'entrer. J'ai entendu le pas lourd d'un homme sur le plancher. Tout en tapant des pieds, il faisait des sons comme quelqu'un qui a froid. « Il pleut comme à Armageddon dehors », a-t-il dit.

Puis il est entré dans la cuisine et j'ai tout de suite vu quelque chose d'incroyable. Ma mère, qui me fait penser la plupart du temps à l'enveloppe d'un épi de maïs, a brillé une seconde comme la douce pelure d'un tamale. Ça n'a duré qu'un éclair, mais je me suis alors rappelé sa chevelure noire et opulente, comme elle l'était avant, combien sa bouche était rouge et le bruit qu'elle faisait quand elle riait.

Je me suis retournée vers le type. Il avait sorti un pichet et se versait un verre de Kool-Aid. Il était grand et il avait des mains de travailleur manuel, pas du tout comme mon père, mais ça ne me dérangeait pas. Je l'ai trouvé correct pour un vieux type et je m'en ficherais qu'il soit laid comme un troll s'il pouvait donner cet air-là à maman. S'il lui donnait le goût de vivre.

J'ai un plan, mais je ne veux pas encore l'écrire au cas où ça apporterait une malédiction. La nouvelle fille pourrait peut-être m'aider. Elle a l'air pas mal cool.

Ça suffit pour l'instant. Merci de m'avoir écoutée.

Maggie

Affiche dans la boutique
The Turquoise Goddess : LECTURE DU TAROT

Obtenez des réponses à vos questions sur vos amours, votre carrière, votre situation financière, vos êtres chers disparus et bien d'autres choses encore. Amérindienne hispanique, professeur de Wicca et maître en lecture de tarot, Alicia Mondragon sera heureuse de vous aider à trouver une réponse à vos questions difficiles ou obsédantes au cours d'une séance de lecture de tarot d'une demi-heure avec le jeu de votre choix. Choisissez entre le classique Rider-Waite, Les Voix des Anges, le tarot égyptien et plusieurs autres. Prenez ensuite le temps de jeter un coup d'œil à notre vaste sélection de cartes.

Huit

Le jeudi matin, juste avant de s'éveiller, Luna rêva que son père était assis avec Joy à la table de la salle à manger, qu'ils jouaient à un jeu de société.

— C'est une enfant merveilleuse, pas vrai? avait-il dit à Luna.

La scène n'avait pas été longue, mais elle était tellement chargée d'émotions que Luna se réveilla en sursaut. Même si la lueur du soleil se voyait à peine derrière les montagnes, elle se réjouit de voir ce simple rai de lumière. Son sevrage de la nicotine avait, entre autres effets, celui de troubler son sommeil, naturellement excellent, et de lui apporter des rêves qui la perturbaient. Elle trouvait étrange d'avoir rêvé de son père deux fois en si peu de temps.

Le soleil étant encore bas à l'horizon, elle décida de se lever et d'aller marcher, laissant une note à Joy, au cas où celle-ci se réveillerait – ce qui était fort peu probable puisqu'il fallait habituellement la forcer à sortir du lit vers sept heures. Luna partit, une bouteille d'eau à la main.

Son envie d'une cigarette, un vrai martyre ce matin-là, lui torturait les poumons. Malgré ses efforts pour respirer profondément et se faire des sermons d'encouragement, l'envie restait présente, douloureuse, et lui donnait envie de crier. De pleurer. De lancer des choses. Une personne non fumeuse ne pourrait jamais comprendre la souffrance physique qui accompagnait le sevrage de la nicotine, songeait-elle.

Plutôt que de fumer ou de pleurer sur son sort, elle s'appliqua à mettre un pied devant l'autre. Dans le demi-jour, elle se dirigea vers l'ouest sur un petit chemin de gravier. Elle passa devant un parc, vit une vache qui broutait calmement dans un champ, une voiture en panne avec une note sur la portière et un saule isolé dans un pré, dont les feuilles commençaient tout juste à être bordées de jaune et qui semblaient luire dans la douce lumière pourpre de l'aube.

Elle se rendit jusqu'au bord de la gorge du Rio Grande, aux parois abruptes et érodées, chargées de verdure. Une brise rafraîchie par l'approche de l'automne soufflait sur son visage. Elle s'installa sur une grosse pierre en s'efforçant de ne pas penser à fumer une cigarette.

Elle songea tout à coup à Maggie, la nouvelle amie de Joy. Luna connaissait les membres de la famille, de vue seulement, depuis son arrivée dans le quartier, six mois plus tôt. Jerry Medina, son voisin qui gardait trois chèvres, lui avait raconté la terrible histoire du décès du père de Maggie, mort sur le pont au-dessus de la gorge, dans un accident absurde comme il en arrive parfois. Les pneus de sa voiture avaient glissé sur le revêtement glacé, il avait perdu le contrôle de son véhicule et frappé le garde-fou. Un camion qui venait en sens inverse, incapable de freiner à temps, avait heurté sa voiture de plein fouet. Il était mort sur le coup. Le conducteur du poids lourd s'en était tiré avec quelques contusions et blessures mineures.

En évoquant cette histoire, Luna songea de nouveau à son père, se rappelant à quel point il lui avait manqué quand elle était petite. Sans qu'elle sache pourquoi, son envie de fumer s'accrut. L'idée de chercher ce qu'elle refusait de s'avouer lui traversa l'esprit. Mais elle en arriverait à la conclusion que la vie était souvent merdique et elle n'était pas d'humeur à se creuser les méninges.

Un grand chien roux s'approcha d'elle à grands bonds, comme s'il la reconnaissait.

— Bonjour, mon beau ! dit-elle en regardant autour d'elle pour chercher Thomas pendant qu'elle caressait la tête de son chien si exubérant.

Elle l'aperçut, assez loin d'elle dans le champ. L'air à la fois menaçant et séduisant, il portait une veste en denim, et ses cheveux flottaient sur ses épaules. Elle le salua d'un signe de la main.

Tout en l'attendant, elle lança un bâton pour jouer avec le chien – comment s'appelait-il ? Ah ! oui, Tonto. Comment avait-elle pu l'oublier ? La bête sauta dans les airs, tournoya, puis revint vers elle, le bâton dans la gueule. Il avait l'air heureux comme seul un chien peut l'être. Un chien et un enfant de quatre ans.

— Devons-nous continuer à nous rencontrer ainsi ? demanda Thomas, qui eut aussitôt l'air perplexe. Je veux dire cesser, pas continuer.

Luna gloussa. Tonto laissa tomber le bâton à ses pieds. Elle se pencha pour le ramasser et le lança de toutes ses forces, loin du bord de la gorge.

— N'aimeriez-vous pas pouvoir encore être aussi heureux que ça ?

Il s'approcha d'elle, une laisse dans les mains.

— C'est ce qui fait qu'on ne peut s'empêcher d'aimer les chiens. Qu'est-ce qui vous a fait sortir si tôt ?

— Le manque de nicotine, avoua-t-elle.

— Je suis passé par là.

— Ouais, moi aussi. Peut-être que, cette fois, je vais tenir bon.

Il se contenta d'acquiescer.

— Et vous ? demanda-t-elle. Que faites-vous debout si tôt ?

Il serra les lèvres.

— Une dispute domestique. Très tôt.

— Vous êtes-vous disputé avec votre grand-mère ?

— Non. C'est le type qui reste chez moi – il doit porter un bracelet de surveillance à la cheville pendant trois mois, pour violence conjugale, vous savez ? Sa femme et lui ne sont pas censés entrer en contact l'un avec l'autre, mais elle s'est insinuée dans la maison ce matin. Ils m'ont réveillé. En se disputant. Puis en faisant l'amour. Comme s'ils pensaient que je ne pouvais pas les entendre. Ils étaient juste à côté de ma chambre.

Il se passa la main sur le menton.

— Oh !

— Alors, je suis parti, en faisant beaucoup de bruit pour qu'elle se décide à ficher le camp. Je ne veux pas d'ennuis avec la justice. Tiny est un des meilleurs ouvriers de mon équipe, et je veux bien l'aider. Mais là, c'est trop.

Les cas de violence conjugale avaient déjà été la spécialité de Luna. Elle fut surprise de sentir son sang bouillonner en y songeant.

— Est-il inscrit à une session de gestion de la colère ?

— Ouais, c'est la deuxième fois pour lui et la troisième pour elle.

Elle poussa un soupir en ouvrant sa bouteille d'eau pour en boire une longue gorgée.

— Alors, il n'y a pas beaucoup d'espoir pour eux.

— Je sais.

Il regardait au loin, peut-être l'arbre solitaire qui poussait de l'autre côté de la gorge. Tout à coup, il s'accroupit en se frottant la nuque.

— Je suis incapable de le laisser tomber. Ça enrageait mon ex, ajouta-t-il en lui jetant un regard dépité. Que je recueille des êtres abandonnés. Autant des animaux que des gens, sans distinction. Même ma maison était abandonnée.

Elle éclata de rire.

Il redressa la tête, les yeux brillants.

— C'est vrai, dit-il. Une grande maison, si vieille que personne d'autre n'en voulait. J'ai dû la protéger, en prendre soin. Comme de Tiny et de Tonto, comme de ma grand-mère et de Ranger.

— Ranger ?

— Un chat noir. Il est arrivé à ma porte un jour, maigre comme un clou. Que pouvais-je faire ?

— Je vous comprends.

C'était une qualité qu'elle admirait chez un homme, elle ne l'en apprécia que davantage.

— Y a-t-il une limite au nombre d'êtres égarés que vous accueillez, poursuivit-elle, ou les laissez-vous se multiplier tant que vous avez de la place ?

— Je ne sais pas trop. Je ne peux quand même pas jeter *Abuelita* dehors, pas vrai ? Et Tiny… soupira-t-il, c'est un brave homme, vous savez. Il y a juste un problème entre sa femme et lui.

117

Elle s'installa de nouveau sur la pierre où elle avait été assise avant qu'il arrive.

— Je vous crois.

Une brise très douce les enveloppa. Vers l'est, les premières lueurs dorées montaient au-dessus de l'horizon. Elle y laissa voguer son regard, dans l'attente du jour, les mains bien enfoncées dans les poches de sa veste.

— J'ai fait ce genre de travail pendant un certain temps, dit-elle spontanément, aider les gens coupables de violence conjugale. Et les victimes. Je ne sais pourquoi, mais j'avais plus de succès avec les coupables. Et j'ai fait ça longtemps, en fait. Dix ans.

Il haussa les sourcils.

— Pourquoi avez-vous abandonné? Épuisement professionnel?

— Pas exactement.

Si elle avait abandonné, c'était surtout parce que sa vie s'était écroulée, puis... elle ignorait pourquoi elle ne s'y était jamais remise. Elle se racla la gorge et lui lança un regard perplexe.

Il fit un signe de tête.

Elle se rappelait la vieille maison où étaient hébergés les femmes victimes et leurs enfants et l'attitude de défi de certaines filles dans les groupes qu'elle avait animés en prison. «Il l'a mérité... il m'a trompée.»

— Les hommes se comportent parfois terriblement mal, dit-elle. Il m'arrivait, en écoutant une histoire, de penser – elle a raison, il l'a mérité.

— Vraiment? Quelle histoire, par exemple?

— Je ne sais pas... le type qui a utilisé la robe de sa fille encore bébé pour se masturber. Oui, c'est choquant, ajouta-t-elle en le voyant se crisper.

Elle se pencha pour cueillir un brin d'herbe qu'elle se mit à mordiller.

— Sa femme lui a botté le derrière, poursuivit-elle. Mais, si je reconnais que, dans certaines circonstances, une femme a le droit de botter le derrière d'un homme, je dois aussi admettre que, parfois, les femmes le méritent aussi.

— Je vois ce que vous voulez dire.

Il toucha distraitement la cicatrice sur son cou.

— Pourquoi a-t-elle voulu vous couper la gorge?

— Nous étions ivres, dit-il en haussant les épaules. Stupidement ivres et nous nous disputions, comme toujours. Nous avions une relation empoisonnée.

Luna fronça les sourcils.

— Je croyais que les membres de l'AIM n'étaient pas censés boire.

— C'est vrai. Et pour une excellente raison: l'alcool a fait plus de tort aux cultures amérindiennes que toutes les épidémies de variole et tous les massacres de buffles ensemble.

Sa bouche prit un pli amer.

— Mais nous nous fichions du règlement au sujet de l'alcool. Nous allions rarement aux réunions. C'était plutôt comme un jeu pour nous deux. Nous aimions fêter, nous disputer, puis nous réconcilier en faisant l'amour. Je me rappelle cette époque quand je vois Tiny et sa femme, soupira-t-il. Je ne sais pas comment les aider, ni l'un ni l'autre. Ce sont de braves gens. C'est seulement qu'ils se causent du mal quand ils sont ensemble, mais qu'ils ne voient pas comment ils pourraient vivre l'un sans l'autre.

— Je ne voudrais pas me mêler de ce qui ne me regarde pas. Mais, s'ils ne respectent pas les conditions de leur probation, vous devez prévenir leurs agents.

Il hocha tristement la tête en traçant des traits sur le sol avec un bâton.

— Je sais. Mais je ne voudrais pas être responsable de l'incarcération de l'un ou l'autre. Ils ont des enfants.

— Oui, mais les enfants vont souffrir bien davantage si l'un de leurs parents assassine l'autre.

— C'est vrai.

Tout à coup, il laissa tomber sa grosse tête dans ses paumes. Épuisé.

Elle aurait bien voulu poser les mains sur ses épaules pour lui apporter un peu de réconfort. Mais à cette seule pensée, en l'imaginant se tourner vers elle, elle fut torturée de nouveau par l'envie d'une cigarette. Elle resta assise, sans bouger. Calmement.

Un instant plus tard, il se leva.

— Je vais devoir rentrer. Je commence à travailler bientôt. Voulez-vous que je vous reconduise?

— Bien sûr.

Elle se leva à son tour en secouant la tête pour écarter ses cheveux de son visage, puis elle s'arrêta net.

— Oh! Thomas, regardez!

Le soleil venait d'apparaître à l'horizon et le monde entier semblait avoir pris feu, comme si des milliers de fées avaient installé une lumière à l'intérieur de chaque brin d'herbe, de chaque plante et de chaque feuille. La sauge et les épis des hautes graminées brillaient comme s'ils avaient été couverts de lucioles. L'air lui-même était teinté de rose. Luna leva les mains. Les poils légers de ses bras captèrent la lumière et la couvrirent de paillettes. À l'autre bout du champ, une maison en adobe luisait comme de l'or. Derrière, la ville, qui descendait de petites collines jusque dans la vallée, était aussi embrasée. Comme dans un conte de fées, on aurait pu croire qu'elle allait disparaître au coucher du soleil.

Debout dans toute cette lumière, Luna avait l'impression que la vilenie et la tristesse du monde avaient disparu. En poussant un petit cri émerveillé, elle se tourna vers Thomas pour voir s'il appréciait le spectacle lui aussi.

Tout près d'elle, il la regardait. Avant même qu'il fasse le moindre mouvement, elle sut qu'il allait l'embrasser. Elle vit sur son visage l'expression d'un désir désespéré. Elle lui tendit ses lèvres illuminées par le soleil en espérant lui transmettre un peu de cette lumière. Les mains sur ses fesses, il serra ses hanches contre lui, et elle lui passa les bras autour du cou.

En silence, ils marchèrent jusqu'à son camion. Il la reconduisit chez elle. Juste avant qu'elle descende, il lui prit la main.

— On se voit demain?

— Oui.

***

Luna quitta son travail une heure plus tôt que d'habitude et arrêta chez son marchand de café pour acheter des grains frais, ainsi qu'un grand *latte* et un grand *chai*. Le *latte* était pour elle, évidemment, et le *chai,* pour sa meilleure amie, Allie. Luna avait besoin de la voir et de lui parler. Le téléphone ne convenait pas au genre de conversation qu'elle voulait avoir avec elle.

Le magasin d'Allie, The Turquoise Goddess, était un des endroits préférés de Luna. Il était rempli d'odeurs d'encens exotiques et de bougies, et de la musique de style Nouvel Âge y jouait toujours. Ce jour-là, c'était le son mélancolique de la flûte amérindienne, Nakai ou Gomez, elle ne savait pas lequel. La musique convenait bien aux petits nuages ronds qui couvraient le ciel et assombrissaient le soleil, annonciateurs des orages d'automne.

Comme Allie s'occupait d'un client, Luna lui montra les deux tasses pour la prévenir qu'elle lui avait apporté une douceur, puis se dirigea vers l'arrière-boutique. Une petite table et deux chaises étaient placées sous une suspension décorée de perles bleues et rouges. Allie lisait le tarot et les Voix des Anges pour ses clients réguliers. Comme elle le faisait gratuitement, ils la dédommageaient en biens et services de tous genres – de la vidange d'huile au garage du quartier à des taies d'oreiller brodées. À en juger par les offrandes empilées sur la petite table, la journée avait dû être occupée. Luna s'assit, prit le jeu des Voix des Anges et tira une carte au hasard. C'était un ange fille, de sept ou huit ans, nu. Acceptation de soi. Luna la posa sur la table en levant les yeux au ciel.

— Dis-moi quelque chose que je ne sais pas.

— Salut !

Allie entra dans un tintement de clochettes, qu'elle portait à ses poignets et à ses chevilles et qui, selon elle, chassaient les énergies négatives. Il avait déjà dû être question des mauvais esprits, mais les Wiccans ne croyaient pas dans le mal absolu. Si Luna avait personnellement de la difficulté à adhérer à cette idée, elle n'était pas contre le fait de confier aux humains eux-mêmes la responsabilité de leur comportement.

— Quelle belle surprise ! s'exclama Allie. Et tu dois être voyante, parce que j'ai eu terriblement envie d'un *chai* toute la journée !

— Tant mieux.

— Quoi de neuf?

Allie avait posé la question machinalement, mais Luna n'avait pas beaucoup de temps.

— J'ai besoin d'aide. Je suis confuse. Effrayée. Ce type... Thomas.

— Oh! oh! c'est intéressant. Parle-moi de lui, demanda Allie, ses yeux noirs brillant d'excitation.

— Je l'ai vu l'autre jour, commença Luna, trouvant tout à coup très étrange qu'elle n'en ait pas parlé plus tôt à Allie. Nous avons mangé une glace, puis nous nous sommes embrassés, puis nous avons fini par boire un café quand il s'est mis à pleuvoir, puis ce matin, je suis encore tombée sur lui, près de la gorge, et il m'a embrassée. Alors, je l'ai embrassé à peu près trois fois, et je ne suis surtout pas à la recherche d'un homme dans ma vie, c'est beaucoup trop compliqué et...

En faisant son sourire de déesse, Allie toucha la main de Luna.

— Calme-toi, ma chérie.

— C'est justement ce que je veux!

— Vous vous êtes embrassés trois fois? Je n'en compte que deux, une après avoir mangé une glace et une ce matin.

— Ouais. La première fois, c'était le jour où il m'a apporté le chili, le lendemain de l'incendie. La journée de l'arrivée de Joy.

— Le premier jour? Et tu ne m'en as pas parlé?

— Je crois que j'étais gênée. Tu sais, j'avais le béguin de loin pour ce type depuis au moins un an, et le voilà dans ma cuisine qui m'embrasse comme si nous avions quatorze ans, et je m'imagine que j'ai dû faire quelque chose pour lui transmettre mon béguin, alors je ne voulais rien dire au cas où il ne reviendrait pas.

— Oh! Lu. Pourquoi es-tu toujours si exigeante envers toi-même?

Luna repensa à la carte avec l'ange. En hochant la tête, elle prit une gorgée de café.

— Alors, es-tu venue voir la meilleure amie ou la lectrice de tarot, aujourd'hui ?

Allie pencha la tête, comme si elle écoutait quelque chose.

— Tirons quelques cartes, d'accord ?

— Choisis un jeu.

Il y en avait trois, posés sur le bord de la table, le Rider-Waite, le tarot égyptien et les Voix des Anges, très belles et toujours positives. Mais Luna était d'humeur à connaître les dangers qui la guettaient, et le Rider-Waite était le jeu qui convenait.

— Celui-là.

Luna ne croyait pas vraiment au tarot et aux autres trucs du même genre – la divination, l'astrologie et tout le reste. Elle ne savait d'ailleurs pas trop à quoi elle croyait, à part en sa mère, en Joy et en Allie, ce qui lui suffisait amplement. Mais Allie accordait beaucoup d'intérêt à la divination, et les gens disaient qu'elle avait du talent. Alors Luna acceptait quand son amie offrait de lui lire le tarot. Un des avantages, c'était que cela l'aidait à préciser ses questions. Allie lui fit battre les cartes, coupa trois fois le jeu, puis l'étendit pour lui faire piger trois cartes.

— Hum ! dit Allie en les posant l'une à côté de l'autre. C'est intéressant.

Le cœur de Luna cogna trois grands coups. Elle ne savait pas toujours la signification des cartes, même si Allie lui avait dit de ne pas s'inquiéter de la carte de la Mort, qui annonçait de nouveaux débuts. C'était la Tour qui était effrayante. Peut-être pas effrayante, mais elle prédisait la venue de choses importantes. Il valait alors mieux agir avec circonspection.

De toute façon, la carte de la Mort n'était pas là. Seulement le dix de Bâtons, les Amants et le Chevalier de Coupes, à l'air bon et noble sur son cheval.

— Ça veut dire quoi ?

— Probablement à peu près ce que tu penses, dit Allie en plissant les yeux.

Luna reconnut l'expression qu'elle avait quand elle se concentrait – elles lisaient les cartes et les paumes ensemble depuis plus de cinq ans – et elle lui laissa du temps.

Avec l'ongle de l'index de sa main droite, exagérément long et verni, couleur cuivre, Allie toucha les cartes l'une après l'autre et sourit.

— Je suis très heureuse de ceci! dit-elle d'une voix cristalline. Voici la première carte : les dix annoncent des temps de transition et de sommets. Celui-ci indique que tu portes un trop grand nombre de fardeaux. Tu dois apprendre à ne pas tout faire toi-même.

Cela sonnait juste. Mais n'était-ce pas le cas pour presque toutes les femmes en Amérique ?

— La deuxième : les Amants. Il s'agit de sexe, bien entendu, mais aussi de nouveaux développements, à de nouveaux niveaux. Habituellement quelque chose de physique qui mène à quelque chose de spirituel. Fais l'amour avec lui, dit-elle en haussant les sourcils. Vite et souvent.

— Allie!

— Je ne plaisante pas. C'est ce que dit cette carte. Fais-le. Elle te dit d'être ouverte et vulnérable si tu veux guérir. Tu ne le regretteras pas. Enfin, conclut-elle en souriant comme un chat, le Chevalier de Coupes. Un homme bon, un homme responsable. Il me plaît.

— Pas de mises en garde ?

— Tu veux des forces contraires ?

— Oui.

Elle présenta le jeu à Luna.

— Tire une carte.

Pendant qu'elle en pigeait une, une autre tomba sur la table. Celle qu'elle avait tirée et qu'elle tendit à Allie était la Reine des Pentacles. Elle avait la tête en bas. L'autre carte resta à l'envers, là où elle était tombée.

— Commençons par celle-ci, dit Allie. Une femme aux cheveux et aux yeux noirs, remplie de passion. Probablement quelqu'un qui vit près de la terre ou qui en tire sa subsistance, d'une façon ou d'une autre. Comme elle a la tête en bas, cela implique de la suspicion et de la manipulation. Voilà qui me fait penser à une grossesse, ajouta-t-elle en frappant du doigt le lapin sur l'image. De quoi a l'air son ex ?

Luna haussa les épaules.

— Je n'en ai pas la moindre idée.

— Bon, l'une des forces contraires est une femme, une femme reliée à la terre.

— Un esprit féminin, peut-être?

— C'est possible, mais j'opterais plutôt pour une femme vivante. L'intuition.

Elle scruta la carte un moment, puis elle prit la deuxième en hochant la tête. La cloche au-dessus de la porte tinta, et deux jeunes femmes entrèrent dans la boutique.

— Bonjour, leur lança Allie. Je serai à vous dans un instant.

Elle retourna la carte.

— Ceci aussi est intéressant.

C'était l'Empereur, la tête en bas. Les yeux fermés, Allie tendit les mains devant elle. Luna était horriblement gênée quand elle faisait cela en présence d'autres personnes, mais les deux jeunes filles ne semblaient pas s'en inquiéter ni même le remarquer.

— Un homme imposant. Un grand homme sombre. Quelqu'un qui est en position de pouvoir dans ta vie. Très puissant. Ça te dit quelque chose?

Personne n'avait de pouvoir sur elle dans sa vie, certainement pas un homme en tout cas. Barbie et elle s'arrangeaient toutes seules.

— Non.

— Ce n'est pas vraiment très clair, n'est-ce pas? Une femme et un homme. Laisse-moi essayer autre chose.

— Ça va, Allie. Je faisais ça seulement pour m'amuser. Je dois partir…

— Bats les cartes, lui ordonna Allie.

Tout à coup, Luna se sentit incapable de rester là, de penser à sa vie de cette façon, de soupeser les possibilités, de mesurer le pouvoir de l'amour ou de la trahison et de s'interroger sur l'intensité des hauts et des bas toujours présents quand on aime quelqu'un.

— Non. Ça suffit.

Quand Allie redressa la tête, Luna lut de la surprise et de la curiosité sur son visage. Comme elle s'apprêtait à parler, elle fut interrompue par une des clientes.

— Excusez-moi, pourriez-vous nous montrer les anneaux ?

Luna profita de l'occasion. Elle se leva.

— Je dois aller retrouver Joy à la maison. Nous nous faisons les ongles ce soir. Les siens en noir. Les miens... je ne sais pas.

— Je vais te téléphoner.

Luna sortit précipitamment, heureuse de sentir le vent, qui descendait des montagnes bleues, dissiper la sensation étrange d'une excitation imminente annoncée par le tarot. Il serait ridicule de laisser quelques cartes tirées au hasard influencer sa vie. Elle n'avait certainement pas l'intention de s'en préoccuper, mais l'image des Amants, cheveux flottant au vent, lui revenait sans cesse.

Quand elle arriva à la maison, elle sentit de l'émoi dans l'air. Joy était au téléphone, la voix aiguë et crispée. Des larmes coulaient sur ses joues.

— April, je vais bien. Vraiment ! S'il veut savoir ce qui se passe, il n'a qu'à rester à la maison pour me parler à l'occasion.

Luna posa son sac sur la table et commença à ranger la nourriture qu'elle avait rapportée dans un fourre-tout en toile – de grosses prunes noires, un morceau de gouda, du pain au levain et quelques beignets glacés pour le dessert. Après avoir écouté une minute, Joy se mit à protester.

— Je m'en fiche...

Elle se tut de nouveau et, en essuyant rageusement ses larmes avec son poignet, lança à Luna un regard que celle-ci ne put déchiffrer.

La nourriture, qui semblait si appétissante au magasin, avait maintenant l'air tout juste bonne pour un pique-nique et ne correspondait pas du tout à ce qu'une bonne mère devrait offrir à une adolescente en pleine croissance. Luna imagina le réfrigérateur d'April, rempli de rosbif tendre, de carottes, de potages nourrissants, de litres de lait et de thé sucré. Une croustade sortant du four pour le dessert. En ouvrant le sien pour ranger le fromage, elle se sentit gênée de le trouver aussi vide – quelques branches de céleri dans le bac à légumes, trois grosses bouteilles de soda à la vanille, un litre de lait, qu'elle utilisait seulement dans le café. Elle devrait demander à sa mère de l'accompagner au magasin pour faire un vrai marché demain ou après-demain. Peut-être même ce soir.

— Dis-lui, prononça distinctement Joy, que je ne retourne pas à Atlanta.

Elle raccrocha.

— Que se passe-t-il ? demanda Luna en lui offrant une prune encore humide d'avoir été rincée sous le robinet.

April devait utiliser ce truc à vaporiser qu'on achetait dans une bouteille.

Joy prit la prune, mordit dedans et secoua la tête pour écarter ses cheveux de son visage.

— Papa croit que mes chances de faire de bonnes études seront ruinées si je vais au collège ici. Il pense que c'est un trop grand risque pour moi de passer toute l'année scolaire à Taos.

Luna sentit un grand vide dans sa poitrine.

— Je vois.

— Je ne retourne pas là-bas. Non. Pas question. À moins que je ne te cause trop de problèmes, dit-elle en regardant Luna.

— Mon Dieu, non ! Je suis si heureuse de t'avoir ici !

Soulagée, elle s'assit et tendit la main vers Joy qu'elle toucha au coude.

— Je ne comprends pas pourquoi il fait ça, s'écria Joy. Il avait tellement hâte de se débarrasser de moi et, à présent, il veut que je revienne. Ça n'a aucun sens.

— Joy, dit prudemment Luna, je n'ai jamais vraiment compris les raisons qui ont motivé le changement de l'entente sur la garde. Ton père et toi, vous êtes-vous disputés ? Était-ce ta décision ou la sienne ?

Joy finit de manger sa prune et essaya de lancer le noyau dans la poubelle à côté du frigo. Elle rata son tir et se leva pour en disposer correctement.

— Je voulais venir depuis deux ans, mais il n'était pas d'accord. Puis, l'année dernière, j'en ai eu marre de toutes ces histoires et j'ai décidé que je voulais mener une vie indépendante, dit-elle, avec un demi-sourire qui rappela sa sœur à Luna. Alors, j'ai abandonné ma vie douillette pour devenir freak.

Luna éclata de rire, à la fois soulagée et amusée.

— D'accord, mais il n'était pas nécessaire de cesser d'avoir de bonnes notes.

— Non, je sais. Ç'a été une erreur, l'année dernière.

— Le fait de changer d'allure ne te fera pas de mal à long terme, du moins si tu ne te fais pas tatouer le cou, les bras ou – que le ciel nous en préserve ! – le visage. Mais tu ne veux certainement pas faire à présent des choses qui limiteraient tes possibilités pour l'avenir. On ne sait jamais ce que tu voudras faire plus tard.

— Je sais, maman, dit Joy en ouvrant le réfrigérateur. Qu'y a-t-il à manger ? Je meurs de faim.

— Des raviolis ? Ça ne sera pas long à préparer.

— D'accord.

Elle se rassit au moment où Luna se levait.

— Tu peux apprendre à le faire, tu sais. C'est vraiment facile.

— Je ne suis pas particulièrement intéressée.

— Tu devrais, pourtant.

Elle prit un sac de raviolis au fromage dans le congélateur, sortit une casserole de grandeur moyenne et la remplit d'eau.

— On commence par amener l'eau à ébullition, dit Luna en allumant le brûleur.

— Maman, tu étais jeune quand tu as terminé tes études au collège, pas vrai ? Pourquoi as-tu choisi de faire ça ?

Parce que sa vie était à l'opposé de celle de Joy, aurait-elle voulu dire. Parce que sa mère devait travailler beaucoup trop fort seulement pour leur payer des jeans. Luna voulait quitter la maison et trouver un emploi qui lui rapporterait suffisamment d'argent pour l'aider.

— C'était mon passeport pour le monde, dit-elle plutôt. J'étais intelligente. C'était tout ce que j'avais. Je m'en suis servie.

— Ça ne te tentait pas de faire la fête et de vivre une vie d'adolescente ?

— Pas vraiment.

— Tu n'as jamais fait la fête ?

— Pas à cette époque. Quand je suis arrivée à l'Université du Colorado, oui, mais pas avant la fin du premier cycle.

— Tout le monde dit qu'on fait beaucoup la fête à Boulder[1].

En croisant les bras, Luna se rappela sa compagne de chambre de cette année-là, Carol, qui adorait sortir. Luna avait enfin dix-huit ans. À l'université depuis deux ans, loin de la maison, elle avait obtenu un prix d'honneur chaque année. Il était temps de se donner du bon temps, et Carol lui avait montré comment s'y prendre.

— Cette année-là, j'ai repris le temps perdu, tu peux me croire. Je suis morte d'inquiétude à l'idée que tu puisses faire tout ce que j'ai fait.

Joy haussa les épaules.

— Tu sais, maman, si je voulais, je pourrais me procurer n'importe quelle drogue. Ça ne m'intéresse pas. Ça me paraît idiot.

— Tant mieux.

L'eau commençait à bouillir, Luna jeta un coup d'œil vers la casserole, puis regarda de nouveau sa fille.

— Bois-tu de l'alcool ?

— Jamais.

— C'est bien.

Luna invita Joy à s'approcher de la cuisinière, ouvrit le sac de raviolis et en versa dans la casserole, en lui montrant combien en mettre compte tenu de la quantité d'eau. Elle se demandait ce qui avait bien pu amener Marc à vouloir que Joy retourne à Atlanta.

Tout à coup, elle songea au fait qu'elle voyait Thomas. C'était le premier type avec lequel elle sortait depuis au moins deux ans, mais cela lui nuirait peut-être si elle devait de nouveau passer en cour. Non, c'était ridicule. Elle inspira profondément. Une femme a le droit de sortir avec un homme. Surtout quand elle est divorcée depuis près d'une décennie.

---

1. Site de l'Université du Colorado. *(N.d.T.)*

Mais elle ne put s'empêcher de faire une petite prière. « Pas cette fois. S'il vous plaît. »

— J'appellerai ton père plus tard, pour voir ce qui se passe, dit-elle. Entre-temps, ne t'inquiète pas de savoir s'il peut t'obliger à retourner. Il ne peut pas. Nous avons changé officiellement l'entente sur la garde. Tu dois y aller à Noël, mais il est obligé de te renvoyer ici. Ça va ?

Joy poussa un soupir.

— Ça va. Merci, maman, dit-elle en se laissant glisser le long du mur derrière le banc. Et grand-maman est plus riche que papa, pas vrai ?

— C'est Frank qui est riche, dit Luna en riant. Mais c'est vrai. Ton père est plutôt surclassé dans ce cas-ci.

— S'il le fallait, grand-maman se battrait pour moi, affirma Joy.

— Oui, bien sûr.

— Tant mieux, dit-elle. Tant mieux.

El Santuario de Chimayó, le « Lourdes d'Amérique »
Par Robert Sheer

El Santuario (le sanctuaire) de Chimayó est situé à quarante kilomètres au nord de Santa Fe, au Nouveau-Mexique, sur une colline près de la rivière Santa Cruz...

À l'arrière de la chapelle se trouve une petite pièce nommée El Pocito, aussi connue comme la « chambre des miracles ». Au centre, dans un trou rond, les gens puisent des poignées de sable. Certains s'agenouillent pour embrasser le sol, d'autres en frottent leur corps ou les photographies de membres de la famille trop malades pour voyager. La plupart en rapportent un petit sac chez eux. Certains vont même jusqu'à en manger une infime quantité.

Neuf

Dès son réveil, Placida Ramirez se sentit éreintée. Elle perçut dans l'air une odeur de sucre brûlé, l'odeur des ennuis. Elle entendit le cri des corbeaux à l'extérieur. Personne ne se rappelait plus qu'ils pouvaient être annonciateurs de malheurs, mais elle oui. Elle n'avait pas besoin de regarder dans la cour pour savoir qu'ils étaient trois.

Sur la galerie, elle trouva Tiny, qui restait avec Thomas parce qu'il n'avait pas d'autre endroit où aller. Placida se défendait d'éprouver de l'affection pour lui, mais il avait l'air si affamé qu'elle ne pouvait s'empêcher de le nourrir. Une tristesse profonde l'entourait, qui collait à lui comme un nuage pourpre de la couleur des ecchymoses. Sa femme descendait d'une lignée maudite et il n'aurait jamais dû même l'embrasser. Ç'avait été le début de ce qui l'avait amené ici, assis, le cœur gros, pendant que ses enfants couraient les rues. Elle se racla la gorge avant de lui parler.

— Je dois aller à l'église de Chimayó, lui dit-elle en espagnol.

Il hocha la tête en remontant la jambe de son pantalon pour lui montrer le bracelet noir autour de sa cheville.

— Avec ça, je ne peux aller nulle part.

Placida était au courant de source sûre. Son petit-fils, David, avait dû porter ce genre de bracelet pendant un an la troisième fois qu'on l'avait arrêté pour conduite en état d'ébriété. Il pouvait avoir quelques heures de liberté, de temps en temps, à condition d'en obtenir la permission.

— Nous n'avons qu'à le leur demander. Et je vais te faire une amulette.

La tristesse qui entourait le jeune homme s'atténua un peu. C'était un effet de l'espoir. Il fronça les sourcils.

— J'ai une voiture. Je vais demander la permission.

Elle l'attendit, les mains sur les genoux. Assise dans l'ombre profonde de la galerie, elle regardait la ville, plus bas, entre les peupliers. Son cœur, dont les battements étaient souvent irréguliers ces jours-ci, se mit à palpiter. Les corbeaux se querellaient sur le côté de la maison, essayant d'attirer son attention, mais elle les ignora.

Tiny ressortit, le dos un peu plus droit, ses clés à la main. Il l'aida à descendre les marches jusqu'à sa voiture, un bel objet d'un pourpre scintillant, muni d'un moteur qui grondait comme le tonnerre. Il baissa les glaces pour elle et s'assura que sa ceinture de sécurité était bien attachée. Puissante, la voiture démarra en vrombissant. Heureuse, Placida tapota la portière. Sans dire un mot, Tiny s'engagea sur la route étroite qui menait de Taos à Chimayó. Il ouvrit la radio et choisit un poste qui jouait des chansons mexicaines dont il connaissait beaucoup de paroles. Placida se rappela que son père avait longtemps chanté. Peut-être y avait-il de la musique en Tiny aussi. Elle verrait ce qu'elle pouvait faire.

Au sanctuaire, il resta à l'extérieur, comme beaucoup d'autres. Peut-être craignait-il que quelque chose ne lui tombe dessus ou de tomber lui-même à genoux. Son sentiment de culpabilité et sa détresse pourraient alors en faire un de ces *penitentes* qui se flagellaient sur la montagne, les jours de fête. Placida renâcla. Ceux-ci faisaient tellement de bruit avec tous leurs hurlements. Les saints pouvaient entendre le moindre soupir. En ces jours de fête, ils devaient se boucher les oreilles de douleur, comme une mère qui a trop de bébés qui pleurent à qui mieux mieux et de plus en plus fort.

Il y avait beaucoup de pèlerins et de touristes dans l'église. Entassés dans la pièce où se trouvait Santo Niño, dans sa petite niche blanche, la plupart attendaient leur tour pour aller ramasser de la poussière sacrée. Placida n'était pas pressée. En tripotant le rosaire turquoise que Thomas lui avait rapporté d'un sanctuaire célèbre de Californie, elle contemplait le Santo Niño. À ses pieds, il y avait des chaussures de bébé et, sur les murs autour de lui, des noms étaient écrits. Placida ferma les yeux pour entendre l'écho

133

des prières qui flottait dans l'air. Des voix s'élevaient, l'une après l'autre, puis tourbillonnaient ensemble avant de monter au ciel.

Quand elle rouvrit les yeux, les touristes étaient tous partis, sauf une vieille femme comme elle, qui avait de la difficulté à plier les genoux. Placida la salua d'un signe de tête avant de passer dans la petite pièce où il faisait si froid et de s'y agenouiller. Dans le trou creusé à l'endroit où le prêtre avait trouvé le crucifix, elle prit une bonne mesure de poussière sacrée. À ce moment, l'odeur du sucre brûlé emplit la pièce et élimina même la senteur animale et humide du sable.

Des malheurs. Elle s'empressa de ressortir, balançant son rosaire au bout de ses doigts, et alla rejoindre Tiny qui mangeait quelque chose dans un emballage en papier aluminium. Il lui offrit un *tamale* qu'il avait acheté de l'autre côté de la rue. Elle le prit et, debout en plein soleil à côté de la voiture, l'avala avec un coca-cola dans un grand verre blanc.

Un grand calme tomba alors sur eux, comme si l'église était dans la main bénie de Dieu et que rien ne pouvait l'atteindre. De l'autre côté de la rue, un garçon aux yeux verts et brillants vendait des épices. Il ressemblait au jeune homme qu'elle avait déjà cru épouser, et dont la famille faisait pousser les piments rouges Chimayó qu'elle adorait.

— Je veux acheter de ses épices, dit-elle à Tiny.

Il fit signe au garçon de s'approcher. Celui-ci leur vendit trois sacs de piments séchés, deux rouges et un vert. Après avoir négocié, Tiny lui donna de l'argent. C'était un brave type, du genre à ne pas faire payer une vieille femme pour une bagatelle comme des épices. La première amulette serait pour lui.

Quand ils furent prêts à monter dans la voiture, Tiny en fit le tour pour lui tenir le coude, comme il se doit. Il avait de bonnes manières, ce petit. Mais en se penchant, elle vit, juste à côté d'elle, un chien noir, qui haletait dans la chaleur. Une grossesse. Placida plissa les yeux en serrant fermement le pot qui contenait la poussière sacrée, mais l'animal les regarda simplement monter et s'éloigner.

Des ennuis, des ennuis. Il y en avait tellement en perspective que l'air était presque orange.

***

Le vendredi, Thomas se leva un peu plus tôt que d'habitude pour voir le temps qu'il faisait. Comme il pleuvotait quand il était allé se coucher, il s'était dit que son équipe n'abattrait probablement pas beaucoup de travail le lendemain. Il avait eu raison. En regardant par la fenêtre de sa chambre à l'étage, il vit que le ciel était sombre et le sol détrempé. Avant de descendre, il frappa à la porte de la chambre de Tiny et y passa la tête.

— Pas de travail aujourd'hui.

Tiny marmonna quelque chose.

L'escalier obscur faisait un coude. En baissant la tête pour éviter les poutres, Thomas sentit une odeur de café et de viande qui cuisait. C'était un des avantages d'avoir sa grand-mère chez lui – longtemps avant le lever du soleil, elle était déjà dans la cuisine en train de préparer de la nourriture. Il ne cessait de lui dire qu'elle n'était pas obligée de le faire, qu'elle était assez vieille pour avoir mérité de passer toute sa journée dans une berceuse, si le cœur lui en disait, mais elle rejetait toujours sa proposition, qui lui paraissait du plus grand comique. Elle aimait être occupée.

Ce matin-là, comme toujours, elle était assise à la table de la cuisine, vêtue de son tablier fleuri boutonné jusqu'au cou. Dessous, il aperçut une veste bleu foncé. La radio était ouverte à une station en espagnol et des voix calmes transmettaient les actualités et les prévisions de la météo.

— Bonjour, dit Thomas en retirant le couvercle d'une casserole pour voir ce qu'elle contenait.

C'était un poulet en morceaux, dont la peau était encore rose et froide.

— Pour le dîner?

Son attention concentrée sur la tâche qui l'occupait, Placida acquiesça d'un signe de tête.

Un plat couvert en terre cuite était posé vers l'arrière de la vieille cuisinière. Thomas y trouva les tortillas fraîches qu'il cherchait, ainsi que les haricots de la veille qu'elle avait fait réchauffer. Il s'en servit un bol et se versa du café dans une tasse ornée d'une publicité des ciments Martinez. En s'installant à la table, il y vit du tissu, des piments en poudre, quelque chose qui ressemblait à une bouteille remplie de terre, du fil doré et de minuscules médailles de saints en étain.

— Que fais-tu ? demanda-t-il.

— Des amulettes.

— Pourquoi ?

— Pour se protéger.

Elle ne le regardait pas. Elle avait les yeux fixés sur une aiguille et du fil, derrière une énorme loupe sur pied.

— Veux-tu que j'enfile ton aiguille ?

— Je peux le faire.

En hochant la tête, il fit pivoter sa chaise vers le téléphone au mur. Il songea tout à coup à Luna qui l'avait appelé grâce à ce téléphone la nuit où Placida avait mis le feu à sa maison. Il décrocha et composa le numéro du premier membre de son équipe, pour le prévenir qu'il n'y aurait pas de travail ce jour-là. Il mangea quelques bouchées de haricots, composa un autre numéro. Puis un autre et un autre. Si tôt le matin, seuls deux numéros étaient occupés. En attendant de rappeler, il se leva pour regarder dehors. Il faisait encore sombre et un peu froid. Il entrouvrit la porte pour prendre une bonne bouffée de la douce fraîcheur de la pluie et sentit le vent humide souffler sur son visage. Derrière lui, il entendit le claquement des griffes du chien sur le plancher et son gémissement lui signifiant qu'il voulait sortir.

Thomas ouvrit la porte toute grande. Sur le seuil, Tonto s'arrêta en reniflant, indécis. Il jeta un regard sinistre à son maître, comme si celui-ci pouvait mettre fin au crachin.

— Décide-toi, mon chien.

Il sortit, la tête basse. Pas le choix. Le chat, qui se léchait les côtes dans l'odeur du poulet, ancra ses griffes dans le linoléum usé. Non merci.

Le téléphone sonna. Même si Thomas lui avait fait signe de rester assise, Placida se leva pour répondre – elle aimait être au courant de ce qui se passait. Thomas resta debout près de la porte à attendre le retour de Tonto. Le chien longeait la galerie, à la recherche d'un endroit sec. Ses oreilles pendaient misérablement. Thomas ne put s'empêcher de rire.

— C'est pour toi, dit Placida d'une voix réprobatrice en lui tendant le combiné.

Il le prit, croyant que c'était un des membres de son équipe. Mais c'était Nadine.

— Thomas ? As-tu une minute ?

Il aurait voulu lui dire non et il se retourna, espérant trouver une excuse.

— Pas vraiment. Je dois appeler les types de l'équipe. Que se passe-t-il ? Mon frère a-t-il un problème ?

— Non… je veux dire, pas vraiment, dit-elle en éclatant en sanglots. Je ne sais absolument pas à qui d'autre je pourrais parler.

— Qu'y a-t-il ?

— C'est juste… il n'est pas…

À l'autre bout de la ligne, elle ravalait ses larmes et reniflait, visiblement incapable de se contrôler. Thomas fronça les sourcils. Il s'agissait d'un vrai problème, avec des sanglots profonds et des gémissements de douleur. Ses joues se contractèrent nerveusement au souvenir de moments semblables. Une sensation de panique lui serra la poitrine.

En silence, il attendit qu'elle se reprenne. Le chien s'approcha de la moustiquaire en remuant la queue. Thomas regarda en direction de sa grand-mère, pour voir si elle pouvait le faire rentrer. Mais, dès qu'il avait pris le téléphone, elle était devenue sourde, muette et aveugle.

Les femmes. Merde.

En essayant de maintenir le fil du téléphone au-dessus de la table, Thomas se rapprocha de la porte.

— Quel est le problème, Nadine ? dit-il impatiemment. J'ai vraiment des appels à faire.

Il sentait le désastre s'approcher. Si ce n'avait pas été Nadine au téléphone qui pleurait comme le soir où elle lui avait annoncé qu'elle le quittait, il aurait sans doute pu l'éviter.

Il s'efforçait intensément de ne pas ressentir les mêmes émotions qu'alors. Pendant qu'il grinçait des dents et raidissait ses os, Tonto sautillait sur ses pattes postérieures, comme un chien de cirque, dans l'espoir qu'on le fasse rentrer. Avec l'exubérance d'un chiot, il fonça à l'intérieur dès que la porte fut entrouverte et se mit à se secouer dans la cuisine. Ses pattes humides glissèrent sur le plancher. Les mâchoires toujours serrées, pour ne pas se laisser apitoyer par les sanglots étouffés qui s'insinuaient dans son oreille, Thomas s'éloigna du chien et, en reculant, heurta la carcasse froide du réfrigérateur. Tonto ne réussit pas à freiner sa course et traversa toute la cuisine en glissant sur le linoléum.

Effrayé, le chat sauta sur la table où il fit tomber une bouteille et une assiette. Quelque chose se fracassa bruyamment. Placida se leva en criant et tira sur le fil du téléphone. Arraché des mains de Thomas, l'appareil s'écrasa sur la table et frappa la tête du chat, qui miaula en sautant en bas, trop près du chien, qui jappa, se retourna et glissa jusque sur Thomas.

Celui-ci tomba sur le derrière en riant et en essayant d'éviter le chien et le chat, lesquels regardaient tous les deux Placida qui brandissait furieusement un balai, avant de s'enfuir, à la course, on ne sait où. Thomas continua de rire jusqu'à ce qu'il s'étouffe, conscient tout ce temps que c'était une réaction à la tristesse dans la voix de Nadine, une façon de diminuer la tension qu'il ressentait sans perdre l'esprit. Quand il vit sa grand-mère regarder la table d'un air désespéré, il se leva et sortit le téléphone du fouillis.

— Je vais devoir te rappeler, dit-il en raccrochant avant qu'elle puisse répliquer.

Il prit une médaille ovale.

— Laisse-moi t'aider, *Abuelita.*

Une odeur de rose et de chauffé montait du mélange des poudres. Il vit une substance rosâtre qui ressemblait à de l'écorce et qu'il crut être de l'encens, et un mélange d'épices, de terre et de sable, du rose, du rouge brique et du brun. Il prit une pincée du mélange et la posa sur sa paume. En la humant, il se sentit étourdi.

— Qu'est-ce que tout cela ?

Ses mains noueuses pendant à ses côtés, Placida le regardait. À la radio jouait un air de salsa tout joyeux, avec beaucoup de trompette. Désarmé, Thomas ramassa les médailles, le ruban doré, la bouteille brisée et une petite boîte d'encens en plastique dont l'étiquette se lisait : *Incienso del Espiritu – Indio Poderoso Bendicion al Hogar.* Encens spirituel – puissante bénédiction indienne du foyer. Il comprit alors d'où venait le petit tas de sable.

— De la poussière de Chimayó ? demanda-t-il.

Elle acquiesça en contemplant le gâchis d'un air affligé.

— Nous allons t'en procurer d'autre. Aujourd'hui, si tu veux, dit-il en récupérant un sac de piments rouges moulus qui était en train de se vider dans le mélange de terre et d'encens. As-tu encore de ceci ?

Les yeux à demi fermés, elle leva son regard las mais perçant vers lui.

— C'était *La Diabla* au téléphone ?

Même s'il n'aimait pas l'entendre appeler Nadine ainsi, il n'avait jamais réussi à l'en dissuader. Il acquiesça en jouant avec les médailles qu'il tenait.

— Que veux-tu que j'en fasse ?

L'air renfrogné, le front plissé de souffrance, elle lui parut tout à coup âgée et indécise.

— Mets-les sur la table.

— Veux-tu que je te conduise à Chimayó ?

Placida sursauta quand un coup de tonnerre ébranla le ciel.

— Non, dit-elle d'un ton rude. Non. Pose ça là et sors. Sors de ma cuisine.

Il crut le moment mal choisi pour lui faire remarquer que c'était sa cuisine à lui. Il posa les médailles en tas sur la table. Il secoua le sable resté collé dans les lignes de ses paumes, puis sortit de la pièce à reculons.

— Je vais aller prendre mon petit-déjeuner au Rosa's Café. Dis à toute personne qui appelle de me joindre là-bas.

— Bien. Va-t'en.

Le téléphone sonna au moment où il quittait la pièce, mais Thomas ne s'arrêta pas. Il savait que c'était Nadine et il ne voulait pas lui parler. Il partit dans la pluie. L'odeur des piments de Chimayó, de la poussière sacrée et de l'encens parfumé à la rose remplit le camion dès qu'il démarra et le suivit jusqu'au Rosa's Café.

***

La pluie causait aussi des ennuis à Joy Loggia. À l'abri sous l'avant-toit du collège, elle hésitait à appeler sa grand-mère pour lui demander de venir la chercher. Ce n'était pas une pluie forte, seulement une bruine persistante qui se glisserait sournoisement sous le col de son manteau et descendrait le long de son dos. Mais elle n'avait pas particulièrement envie de voir sa grand-mère. Elle était de mauvaise humeur. Ses règles avaient commencé pendant la deuxième heure de cours, elle avait donc dû utiliser les serviettes hygiéniques rudes et épaisses vendues dans les distributrices du collège. Elle s'était sentie patraque toute la journée. Sa grand-mère, extrêmement gentille, serait aux petits soins avec elle, mais Joy n'avait pas du tout envie de se faire dorloter.

En entendant le tonnerre gronder sourdement dans la vallée, elle leva les yeux vers le ciel. Pourquoi sa mère n'avait-elle pas de permis de conduire comme les mères normales?

Elle se sentit coupable d'avoir eu cette pensée, ce qui lui fit mal dans la poitrine, ce qui la rendit encore plus maussade. Ce n'était pas de sa faute à elle si sa mère avait perdu son permis de conduire, mais qui en subissait les conséquences aujourd'hui?

— Salut, ça va?

C'était Maggie, toute maigre avec ses grands yeux, qui s'approchait d'elle. Elle portait son cahier serré contre elle, comme toujours. Ses cheveux si longs étaient tout frisottés par l'humidité, ce qui la faisait ressembler à l'une des poupées de la collection d'April. Maggie avait aussi la même petite bouche rouge. Il ne lui manquait que la robe écarlate des danseuses de flamenco.

— Salut, dit Joy, qui se sentit tout à coup moins irritée. Que fais-tu?

— Rien. Veux-tu venir chez moi cet après-midi? Maman est au travail. Il y a des cigarettes à la maison, dit-elle, l'air malicieux.

— Je suppose que tu n'as personne pour te ramener, toi non plus? demanda Joy en levant un regard furibond vers le ciel.

— Non, mais ce n'est pas grave. Nous serons trempées, c'est tout. Viens.

La tête penchée, Joy haussa les épaules.

— Je ne sais pas. Mes règles viennent de commencer, et je n'ai pas de tampons. Je pense que je ferais mieux de rentrer à la maison.

— Maman a de la tisane, préparée par la *bruja,* qui va te faire du bien. Viens donc, insista-t-elle en souriant et en tirant Joy par la manche.

Joy aimait la compagnie de Maggie. Elle aimait la regarder. Comment se pouvait-il que Maggie ne soit absolument pas consciente d'être une des plus belles filles de tout le collège ? Les autres filles le savaient, et tous les garçons, évidemment, mais Maggie semblait perdue dans son monde intérieur et ne s'intéressait pas à ce qui se passait autour d'elle. Joy ignorait pourquoi elle appréciait autant sa présence, mais c'était un fait. C'était reposant d'être près d'elle.

Le menton collé sur la poitrine, elle suivit Maggie sur la petite route qui menait à leurs maisons. Un kilomètre et demi plus loin.

— La pluie est froide ici, se plaignit Joy.

— Non, elle n'est pas froide, répondit Maggie en tendant les mains et en penchant la tête vers l'arrière pour recevoir des gouttes sur son visage. Tu vas voir. L'hiver est froid. La neige est froide. Ceci, c'est agréable.

— Je n'y peux rien si j'ai du sang méridional.

Maggie éclata de rire.

— Ce que tu peux être grincheuse !

— Et toi, tu es de trop bonne humeur. Il s'est passé quelque chose aujourd'hui ?

Une voiture, conduite par un garçon d'environ vingt ans, s'arrêta à côté d'elles.

— Magdalena, que fais-tu sous la pluie ?

— Ricky ! Quand es-tu rentré ? dit Maggie en s'approchant de la voiture pour embrasser le garçon. Maman le sait-elle ?

Il regarda Joy, par-dessus l'épaule de Maggie, et la salua d'un signe de tête.

— Salut, lui lança-t-elle.

Son cœur battait un peu plus vite. Il avait des yeux sombres et ovales comme ceux d'un chat.

— Je suis arrivé hier soir, dit-il. Puis-je vous reconduire ?

Maggie eut un petit rire léger et enfantin.

— Depuis que nous sommes parties du collège, Joy n'arrête pas de se plaindre du froid, alors je suppose que c'est d'accord. C'est mon oncle Ricky, dit-elle. Le plus jeune frère de mon père.

Joy fit le tour de la voiture et alla s'asseoir sur la banquette arrière. Elle sentit une odeur de lotion après-rasage.

— Excuse-moi, dit-il, j'ai conduit depuis San Diego. C'est un fouillis.

Il se retourna et poussa quelques vêtements d'un côté. Joy vit qu'il avait les mains brunes et douces et se demanda ce qu'il était allé faire en Californie.

— Ce n'est pas grave, dit-elle.

Il pencha la tête.

— Qu'est-il arrivé à tes cheveux ?

Joy rougit et y porta la main, un peu gênée.

— C'est seulement un truc pour faire chier mon sénateur de père.

Il lui fit un sourire qui lui chavira le cœur. Il avait de longues dents blanches dans un visage anguleux.

— Tu serais plus jolie en blonde.

— Mêle-toi de tes affaires, *tío,* dit Maggie en faisant claquer la portière. Moi, ça me plaît.

— Ouais, mais tu es une fille.

Durant tout le trajet jusque chez Maggie, vraiment court en voiture, Joy se demanda quel âge il pouvait avoir. Elle croyait qu'il entrerait avec elles, mais il n'en fit rien.

— Tu diras à ta maman que je vais venir la voir bientôt. J'ai des choses à faire. J'ai été heureux de faire ta connaissance, dit-il en se tournant vers Joy, jeune fille aux cheveux de travers.

— Joy, dit-elle.

Il lui fit un sourire en coin.

— Ça me plaît. Au plaisir de te revoir, Joy.

Il partit.

Maggie riait.

— Oh ! oh ! Ricky flirtait vraiment avec toi, ma fille !

— Je suis certaine qu'il flirte avec tout le monde.

— C'est vrai, dit-elle, et Joy se sentit froissée. Mais il t'a quand même trouvée jolie.

— Il est vieux, Maggie. Bien plus vieux que nous deux.

— Il a dix-neuf ans, c'est tout, dit-elle. Il a dû aller aider sa sœur à San Diego. Son mari est dans la marine, elle attend des jumeaux et elle doit rester alitée. Ils ne lui ont même pas permis de rentrer à la maison en avion, tu te rends compte?

Joy hocha la tête, se sentant encore étrangement euphorique. Dix-neuf ans, ce n'était pas vieux. Pas du tout. Elle-même allait avoir seize ans en décembre.

Elles entrèrent dans la maison, Maggie prépara une tasse de tisane à l'odeur de cannelle pour Joy, et toutes deux montèrent dans sa chambre. C'était une maison curieuse, haute, étroite et un peu sombre, mais la pièce sous les combles avait une longue série de fenêtres. Elles les ouvrirent toutes et s'allumèrent des cigarettes.

— Maman ne remarque jamais rien parce qu'elle fume, tu sais, dit Maggie en soufflant la fumée vers l'air humide de l'extérieur.

— Mieux vaux prévenir que guérir. Serait-elle furieuse si elle s'en apercevait?

— Je l'ignore, répondit Maggie en haussant les épaules. Mais sais-tu quoi? reprit-elle, le visage radieux, en tapant sur le genou de Joy. Je pense qu'il y a un type qui pourrait lui remonter le moral. C'est le petit-fils de la *bruja,* je crois.

La tisane avait apporté à Joy une sensation de calme et de bien-être, ce qu'April aurait appelé un calme zen. La fumée ajoutait à son impression de flotter. Toute la tension avait coulé de sa nuque pour former une flaque inoffensive à ses pieds, sur le plancher.

— Alors, tu joues l'entremetteuse?

— Pas vraiment, dit Maggie, le regard fixé sur les champs au loin. Je ne sais pas comment faire, vois-tu?

Joy ne trouvait pas nécessairement le rôle d'entremetteuse aussi extraordinaire qu'on le disait. Mais elle songea à sa mère.

— Je pense que maman a un nouveau type. Elle était tout excitée en parlant de lui l'autre soir.

143

— T'arrive-t-il de souhaiter que tes parents reviennent ensemble?

— Jamais de la vie. Mon père est un tel connard que je voudrais même que ma belle-mère s'en débarrasse.

— Comment ça, un connard?

Perplexe, Joy fuma un instant en silence. Elle n'en avait jamais vraiment parlé auparavant et elle craignait, d'une certaine façon, d'être déloyale.

— Il a une maîtresse.

Le fait de le dire tout haut lui donna la nausée.

— Berk! L'as-tu déjà vue?

— Non. Il est très prudent.

— Alors, comment le sais-tu? Ce n'est peut-être qu'une apparence.

Pendant des mois, Joy avait essayé de s'en convaincre.

— Non. Il lui parle au téléphone et il la rencontre dans d'autres villes, quand il est en voyage d'affaires. Et ça fait vraiment longtemps qu'il la voit. Cinq ans, peut-être.

— Ta belle-mère est-elle au courant? demanda tristement Maggie.

C'était le pire.

— Je ne crois pas. Il est vraiment très prudent, dit-elle en lançant son mégot par la fenêtre avant de se laisser retomber sur les oreillers. April, ma belle-mère, est riche et elle vient d'une grande famille du sud bien nantie, alors il a besoin d'elle. L'autre femme, c'est une moins que rien qui vit dans un petit bled.

— Comment peut-il être aussi mesquin?

Joy hocha la tête.

— Il avait fait la même chose à ma mère. Il la trompait et il a fait croire à tout le monde que c'était une ivrogne. Puis il l'a traînée en cour et il l'a quittée pour sa maîtresse, dit-elle avec un sourire amer. Qui était April.

— Quelle horreur!

— Ouais, dit Joy en se redressant brusquement, honteuse d'en avoir tant dit. Ta chambre est super. C'est la Vierge de Guadalupe?

Maggie lui fit signe que oui.

144

— Elle était dans la voiture de papa quand il a eu son accident. Elle ne lui a pas été d'un grand secours, mais il l'adorait. Alors, je l'ai mise dans ma chambre.

La statue, d'une hauteur d'environ trente centimètres, était posée sur la coiffeuse de Maggie, avec plein d'autres choses – un chandelier, une boîte couverte de brillants et une châsse décorée de paillettes et de roses. D'où elle était, Joy ne réussissait pas à voir la photo qui était à l'intérieur et elle se leva pour l'examiner. C'était une photo en noir et blanc, découpée dans un magazine, de Tupac Shakur, la tête baissée, sa poitrine nue exhibant tous ses tatouages, et les mains tendues. Un billet d'un dollar sur lequel était écrit : « Tupac est vivant » était collé sur la partie inférieure du cadre.

— J'ai déjà vu ce genre de truc, dit Joy, ces ensembles prêts-à-monter pour fabriquer des châsses aux vedettes rock décédées. Mais je n'en ai jamais vu pour Tupac. Où l'as-tu trouvé ?

— Ce n'est pas un ensemble prêt-à-monter, dit Maggie, l'air offensé. Je l'ai faite moi-même, avec des trucs que j'ai grappillés.

— Excuse-moi, je croyais…

Ses grands yeux brillants et émus, Maggie baissa la tête et toucha de l'index l'arc au-dessus de la photo.

— Le jour de l'enterrement de papa, maman m'a envoyée au magasin. Il faisait vraiment chaud, et je n'avais pas envie de marcher, mais elle a quand même voulu que j'aille chercher de la glace pour les gens qui allaient venir. Ce billet d'un dollar se trouvait dans la monnaie qu'on m'a rendue.

— Oh là ! là ! s'exclama Joy.

— C'était comme si papa me disait quelque chose, qu'il me disait de chercher Tupac, tu comprends ? Tu penses probablement que c'est stupide, dit-elle en redressant la tête.

— Non, dit Joy, sincèrement. Je crois dans ce genre de trucs, les messages et le reste. J'ai l'impression que tu étais très proche de ton père. S'il voulait parler à quelqu'un, c'est sans doute toi qu'il choisirait, pas vrai ?

Les larmes brillantes qui remplissaient les yeux de Maggie se mirent à déborder et coulèrent sur ses joues en laissant des traces de khôl.

— C'est exactement ce que j'ai pensé.

Elle se tourna vers la châsse, prit des allumettes et alluma une chandelle.

— Je veux que papa dise aussi à maman que tout est correct.

Joy sortit lentement une autre cigarette du paquet. Elle n'en avait pas vraiment envie, mais elle n'avait pas l'occasion de fumer à la maison et cela lui permettait de garder les mains et les yeux occupés. Il lui paraissait extrêmement important de bien choisir ce qu'elle allait dire à ce moment précis. Quand elle eut pris une cigarette et l'eut allumée, elle expira profondément pour vider ses poumons de la fumée.

— Alors, tu crois que Tupac est vivant, comme on le prétend ? demanda-t-elle enfin.

Maggie prit aussi une autre cigarette et l'alluma. Elle la tenait comme une pro, comme si elle fumait depuis vingt ans.

— Je ne sais pas. Sans doute pas, je suppose, mais alors, pourquoi ai-je reçu ce billet de mon père ? Peut-être devrais-je essayer de découvrir la vérité.

— Peut-être, dit Joy en souriant. De toute façon, ça fait quelque chose à faire, pas vrai ? C'est mieux que l'école.

Elles rirent ensemble, puis blaguèrent au sujet de l'un de leurs professeurs. Elles entendirent alors une porte claquer en bas.

— Merde ! chuchota Maggie.

Elle jeta sa cigarette par la fenêtre, lança le paquet sous le lit et se mit à agiter la main dans l'air. Joy l'imita. Elle se pencha en riant quand Maggie s'empara d'une bouteille de parfum pour en vaporiser dans la pièce.

— Magadalena ! cria sa mère. Descends. J'ai quelque chose à te montrer.

— J'arrive ! Elle a l'air bien aujourd'hui, dit-elle à Joy, après avoir fait une pause comme pour écouter. Je suis heureuse que tu puisses la rencontrer.

En bas, Joy comprit d'où venait la beauté de Maggie. C'était une autre grande différence entre le Nouveau-Mexique et Atlanta, la façon dont les femmes étaient belles. À Atlanta, tout le monde essayait de ressembler à une lady sortant à peine d'un thé sur une plantation. Ici, être belle voulait dire être sexy, ou parfois athlétique. La mère de Maggie était dans la catégorie sexy. Elle avait de longs cheveux et, même si elle portait un tailleur, on devinait sa poitrine. Ses ongles étaient longs et rouges.

— Bonjour, dit-elle à Joy. Je suis Sally.

— C'est Joy, maman. Je t'ai parlé d'elle.

Sally serra Maggie dans ses bras.

— Regarde ce que j'ai, dit-elle en tendant une main qui contenait un petit coussin recouvert de tissu. Madame Ramirez l'a fabriqué pour moi, une amulette spéciale.

— Oh! Es-tu allée chez elle aujourd'hui? Son petit-fils était-il là?

— Oui. Elle lui en a donné une à lui aussi. Pourquoi?

Maggie examina le coussinet très attentivement, puis jeta un coup d'œil vers Joy.

— C'est juste que je le trouve charmant pour un vieux mec.

En souriant, Sally passa la main sur la tête de sa fille.

— Essaies-tu de faire l'entremetteuse, *h'ita*?

— Non. Nous allons au magasin, dit-elle en remettant le coussinet dans la main de sa mère. Salut.

Joy s'arrêta.

— Un dénommé Ricky est passé. Il a dit qu'il reviendrait vous voir plus tard.

— Oh! oh! dit Maggie en riant. Je pense qu'il est tombé dans l'œil de Joy!

— Pas du tout. Je voulais seulement être polie.

Sally lui toucha le bras.

— Magdalena taquine tous ceux qu'elle aime. Ne t'en fais pas. Tu reviendras, n'est-ce pas? Viens dîner avec nous un soir.

— Avec plaisir, dit Joy.

Sally la tira par la manche pour l'entraîner dehors sous la pluie, puis s'arrêta sur la galerie où elle fit un pas de danse en souriant à Joy, l'air heureux.

Entrefilet dans *The Taos News*

Les *milagros,* ou miracles, sont de petits objets symboliques offerts aux saints pour obtenir un miracle. Par exemple, l'individu qui s'est brisé la jambe offrira une jambe. Celui qui est malheureux en amour, un cœur. Celui dont la vache est malade, une vache. Les *milagros* sont des offrandes spirituelles, magiques et remplies d'énergie. Dans les églises catholiques du Mexique, on voit souvent des statues dont les robes sont couvertes de ces petits objets qu'on dépose sur le saint pour lui demander de l'aide ou pour le remercier d'avoir accompli un miracle.

Dix

Le vendredi, Luna quittait son travail plus tôt. À midi, elle partit faire ses courses hebdomadaires. Comme toutes les semaines, Kitty vint la prendre et, lorsqu'elle la vit arriver avec un chariot débordant, elle actionna l'ouverture automatique du coffre. Elle se préparait à sortir, mais Luna lui fit signe de ne pas bouger.

— Il n'y a aucune raison de nous faire tremper toutes les deux !

Elle releva son col pour se protéger du crachin avant de déposer ses achats dans le coffre. Certains articles étaient trop lourds pour qu'elle les rapporte quand elle rentrait à pied – des sacs de pommes de terre, d'oranges et de pommes, en promotion dans la semaine ; de l'huile d'olive et deux contenants de quatre litres de lait. Elle avait fait aussi des provisions de viandes à congeler, de pizzas, de légumes surgelés et de trucs, comme des gaufres et des bagels, que Joy pourrait utiliser pour se préparer une collation à son retour du collège, tard le soir ou encore pour un petit-déjeuner tardif le week-end. Comme elle mangeait beaucoup d'œufs, Luna en avait acheté une douzaine supplémentaire qu'elle ferait bouillir, pour que Joy en ait toujours à portée de la main en cas de fringale.

— Mon Dieu ! s'exclama Kitty en tapotant l'épaule de sa fille. On voit bien que tu as une adolescente à la maison. Doux Jésus, vous allez me ruiner toutes les deux, je t'assure.

Elles arrêtèrent au Wal-Mart pour se procurer d'autres articles scolaires dont Joy avait besoin – une réserve de stylos et de crayons, des cahiers à spirale, une boîte pour ranger les fournitures pour ses cours d'art – ainsi que différents produits en papier nécessaires dans toute maisonnée. C'était toujours moins cher d'en faire des provisions au Wal-Mart – les marchands locaux avaient d'ailleurs protesté quand le magasin avait été construit – mais c'était un très long trajet à pied de chez elle.

— Veux-tu que nous déjeunions ensemble ? demanda Kitty.

— Non, merci. J'ai vraiment besoin d'un peu de temps à moi.

— C'est tout à fait compréhensible, dit sa mère en tournant dans l'entrée. Les adolescents sont bruyants, n'est-ce pas ?

Luna l'embrassa sur la joue.

— Merci, maman.

Elle rangea ses achats et fit un peu de ménage. Elle passa l'aspirateur et s'attaqua à la salle de bains. C'était un grand effort maternel pour accueillir sa fille dans une maison bien rangée, au garde-manger bien rempli. En vérité, elle avait oublié à quel point elle aimait cet aspect du mariage – s'occuper des tâches domestiques, transformer une maison en véritable foyer.

Ses travaux accomplis, il lui restait une heure de tranquillité avant le retour du collège de Joy. Par ce temps humide et maussade, elle eut le goût de se préparer un café spécial. Elle sortit sa petite cafetière française et mit de l'eau à bouillir. Elle mesura ensuite trois portions de grains de Bourbon Santos pour une de Pluma Altura mexicain et les moulut grossièrement. Quand l'eau fut presque au point d'ébullition, elle la versa sur les grains dans la cafetière, les agita avec une baguette en bois qu'elle gardait à cet effet, puis laissa le mélange infuser pendant cinq minutes. Lorsque ce fut prêt, elle versa le café dans sa grande tasse préférée, décorée de chats, et l'apporta dans son atelier, avec l'impression de s'offrir un luxe.

À un bout de la pièce, une sorte de véranda qui longeait les chambres, se trouvaient le lave-linge et le sèche-linge et, à l'autre, son matériel d'artisanat. Le plancher était recouvert d'un vieux linoléum uni et des fenêtres perçaient deux des murs. C'était un endroit particulièrement agréable en une journée pluvieuse comme celle-ci. Avec la pluie qui tambourinait sur les vitres et la lumière adoucie par les nuages, il y régnait une atmosphère de bien-être. Par les fenêtres du côté est, Luna voyait, s'élevant au-dessus du bosquet de chênes, une portion de la montagne Taos, son sommet entouré d'ouate grise.

Contrairement à ce que disaient Allie et Elaine pour la taquiner, ce n'était pas un véritable atelier d'artiste. Plutôt l'antre d'une maniaque de l'artisanat. Il y avait une armoire remplie de diverses peintures, acryliques surtout, et de pinceaux ; des paniers en plastique remplis des perles, des plumes et même des cailloux qu'elle ramassait au cours de ses promenades pédestres. L'un des paniers ne contenait que des *milagros,* minuscules objets de métal moulé en forme de poissons, d'yeux, de bras et de mille autres motifs, utilisés pour diverses cérémonies, prières et bénédictions. Un autre était consacré aux poupées Barbie – des chaussures, des ceintures et d'autres accessoires, mais aussi des bras, des jambes et des torses de rechange. Il y avait aussi des poupées entières, mais Luna n'avait pas envie de ce genre de travail.

De l'armoire, elle sortit un sarrau, un vieux chemisier ample maintenant couvert de taches de toutes les couleurs qu'elle avait utilisées, l'enfila par-dessus son jean. Elle apporta ensuite une série de peintures – rouge, orange, rose et noire – à côté d'une table ronde en métal qui formerait éventuellement un ensemble sur sa galerie, avec la chaise décorée d'une Vierge de Guadalupe. Au milieu de la table, elle avait déjà peint une rose avec un cœur saignant au centre, le dessin que Kitty trouvait si macabre. La tête penchée, Luna pensa une fois de plus qu'elle n'était pas d'accord. C'était luxuriant. C'était sanglant et vivant, pas macabre.

En trempant son pinceau dans un rose métallique particulièrement intense, Luna sentit tout à coup sa nuque se détendre. Elle ne s'était intéressée à l'artisanat qu'au moment de sa convalescence. Jusqu'alors, elle n'avait pas eu le temps de s'y consacrer et, dans son for intérieur, elle avait toujours cru que l'artisanat était une occupation pitoyable pour femmes désœuvrées.

Voilà une autre des absurdités de la vie ! Pendant les premières semaines et les premiers mois de sa convalescence, Luna avait pensé devenir folle d'ennui. Un jour, dans la salle de couture de Kitty, elle avait trouvé une statue en plâtre non peinte représentant deux enfants dans un jardin, ainsi que toutes les peintures nécessaires. Kitty l'avait installée dans son sous-sol et Luna avait passé les deux journées suivantes absorbée dans cette activité.

En paix.

C'était un travail tellement apaisant, les gestes précis, la concentration et les couleurs. Contrairement à la croyance populaire, la plupart des alcooliques sont des maniaques du contrôle, et le fait de maîtriser ce petit quelque chose si simple est très thérapeutique.

Alors Luna et Kitty s'étaient mises à fréquenter les boutiques de matériel d'artisanat. Luna avait essayé au moins une fois tout ce qu'on pouvait s'y procurer. Ce qui exigeait un travail trop précis finissait par la rendre plus irritable. C'est pourquoi elle avait rejeté le petit point et les modèles réduits. Kitty lui avait suggéré de s'en tenir aux travaux reliés à la peinture et Luna avait essayé le découpage, la céramique et même des fleurs peintes à l'aquarelle. Mais les meubles avaient fini par capter son intérêt. Les poupées Barbie aussi, mais c'était un passe-temps qu'elle pratiquait depuis très longtemps. En cet après-midi pluvieux, plusieurs poupées, à des degrés divers d'habillement et de finition, la regardaient travailler d'un air bienveillant, comme si elles étaient heureuses de voir la table presque achevée. Luna l'était aussi. Elle avait passé la majeure partie de l'été à préparer la chambre de Joy et, si sa fille avait paru bien l'apprécier – pour être honnête, elle n'en était pas peu fière – ce n'était pas une œuvre qu'elle pouvait montrer à la ronde. Et, même si elle prétendait le contraire, elle adorait que les gens voient et admirent ses peintures et ses poupées.

Installée sur une chaise en voie de restauration, branlante mais pleine de promesses, Barbie la thérapeute l'observait. « Alors, pourquoi ne te considères-tu pas comme une artiste ? »

Luna s'arrêta, le pinceau dans les airs, pour réfléchir.

Le fait d'avoir grandi dans une ville comme Taos, où la moitié des gens qu'on rencontre sont des artistes, vous amène à y songer à deux fois avant de vous consacrer à l'art. Ou simplement de vous convaincre que vous avez du talent. Les artistes adorent la ville et sont heureux du soutien qu'ils peuvent se fournir mutuellement. Même les pires artistes sont habituellement sensibles aux ombres, à la lumière et à la vivacité des couleurs. Ceux qui venaient à Taos étaient séduits par l'endroit, et chacun pensait avoir découvert quelque chose de nouveau. Luna avait vu la montagne Taos dessinée, photographiée, peinte à l'huile, à l'aquarelle, à l'acrylique et à la tempera, esquissée au fusain, au pastel et même au crayon.

Mais, dans le lot, il y avait surtout du *mauvais* art – des œuvres sur lesquelles les gens s'étaient acharnés, croyant à tort qu'elles étaient originales, vivantes et vraies. Ce n'étaient qu'images recyclées d'églises ou d'encadrements de portes en adobe et de représentations pittoresques de pueblos. Ou de l'art folklorique kitsch.

Mais les couleurs, comment une personne pouvait-elle les ignorer ? Elles imprégnaient tout. En grandissant, Luna n'avait pas compris à quel point le rose des robes de la Guadalupe, le turquoise des rebords de fenêtres, les éclairs des sombres orages d'été et le soleil aveuglant l'influençaient jour après jour. Dans l'artisanat, elle pouvait utiliser toutes ces couleurs, ici et là, pour son propre plaisir, sans la moindre aspiration à la reconnaissance.

Non, elle n'était pas une artiste.

Ce qui ne voulait pas dire qu'elle n'éprouvait pas de satisfaction. Elle trouvait cela tellement sensuel de peindre les contours dodus et juteux d'une goutte de sang cramoisie, si exaltant de se perdre dans la courbe d'un pinceau sur une surface. C'était les seuls moments où elle cessait de réfléchir. Elle devenait les couleurs, la lumière et un prisme capable de refléter quelque chose, même imparfaitement.

Délicatement, elle ourla un pétale de rose vif. Ce n'était pas toujours un succès. Mais la fleur était parfaite.

En rentrant, vers seize heures, Joy vint la rejoindre, un coca-cola à la main.

— Maman, pourquoi ne songes-tu pas à vendre de ces trucs ? Ils sont vraiment cool, et j'ai l'impression que tu ne t'en aperçois même pas.

— Ça m'ôterait tout mon plaisir, répondit Luna en essuyant avec un chiffon une trace de peinture sur son poignet. Comment s'est passée ta journée ?

— Pas mal.

Elles parlèrent du professeur d'art de Joy. De son professeur de mathématiques, qu'elle aimait et qui lui avait dit qu'elle devrait changer de niveau pour aller en algèbre II. Du professeur de biologie, qui était trop jeune et n'arrivait pas à contrôler la classe. Du professeur d'anglais, qui avait une voix mélodieuse – selon les propres termes de Joy – et qui avait lu tout haut un poème de son amie Maggie.

— C'était vraiment bon, maman, je te jure. Tellement, tellement, tellement triste, avec des images extraordinaires. J'ai souvent l'impression que je peux déceler les talents des autres qu'ils ignorent eux-mêmes, mais que je n'ai personnellement aucun talent.

— Tout le monde a des talents, ma chérie.

Joy haussa les épaules, puis prit une longue gorgée de coca-cola.

— Évidemment, je suis intelligente, dit-elle en balançant la jambe gauche par-dessus le bras d'un fauteuil. Je suis très bonne en chiffres et j'ai la parole facile, mais je n'ai pas le moindre talent artistique. Je ne vaux rien en musique, en dessin, en rédaction, en rien. Je suis dans la moyenne pour tout ça, mais je ne réussis très bien dans aucun.

En souriant, Luna toucha le bord d'un pétale avec un pinceau fin trempé dans de la peinture noire.

— Alors, tu seras peut-être un génie des affaires ou quelque chose d'aussi inutile que ça, hein ?

— Ouais, dit Joy en levant les yeux au ciel, j'ai vraiment le genre femme d'affaires, pas vrai ?

— Il n'y a rien de mal dans les affaires, Joy. Même le travail de création a des aspects commerciaux, tu sais. Tu pourrais trouver quelque chose à faire dans ce domaine – directrice de galerie, dénicheuse de talent ou agent artistique. Dieu sait que les artistes ont besoin de l'aide de personnes honnêtes. La plupart d'entre eux n'ont pas la bosse des affaires et ils en souffrent.

Joy fit une moue.

— Hum ! Je n'y avais jamais songé. Je me demande ce qu'il faut faire pour en arriver là.

— Je l'ignore, dit Luna en s'essuyant les mains après avoir déposé son pinceau. Mais tu es au bon endroit pour le découvrir. Prends le temps de t'arrêter dans les galeries et de parler à leurs propriétaires. Je pense qu'il y a des agents littéraires ici et je sais qu'il y a un ou deux éditeurs. Il doit bien y avoir des dizaines de gens qui seraient très heureux de partager leurs expériences avec toi.

Le téléphone sonna, et Joy se précipita. Comme l'appareil était tout près, dans la cuisine, Luna l'entendit répondre d'un ton joyeux et curieux. Un long silence suivit.

— Papa, dit-elle enfin, papa, peux-tu écouter…

Luna sentit la peur cogner sourdement dans son ventre et songea au congélateur plein de nourriture. Elle redressa le menton. Comme Joy se taisait, elle entendit le son de la voix de Marc au bout du fil. Elle trempa ses pinceaux dans un bocal rempli d'eau, en regardant les minces nuages de peinture se disperser, comme le sang provenant de la morsure d'un requin dans l'océan.

— Papa, écoute-moi ! s'exclama Joy d'un ton ferme.

Luna tendit l'oreille, prête à intervenir au besoin.

— Tu sais, dit plaintivement Joy, j'appelle régulièrement le soir dans l'espoir d'avoir une conversation avec toi, et tu n'es même pas capable de me parler trois minutes. À présent, tout à coup, tu veux que je rentre à la maison pour vivre avec toi ? Pas question !

Après avoir écouté un moment, elle protesta.

— Ce n'est pas juste, papa ! Je ne sais pas comment tu peux être aussi mesquin ! Ce n'est pas pour mon bien, poursuivit-elle après une pause, c'est pour le tien. Tu es mesquin, je te déteste et je ne retournerai jamais vivre avec toi, quoi que tu fasses.

Luna referma les tubes de peinture qu'elle avait utilisés. La rage lui faisait battre les tempes. Joy se mit à pleurer.

— Je t'en prie, papa, ne fais pas ça. Laisse-moi vivre tranquillement ici. Tu as déjà tout ce dont tu as besoin là-bas.

Elle ne put retenir ses sanglots.

— Que se passe-t-il ? lui demanda calmement Luna.

Une main sur les yeux, Joy lui tendit le téléphone sans un mot et s'enfuit dans sa chambre.

— Marc, dit Luna dans le combiné, que se passe-t-il ?

— Je veux qu'elle rentre à la maison, Lu. Elle n'est pas à sa place à Taos.

— Tu n'as absolument pas le droit de faire ce choix pour elle.

— Tu te trompes. Je suis son père, et c'est ce que je veux pour elle. Comme toi, sa mère, tu n'as pas été, dirons-nous, très présente dans sa vie, je te serai reconnaissant de ne pas t'en mêler.

— Nous avons maintenant un accord officiel sur la garde qui est en ma faveur, Marc. Si j'ai voulu l'officialiser, c'est parce que je soupçonnais que tu pourrais changer d'idée. Je pensais que cela te prendrait plus d'une ou deux semaines, mais je savais que tu tenterais de reprendre le contrôle sur elle dès qu'elle serait partie.

— Je t'en prie, épargne-moi ton mélodrame.

Luna ferma les yeux et inspira profondément.

— Cesse de lui causer du mal, Marc. Pour une fois, essaie de penser à quelqu'un d'autre que toi.

Elle raccrocha et se dirigea vers la chambre de sa fille.

À plat ventre sur son lit, Joy sanglotait avec toute l'hystérie à laquelle seule une adolescente peut donner libre cours. Luna s'assit à côté d'elle et lui caressa le dos.

— Ne t'inquiète pas, ma chérie. Ton père... est comme il est. Tu ne peux pas le changer.

Joy se retourna brusquement.

— Il veut toujours me contrôler ! Tu sais ce dont il m'a menacée au téléphone ? De me retirer mon allocation ! Juste parce qu'il a changé d'idée.

— C'est vraiment dégueulasse. Vraiment, dit Luna en croisant les mains. Je peux peut-être régler ça. Combien t'envoie-t-il ?

— Non, ce n'est pas juste. C'est lui qui est censé s'en occuper. Il me l'a promis et il m'a fait défaut si souvent que je ne le laisserai pas s'en tirer cette fois-ci.

Luna fronça les sourcils.

— Joy, pourquoi es-tu tellement en colère contre lui ? demanda-t-elle en choisissant soigneusement ses mots. Je sais que c'est un connard, mais il l'a toujours été. Y a-t-il quelque chose que tu ne me dis pas ?

En gémissant, Joy détourna la tête et se recroquevilla sur elle-même. Quand Luna tendit la main vers elle et qu'elle la vit s'éloigner en frémissant, elle éprouva un malaise.

— Il n'a pas…

— Mon Dieu, non, dit Joy en se tournant vers elle. Rien de tel. Il ne lève jamais la main sur personne, ni sur moi ni sur quiconque d'autre. Et il ne s'adonne pas à la cocaïne en secret, non plus. C'est seulement un menteur et un tricheur, et j'ai été choquée de le découvrir. Tout ce temps, je croyais être le seul être au monde qu'il aimait et à qui il tenait. Mais je sais maintenant que je ne suis pas plus importante pour lui que n'importe qui d'autre. Laisse-moi, dit-elle d'une voix étouffée, le visage enfoui dans l'oreiller.

— Rien de tout ça n'est de ta faute, Joy, dit Luna avant de la quitter.

Elle referma doucement la porte derrière elle.

Il était presque dix-sept heures, et elle devait rencontrer Thomas à dix-neuf heures. Elle décrocha le combiné et composa le numéro inscrit sur le papier fixé au réfrigérateur.

— *Hola ?* répondit une voix de femme, celle de Placida probablement.

— Puis-je parler à Thomas, s'il vous plaît ?

— Il n'est pas à la maison. Rappelez plus tard.

— Attendez, attendez, cria-t-elle dans l'espoir que Placida l'entende avant de raccrocher. Pouvez-vous lui donner un message pour moi, ou y a-t-il un autre numéro où je pourrais le joindre ?

Elle perçut le bruit d'un mouvement au bout du fil.

— Allô, dit la voix de Thomas.

— Bonjour, Thomas. C'est Lu McGraw. Je suis si heureuse de vous parler.

— Bonjour, dit-il en gloussant.

Elle entendit à l'arrière-plan quelqu'un qui bougonnait en espagnol.

— Elle vous a menti, poursuivit-il. J'étais assis à la table avec elle.

— Elle me déteste !

— Non. Il faut apprendre à la connaître. Que se passe-t-il ?

— Je dois annuler notre rendez-vous. Mon ex-mari a téléphoné à ma fille, et elle est dans tous ses états. Je voudrais sortir avec elle, aller au cinéma ou ailleurs. Pouvons-nous nous reprendre ?

— Demain peut-être ?

Elle éprouva un grand soulagement.

— Bien sûr. Mais ce n'est pas certain, ajouta-t-elle après réflexion. Je dois assister à une réception de mariage, à la salle des Vétérans. À moins que vous ne vouliez m'y accompagner un moment et que nous allions ailleurs ensuite ?

— D'accord. Voulez-vous que je passe vous prendre ?

— Non, je serai chez ma mère. Je pourrais vous rencontrer là-bas à... disons vingt heures ?

— Parfait.

Dans le silence qui suivit, elle l'imagina, debout dans sa cuisine, entouré d'odeurs d'aliments en train de cuire, peut-être encore dans ses vêtements de travail. Elle sentit un frisson lui parcourir le corps.

— J'ai vraiment très hâte de vous revoir, Luna.

— Moi aussi.

Thomas ne pratiquait, pour ainsi dire, aucune religion, ni celle de son père ni celle de sa mère, même s'ils lui avaient tous les deux fait connaître leurs rites. Sa mère l'avait emmené à la messe et son père l'avait initié à ses croyances. Si Thomas sculptait des saints, c'était par respect pour la tradition. S'il avait construit une hutte avec un bain de vapeur, c'était parce que c'était sain et thérapeutique, et qu'il aimait la sensation de la chaleur humide dans le noir. Ce qui se passait dans cette hutte apportait l'oubli à l'homme, l'aidait à se détacher de sa vie et de ses ennuis pour les confier à... peu importe. Le grand esprit. L'univers. Quelque chose. Il sentait une présence, mais il ne savait jamais précisément laquelle.

Comme son rendez-vous avait été annulé, il décida que c'était un bon moment pour prendre un bain de vapeur. Il empila des pierres de rivière rondes dans le foyer à l'extérieur de la hutte et y fit un grand feu, en admirant les étincelles qui s'envolaient dans la grisaille de fin d'après-midi. Pendant plusieurs heures, il le surveilla tout en s'occupant à d'autres tâches.

La journée avait été longue. Il avait fait des courses pour sa grand-mère et essayé de conclure des ententes pour faire réparer la maison de la vieille femme avant de la vendre. Il avait maintenant l'intention de la garder avec lui. Elle était trop âgée pour vivre seule.

Il ne lui en avait pas encore parlé. Aujourd'hui, il l'avait accompagnée chez elle pour aller chercher ses effets et il avait été inquiet de voir la mélancolie s'emparer d'elle dans ces pièces familières. Elle avait ramassé des objets qu'elle avait aussitôt remis en place, comme un fantôme survolant les vestiges d'une vie désormais terminée. Finalement, elle n'avait pris que ses vêtements, incapable de décider ce qu'elle aurait voulu apporter d'autre. À son retour chez Thomas, elle avait dormi de longues heures.

Elle était si vieille. Il ignorait son âge exact, mais elle racontait parfois qu'elle était allée à Santa Fe en chariot et se rappelait le temps où les Amérindiens vendaient des marchandises au bord de la route. Ce qui remontait probablement aux années dix-neuf cent trente. Mais Placida se souvenait aussi de l'incursion de Pancho Villa au Nouveau-Mexique. Elle devait donc avoir au moins quatre-vingt-dix ans. Thomas se sentait épuisé à la seule idée de vivre si vieux. Il avait déjà mentionné, après le départ de Nadine, qu'il avait l'impression d'être trop âgé pour commencer une nouvelle vie. Elle avait hoché la tête.

— Tu ne peux pas savoir le nombre de vies que tu peux mener en quatre-vingts ans.

Il devait être dans sa troisième ou sa quatrième vie, estimait-il. Le jeune homme belliqueux ; celui qui, défait, était revenu chez lui au Nouveau-Mexique, à Taos, pour retrouver ses racines ; et l'adulte, plus sage et plus calme, qui s'était marié et avait créé un foyer stable pour des enfants qui n'étaient jamais venus. À présent, il avait dû commencer une nouvelle vie, sans la famille dont il avait rêvé.

Dans la grande maison, il nourrit le chien et le chat, lava la vaisselle pour que sa grand-mère n'ait pas à le faire plus tard, balaya la galerie, surveilla le feu et écouta Tiny parler à sa femme d'une voix basse et grave. Tout ce temps, il se trouvait bien pathétique de vouloir garder son aïeule avec lui et d'adopter des animaux et des hommes errants pour combattre la solitude. En s'arrêtant pour admirer la vue, la colline qui descendait jusqu'à la ville et les montagnes derrière, il ressentit tout à coup un désir déchirant pour les enfants qu'il n'avait pas. Il avait tant rêvé d'eux, des garçons et des filles qui auraient occupé toutes les chambres et qui auraient rempli les couloirs de leurs chamailleries et de leurs rires. Ils avaient essayé encore et encore, Nadine et lui, et elle n'avait pas réussi à concevoir avec lui. Seulement avec son frère.

Elle avait laissé un message sur le répondeur, une supplication de la rappeler au plus tôt. Il l'avait écouté, puis effacé. Il était trop fatigué pour prêter l'oreille à ses jérémiades.

Derrière lui, dans la salle de séjour, il entendit Tiny protester à grands cris. Inquiet, Thomas jeta un cou d'œil par-dessus son épaule. Par la fenêtre ouverte lui parvint un grand bruit. Il mit son balai de côté et entra pour voir ce qui se passait. Assis sur le canapé, Tiny se tenait la tête dans les mains.

— Laisse tomber, dit Thomas. Va prendre une douche. Tu pourras ensuite te débarrasser de tout ça dans le bain de vapeur.

C'était une simple hutte faite de branches de saule recouvertes de toile. Une couverture traditionnelle faisait office de porte. À la faveur de la nuit, sous les gouttes de crachin qui leur mouillait la peau, Thomas et Tiny se dévêtirent et plongèrent sous l'abri. Thomas jeta des herbes aromatiques sur les pierres et y versa de l'eau. L'odeur, portée par la vapeur à travers ses sinus et ses poumons, lui monta à la tête.

La règle était le silence ou le chant. Cela gênait Tiny depuis le début. Ce soir-là, assis en face de Thomas, le corps brillant de sueur, il avait l'air plein de ressentiment et de rage.

— Laisse tomber, lui répéta Thomas.

— Je ne peux pas, dit-il en baissant la tête. Quand je l'imagine avec un autre type, c'est comme si quelqu'un m'arrachait le cœur à coups de griffes.

— Je sais.

— Nom de Dieu! Tu peux le dire que tu le sais. Et c'était avec ton propre frère!

Thomas aspergea les pierres brûlantes d'eau pour obtenir plus de vapeur. Quand celle-ci monta jusqu'au toit, il ferma les yeux. En un éclair, il se revit au White Horse, fou de rage et complètement ivre, qui essayait de trouver quelqu'un pour se battre avec lui.

— Ça n'est pas arrivé tout d'un coup. Je me sentais comme toi. Capable de tuer quelqu'un.

Tiny frappa du poing sur sa poitrine maigre et glabre.

— Si elle passe son temps à coucher avec n'importe qui, quel exemple cela donne-t-il à mes enfants, hein?

— C'est une rumeur, Tiny. Tu ne peux pas en être certain.

— C'est une salope, je te le dis. Elle est prête à tout pour baiser.

La violence rendait sa voix cassante. Thomas reconnaissait ce son et savait ce qu'il devait ressentir. Des tessons de verre qui glissent le long des nerfs d'un homme.

— Ne dis pas ça, dit-il. Si tu l'aimes, aie du respect pour elle.

— Il faudrait qu'elle commence par me respecter elle-même.

— Elle le fait. Elle t'aime aussi, Tiny. Vous vous aimez tous les deux, vous avez fait ces enfants ensemble et vous avez eu du bon temps.

La vapeur chaude flottait dans l'air et leur brûlait la peau. Le dos appuyé contre le mur couvert de brindilles, Thomas s'essuya le visage.

— Il ne vous reste que trois semaines de session, poursuivit-il, puis l'injonction qui vous empêche de vous voir pourra être levée. Ne fais rien pour bousiller ça.

Tiny resta silencieux. C'est ce qui est bien avec le bain de vapeur, songea Thomas. Même sans que vous le vouliez, il pouvait parfois vous sortir de l'obscurité. Il la faisait couler par les pores de votre peau.

— Je l'aime, mec, c'est tout. Je n'ai tout simplement jamais aimé quelqu'un comme ça, jamais.

— L'amour est une bonne chose.

Un autre long silence.

— Ouais, dit enfin Tiny. Ouais, l'amour est bon.

Le samedi soir, comme il faisait un temps magnifique, Luna dit à Kitty de ne pas se donner la peine de venir les chercher. Joy et elle iraient chez elle à pied. Elle plaça les vêtements qu'elle porterait pour sa sortie dans un petit sac à bandoulière en toile, des sandales dorées toutes délicates et une jupe blanche qui mettait en valeur ce qu'elle avait de plus beau, de longues jambes bronzées et bien galbées, résultat de ses marches quotidiennes partout en ville. Le temps était frais et doux, plus léger avec la venue de l'automne.

— Tu n'as jamais passé l'hiver ici, dit-elle à Joy. Crois-tu que tu vas aimer la neige?

— Tu veux rire? Je meurs d'envie de faire du ski. Combien de fois pourrai-je y aller, tu crois?

— Je vais te payer une journée par mois. Le reste dépendra de toi.

— C'est tout? Une fois par mois? Comment suis-je censée me trouver de l'argent?

— Hum! dit Luna en faisant mine de réfléchir sérieusement à la question. Je sais! Tu pourrais te chercher du travail.

Mais Joy avait l'air vraiment contrariée. Peut-être pour la première fois depuis son arrivée.

— À faire quoi? demanda-t-elle en accentuant légèrement le «quoi» avec un geste de la tête qui parut typiquement afro-américain à Luna. À laver de la vaisselle? À travailler chez McDonald's? Personne ne va vouloir engager une jeune de quinze ans, si tu veux savoir.

— Crois-moi, tu peux trouver du travail ici. L'industrie du tourisme a besoin d'employés. Il me fera plaisir de m'informer pour voir si je pourrais t'aider. Qu'aimerais-tu faire?

— Je n'ai certainement pas l'intention de me salir avec la vaisselle dégueulasse d'autres gens. Ou avec leur nourriture, ronchonna Joy.

— D'accord. La vente au détail, alors. Mais tu devras probablement redonner leur couleur naturelle à tes cheveux, dit Luna en fronçant les sourcils, ou encore les teindre d'une seule couleur.

— Pas question ! Je n'en reviens pas d'être obligée de me trouver du travail pour aller faire du ski.

Elle hocha la tête.

— Ça coûte cher, ma chérie, dit Luna avec un petit rire. Excuse-moi. Je n'ai tout simplement pas l'argent nécessaire. Et, franchement, ça ne te ferait pas de tort de travailler pour te payer les petits luxes dont tu as envie.

— Peu importe. Je ne veux pas en parler maintenant.

— D'accord.

Luna laissa tomber le sujet.

— J'adore l'odeur de l'automne qui vient, reprit-elle en humant l'air du soir. À part le ski, il y a bien des choses intéressantes qui t'attendent. L'hiver est plein de magie.

— Je suppose, dit Joy en écartant une mèche de son visage. As-tu l'intention d'obtenir de nouveau un permis de conduire ?

« Et vlan ! » dit Barbie.

Luna sentit une envie de nicotine lui mettre les nerfs à vif, mais elle inspira profondément.

— Sans doute, dit-elle. Cela te cause-t-il un problème ?

— Ouais. L'autre jour, j'ai dû rentrer à la maison sous la pluie.

— Pourquoi n'as-tu pas téléphoné à ta grand-mère ? Elle t'a dit de l'appeler n'importe quand.

— Je n'avais pas le goût d'être gentille.

— Est-ce encore un peu le cas maintenant ?

— Je trouve seulement que ça pourrait être intéressant de ne pas devoir tout le temps se rendre à pied partout, dit-elle d'un air renfrogné. C'est passé de mode.

Luna songea que l'idée d'obtenir de nouveau son permis lui fournirait un bon sujet de réflexion. Mais le seul fait d'y penser l'effrayait un peu, pour des raisons qu'elle ne voulait pas examiner pour l'instant. La dernière fois qu'elle avait conduit une voiture… elle en gardait un souvenir terrifiant.

— Je vais y réfléchir.

En silence, elles gravirent le long chemin tortueux qui menait à la maison de Kitty, sur la colline. Comme le soleil était sur le point de se coucher, Kitty avait suspendu une douzaine de lanternes vénitiennes dans la cour. Par la porte ouverte arrivait un air des Beatles. *Ob-la-di.*

— Ce serait bien si elle changeait un peu ses goûts musicaux, dit Joy.

— Bon, ça suffit! dit Luna en saisissant le bras de Joy. Qu'est-ce que tu as ce soir? Es-tu fâchée parce que je sors? Es-tu fâchée contre ton père? Quoi? Tu ne passeras pas toute la soirée à lancer des flèches et à essayer de blesser les gens, m'entends-tu?

Joy secoua sa crinière, avec l'expression d'une adolescente outragée, si familière à tous les parents.

— Très bien, dit-elle, comme si ce n'avait pas été elle, mais Luna, qui était de mauvais poil.

— Que se passe-t-il, Joy?

Celle-ci baissa la tête, et ses cheveux lui cachèrent le visage.

— Je suis désolée, dit-elle. J'ai parlé à April et aux garçons aujourd'hui, et ils me manquent tout à coup. C'est différent ici et, parfois, c'est difficile. Mon chat me manque. Mes amis me manquent. Je regrette que les choses ne soient plus comme elles ont toujours été, même si c'est la raison pour laquelle je voulais un changement.

Elle fit passer ses cheveux derrière ses oreilles et ses ongles noirs se détachèrent sur sa peau si pâle.

— Ce n'est pas à cause de toi, d'accord? reprit-elle. Je veux être ici. Mais je souhaiterais parfois que les garçons et April y soient eux aussi.

C'était difficile à entendre. Même huit ans plus tard, comment trouver la moindre qualité à la femme qui avait pris la relève pour s'occuper de sa fille à sa place et qui n'avait pas si mal réussi? Comment reconnaître qu'elle aurait encore voulu que Joy déteste April ? Elle avait honte d'elle-même et elle n'aimait pas cela.

— Ce n'est pas ton père ?

— Non. Je le déteste. Surtout à présent. Je le détestais aussi avant de venir ici, mais il continue à vouloir m'imposer sa façon d'agir, comme toujours, et c'est mesquin. Tu sais qu'il n'a même pas trouvé le moyen de me parler cinq minutes au téléphone aujourd'hui ? demanda-t-elle à Luna en levant vers elle un regard malheureux. Je suis vraiment furieuse contre lui. Il devrait me respecter assez pour m'écouter et il refuse de le faire. Il agit comme si je n'existais pas. Je déteste ça.

— Je suis désolée, ma chérie.

— Ce n'est pas de ta faute.

La lourde porte vitrée s'ouvrit toute grande.

— Je croyais bien avoir entendu des voix, dit Kitty. Que faites-vous dehors toutes les deux ? Nous vous attendons.

Il y avait une pointe d'irritation dans son ton. Très inhabituel.

— Excuse-moi, maman, dit Luna. Nous discutions de quelque chose d'important.

Mais Kitty se retourna distraitement. Ses talons cliquetèrent sur le plancher en tuiles du couloir. *Hey Jude* se mit à jouer sur le lecteur de disque, et un signal d'alarme sonna dans la tête de Luna. Le cœur. *Jude* était une chanson que Kitty écoutait quand elle pensait à son mari disparu depuis longtemps ou quand elle cherchait un moyen de ne pas trop le regretter. Les paroles en étaient gravées dans la mémoire de Luna, à force de les avoir entendues les centaines de soirées et d'après-midi où Kitty avait fait jouer *Jude,* encore et encore, pour se sentir moins seule. Elle ne pleurait pas. Elle ne s'était pas mise à boire des martinis au milieu de l'après-midi. Elle ne s'était pas mise à battre ses filles. Elle se contentait d'écouter les Beatles et essayait d'être courageuse.

La chanson suivante serait *Let It Be,* une chanson qui brisait le cœur de Luna chaque fois qu'elle l'entendait.

En entrant dans la cuisine, Luna lança un regard interrogateur à Elaine, qui avait l'air déconcertée. Celle-ci haussa les épaules, apparemment aussi consciente que Luna qu'il se passait quelque chose d'étrange.

— J'ai une nouvelle à vous annoncer, les filles, dit Kitty. Elaine, il y a du thé glacé dans le réfrigérateur; Luna, je t'ai préparé du café comme tu l'aimes.

Elle en versa dans une énorme tasse blanche qu'elle lui tendit au-dessus du comptoir autour duquel elles s'installèrent toutes sur des tabourets, sous la lumière rose et tamisée du plafonnier. Le café était chaud, sombre comme la nuit, et son arôme montait dans l'air.

— Il est délicieux, maman, dit Luna après y avoir goûté.

— Joy, ma chérie, que voudrais-tu? J'ai acheté du soda à la cerise. Ou du Pellegrino?

— Comment as-tu fait pour deviner?

Kitty lui fit un clin d'œil de sa paupière bordée de turquoise.

— J'ai un don pour deviner les choses.

Après avoir servi les boissons – Kitty s'était préparé un double martini, ce qui n'était pas absolument exceptionnel, mais qui ajoutait certainement à l'étrangeté de l'atmosphère –, Kitty but une gorgée.

— Les filles, commença-t-elle, j'ai des nouvelles.

Luna échangea un regard avec Elaine.

— Ça, nous nous en doutions. Mais de quel genre?

— C'est au sujet de votre père.

Luna se sentit comme si quelqu'un lui tordait lentement la colonne vertébrale à la base. Très désagréable.

— Quoi?

— Il y a une ou deux semaines, j'ai reçu une lettre, dit Kitty. Elle venait d'un notaire qui se demandait si j'étais la Kitty McGraw qui avait déjà été Kitty Esquivel, la femme de Jesse. J'ignorais ce qu'il voulait, mais je l'ai rappelé. J'ai laissé un message à sa secrétaire et je n'y ai plus pensé. Cet après-midi, il m'a téléphoné. Votre père nous lègue, à toutes les trois, un bout de terrain près de Trinidad. Il y a aussi une offre d'achat sur la table de la part d'une compagnie de développement immobilier qui veut l'avoir immédiatement.

— Il nous l'a légué? répéta Luna.

— Et ça vaut beaucoup d'argent? demanda Elaine.

— Oui, leur répondit Kitty.

Dans sa main aux ongles soigneusement manucurés, elle leva son verre de martini et en avala une lampée.

— C'est qu'il est mort, alors, dit Luna, la gorge nouée.

— Très brillant, Sherlock, dit Elaine. Mais ça ne change pas grand-chose puisqu'il y a des décennies que nous ne l'avons vu.

— Nous devons prendre une décision, dit Kitty. Le notaire m'envoie des papiers par courrier rapide, et nous pourrons les examiner ensemble.

— Combien de terre? demanda Elaine.

— Deux cents hectares.

Elaine poussa un cri de joie.

— J'imagine que nous devrions aller voir le terrain avant de décider quoi que ce soit, dit Kitty d'une voix terne.

Luna songea aux rêves de son père. Ce n'était pas étonnant. Sa mère pensait sans doute à la même chose.

— Maman, dit-elle en posant la main sur celle de Kitty, est-ce que ça va?

En gémissant, sa mère sortit un mouchoir en papier de sa poche et le serra contre sa bouche.

— Non, dit-elle. Je… je suis… ce n'est pas juste. Toutes ces années sans un mot? Et ça à présent? Après sa mort?

— C'est vrai, dit Elaine. S'il avait assez d'argent pour acheter toute cette terre, il se débrouillait très bien pendant que nous avions du mal à joindre les deux bouts.

— Il est mort, répéta Luna. Maintenant, nous ne saurons jamais.

— Savoir quoi? demanda Elaine d'un ton agacé.

Kitty répondit à sa place.

— Pourquoi il est parti.

Puisque la musique est un langage qui signifie quelque chose pour l'immense majorité des hommes, même si seulement une minorité d'entre eux peuvent formuler la signification qu'ils y trouvent, et puisque c'est le seul langage qui possède les caractéristiques contradictoires d'être à la fois intelligible et intraduisible, le créateur musical est un être comparable aux dieux; et la musique elle-même est le mystère suprême des sciences humaines, un mystère auquel se heurtent toutes les disciplines, mais qui représente la clé de leur progrès.

CLAUDE LÉVI-STRAUSS

Onze

Après l'annonce de la nouvelle et l'émoi des premières discussions, elles abandonnèrent le sujet. Luna s'aperçut que ses pensées glissaient vers la réalité – il est mort ! – pour s'en écarter et y revenir encore et encore. Mais elle se concentra bientôt sur le rituel du dîner du samedi soir. Elles préparèrent des gaufres belges garnies de fraises fraîches dont elle s'empiffra en les recouvrant d'une épaisse couche de crème chantilly, même si elle s'était promis de surveiller son alimentation pendant un certain temps. Déjà, le jean qu'elle portait était si serré à la taille qu'elle avait dû le déboutonner au milieu du repas.

Elle avait bien deviné quelle serait la chanson des Beatles qui suivrait – ce fut *Let it Be*. Heureusement ce fut la dernière. Kitty ôta le disque tout de suite après. Ce fut ensuite Janis Joplin. Elles se mirent toutes à danser pieds nus dans la salle de séjour, sur *Cheap Thrills*. Dans sa gaine et son soutien-gorge pigeonnant, Kitty faisait trembler ses épaules et traversait la pièce en tournoyant. Elaine, Kitty et Luna connaissaient la moindre syllabe de la chanson et son rythme. Il y avait des siècles qu'elles dansaient sur cette musique. Joy se mêla à elles avec beaucoup d'ardeur et, avec ses cheveux rouges et noirs et son haut en filet, elle ressemblait davantage à Joplin que les trois autres. Luna lui sourit. Joy lui répondit par un clin d'œil complice.

Mais c'était Elaine qui était toujours la plus étonnante au cours de ces soirées impromptues de chansons et de danse. Elle s'y opposait souvent parce qu'elle était mal à l'aise dans son corps et gênée de danser. Pourtant, au fond d'elle-même, elle avait toujours rêvé d'être une chanteuse rock. Toujours. Luna se rappelait les affiches sur les murs de la chambre qu'elles partageaient et elle revoyait Elaine chantant à tue-tête des chansons qui jouaient à la radio pendant les vacances, juste pour surprendre et choquer tout le monde avec la puissance de sa voix.

Luna ignorait le moment précis où elle avait abandonné son rêve – il avait apparemment commencé à s'effacer quand Elaine s'était mise à prendre du poids, au début de l'adolescence, et avait complètement disparu à la fin de ses années de collège, quand son poids avait atteint cent kilos. Mais le rêve refaisait surface à l'occasion. La chanson *Piece of my heart* faisait inévitablement réapparaître la chanteuse de blues bien cachée au fond d'Elaine. Luna et Kitty ralentirent leur tempo pour échanger un regard. Luna regarda Joy en levant le menton pour l'inviter à observer sa tante, alors que *Summertime* – dans une jolie version, songea Luna, mais qui n'arrivait pas à la cheville du chef-d'œuvre de Louis Armstrong et de Ella Fitzgerald – commençait.

Elaine était prête, le cœur retourné par l'introduction de *Summertime*. Presque immobile, les yeux fermés, elle oscillait en suivant le rythme, comme si son corps lui-même était devenu guitare et batterie.

Elle ouvrit alors les vannes à sa voix. C'était une chanson difficile à interpréter, intense et haute, mais elle réussissait quand même à le faire en baissant d'un octave et en donnant un son rauque à sa voix profonde d'alto.

Quand la chanson suivante sur le cédérom, *Turtle Blues,* débuta, Kitty et Luna allèrent toutes les deux chercher leurs verres, sachant qu'Elaine continuerait. Elle commença à chanter, d'une voix grave et râpeuse.

— Je ne suis pas le genre de femmes à te rendre la vie facile.

Joy s'immobilisa pour la regarder.

Kitty et Luna se sourirent. La secrétaire d'église, aux cheveux courts et frisottés, de la couleur la plus terne qu'on puisse imaginer – cette teinte fade entre le blond et le brun qui n'est ni l'un ni l'autre –, qui portait un tee-shirt orné à la poitrine d'appliques scintillantes en forme de papillons et une paire de lunettes ordinaire et démodée, chantait le blues comme si ses os en étaient faits.

D'elles trois, Elaine était la plus amochée. Kitty s'en était sortie parce qu'elle avait ses filles à élever. Luna était certainement blessée, mais elle avait gardé une certaine foi dans la vie. Elaine avait besoin de toute sa volonté pour s'accrocher à quoi que ce soit, sauf son christianisme, et Luna croyait parfois qu'elle utilisait la religion comme un bouclier, comme un paravent derrière lequel se cacher. Elle avait toujours tellement peur. Toujours.

Quand sa sœur chantait ainsi, Luna avait envie de pleurer. Pleurer sur les occasions perdues, sur les rêves qui ne se réaliseraient jamais. Mais Joy ne partageait pas le même héritage.

— Tante Elaine, dit-elle à la fin de la chanson. Je ne peux pas imaginer, avec la voix que tu as, que tu ne songes pas à en faire une carrière.

Elaine se contenta de rire avant de prendre une gorgée d'eau.

— C'est juste un jeu.

— Non, dit Joy d'un ton indigné. C'est un don.

— Merci, Joy, répondit Elaine, l'air un peu surpris.

— On n'a pas le droit de gaspiller un don.

Elaine cligna des yeux.

— Je ne le gaspille pas. Je chante dans le chœur.

— C'est du gaspillage, dit Joy. Tu ne chantes pas le blues à l'église, n'est-ce pas?

— Bien, non...

— C'est un péché de gaspiller une voix comme la tienne, dit Joy en écrasant une larme. Et je t'en veux. J'ai presque seize ans, et tu ne me l'avais jamais fait entendre. Quelqu'un veut quelque chose? demanda-t-elle en hochant la tête. Je vais dans la cuisine.

— Non, merci.

Luna regarda Elaine en haussant les sourcils.

— Et un petit enfant leur indiquera la route.

— Ne sois pas ridicule.

En jetant un coup d'œil vers l'horloge, Luna frappa ses mains l'une contre l'autre.

— Mon Dieu! Il faut que je parte! Maman, peux-tu m'appeler un taxi? Je dois me hâter. Je n'aurai pas le temps de me changer et de me rendre à pied.

Kitty parut étonnée.

— Tu as un rendez-vous ?

— Si on veut. Mais je suis trop en retard pour en parler maintenant.

Elle se précipita dans la salle de bains pour changer de vêtements, enduisit ses jambes nues de crème sous sa jupe blanche et choisit un rouge à lèvres dans l'impressionnante collection de sa mère.

— Maman ! lança-t-elle par la porte entrouverte, puis-je t'emprunter ce rouge raisin brûlé ?

— Prends tout ce que tu veux, ma chérie, dit Kitty en s'approchant dans le couloir. Que portes-tu ? Oh ! j'adore tes sandales dorées. Elles vont bien avec ton hâle. Et quelles belles fesses tu as maintenant, ma fille !

Kitty se plaça derrière elle, et elles regardèrent ensemble dans le miroir. Luna s'examina, en s'attardant à ce qu'elle aimait chez elle – ses yeux sombres et ronds, avec un peu de fard à paupières cuivré, sa bouche, encore plus jolie avec du rouge à lèvres – plutôt qu'aux choses qui lui plaisaient moins, et il y en avait plusieurs. Une multitude. Elle posa la main sur son bas-ventre.

— Est-ce trop serré ? J'ai pris un peu de poids depuis que j'ai arrêté de fumer.

— C'est sexy, déclara Kitty.

Luna leva la main vers ses cheveux, sans trop y toucher puisqu'ils n'étaient pas trop ébouriffés. Elle aurait parfois souhaité avoir des boucles bien ordonnées plutôt qu'une tête si follement frisottée.

— Que devrais-je faire avec mes cheveux ?

— Rien du tout, dit Kitty en penchant la tête. Tu es très belle, Luna McGraw, et ne l'oublie jamais, ajouta-t-elle en lui donnant une petite tape sur le derrière. Viens. Tu sais quoi faire ? Rentrer le ventre, faire ressortir la poitrine et relever le menton, trésor. Qu'en penses-tu ?

Luna sourit en se creusant le ventre et en redressant les épaules.

— Quel homme le moindrement intelligent n'aurait pas envie de moi ?

Kitty lui fit un clin d'œil.

— Tu es prête. Passe une bonne soirée, ma chérie, dit-elle en entendant le bruit d'un klaxon à l'extérieur.

Thomas l'attendait en écoutant la musique qui venait de la salle. C'était un groupe de jeunes hispaniques avec un chanteur à la voix grave. Comme le rythme lui donnait envie de bouger, il se mit à faire les cent pas. Il aurait bien voulu retrouver un peu du calme que lui avait apporté le bain de vapeur. La sueur l'avait débarrassé de ses soucis de la veille, mais seulement pour céder toute la place à l'anxiété de l'attente.

Elle arriva dans un taxi et en descendit, ses folles boucles blondes entourant son visage. Elle portait une jupe blanche qui laissait voir ses jambes bien musclées et une blouse paysanne qui encadrait son cou et ses épaules à la perfection. Luna McGraw était une belle femme à bien des points de vue. Mais, quand elle se dirigea vers lui, ce soir-là, éclatante et un peu timide, il fut surtout séduit par ses grands yeux sombres. Totalement séduit. Sans même lui accorder le temps de dire un mot, il tendit le bras, la prit par le cou et se pencha pour l'embrasser sur la bouche.

Elle lui rendit son baiser avec un faible gémissement, serrant son corps contre le sien. Il releva la tête.

— Bonjour.

— Bonjour, dit-elle en lui souriant. Vous avez attaché vos cheveux.

— Je peux les laisser libres.

Elle baissa les yeux.

— Non, c'est peut-être mieux ainsi.

— Mieux, comment ?

— Vous le savez très bien. Ce sont des cheveux dangereux.

Thomas émit un petit rire étouffé.

— Ouais ? dit-il en tendant la main pour ôter l'élastique qui retenait sa tresse. Avez-vous un peigne ?

— Non, n'y touchez pas. C'est bien ainsi.

En souriant, il passa les doigts dans sa tresse pour la défaire. Quand il eut terminé, il secoua la tête.

— Ça va ?

— Laissez-moi faire.

Elle sortit un peigne de son sac, et il se retourna pour la laisser démêler ses cheveux, prenant plaisir à sentir sa main les effleurer.

— Ils sont tellement longs, dit-elle en passant la paume sur toute leur longueur.

Il sentit sa peau frissonner, comme si ses nerfs s'éveillaient après un long sommeil.

Quand elle s'arrêta, il se retourna, prêt à blaguer pour atténuer la tension. Mais elle tenait encore une mèche de ses cheveux, qu'elle enroula autour de son poignet, en tirant légèrement dessus pour l'obliger à se pencher vers elle.

— Je m'efforce de me comporter en personne responsable, Thomas, dit-elle, mais vous êtes l'homme le plus sexy que j'aie jamais rencontré, je crois, et la seule chose qui me plairait vraiment, c'est de vous caresser.

Ils se glissèrent dans un coin d'ombre, près du mur, et il la serra contre lui comme il en avait envie depuis la première fois qu'il l'avait vue, heureux de sentir ses cuisses contre les siennes. En passant les bras autour de son cou, elle frotta les seins contre sa poitrine. Leurs bouches ouvertes se joignirent. Avec ses mains, elle explora son dos, ses hanches, puis ses cuisses. En retour, il caressa ses épaules étonnamment petites, apprécia la douceur de ses seins, ses côtes et ses hanches robustes.

Puis ils cessèrent de s'embrasser. Thomas s'appuya contre le mur, et ils se frottèrent passionnément l'un contre l'autre, sans un mot, laissant leurs corps parler pour eux. Poitrine contre poitrine, hanches contre hanches. Elle lui caressait le dos nerveusement et doucement tout à la fois. Il pencha la tête vers son cou, posa les mains sur ses fesses pour la serrer encore plus fort contre lui et soupira profondément quand il sentit sa bouche sur sa gorge. Il songea qu'ils seraient peut-être mieux ailleurs, mais c'était bon ainsi. Ce fut bon aussi quand elle s'appuya contre lui de tout son poids en poussant un léger gémissement.

— Je crois que nous devrions rentrer, dit-il.

— Je vais avoir des ennuis terribles si je ne fais pas au moins acte de présence, soupira-t-elle. Mais n'oubliez pas où nous en étions, hein ?

Il se pencha et l'embrassa de nouveau.

— Promis.

— Une minute, dit-elle en l'examinant.

Elle sortit un mouchoir en tissu de son sac et le lui tendit. Elle prit ensuite un miroir et un rouge à lèvres.

— Essuyez vos lèvres, sinon tout le monde va être au courant.

Elle retourna dans la lumière, se remit du rouge, fit claquer ses lèvres l'une contre l'autre et lui fit un clin d'œil heureux.

— C'est mieux ?

— Magnifique, dit-il.

Il sentit la peau de sa nuque se tendre. Comme une femme qui se met du rouge est sexy ! Surtout de la manière dont Luna le faisait.

— Comment suis-je ? demanda-t-il.

— Parfait, dit-elle en lui tendant la main pour reprendre le mouchoir qu'elle remit dans son sac. Allons-y. Plus question de s'embrasser avant que nous partions.

— Puis-je me permettre ceci ? demanda-t-il en lui prenant la main.

— Oui. C'est très bien.

La réception battait son plein. Des gens sur leur trente et un se pressaient autour des tables et sur la piste de danse. Des banderoles en papier et des ballons décoraient les murs et, à la table d'honneur, les mariés ressemblaient à un couple de cygnes.

Les invités au mariage étaient des compagnons de travail de Luna. Pourtant, dès qu'ils entrèrent, les gens se mirent à parler à Thomas, évidemment. Il salua les personnes assises à une table, s'arrêta à une autre pour serrer la main d'un homme et fit un signe en direction d'une troisième. Un homme plus âgé, souriant peut-être plus amicalement à cause de l'alcool, lui rendit joyeusement son salut.

— C'est mon cousin, Victor. Auparavant, il chantait dans toutes les fêtes, mais il n'en a plus l'énergie. C'est un brave type. Toujours prêt à donner sa chemise. Il va vous inviter à danser, dit-il à Luna en souriant.

— Je ne danse pas très bien.

— Ça lui sera égal.

— Alors, je vais accepter.

Il lui prit doucement la main, et Luna eut l'impression de l'avoir étonné, sans savoir pourquoi.

Elle était heureuse de traverser la salle avec lui. Les femmes le regardaient avec admiration et les hommes, avec respect. Elle avait le sentiment que les gens la considéraient différemment – elle ne pouvait se rappeler si un de ses compagnons de travail l'avait déjà vue en compagnie d'un homme. Elle ne le croyait pas.

— Allons saluer les mariés, dit-elle. Ensuite, nous chercherons un endroit où nous asseoir.

Le son d'une voix se fit entendre, sortant de l'ombre à sa droite.

— Lu !

En essayant de percer les nuages de fumée de cigarette, elle aperçut Jean à une table où étaient assises plusieurs personnes, y compris un bel homme à l'allure romantique, l'air rêveur, avec une barbe de trois jours et des yeux sombres et limpides. Jean le lui présenta, c'était Gary, et attendit que Luna lui présente Thomas. Ce qu'elle ne fit pas.

— Nous allons saluer Linda, dit-elle en s'éloignant. J'espère que je n'ai pas été trop impolie, ajouta-t-elle quand ils furent hors de portée de voix, mais c'est une commère et une fouine, et je ne veux pas lui faire partager ma vie privée plus que nécessaire.

— Je comprends.

Après avoir félicité les heureux mariés, ils s'emparèrent d'une petite table, juste au bord de la piste de danse, qu'un autre couple venait de libérer.

— Que voulez-vous boire ? demanda Thomas. Je m'en occupe.

— Un soda au gingembre, dit-elle. Et, Thomas, ne vous empêchez pas de prendre de la bière ou de l'alcool parce que je ne bois pas, d'accord ?

— Vous êtes certaine ?

— Oui. Je suis bien consciente que tout le monde n'est pas alcoolique.

— Ça ne vous donne pas envie d'en boire quand vous êtes en compagnie de quelqu'un qui prend de l'alcool ?

— Parfois, reconnut-elle.

Du regard, elle fit le tour de la pièce. Certains des plaisirs qu'elle avait connus quand elle buvait de l'alcool lui manquaient, s'asseoir dans un endroit comme celui-ci, chaleureux et accueillant, pour s'enivrer avec tout le monde, par exemple.

— Mais c'est mon combat, pas le vôtre, d'accord ?

Elle apprécia le respect qu'elle lut dans ses yeux sombres quand il acquiesça.

« Et ce soir ? » demanda la thérapeute Barbie. « N'aurais-tu pas envie d'une tequila ? Ce serait une bonne façon de rendre la réalité plus floue pour coucher avec lui sans te chercher d'excuses. »

C'était une idée. Ça faciliterait les choses. Même si elle avait vraiment envie de lui, elle redoutait les suites. Mais l'alcool n'émoussait pas seulement l'inquiétude, il émoussait aussi les sens. Et, si elle couchait avec Thomas Coyote, elle tenait à être pleinement consciente de chaque moment.

Non, elle ne voulait pas un verre. Pas ce soir. Mais elle n'aurait pas pu en dire autant d'une cigarette. En attendant le retour de Thomas, elle regardait une femme fumer à une table voisine. Fascinée, elle l'observait inhaler, faire une pause, puis exhaler un nuage de fumée. Les sinus de Luna frissonnaient.

— Ça s'améliore avec le temps, dit Thomas, qui revenait avec leurs verres.

— Quoi ?

Il gloussa.

— La cigarette. Vous fixiez cette femme comme si elle était en train de vous hypnotiser.

— Touchée !

Elle lui sourit en hochant la tête. L'air maussade, elle brassa son soda au gingembre avec les minuscules pailles rouges et bleues.

— Ce n'est pas ma première bataille, reprit-elle. J'ai arrêté de fumer tant de fois que c'en est ridicule.

Thomas aperçut quelqu'un à l'autre bout de la pièce.

— Merde.

Luna jeta un coup d'œil par-dessus son épaule.

— Qu'y a-t-il ?

— Connaissez-vous cette femme ? Angelica ?

— Bien sûr. Elle est caissière – un poste important dans la hiérarchie des employés d'épicerie. Y a-t-il un problème ?

— C'est son mari qui vit chez moi.

— Celui qui… Oh ! s'exclama Luna qui tressaillit en voyant la femme embrasser un homme debout à côté d'elle. Et je suppose que ce n'est pas son mari qui est avec elle.

Il hocha la tête, l'air sévère.

— Vous n'êtes pas responsable, Thomas.

— Ouais, je sais.

Il se déplaça pour tourner le dos à Angelica.

Luna observait la femme. Elle avait un petit excédent de poids à la taille. Son chemisier, trop serré, laissait amplement voir la naissance de ses seins. Ses yeux étaient lourdement maquillés. Le type avec lequel elle était n'avait rien d'extraordinaire, le genre d'homme qui a déjà été beau garçon et à qui il ne reste plus rien.

Luna ressentit un pincement dans la poitrine, une sorte de désir, comme quand on retrouve l'odeur d'un moment particulier de son passé. L'espace d'une seconde, elle se revit dans une salle bien simple où des ventilateurs soufflaient de deux coins opposés sur un groupe de femmes qui se vidaient le cœur dans un débordement de grâce et de désir, d'envie et de souffrance, de rires et de guérison. C'était aigu et doux, incroyablement intense. « Je pourrais l'aider. »

Un homme s'arrêta à côté d'eux, mince et rude comme une vieille corde.

— *Cómo está su abuela ?* demanda-t-il à Thomas en posant sa main brune et délicate sur son épaule.

Thomas lui répondit en espagnol, une langue que Luna ne parlait pas, même si elle croyait qu'elle aurait dû le faire. Elle saisit l'essentiel de la réponse – elle va bien, la maison est abîmée, qui sait pourquoi ce genre de choses arrive. Le vieil homme respectait Thomas parce qu'il s'occupait de sa famille comme il se doit. C'était le genre de valeurs qui importaient dans ce coin de pays.

— Je vais la garder avec moi, dit Thomas à Luna quand l'homme se fut éloigné. Je vais prendre soin d'elle.

— Elle est très vieille.

— Ouais. Elle se rappelle l'incursion de Pancho Villa au Nouveau-Mexique.

— Incroyable, dit Luna, qui sirotait son soda en imaginant un bandit portant une grosse moustache et des cartouchières en bandoulière sur sa poitrine. Que c'est romantique !

— Ce n'est pas son avis. Elle m'a déjà dit qu'il n'était rien d'autre qu'un criminel minable avec beaucoup d'imagination.

Luna éclata de rire.

Thomas se pencha vers elle.

— J'aime votre rire, dit-il en lui prenant la main.

— Merci.

Il lui indiqua la piste de danse d'un coup de tête.

— Êtes-vous prête à venir danser avec moi ?

Elle songea à leur baiser, à la chaleur qui avait envahi ses membres, et en fut troublée de nouveau.

— Je ne sais pas si nous devrions, dit-elle. Je suis vraiment une mauvaise danseuse. Je vais vous écraser les pieds et vous faire mal.

— Je suis prêt à prendre le risque.

N'eût été cette masse de cheveux brillants qui luisaient sur une épaule, Luna aurait peut-être refusé. Mais comment résister à l'envie de se retrouver près de lui, de sentir son corps contre le sien et de humer sa peau ?

— Vous allez le regretter, dit-elle en se levant tout de même.

Au Nouveau-Mexique, les danses hispaniques sont très simples. Luna avait toujours cru que c'était tellement stupide qu'elle n'avait jamais vraiment appris, mais c'était un cercle vicieux. Elle était tellement gênée de danser si mal qu'elle ne persévérait pas dans son apprentissage. Allie avait déjà essayé de lui montrer comment faire, mais elle avait abandonné parce que Luna avait failli lui briser le cou-de-pied.

Tout en désirant ardemment se retrouver près du séduisant Thomas, à humer son odeur et à toucher son corps, dès qu'ils arrivèrent sur la piste de danse, elle comprit que tout le monde la verrait danser si maladroitement avec un des hommes les plus désirables présents dans la pièce qu'on en rirait dans son dos pendant des mois. Elle imaginait parfaitement les taquineries qu'elle devrait subir la semaine suivante.

— Thomas, dit-elle en tirant sur sa main, non, je ne crois pas que je sois capable. Laissons faire.

Il la rattrapa avant qu'elle puisse s'enfuir.

— Luna.

L'orchestre commença une nouvelle chanson. Thomas attendit un instant en tendant l'oreille.

— Mettez une main sur mon épaule. L'autre autour de ma taille. Voilà. À présent, nous allons bouger un peu.

Luna prit une grande inspiration, pour se détendre, et le suivit. Mais c'était difficile. Elle n'y arrivait pas. Elle lui marcha deux fois sur les pieds et faillit éborgner, avec son coude, une femme qui passait près d'eux. Elle s'arrêta et regarda Thomas d'un air piteux.

— Vous dansez vraiment mal, dit-il, les narines frémissantes.

— Oui.

— Approchez-vous.

Il posa la main sur ses fesses et serra ses hanches contre les siennes.

— C'est une affaire de contrôle, vous comprenez, n'est-ce pas ? Vous ne vous laissez pas aller.

— Oh !

Tout s'expliquait. Mais ça ne changerait pas grand-chose.

— Vous me sentez ? demanda Thomas. Suivez le rythme de la musique, sentez-le passer dans mon corps.

Ce n'était pas désagréable. Pas du tout. Elle sentait sa large main dans le bas de son dos et leurs jambes entrelacées.

— Le sentez-vous dans ma cuisse ? À présent, sentez-vous l'écho dans ma main ?

Elle leva la tête vers lui.

— Je pense que oui, dit-elle doucement.

Leurs yeux se rencontrèrent, et il se produisit de nouveau cette baisse étrange de la pression barométrique. Luna put presque l'entendre, accompagnée d'une sensation de désir irrésistible qui faillit la faire chanceler. Elle perçut aussi un tremblement qui secoua tout le corps de Thomas.

— Bon Dieu, que j'ai envie de vous ! s'exclama-t-il brusquement.

Un homme qui portait une chemise bien empesée, aux rayures blanches et pourpres, frappa Thomas en faisant virevolter sa partenaire et dit quelque chose en espagnol. La femme rit.

À sa grande surprise, Luna sentit décroître son désir à cause de l'agacement qui s'emparait d'elle.

— Ça m'enrage, marmonna-t-elle.

— Quoi, qu'ils parlent en espagnol ?

— Oui, dit-elle en secouant ses cheveux. C'est comme de chuchoter devant d'autres personnes. C'est tellement exclusif.

— Je le parle à peine.

— Mais tout le monde vous parle en espagnol parce que vous n'avez pas l'air d'un Blanc.

Il rit doucement.

— C'est vrai. Qu'y a-t-il, petite fille ? Les gens ne vous invitent pas à leurs fêtes ?

Il lui caressait le dos. Elle s'aperçut que, toujours debout, ils bougeaient à peine sur le petit espace de plancher qu'ils occupaient. Ils avaient les pieds fixes, leurs mains ébauchaient des caresses et la chaleur montait dans leurs corps, entre leurs ventres. Elle sentait l'odeur de son shampoing – un parfum de lime.

— Mon père parlait espagnol, dit-elle, avant d'en avoir eu vraiment l'intention.

Un sentiment aigu de perte l'envahit et lui serra la gorge.

— Où est-il maintenant ?

— Mort, dit-elle d'un ton sec pour changer le sujet de conversation. Allez-vous finir par me la montrer, cette fichue danse, ou non ?

— Non, dit-il.

Il lui saisit la tête et se pencha pour l'embrasser, les yeux ouverts. Au choc de sa langue, qui goûtait faiblement le jus de tomate, elle sentit un éclair turquoise, vif et brillant, lui parcourir la colonne vertébrale, de la nuque aux fesses. Les bouts de ses seins se raidirent, de façon presque embarrassante.

— Si ça ne vous ennuie pas, je voudrais bien sortir d'ici.

— Pour aller où? demanda-t-elle, consciente que les gens les observaient.

Elle s'écarta de lui et, en le prenant par la main, elle l'entraîna près de la porte. Elle savait où elle voulait aller, mais elle ne voulait pas avoir l'air trop... salope fut le mot qui lui vint à l'esprit.

Mais ils étaient des adultes, après tout. Pourquoi cette fausse timidité alors qu'ils savaient tous les deux ce qu'ils voulaient?

Elle attendit quand même qu'il parle. Il regardait l'orchestre en lui tenant la main et il frottait son pouce sur ses jointures.

— Nous ne pouvons pas aller chez moi. Ni chez vous, j'imagine.

En ressentant une profonde déception, elle acquiesça.

— Heu... commença-t-il en se raclant la gorge et en se penchant près d'elle. Ne soyez pas offusquée. Si vous ne trouvez pas ça trop minable, il y a un million de chambres de motel dans cette ville.

En la voyant rougir, il s'apprêta à retirer son offre.

— Excusez-moi. Je ne suis pas... c'est seulement...

Elle l'interrompit en posant la main sur sa bouche.

— La réponse est oui, Thomas. Allons-y.

Il lui fit un sourire absolument éblouissant. Luna fut certaine qu'une douzaine de femmes autour d'eux avaient dû tomber en pâmoison. Elle les entendit pousser des soupirs et se sentit entourée par leur désir, d'un pourpre cendré.

— Voilà le genre de femme que j'aime, dit-il en l'entraînant dehors où ils s'arrêtèrent pour s'embrasser langoureusement.

Ils montèrent ensuite dans son camion. Scandaleux, songea-t-elle. Mais ce ne l'était pas.

Pas du tout.

Luna attendait Thomas, assise dans la cabine du camion, les mains si tremblantes qu'elle dut les coincer sous ses cuisses. Le sentiment de désarroi qui grondait en elle n'était pas assez fort pour la faire sortir du camion et aller empêcher Thomas de retenir une chambre. En regardant à travers la glace, elle vit ses cheveux flotter sur ses larges épaules et son visage, anguleux et un peu las, briller à la lumière d'une ampoule jaune. Elle se sentit le souffle court.

Thomas.

Dans la chambre, décorée avec des copies de couvertures navajo, dans les tons de rouge et gris, des poteries fabriquées pour les touristes et des meubles ornés d'aigles sculptés, Thomas alluma une lampe et verrouilla la porte. Il s'approcha ensuite d'elle en sortant de sa poche un condom qu'il lança sur le lit.

— Je l'ai acheté dans les toilettes de la salle des Vétérans, expliqua-t-il.

Elle s'aperçut que cela le rendait timide d'en parler, d'y penser.

Soudain, elle se sentit embarrassée. Stupide. Salope. Elle cacha son visage dans ses mains.

— Thomas… dit-elle d'une voix angoissée.

— Non, je vous en prie, dit-il en s'approchant d'elle. Il y a si longtemps que je n'ai désiré une femme.

Il posa les mains sur ses épaules, puis caressa ses cheveux.

C'était si bon de se faire toucher. Elle sentit se rétablir en elle une chose qui menaçait toujours de s'envoler et de l'emporter. Il avait de grandes mains, lourdes et chaudes. Ses pouces lui caressaient le cou. En levant les yeux vers lui, elle retrouva avec surprise son beau visage, à l'air un peu las, et son regard doux, si sombre et si fluide, posé sur elle. Il l'embrassa en tenant délicatement sa tête dans ses mains. Luna se laissa aller contre lui.

— Ne pensez pas, Luna, dit-il au moment où elle posait les mains sur sa poitrine. C'est bon, c'est maintenant. Ça n'a pas besoin d'être rien d'autre.

L'odeur de Thomas l'enivrait et, quand il tira sur le bord de son corsage, elle leva les bras pour l'aider à le faire passer par-dessus sa tête. Les mains dans le dos, elle dégrafa ensuite son soutien-gorge sans même s'inquiéter de ses seins trop mous qui retombaient ni de son ventre qui n'était plus plat. Elle avait même une marque à la taille, là où la ceinture de sa jupe la serrait.

Elle trouva tout naturel de se retrouver torse nu devant Thomas Coyote, baignée par la lumière de la lampe. Avant qu'il ne commence à la caresser, il posa sur elle un regard qui, un peu vacillant, passa de ses épaules à ses seins, de son ventre à ses jambes nues, de ses cheveux à ses lèvres.

En rêvant à cet homme, Luna avait inventé bien des fantasmes, mais aucun ne valait la présence réelle de ces mains puissantes qui dessinèrent la courbe de ses épaules avant de s'emparer de ses seins. Elle ne pouvait ni ne voulait fermer les yeux, parce qu'elle trouvait merveilleux de l'observer. Ses mains, ses cheveux, l'expression de son visage, si intense, respectueuse et brûlante. Il prenait son temps et touchait à tout ce qu'il avait d'abord regardé. Il passa trois doigts au centre de son ventre et suivit la ligne de ses côtes. Il l'embrassa, la caressa, puis baissa la fermeture à glissière de sa jupe. Luna la laissa tomber, puis recula et retira aussi sa petite culotte. Elle se retrouva nue, sans pudeur. Ça y était.

Quand il s'éloigna d'elle pour la regarder, en soupirant doucement, elle sentit ses os se liquéfier. Puis il ôta ses propres vêtements, sans la moindre grâce. Lui non plus n'avait pas un corps parfait, avec son bedon et ses cicatrices. Il avait des tatouages, qu'elle examinerait plus tard, et une vilaine cicatrice au bas de la hanche droite. Elle aimait la couleur de sa peau, moka foncé sur les mains et les bras et marron clair ailleurs, la puissance de ses épaules et de ses bras et la souplesse de ses longs cheveux noirs qui glissaient sur son corps.

— Doux Jésus, dit-il.

Et quelque chose se brisa en elle. Elle se précipita vers lui, et ils s'emmêlèrent violemment, s'offrant mutuellement leurs lèvres et leurs langues, leurs bras, leurs mains et leurs jambes.

Leurs peaux glissaient l'une contre l'autre. Des coudes, des dents et des genoux s'interposaient un instant, avant de s'effacer pour leur permettre de s'enlacer de nouveau, comme s'ils ne formaient qu'un.

Il y avait si longtemps, et Luna avait tellement désiré cet homme-là qu'elle poussa un long cri perçant quand il la pénétra, tout en puissance et en chaleur, la langue dans sa bouche, ses mains serrant ses fesses presque douloureusement. Son corps qui l'enveloppait, ses cheveux qui tombaient sur elle, qui lui touchaient le visage et les épaules, sa force…

Elle crut un moment se dissoudre dans son orgasme, réduite en miettes par lui, par elle-même, par la combinaison des deux. Il arrive que la tension soit presque douloureuse, et ce fut le cas. Elle s'aperçut qu'elle le serrait si fort que tout son corps n'était plus qu'un seul muscle vigoureux, puis il se mit à rugir et à pousser des sons gutturaux. Ils se balancèrent violemment ensemble jusqu'à ce qu'il prenne rudement ses fesses dans ses mains, en la pénétrant à grands coups avant d'éjaculer.

«Merci, mon Dieu», songea-t-elle en laissant retomber sa tête vers l'arrière, l'esprit vide.

Demain, elle aurait peut-être l'impression d'être une pute. Demain, elle pourrait battre sa coulpe.

Ce soir, elle prendrait simplement ce qui lui était offert.

Ils s'embrassèrent, haletants et couverts de sueur. Il s'appuya sur les coudes, ses grandes mains sur sa tête, leurs hanches bougeant doucement, comme pour faire écho à leur orgasme. Ils s'embrassèrent. Encore et encore. Luna passa les doigts dans les cheveux de Thomas, les faisant glisser, à la manière de bas de soie, sur ses poignets et ses avant-bras. Elle respira profondément son odeur de feu et de sauge et but à sa bouche. Elle savoura son poids, la sensation de son corps qui l'entourait, qui la pénétrait.

Elle finit pourtant par le trouver trop lourd et se déplaça un peu.

— Je ne peux plus respirer.

— Je suis désolé.

Il était temps qu'ils se séparent pour reprendre leur souffle et songer à ce qu'ils feraient ensuite. Quelques minutes plus tôt,

Luna désirait plus que tout au monde qu'il la voie nue, afin de savoir si elle pouvait lui plaire et éveiller son désir. À présent, elle s'inquiétait de la cellulite à l'arrière de ses cuisses, de la grosseur insignifiante de ses seins et des marques de l'âge sur son ventre.

— Je reviens, dit-il en trottinant vers la salle de bains.

Elle croisa les bras sur sa poitrine et se tourna sur le côté pour cacher son corps le plus possible, la tête enfouie dans les oreillers.

Il revint, d'un pas lourd, avec un gant de toilette mouillé à l'eau tiède et une serviette. Inquiète, elle répugnait à faire sa toilette intime devant lui. Mais, quand elle tendit la main pour prendre le gant, il hocha doucement la tête.

— Laissez… laisse-moi faire.

Il l'épongea. Elle dut fermer les yeux. Elle eut le cœur brisé par sa délicatesse, par le fait qu'il n'avait pas d'objection à la regarder là. Quand il termina en lui donnant un baiser doux et léger, là aussi, elle faillit éclater en sanglots.

— Couchons-nous sous les draps, dit-il tranquillement.

Luna dut ouvrir les yeux, se déplacer et se lever pour replacer les couvertures. Il grimpa dans le lit et forma une tente pour elle. Elle y plongea et se serra contre son grand corps. Il laissa les draps retomber sur eux et posa son bras sur elle.

— Ça va ? demanda-t-il.

Pas vraiment, aurait-elle voulu dire. Elle n'avait qu'une idée en tête : remettre ses vêtements et rentrer chez elle pour réfléchir à ce qui venait de se passer et à la cause de la douleur qu'elle ressentait dans sa poitrine. Mais ce n'était pas la réponse qu'il attendait.

En redressant la tête, elle s'apprêtait à lui faire, sur un ton léger, des compliments sur ses prouesses, à lui dire qu'il avait été extraordinaire, qu'il était un amant exceptionnel et qu'il l'avait vraiment fait jouir. Mais dès qu'elle rencontra son regard, elle fut frappée par l'intensité de sa présence, par ses yeux bridés, si noirs et si doux, par la cicatrice légèrement boursouflée sur son cou qui lui rappela qu'il connaissait les côtés les plus durs et les plus sombres de la vie.

— Non, dit-elle. Vous ?

Il ravala sa salive, puis hocha la tête. Il passa sa grande main sur les cheveux de Luna, en regardant fixement la boucle avec laquelle il jouait.

— Je savais que vous… que tu te sentirais mal. J'aurais dû t'arrêter.

Une grande vague submergea Luna – du sexe, du désir et une sorte de douleur lancinante comme le hurlement du vent qui descend de la montagne. Elle avait mal et sa souffrance s'accroissait. Le seul remède lui parut être la bouche de Thomas. Alors, elle se pencha sur son visage et elle l'embrassa. Doucement. Savourant sa lèvre inférieure, bien charnue, et l'autre, si mince. Elle suivit le contour de sa mâchoire et lui caressa le visage, discernant sous ses doigts le relief de ses cicatrices. Elle se sentit mieux. La pression s'atténua dans sa poitrine, et elle perçut son désir pour lui qui renaissait. Elle avait soif de le connaître, d'explorer son odeur et son goût, ses sonorités et ses envies.

— Oh ! Thomas, murmura-t-elle. Vous… tu me fais peur.

— Ne réfléchis pas, dit-il en devenant plus pressant. Fais-moi l'amour, Luna. Nous n'avons besoin de rien d'autre ce soir. Ne réfléchis pas.

Il toucha sa langue de la sienne.

De Placida Ramirez, qui l'a appris de sa mère :
Instructions pour fabriquer une amulette avec de la poussière de Chimayó

Il faut de l'eau bénite, de la poussière sacrée, la médaille d'un saint choisi en fonction de l'objectif de l'amulette, du fil et une aiguille, des prières, et de l'encens, si on veut. Réunir tous les ingrédients et réciter une prière. Tailler ensuite un morceau de tissu de la dimension nécessaire ; un coton épais est ce qu'il y a de mieux pour empêcher la poussière de sortir. Humidifier la poussière avec de l'eau bénite et en mouiller aussi le tissu, le fil et l'aiguille. Fabriquer un coussinet avec de la poussière à l'intérieur et de l'encens, si on veut, et en coudre trois côtés. Après, y introduire la médaille du saint en adressant une prière à celui-ci et coudre le dernier côté.

Douze

Quand elle rentra en catimini, vers une heure, la nuque encore humide de la douche qu'elle venait de prendre et les joues rouges d'émotion, Luna trouva Joy endormie sur le canapé devant le téléviseur. Elle se sentit terriblement coupable – c'était précisément ce qu'elle voulait éviter à Joy : avoir une mère toujours absente, ce qui était de plus en plus commun. Des femmes égarées, excédées et tellement avides de caresses qu'elles couchaient avec le premier homme qui leur manifestait un peu d'affection. Luna avait toujours compris ce besoin, surtout chez celles qu'on jugeait le plus sévèrement, les jeunes femmes seules avec une ribambelle d'enfants. Quoi de mieux que le sexe pour tout oublier ?

Mais la vie d'une mère ne se résume pas à ce qui est bon pour elle. Sa préoccupation doit être ce qui est bon pour son enfant. À l'impression de vide qu'elle sentait dans sa poitrine, Luna comprit qu'elle n'était pas fière d'elle-même. C'était elle qui aurait dû être endormie sur le canapé, à attendre le retour de Joy.

— Bonsoir, ma chérie, dit-elle doucement en s'agenouillant à côté de sa fille. Il est temps d'aller au lit.

Après avoir bougé la tête, puis un doigt, Joy retomba dans un profond sommeil.

— Joy, répéta Luna.

— Va-t'en, dit-elle en lui faisant un signe de la main. Je vais dormir ici. J'aime ça.

En souriant, Luna donna une nouvelle poussée à sa fille. Joy avait toujours été une grande dormeuse. Quand elle était petite, Luna pouvait la trimballer partout, Joy dormait. Luna l'installait n'importe où, Joy se couchait en boule comme un chat et se rendormait.

Mais elle était maintenant trop lourde pour que sa mère puisse la transporter.

— Viens, petite, lève-toi. Sinon, tu auras le torticolis demain matin.

— Je m'en fiche.

— Tu vas le regretter.

Joy finit par ouvrir les yeux. Un œil, du moins.

— D'accord, j'y vais.

Elle tendit une main à Luna, qui l'aida à se lever, puis se dirigea vers sa chambre en titubant, tout en faisant passer son tee-shirt par-dessus sa tête. En voyant son dos doux et mince, qui paraissait encore plus blanc avec le soutien-gorge noir qui le traversait, Luna eut envie d'aller s'étendre à côté d'elle, de la protéger à jamais de quiconque serait séduit par ce dos sans en prendre soin correctement, sans l'aimer comme elle l'aimait elle-même.

Après avoir refermé la porte de la chambre de sa fille, Luna fit le tour de la maison. Elle ramassa des assiettes, un sac de chips vide et une paire de chaussures que Joy avait laissés au beau milieu de la pièce, sans raison apparente. Sur la table, elle trouva une boîte de papier à lettres, ainsi que deux enveloppes adressées de l'écriture enfantine et pleine de fioritures de Joy. Une pour April Loggia. L'autre pour Bobby et Bruce Loggia. Dans les o et les g, Joy avait dessiné des visages souriants.

Ses frères devaient lui manquer terriblement. Elle les aimait beaucoup.

Même après avoir fini de mettre de l'ordre, Luna n'avait pas sommeil, pas plus qu'à son retour. Même si son corps était détendu, elle se sentait quand même crispée, en manque de quelque chose.

Tabac. Tequila. Zinfandel blanc. Un paquet rouge et mince de Marlboro.

Oui. De tout cela.

Dans la cuisine silencieuse, elle se prépara une tasse de chocolat chaud, mit quelques craquelins et du fromage sur une assiette et apporta le tout dans l'atelier. Comme elle n'avait pas envie de se barbouiller de peinture, elle se dirigea vers l'endroit où se trouvait la poupée Barbie qu'elle avait achetée dans un magasin de jouets de Pueblo quelque temps auparavant. Teresa, l'amie hispanique de Barbie. Quand Luna était jeune, Teresa n'existait pas – le choix se limitait à une blonde, une brunette ou une rousse, avec ou sans genoux flexibles et taille mobile. Elaine et Luna en avaient plusieurs, même si Elaine n'y avait jamais pris grand intérêt. À sept ans, Luna accordait beaucoup d'importance à ses Barbie. Elle possédait une valise avec de petits cintres, des tiroirs pour les chaussures et de minuscules peignes et brosses. Elle repassait toutes les petites robes et passait des heures à inventer des histoires qui mettaient en scène ses diverses poupées.

Quand elle arriva à l'adolescence, les filles ne portaient même pas de maquillage et jouaient encore moins avec des poupées mannequins. Luna s'était donc résignée à mettre les siennes de côté, et certaines avaient été données, avec ses patins à roulettes et son ardoise.

« Ne savais-tu pas à quel point tu avais besoin de moi ? » demanda sa meilleure amie Barbie. Ses cheveux étaient coiffés en queue de cheval et son chemisier était noué sous ses seins.

« Au contraire. » Luna sirotait son chocolat. Entre l'époque de cet abandon et maintenant, elle avait réussi à se constituer toute une collection. Au début, elle prétendait que c'était un objet de décoration kitsch pour sa chambre d'étudiante à l'université – une Barbie amusante trouvée dans un marché aux puces ou un magasin de jouets –, des Barbie de différents âges, générations et métiers. Elle ne s'intéressait ni à Midge, ni à Francie, ni aucune des autres et, pour être franche, elle préférait nettement le modèle standard de la blonde à l'air désinvolte. Plus elles avaient les cheveux longs, plus elle les aimait. Probablement un signe de son asservissement aux critères de beauté déterminés par une société dominée par les hommes. Et alors ? Elle-même n'avait jamais réussi à laisser pousser ses cheveux au-delà de ses épaules et elle rêvait de les avoir assez longs pour les faire virevolter autour de sa taille.

Contrairement à certains collectionneurs sérieux qui recherchaient les beautés originales depuis 1959, la collection de Luna n'avait rien de remarquable. Elle en achetait parfois des neuves – surtout celles qui étaient costumées ou qui faisaient partie de la série Dolls of the World – mais elle ne les traitait pas avec une révérence particulière. Elle les sortait de leur boîte, les posait quelque part dans la pièce, faisait bouffer leur jupe et replaçait leur coiffure. Le soldat Ken, auquel elle avait retiré son lourd attirail pour voir son visage si enjoué, était assis actuellement sur le rebord de la fenêtre, le bras levé vers la Barbie vêtue en dame du Moyen Âge, qui était très poussiéreuse. Luna la prit pour la secouer. Elle devrait prendre davantage soin de ses poupées.

La plupart d'entre elles étaient bien ordinaires. Luna les avait achetées dans des marchés aux puces ou des magasins d'articles d'occasion, habillées et coiffées selon la mode du moment. Elle en avait déjà trouvé une à la Nouvelle-Orléans, qui devait dater des années 1970, avec des cheveux noirs et quelques éclaboussures de peinture sur les pieds. Elle avait accroché des *milagros* à ses oreilles, lui avait fabriqué un turban avec du tissu satiné bleu et l'avait vêtue d'un soutien-gorge et d'une jupe style Copacabana qu'elle avait découverts sur les tablettes de l'épicerie locale. Cette poupée occupait son coin bien à elle dans la chambre de Luna, avec une minuscule boule de cristal bleue et un jeu de tarot miniature que Luna et Allie avaient passé toute une nuit à dessiner.

Elle reconnaissait que c'était une manie un peu étrange pour une femme d'âge adulte, mais cela ne causait de tort à personne.

Ce soir-là, elle fit bouffer la jupe de Teresa et toucha à ses petits souliers. Elle avait été séduite par cette poupée la première fois qu'elle l'avait vue – cheveux longs, teint mat et jolie bouche. Dans tous ses atours, Teresa était la seule exception que Luna avait faite par rapport aux Barbie ordinaires. C'était une *quinceañera,* une adolescente vêtue d'une robe ressemblant à celle d'une mariée, à l'occasion de son quinzième anniversaire. Dans la région de Taos, beaucoup de filles célébraient encore leur *quinceañera* de façon traditionnelle, et Luna les avait toujours enviées. Elle ne connaissait pas le rituel en détail, puisqu'elle n'avait jamais été invitée à y assister, mais elle savait que les filles se rendaient à l'église où elles se consacraient à la Vierge, et qu'il y avait ensuite une réception. Cela avait toutes les apparences d'un mariage – la robe, les invités et le gâteau.

Tabac. Tequila. Zinfandel blanc. Un mince paquet rouge de Marlboro.

Que se passait-il ? Elle essaya de détendre son cou et se frotta les épaules.

Elle avait envie d'une cigarette. Très envie. Elle en avait rêvé toute la soirée. La présence de Thomas, toute riche et merveilleuse qu'elle ait été, ne lui avait pas apporté la quiétude qu'elle avait espérée. La douleur lancinante était toujours là, au creux de sa poitrine. En essayant d'en trouver la source, elle se mit à brosser les cheveux de Teresa, à l'aide d'une minuscule brosse en plastique.

Ce mal profond lui était très familier. Jeune adolescente, elle s'était plongée dans les études pour l'oublier. Un peu plus vieille, elle avait constaté que la cigarette l'apaisait. Puis, – oh ! joie suprême – elle avait enfin découvert l'alcool. Rien ne calmait cette souffrance comme une bonne dose de tequila. Quand elle avait commencé à boire, elle avait réussi, pour la première fois de sa vie, à échapper à cette douleur constante, éternelle et infinie. Elle ne ressentait plus rien. La sensation pénible était tout simplement effacée. Elle pouvait enfin se détendre. Respirer.

« Ce n'est pas pour rien qu'on dit que c'est un remède universel », dit Barbie.

En grignotant un craquelin et en brossant les cheveux de Teresa, Luna songea à l'homme qui parlait espagnol à la salle des Vétérans. À sa hâte de faire l'amour avec Thomas, même s'ils savaient tous les deux que c'était trop tôt.

Thomas. Pouah ! Était-elle cinglée ? C'était fou de coucher avec un homme, de se laisser séduire petit à petit par un homme probablement encore amoureux de son ex, un homme si bon, si doux et si gentil qu'il finirait par briser son cœur en mille miettes. Comment une femme saine d'esprit pouvait-elle accepter de s'engager dans une relation comme celle-là, surtout au moment où tout se mettait en place dans sa vie?

Elle secoua violemment la tête pour écarter une mèche tombée devant son visage. Elle avait le don de se détruire elle-même. En analysant toute cette histoire objectivement, cela semblait bien être encore une fois le cas.

À l'autre bout de la pièce, Barbie agitait son pied, l'air malin. « Est-ce vraiment la raison pour laquelle tu as perdu la tête, ce soir? »

— Je n'en sais rien, dit Luna à voix haute.

Elle vida sa tasse d'un coup. Elle allait se coucher. Arrêter de penser.

« C'est ça, fuis, fuis la réalité », chantonna sa meilleure amie Barbie derrière elle. Doucement, pas méchamment.

— Et après? dit Luna en éteignant la lumière.

La retraite était parfois le meilleur choix. Au moins, si elle dormait, elle ne songerait pas au soulagement qu'une cigarette pourrait lui apporter.

Thomas n'avait pas dormi aussi bien depuis des années. Il s'éveilla avec un sentiment d'optimisme. Les oiseaux pépiaient dehors et l'aube se levait sur la montagne Taos. Tout était encore silencieux dans la maison. Il n'eut aussitôt qu'une seule pensée.

Luna.

Il n'avait pas pris de douche en rentrant pour garder son odeur sur lui. En levant les mains, il la sentit sur ses paumes et eut envie de la voir. De s'assurer qu'elle n'avait pas de regrets. Alors, sans café ni petit-déjeuner, il sortit dans la fraîcheur du matin de septembre pour se rendre chez elle à pied. Il s'entendit fredonner *White Bird* à voix basse.

L'espoir. Il y avait si longtemps. À la vue de sa maison, du toit qui avait la chance de la protéger, il sentit une montée d'adrénaline qui lui donna aussi envie de rire. Autour de l'adobe, les fleurs poussaient à profusion et l'herbe dense brillait sous la rosée. De l'autre côté de la rue étroite, trois chèvres au long poil béguetèrent dans sa direction.

— Bonjour, leur dit-il avant de s'approcher de la galerie en tentant de retrouver le parfum de Luna.

Il ne voulait pas la réveiller, mais il ne voulait surtout pas réveiller sa fille.

Elle était certainement une lève-tôt, puisqu'il l'avait déjà rencontrée deux fois en train de se promener avant sept heures. Il s'assit donc et attendit, en regardant le soleil monter dans le ciel d'un bleu éclatant et cuivrer les feuilles des peupliers. Et il rêvait à Luna. Les yeux fermés, il revit son regard et sa bouche entrouverte, haletante de désir. Il avait le corps couvert de petites contusions et d'égratignures et il se demandait si c'était son cas à elle aussi.

La porte s'ouvrit derrière lui.

— Thomas ! s'exclama-t-elle, surprise.

Il bondit sur ses pieds.

— Je voulais m'assurer que vous… que tu allais bien, dit-il en s'approchant d'elle.

Il s'arrêta, saisi, à un pas d'elle. Ses cheveux, qu'elle n'avait pas brossés, rebelles et emmêlés, formaient comme des rayons de lumière autour de ses grands yeux sombres, à la fois secrets et francs.

— Je vais bien, dit-elle doucement en le fixant toujours.

Il tendit le bras pour la serrer contre lui. En prenant son visage dans ses mains, il l'obligea à lever les yeux vers lui.

— Merci, dit-il.

Et il l'embrassa. Elle goûtait le café et le sucre, un goût pervers et vrai, et il eut envie d'elle en moins de trois secondes.

Elle s'écarta.

— Ma fille !

— Excuse-moi.

Il recula.

Sans bouger, ils continuèrent à se regarder. Thomas se sentait penaud, comme un adolescent, ses mains trop grandes au bout de ses bras ballants. Le silence, oppressant comme de l'air stagnant, s'éternisa.

— Je pense que je… dit-il.

— Thomas, je… dit-elle.

Ils se turent, attendirent, puis parlèrent de nouveau en même temps.

— Je suis tellement impolie! s'exclama-t-elle.

— Je suis désolé d'avoir fait irruption ainsi, dit-il au même moment.

En riant, Luna lui prit la main.

— Entrez... entre et viens prendre un café, veux-tu?

Elle l'entraîna vers la cuisine. Il se retrouva à l'endroit exact où il l'avait embrassée la première fois et il ressentit la même impression d'impuissance et d'émerveillement qu'alors. Il avait envie de se pencher, de cacher son visage dans son cou et de se serrer contre elle, poitrine contre poitrine. C'était une sensation physique, une sorte de picotement sur son torse, le devant de ses jambes et dans ses paumes. Elle versa du café dans une grande tasse rouge et le lui apporta.

— Ma fille dort dans la pièce voisine, dit-elle à voix basse.

Il vit qu'elle avait des cernes sous les yeux et il les toucha du pouce.

— As-tu bien dormi?

— Pas vraiment, dit-elle en souriant un peu. Toi?

— Oui. Je me suis réveillé en pensant à toi, dit-il en se rapprochant d'elle, comme si des fils invisibles les reliaient.

Elle leva la main pour le garder à une certaine distance.

— Tout ceci est peut-être trop irréfléchi, Thomas. Il y a des années que je n'ai même pas embrassé un homme. J'ai l'impression que tout va trop vite.

Il posa la main sur le côté de son cou et se pencha, avide de sentir sa peau.

— Je croyais que nous avions décidé de laisser le bavardage de côté.

— Ce n'est pas du bavardage.

Mais elle se sentit faiblir. Elle leva le visage.

— Quand on parle trop, c'est toujours du bavardage, dit-il sèchement.

Il se pencha pour prendre la bouche qu'elle lui offrait, et ce fut comme toutes les autres fois. Ils ne formaient plus qu'un. Il la serra contre lui, aux endroits où son corps avait besoin d'elle, sa poitrine, ses jambes, sa bouche. Il saisit ses fesses dans ses paumes et laissa sa langue s'emparer de sa bouche. Elle saisit ses cheveux d'une main et les enroula autour de son bras, tout en s'appuyant au creux de son coude, toute douce, offerte et accueillante. Il l'installa sur le comptoir.

— Je veux seulement regarder.

Elle acquiesça. Il entrouvrit sa robe de chambre et embrassa les lunes pâles de ses seins, sa gorge, sa bouche.

— Mon Dieu, Thomas, dit-elle en haletant.

Elle lui embrassa une oreille et un œil en l'attirant contre elle, les jambes autour de lui.

— J'ai tellement envie de toi que c'est comme une drogue.

— Quand ?

— Je ne sais pas. J'ai promis à ma fille de l'emmener pique-niquer près de la rivière aujourd'hui.

— Je vais aller vous retrouver avec Tiny. Nous essaierons de nous esquiver en douce.

— Non ! Je ne peux pas faire ça, murmura-t-elle, le visage fiévreux. Pas avec ma fille à deux pas.

— J'irai quand même. Nous ne sommes obligés à rien. Je t'en prie, chuchota-t-il à la manière d'un petit garçon. Je t'en prie.

— C'est fou, Thomas, dit-elle, le souffle court, en frottant son nez sur sa joue.

— Ouais, admit-il.

Il prit sa lèvre inférieure dans sa bouche. Rien d'autre n'avait d'importance. Rien.

Elle le repoussa, presque violemment, et se dirigea vers la porte arrière. Elle sortit et s'arrêta sur la terrasse où elle inspira profondément.

— C'est trop et trop vite, dit-elle.

Il la suivit, encore dans les vapeurs enivrantes du désir, et lui toucha l'épaule.

— Tu dois cesser de réfléchir autant.

— C'est peut-être une solution pour certaines personnes. Mais je dois me méfier.

Il y avait un désespoir d'une telle profondeur dans sa voix.

— De quoi, Luna ? demanda-t-il doucement en lui caressant le cou avec les doigts. Pas de moi.

— Non, dit-elle en levant vers lui ses grands yeux sombres dans lesquels il ne vit qu'une faible lueur de regret. De moi, surtout. D'être trop irréfléchie. De faire des erreurs qui blessent les gens.

— De boire.

— Encore plus, admit-elle.

Elle posa la main sur son poignet. Il se demanda si elle allait l'éloigner d'elle ou le retenir. Finalement, elle laissa tomber sa paume sur ses jointures et chercha son regard.

— Je ne veux surtout jamais me retrouver là où j'ai été.

— Tu es trop dure envers toi-même, dit-il calmement. Il y a beaucoup d'alcooliques dans le monde.

— J'étais une ivrogne.

Malgré lui, il tressaillit en entendant le mot.

— Ce n'était pas joli, dit-elle avec un sourire amer, et je ne veux pas l'oublier.

Une brise passa, qui fit virevolter ses boucles autour de son visage. Elles scintillaient comme de l'or et de l'argent. Il en saisit une dans ses doigts.

— Laisse-moi venir avec vous à la rivière, dit-il doucement. Je promets d'être sage.

Pendant un moment, elle resta silencieuse, tout en gardant les yeux levés vers lui. Puis elle secoua la tête, l'air abasourdie.

— Comment en sommes-nous si vite arrivés là, Thomas ?

— Je ne sais pas, murmura-t-il en se penchant pour l'embrasser une dernière fois avant de partir. Mais j'en suis heureux.

Dans la cuisine, une brise fraîche soufflait sur les aliments étalés sur le comptoir. Luna adorait les pique-niques et gardait toujours un panier en osier rempli de verres en plastique décorés de fleurs jaunes et bleues, de couverts bon marché et de serviettes de table en tissu, avec une grande nappe à carreaux pour étendre sur le sol. Par-dessus, elle mit des bananes, du gâteau au chocolat frais cuit, du fromage, des pommes, des tiges de céleri et une grosse de boîte de craquelins variés, ainsi qu'une bombe aérosol d'imitation de fromage dont Joy pourrait les vaporiser.

Tout ce temps, elle rêvait d'une cigarette. De l'allumer, de l'inhaler, de l'éteindre. Elle avait déjà collé son patch de nicotine, mais Thomas était arrivé, avec son goût particulier et les odeurs de la chambre de motel la veille, et…

Elle souffla profondément. Peut-être lui aurait-il fallu deux patchs par jour pour affronter tout ce qui lui arrivait.

Le panier était rempli et prêt à emporter. Il n'était que sept heures moins cinq. Joy lui avait demandé de la laisser dormir jusque vers huit heures, ce qui n'était pas déraisonnable pour un matin de week-end. Agitée, Luna se versa un deuxième café, un mélange corsé qui était presque trop amer. Elle apporta sa tasse dehors, où elle aspira profondément l'air léger de la montagne, puis expira lentement. Mais le besoin de fumer continuait de lui tendre les nerfs.

Elle but une petite gorgée de café en cherchant ce qu'elle aurait voulu s'empêcher d'exprimer avec une cigarette. Elle mourait d'envie d'appeler Allie et de lui parler de la nuit précédente, de lui dire: «Oh! mon Dieu, il m'a embrassée et embrassée et embrassée.» Elle lui décrirait ses cheveux, si magnifiques quand ils étaient libres sur ses épaules, et sa délicatesse. Elle lui dirait qu'il était venu la voir ce matin pour s'assurer qu'elle allait bien.

Mais tout cela était encore trop nouveau, trop frais et trop intime. Elle voulait d'abord le savourer et le porter en elle un certain temps.

Une douleur foudroyante et mordante, sans doute liée au sevrage de la nicotine, la transperça. Soudaine. Inexplicable. Elle eut envie de crier. Elle avait mal. Tous ses nerfs étaient tendus. Des petites griffes démoniaques lui pinçaient le bord de la mâchoire, le fond des yeux et la base de la colonne vertébrale.

Elle posa sa tasse, ferma la porte arrière et se dirigea vers la route qui formait une ample boucle, un peu comme un pâté de maisons en ville, mais beaucoup plus longue. Il ne lui suffit pas de marcher d'un bon pas, au bout d'une minute, elle se pencha et se mit à jogger lentement, puis de plus en plus vite. Les sandales qu'elle portait ne la protégeaient pas adéquatement du gravier qui recouvrait la route, mais elle fut heureuse de ressentir de la douleur, heureuse de sentir protester ses chevilles et ses tibias. Elle courut jusqu'à ce qu'elle soit à bout de souffle. Elle était couverte de sueur, suffisamment pour devoir prendre une autre douche avant de partir en pique-nique.

Puis, toujours haletante, elle termina son trajet en marchant. Elle contourna un grand champ jaune sur lequel tranchait un troupeau de moutons, serrés les uns contre les autres sous un saule, que la lumière patinait comme de la rosée. Du haut d'une pente, elle aperçut sa propre maison, un peu à l'écart de la route. Le rose des phlox formait une tache de couleur à la Monet sur le brun de l'adobe et sur l'herbe, toute verdoyante à la suite des pluies récentes. Ce tableau la rasséréna.

Elle se sentit mieux.

Qu'y avait-il qu'elle refusait de s'avouer ? Qu'elle avait peur de Thomas ?

Une bouffée d'irritation.

— Ce n'est pas cela, dit-elle à voix haute.

Avait-elle peur de l'idée de s'engager ? Elle percevait la possibilité d'une relation sérieuse, d'amour et d'espoir véritables et, conséquemment, de souffrance profonde.

Ce n'était pas cela, pas cela, pas cela.

Elle inspira profondément et faillit rendre grâce au ciel en sentant de la fumée de cigarette. Tout près. Les yeux plissés, elle regarda autour d'elle pour en découvrir l'origine. Elle aperçut une femme, devant la maison où vivait la nouvelle amie de Joy. Elle était debout dans des herbes qui lui venaient aux chevilles et avait attaché ses cheveux épais à la diable, pour former une longue queue de cheval. Elle était beaucoup trop maigre et tenait une cigarette à la main.

— Bonjour, lui dit joyeusement Luna.

La femme leva les yeux, surprise mais pas effrayée.

— Elle est complètement négligée, dit-elle en indiquant la pelouse avec sa cigarette.

Luna savait pourquoi elle s'était arrêtée. Elle ne prit pas le temps de se demander si c'était une bonne décision.

— Écoutez, je ne veux pas vous paraître bizarre, mais auriez-vous une autre cigarette ? demanda-t-elle malgré elle. J'essaie d'arrêter, mais j'en voudrais une seule.

— Bien sûr !

En pareille circonstance, les fumeurs sont toujours heureux de vous aider. Luna elle-même s'était toujours fait un plaisir de dépanner un accro en manque.

La femme mit la main dans la poche de sa jupe, qui avait déjà dû lui aller beaucoup mieux, et sortit une Marlboro d'un paquet rouge. Luna la prit et se pencha pour l'allumer à la flamme qu'elle lui tendait.

— Oh ! Mon Dieu !

La femme éclata de rire.

— C'est encore meilleur que de faire l'amour, n'est-ce pas ?

— Parfois, reconnut Luna en se sentant étourdie de la façon la plus agréable possible.

— Vous vivez juste à côté de l'arroyo, n'est-ce pas ? Près de l'ancienne maison de Placida ?

— Oui, dit Luna, faisant passer la cigarette dans sa main gauche pour tendre la droite. Lu McGraw, dit-elle à la femme qui avait fait le même geste. Je crois que nos filles sont amies. La mienne s'appelle Joy Loggia. Cheveux multicolores, avec plein de boucles d'oreilles.

— Bien sûr. Je l'ai rencontrée l'autre jour. Je suis Sally.

— Elle va sentir l'odeur sur moi à mon retour, dit Luna en prenant une autre bouffée.

Encore meilleure. Mais la forme de la cigarette lui paraissait étrange, trop grosse, plus grosse que dans son souvenir. Et elle se sentait maladroite en la manipulant.

— Dites-lui que vous m'avez parlé et que je fumais, suggéra Sally avec un sourire si pâle qu'on devinait qu'il devait être rare. Elle sait que je fume.

— Excellente idée.

La cigarette à la main, Luna sentit la fureur, la tristesse et le poids d'elle ne savait quoi se dissoudre.

— Pourquoi tout ce qui est agréable ou qui a bon goût doit-il absolument être mauvais pour nous ? demanda-t-elle.

— Je sais.

Elles restèrent silencieuses quelques minutes, unies dans le calme du matin et par le tabac.

— Merci. Merci beaucoup.

— Il n'y a pas de quoi.

Pourtant, Luna ne bougeait pas. Elle lisait le chagrin dans les clavicules trop apparentes de Sally et dans sa façon de nouer ses cheveux avec un ruban sur la nuque, sans même les avoir brossés. Des traces de khôl de la veille avaient coulé sous ses yeux.

L'ancienne thérapeute qu'elle était remarqua aussi d'autres petits détails – la manière dont Sally gardait les mains croisées sur sa taille, comme pour se protéger. Sa manière de regarder la pelouse, en levant un pied, puis en le laissant retomber, comme si la tâche était trop lourde pour elle.

— C'est difficile, n'est-ce pas, dit Luna, de s'occuper d'une maison toute seule?

— C'était mon mari qui faisait tout. Et il en était si fier. Je ne sais pas comment m'y prendre, dit-elle, l'air las. Vous voyez, j'ai abandonné ses rosiers.

— Je connais quelqu'un qui pourrait vous aider. Il ne coûte pas cher. Voulez-vous que je vous rappelle pour vous donner ses coordonnées?

C'était faux. Luna faisait tout elle-même, mais il existait certainement des gens qu'on pouvait engager pour l'entretien d'une pelouse et de petits travaux de jardinage.

Sally acquiesça.

— Ce serait bien. Oui. Merci.

— Je vais demander votre numéro à Joy et je vous rappellerai demain. Courage, dit-elle en touchant le bras de Sally sans savoir pourquoi.

Elle aurait voulu ajouter autre chose, mais elle comprit que son petit geste de gentillesse suffisait pour l'instant.

— Merci.

Tiny Abeyta n'avait pas particulièrement envie d'accompagner son patron au bord de la rivière. Il voulait rester à la maison, essayer d'avoir sa femme au téléphone et peut-être la convaincre de venir le voir en cachette. Son cousin lui avait dit qu'il avait aperçu Angelica dans un café à Espagnola, alors qu'elle buvait une bière avec un autre homme. Il avait déjà tenté de l'appeler plus tôt, mais elle allait parfois à la messe, et il s'était imaginé que c'était là qu'elle était. Il ne voulait pas s'éloigner pour pouvoir lui téléphoner plus tard et voir ce qui arriverait.

Mais Thomas n'abandonna pas son projet, même quand Tiny lui dit que, avec son bracelet, il ne pouvait pas aller où il voulait quand il voulait. Thomas hocha la tête, sachant que Tiny était libre de faire des courses le dimanche après-midi. Ne trouvant plus d'autres objections à lui donner, Tiny l'aida à remplir le camion. Quatre litres de thé glacé fait avec des sachets d'herbes, des tablettes de chocolat, des chips et des sandwiches au bœuf rôti, le tout dans une glacière avec des sodas. Mais pas de bière, se réjouit Tiny, même si Thomas ne buvait plus beaucoup. De moins en moins, lui semblait-il. Les gars de l'équipe le taquinaient à ce sujet quand ils allaient au White Horse après le travail, le vendredi. Ils le traitaient de femmelette et lui disaient qu'il se faisait vieux. Ils l'appelaient *viejo* et, un jour, ils lui avaient même acheté une canne.

Mais, comme pour l'habitude qu'avait prise Thomas de payer ses hommes le lundi plutôt que le vendredi, ils ne réussissaient jamais à le faire changer d'idée quand il avait décidé quelque chose. Quand il disait qu'il n'allait pas au White Horse, aucun argument ne pouvait le convaincre d'y aller. D'une certaine façon, cela facilitait la vie de Tiny, il devait le reconnaître. Il était très heureux de ne pas y être retourné le vendredi, depuis la dernière fois, et il n'irait plus jamais, jamais.

Thomas Coyote était vraiment têtu. Il continuait de donner à Tiny des affaires à mettre dans le camion – des couvertures sur lesquelles s'allonger, des chaussures de rechange au cas où ils se mouilleraient les pieds et des cannes à pêche. Tout ce temps, il sifflait une chanson où il était question d'aller danser. Il était joyeux. Si joyeux que, après un moment, Tiny finit par se sentir de bonne humeur lui aussi. Il regarda le ciel bleu par les fenêtres de la cuisine, se mit à songer au bruit et à l'odeur de la rivière et pensa que ce ne serait peut-être pas si désagréable d'y aller. Il pourrait demander d'amener Ramundo, son plus jeune, qui n'avait que quatre ans et qui aimerait sûrement accompagner son papa à la pêche.

Mais quand il essaya de téléphoner de nouveau à la maison, il n'y avait toujours pas de réponse. Il décida d'appeler chez la mère d'Angelica, où elle serait peut-être. Malgré le bruit des enfants qui se chamaillaient à l'arrière-plan, sa belle-mère lui répondit qu'Angelica n'y était pas et refusa de lui révéler où elle était. C'était donc qu'elle était à un endroit qui ne lui plairait pas.

— Je voulais simplement amener Mundo pêcher avec moi, dit-il, mais laissez tomber.

À se demander où pouvait bien être sa femme, il sentit revenir sa mauvaise humeur. Il raccrocha violemment le combiné et le regarda fixement, laissant son esprit vagabonder. Il avait le cœur serré et mal au ventre. Il ne mangeait pas beaucoup ces temps-ci. Une fois de temps en temps, il avait vraiment faim et il s'empiffrait, surtout des plats qu'*Abuelita* préparait parce qu'elle cuisinait comme sa mère, morte deux ans auparavant. Mais il avait généralement l'estomac à l'envers, comme aujourd'hui, et il ne réussissait pas à avaler la moindre bouchée. Il buvait beaucoup de lait, juste pour avoir la force de travailler, mais il maigrissait à vue d'œil.

Abuelita entra alors dans la cuisine. Tiny ne l'avait pas vue depuis plusieurs jours. Thomas disait qu'elle était fatiguée et qu'elle dormait beaucoup. Quand elle le vit, elle poussa un petit cri.

— Manuel, dit-elle, l'appelant du prénom que personne d'autre ne lui donnait. J'ai quelque chose à te donner pour te remercier de m'avoir amenée à Chimayó, ajouta-t-elle en espagnol. C'est pour te porter chance. Pour te protéger des sorcières.

Elle lui posa un petit paquet dans la paume.

Thomas siffla en entendant parler de *brujas,* mais Tiny était honoré. Il porta l'amulette à ses lèvres et l'embrassa. Il prit ensuite la main de la vieille femme.

— *Gracias.*

Le cœur plus léger, il rangea soigneusement le porte-bonheur dans son portefeuille, juste derrière son permis de conduire. Pourquoi, songea-t-il, n'irait-il pas passer un peu de temps au bord de la rivière, simplement pour se faire plaisir, en oubliant tout le reste ?

Peut-être, mais il n'en était pas certain, n'était-il pas toujours obligé d'avoir toutes les réponses.

La Llorona

La Llorona est la légende d'une femme qui a perdu ses enfants, qu'on entend et qu'on voit même parfois pleurer la nuit. *La Llorona* (ce qui veut dire « celle qui pleure » en espagnol) se retrouve dans la plupart des histoires mexicaines, même si elle devient à l'occasion une femme qui vit dans le Sud-Ouest des États-Unis. Comme pour la plupart des légendes urbaines, il y a plusieurs variantes de *La Llorona,* mais l'essentiel de l'intrigue demeure identique. La femme a perdu ses enfants, habituellement parce qu'elle les a tués elle-même pour pouvoir épouser un homme qui n'en veut pas. Elle est tellement déprimée à la suite de ces événements horribles qu'elle finit par se suicider. C'est ainsi qu'elle est condamnée à parcourir éternellement sa terre natale en pleurant et en se tordant les mains. On dit parfois qu'elle est à la recherche de ses enfants, d'autres fois on prétend qu'elle lance un avertissement à ceux qui la voient.

Treize

Quand Luna, toute jeune femme, était partie vers l'est, les rivières l'avaient étonnée. Elles étaient puissantes, sauvages, profondes, et parfois si larges qu'on voyait à peine l'autre rive.

— C'est la plus grande rivière que j'ai vue avant mes vingt-trois ans, dit-elle à Joy en vidant le panier sur le bord du Rio Grande.

Joy lui fit un large sourire.

— Et tu gravissais la colline couverte de neige pour aller à l'école, c'est ça ?

— Aller et retour. Mais je ne blague pas. C'est la rivière la plus puissante de la région.

— C'est vraiment triste, maman.

Ensemble, elles regardèrent les flots couleur de cuivre qui coulaient assez rapidement, grâce aux pluies des derniers jours, mais qui avaient l'air très indolents en comparaison de ceux de la Savannah. La puissance du Rio Grande se voyait néanmoins dans l'escarpement de la gorge qu'il avait creusée.

— Rappelle-toi quand même que c'est une rivière de montagne et que ses courants sont traîtres.

— Je n'avais pas l'intention de me baigner, dit Joy en retirant son tee-shirt pour découvrir le haut de son bikini. L'eau est beaucoup trop froide.

— C'est bien vrai.

À l'époque, Luna avait également été surprise de s'apercevoir que la température des lacs et rivières n'était pas toujours au-dessus du point de congélation.

Joy sortit une bouteille d'huile et s'en enduisit la peau. Sa peau délicate et si claire.

— Ce truc contient-il des filtres solaires ? demanda Luna.

— Je n'en sais rien, répondit Joy en lui tendant le flacon. Pas beaucoup. L'idée, c'est d'obtenir un hâle. Peux-tu t'imaginer à quel point j'ai l'air blanche dans cette école? On m'appelle la fille-poisson.

— La fille-poisson? gloussa Luna. Qui t'appelle ainsi?

— C'est la fille qui se nomme Yvonne. Une emmerdeuse.

— Fille-poisson ou non, grogna Luna, après avoir constaté le peu de filtres solaires contenus dans la lotion, pas question que tu t'exposes au soleil sans une meilleure protection. Nous sommes en haute altitude et il n'y a pas la moindre humidité pour en bloquer les rayons. Ce soir, tu vas te retrouver aussi croustillante qu'un poulet rôti.

— C'est la seule huile que j'ai apportée, dit Joy, se tortillant pour trouver une position confortable.

— C'est dans des moments comme celui-ci qu'il est utile d'avoir une maman.

Luna sortit un puissant écran solaire.

— Mets ceci.

— Maman! C'est beaucoup trop fort. Je n'aurai pas le moindre hâle!

— Fais-moi confiance. Tu en auras un.

Luna en appliqua un peu sur son visage, surtout pour prévenir la formation de rides, même si elle en avait déjà beaucoup, du seul fait d'avoir vécu toute sa vie au soleil, en haute altitude. Mais elle n'en mit pas sur ses bras et ses jambes, passablement bronzés grâce à tous ses déplacements à pied, partout en ville.

En maugréant, Joy lui obéit.

— Je voudrais bien avoir ta couleur de peau plutôt que celle de papa.

— Mais tu as également hérité de ses cheveux raides, alors ne te plains pas.

— Je suppose que tu as raison, dit Joy en s'étendant sur le dos. À présent, je vais être paresseuse comme un loir.

— Parfait!

Luna mit ses lunettes de soleil et appuya les bras sur ses genoux pour admirer la vue paisible des peupliers avec leurs feuilles luisantes et leurs troncs rugueux et profondément cannelés. De petits chênes poussaient en touffes. Au-dessus d'eux, le ciel formait un arc d'un bleu profond et intense. C'était une couleur qu'elle n'avait jamais vue ailleurs, ce qui compensait un peu les rides.

Le fait qu'elle s'était entendue avec Thomas pour qu'il vienne la rejoindre la préoccupait. Elle se demandait quelle était la meilleure façon de se comporter. Devrait-elle simplement jouer la désinvolture, faire mine d'être surprise ?

Ne jamais mentir. Cela avait au moins l'avantage de rendre les choses beaucoup plus simples.

— Joy, tu sais le type avec qui je suis sortie l'autre soir ?

— Hem ?

Luna fit une pause. Elle sentit le rouge lui monter aux joues en constatant que, alors qu'elle avait planifié la journée pour passer du temps avec Joy, elle avait ensuite invité un tiers sans même en parler à sa fille. En plus, il s'agissait d'un homme qu'elle connaissait à peine, pour l'amour de Dieu ! Mais elle ne pouvait plus reculer.

— Il va venir nous rejoindre cet après-midi.

— D'accord.

C'était tout ? Seulement d'accord ?

— Je n'en ferai pas une habitude.

Joy ouvrit les bras et plaça les mains devant son visage pour le protéger du soleil.

— Maman, détends-toi. On n'est plus en 1972. Tu n'as pas besoin d'attendre d'avoir décidé de l'épouser pour me présenter quelqu'un. Je sais que ça ne dure pas toujours. C'est la vie.

— Peut-être, dit Luna, se sentant un peu ridicule. Mais je ne veux pas que tu te fasses d'idées.

Joy fronça les sourcils, l'air abasourdi.

— Quelles idées ?

— Que… bien, que je…

— Maman, il y a huit ans que tu es célibataire, et j'ai vécu depuis avec mon père et la femme pour laquelle il t'a quittée, dit Joy en s'étirant les mains. Tu comprends ? On n'est pas dans *The Brady Bunch*[1]. À présent, le sexe se vit au grand jour.

---

1. Émission de télévision américaine, des années 1970, mettant en scène une famille reconstituée. *(N.d.T.)*

Luna rougit, ce qui fit rire sa fille.

— Je suppose que je ne veux surtout pas que tu croies que ta mère est une coureuse de guilledou.

— Une coureuse de guilledou ? se moqua Joy. Est-ce comme une coureuse de prétentaine ?

— Oh ! arrête.

Son envie de rire faisait briller ses yeux turquoise.

— D'une certaine façon, tu es vraiment arriérée. Encore plus, même, que certaines beautés du sud.

— Jamais de la vie !

— Oui. Le sud a changé. Tu serais surprise.

Les souvenirs que Luna gardait de la Géorgie étaient tellement reliés à Marc et aux malheurs qui lui étaient venus par lui qu'elle en oubliait parfois à quel point elle avait apprécié cet endroit.

— J'ai aimé vivre là-bas. La politesse et la courtoisie. Tout le monde a de la classe. Et de bonnes manières.

— Et tout le monde est refoulé, rétorqua Joy. Je ne regrette pas d'être partie.

— April et les garçons te manquent moins aujourd'hui ?

— Je suppose.

— C'est bien d'être honnête, Joy.

— Vraiment ?

— Oui, dit sincèrement Luna.

Joy s'assit et frotta ses paumes l'une contre l'autre pour les débarrasser du sable.

— J'ai toujours essayé de ne pas trop te parler d'elle.

— Je sais, dit Luna qui avait envie de tendre la main pour passer une mèche folle des cheveux de sa fille derrière son oreille. Mais tout cela est bien loin. J'en suis remise, crois-moi.

Joy fixa sa mère un long moment en mâchouillant l'intérieur de sa joue. La curiosité de Luna était piquée.

— Qu'y a-t-il ?

— D'accord. Je suis inquiète à son sujet. Elle a l'air bizarre.

— Bizarre comment ?

— Je ne sais pas, répondit Joy en grimaçant. On dirait que sa voix sort d'un tube.

— Lui as-tu demandé ce qui ne va pas ?

— Elle dit que tout va bien. Je ne sais pas pourquoi, mais je crois qu'elle ment.

Joy hocha la tête.

— Dans des cas comme celui-là, c'est habituellement une bonne chose de se fier à son instinct. Y a-t-il quelqu'un qui est proche d'elle et à qui tu pourrais en parler ? Peut-être sa mère ou une sœur ?

— Non, trancha Joy. Je suis certaine que ce n'est rien.

— Joy…

— N'en parlons plus. C'est trop mystérieux pour moi. Comment te sens-tu après la grosse surprise que t'a annoncée grand-maman hier soir ? demanda-t-elle après avoir noué ses cheveux multicolores et y avoir piqué un bâtonnet pour les retenir.

— La grosse surprise ? demanda Luna, l'air déconcerté.

— Les terrains ? La mort de ton père ?

— Oh ! ça. J'avais oublié.

— Oublié, répéta Joy. Comment as-tu pu oublier ça ?

Luna songea à la cigarette qu'elle avait fumée le matin.

« Enfin », dit la psychothérapeute Barbie.

— Beaucoup d'expérience de dénégation, dit calmement Luna.

Le vide étrange et douloureux qu'elle avait senti plus tôt dans sa poitrine réapparut.

— Mais je ne suis pas certaine de bien réussir, ajouta-t-elle en regardant sa fille.

— Penses-tu vouloir garder la terre ?

— Je voudrais au moins la voir avant de prendre une décision.

— Tu fais mieux de te dépêcher, parce qu'Elaine a très hâte de mettre la main sur le magot.

En acquiesçant, Luna enfonça les orteils dans le sable chaud, au bord de la couverture, et sentit le soleil lui brûler les genoux.

— Je suis surtout inquiète pour ta grand-mère. Elle n'a pas très bien pris la nouvelle.

— Sans vouloir t'offenser, maman, je ne vois pas l'importance que ça peut avoir. Ça fait au moins trente ans ?

Elle avait dit trente comme elle aurait dit cinq cents.

— Plutôt trente-cinq.

Paresseusement, Luna mit les mains dans le sable à côté de ses pieds et regarda le mica scintiller sur sa peau. Une vision vacillante de son père, penché sur une pelle dans le jardin, lui apparut.

— C'est difficile à expliquer, dit-elle. Ça peut paraître ridicule de dire que c'était un brave homme. Un homme généreux. Il était bon pour nous.

— Il vous a quittées.

— Oui.

Elle forma un carré avec le sable en utilisant le côté de sa paume pour le rendre parfaitement plat et lisse, puis elle ramassa une brindille et commença à dessiner.

— Mais c'est seulement la fin de l'histoire. Auparavant, il était toujours plein de rires et de cadeaux. Maman et lui dansaient souvent dans la salle de séjour, et il était toujours là pour le dîner.

Elle se renfrogna en se rendant compte qu'elle avait dessiné un aigle sur le carré de sable. Irritée, elle l'effaça.

— Du moins, c'est la façon dont je m'en souviens, conclut-elle.

— En as-tu déjà parlé à grand-maman ?

— Elle ne veut pas parler de lui.

— Jamais ? C'est un peu bizarre.

Luna haussa les épaules.

— Tu sais comment elle est – ne jamais rien dire de négatif, ne pas commérer, tout ça. Peut-être n'a-t-elle rien de gentil à en dire, alors elle ne dit rien du tout.

— Lui as-tu déjà posé des questions ?

— Bien sûr. Mais elle prenait toujours un air très occupé et elle oubliait de me répondre.

Joy ferma les yeux.

— Je me demande pourquoi il est parti.

— Oui.

— Il devait y avoir quelque chose. Une autre femme, sans doute. C'est habituellement ce qui arrive.

Luna aurait voulu protester. «Non, il n'y avait personne d'autre. Tu n'as pas vu comment il la regardait.» Mais c'était probablement vrai.

— C'est vraisemblable, dit-elle tristement en se levant et en brossant le fond de son short. Je vais aller patauger un peu.

— Je serai là si jamais tu es emportée par le courant.

— Merci infiniment, gloussa Luna.

— À ton service.

Le sable était brûlant. Regrettant de ne pas avoir de tongs, Luna courut jusqu'à la rivière pour plonger ses pauvres pieds dans ses eaux glacées. En laissant les vagues rafraîchir ses arches et ses orteils, elle fixa les flots couleur de cuivre et réfléchit à la cigarette qu'elle avait fumée avec Sally le matin. Elle n'en revenait pas de constater que la pensée de son père ne lui avait même pas effleuré l'esprit.

Avec un choc, elle s'aperçut que, cette fois, elle ne s'était pas contentée de prendre une cigarette pour éviter d'analyser ses émotions. Elle avait aussi fait l'amour avec Thomas. Tragiquement, intensément. En partie parce qu'elle avait envie de lui, mais aussi pour s'abstenir de penser à ces terrains et à tout ce que cette histoire avait déterré.

Une pie vola au-dessus de sa tête, ses plumes blanches et noires brillant sur le bleu Lalique du ciel. Luna la regarda. Dans le silence, sa meilleure amie Barbie dit : «Alors, quel mensonge te racontais-tu, chérie ?»

Cela n'avait peut-être pas été un tel choc d'apprendre son décès parce qu'elle avait toujours cru qu'il était mort. S'il n'avait pas été mystérieusement assassiné – sa propre théorie secrète pour expliquer sa disparition –, alors elle devait se faire à l'idée qu'il avait choisi de les abandonner. Choisi.

La colère au cœur, elle remonta la rivière en pataugeant bruyamment. Elle songea à ses inlassables veilles à la fenêtre pendant lesquelles elle attendait son retour à la maison. Croyant fermement qu'il reviendrait.

Elle s'arrêta brusquement, ferma les yeux et concentra son attention sur cette petite fille sur un canapé, en essayant de la revoir.

Des rideaux bleus, couverts de la poussière de l'air du désert. Le dossier du canapé, d'un brun terne, sous ses coudes. Quelque chose qui lui piquait le genou – sans doute un ressort brisé – pendant qu'elle regardait fixement la fenêtre. Une Barbie abandonnée gisait à côté du trottoir menant à la maison. Même si c'était la laide avec des cheveux courts et des genoux raides, une démodée, quelqu'un devrait aller la chercher avant qu'elle ne s'abîme.

Les odeurs du dîner dans l'air. Des oignons, de la viande et un dessert dans le four, un petit spécial.

Concentrée. Elle le voit remonter la rue. Un débardeur laisse voir ses bras bruns et musclés, avec un hâle si foncé, si foncé. Son jean est couvert de poussière de ciment. Des bottes noires. Une gamelle noire dans une main, son casque dans l'autre. Des boucles noires, collées par la sueur sur son crâne.

Concentrée. Il passerait la porte, sifflerait pour appeler les filles. Elles quitteraient leur coin pour se précipiter sur lui. Il laisserait tomber sa gamelle avec fracas, prendrait une fille dans chaque bras et rugirait comme un tigre en faisant semblant de les mordre. Il sentirait le soleil, la sueur et les cigarettes, peut-être la bière s'il s'était arrêté quelque part sur le chemin du retour.

Papa.

Luna ouvrit les yeux et laissa couler ses larmes. Pauvre petite fille ! Et sa pauvre mère, et sa pauvre sœur. Elles n'avaient cessé d'attendre l'homme qu'elles aimaient et qui n'était pas revenu à la maison pendant trente-cinq ans. Elle se sentit furieuse tout à coup. Pourquoi les hommes agissaient-ils ainsi ? Comment pouvaient-ils simplement abandonner leurs familles ? Que pouvait-il y avoir de plus important que la confiance d'un enfant ?

Plus loin sur la rive, elle aperçut une femme aux longs cheveux noirs qui se penchait pour plonger ses mains dans l'eau. Elle portait des vêtements vaguement hippies – une jupe à volants et un haut en coton rouge à manches longues, ouvert au cou. Luna fut séduite par la longueur de ses cheveux, qui lui allaient presque aux genoux, et par la courbe gracieuse de son dos. Très belle, songea-t-elle en se rappelant, confusément, avoir déjà été aussi jeune elle-même.

— Maman!

C'était Joy qui l'appelait. Luna se retourna. Elle vit Thomas, et son cœur arrêta de battre. Dans un souvenir érotique, elle le revit, appuyé sur les coudes, qui pénétrait en elle. Elle sentit une brûlure sensuelle et intense à la base de sa colonne vertébrale. L'espace de quelques secondes, elle ne vit plus rien d'autre que ses yeux, ovales, sombres et remplis de promesses.

Elle s'aperçut qu'elle n'avait pas bougé, qu'elle était restée là à observer, et elle s'approcha en chancelant un peu. À côté de Thomas, il y avait un grand homme mince, avec des cheveux noirs et une bouche triste. Elle tendit la main.

— Bonjour. Lu McGraw. Voici ma fille, Joy.

— Elle s'appelle Luna, dit Thomas.

— Je suis Tiny Abeyta, dit l'homme d'une voix très douce.

Sa main était aussi molle qu'une algue.

— Joy, dit Luna en faisant un geste pour l'inclure, c'est Thomas.

— Salut, dit Joy.

Il y eut un long moment de gêne pendant qu'ils se jaugeaient les uns les autres. Joy regardait Thomas sans manifester la moindre réaction, Tiny observait Luna, Thomas et Luna s'évitaient soigneusement des yeux.

— Bien, dit Luna. Voulez-vous quelque chose à boire?

— Nous allons décharger notre attirail, dit Thomas, puis nous pêcherons un peu.

— Vous allez pêcher? demanda Joy, l'air ragaillardi. Quelles sortes de poissons y a-t-il dans cette rivière?

— Surtout de la truite brune. Parfois un peu de truite arc-en-ciel. Aimes-tu la pêche? demanda-t-il, de la douceur dans le visage.

— Je ne sais pas. Je n'ai jamais pêché.

Elle lui adressa son sourire le plus malicieux.

— Jamais?

Elle hocha la tête.

— Mais j'aime beaucoup manger du poisson. C'est d'ailleurs ce qui cloche au Nouveau-Mexique. Pas de bon poisson.

Il acquiesça en sortant l'équipement de l'arrière du camion.

— J'ai déjà vécu en Californie, dit-il, et je me rappelle à quel point le poisson était bon. Si frais. Je pourrai peut-être attraper du poisson frais aujourd'hui, ajouta-t-il en tendant une glacière à Joy. Et nous pourrions le faire cuire sur un feu, hein?

Joy sourit.

En les observant, Luna se sentit troublée. «Ne l'aime pas trop», voulait-elle prévenir sa fille. «Il ne sera pas là longtemps.»

Soudain, elle regretta amèrement d'avoir permis à Thomas de se joindre à elles et, sur le coup, dans le flamboiement du soleil de septembre, elle résolut de ne plus leur donner l'occasion de se rencontrer. Elle pouvait au moins faire cela pour Joy, la protéger des souffrances qu'elle pouvait facilement lui éviter.

Thomas apporta les cannes à pêche au bord de la rivière, et tous le suivirent. Joy eut l'honneur de porter la boîte contenant les hameçons et les leurres, un objet en plastique gris très égratigné qui révéla à Luna, quand il fut ouvert, toute une sous-culture qui lui était complètement inconnue.

— Super! s'exclama Joy en saisissant une bouteille au contenu noir et gluant. Est-ce un leurre?

— Ouais, répondit Thomas en prenant un autre flacon dont le contenu ressemblait à du maïs. Mais celui-ci est meilleur pour la truite. Nous n'attraperons sans doute rien aujourd'hui, puisque ce n'est pas une bonne heure pour la pêche, mais on ne sait jamais.

Il prit les cannes et lui en montra les divers éléments, puis il lui apprit comment lancer la ligne à l'eau.

— Ce sont les bases de la pêche, lui expliqua-t-il, pas la pêche à la mouche, qui est beaucoup plus difficile et qui demande beaucoup plus de temps à maîtriser.

Les premiers essais de Joy se révélèrent maladroits, mais elle n'eut pas ce petit rire idiot qu'ont tant de filles – et de femmes – dans de telles circonstances. Elle se reprit, se concentra et essaya de nouveau jusqu'à ce qu'elle réussisse.

— Bravo! s'exclama Thomas.

Joy sourit à Luna par-dessus son épaule.

Tiny et Luna s'assirent sur une roche plate, dans un coin d'ombre. Thomas se retourna vers elle.

— Tu ne veux pas essayer ?

— Pas question.

Il hocha la tête, feignant d'être déçu.

— Et je suppose que tu ne regardes pas le football non plus.

— Bien deviné.

Un homme viril, bien entendu. Luna n'attirait jamais personne qui aime siroter du vin en écoutant de la musique classique le dimanche après-midi. Ce qui, pour être honnête, ne lui plaisait pas particulièrement à elle non plus. Elle avait beau se plaindre du rituel du football, elle appréciait le fait qu'un homme soit un vrai homme. Si elle voulait entendre de la musique Nouvel Âge ou passer l'après-midi à l'opéra, elle pouvait le faire avec des femmes.

Elle le regarda en plissant les yeux.

— Je gage que tu es un partisan des Raiders.

Thomas ne réussit pas à dissimuler sa surprise.

— Comment as-tu deviné ?

Tiny poussa un petit cri amusé.

— Elle t'a bien eu, patron.

— Un coup de chance, dit Luna. Ce sont les partisans les plus acharnés.

— Je ne suis pas acharné, dit-il en lançant sa ligne.

Tiny pouffa de rire.

— Il ne manque jamais une partie. Jamais.

— C'est nettement exagéré, dit Thomas en regardant fixement sa ligne. J'en manque une aujourd'hui.

— La partie des Raiders ne passe pas à la télé ici, dit Tiny.

Luna gloussa.

— Hé ! J'adore le football, lança Joy. Mais seulement l'équipe d'Atlanta.

Thomas acquiesça en faisant la moue. Il lui demanda son avis sur une recrue dont Luna n'avait jamais entendu parler. Joy lui donna une opinion qui semblait très avisée. Comment cela était-il possible ? s'interrogea Luna. Puis elle comprit. Joy s'était

217

intéressée au football pour avoir quelque chose à partager avec son père.

— Alors, dit Luna à Tiny, je crois deviner que vous n'êtes pas tellement adepte.

Il haussa légèrement les épaules.

— J'aime bien ça, vous savez, mais il y a toujours tant de choses à faire. J'ai quatre enfants et une maison. Il faut beaucoup de travail pour tout garder en bon état.

Il releva la jambe de son pantalon et lui montra le gros bracelet électronique qu'il portait à la cheville.

— Cela est encore venu compliquer les choses. J'ai pris bien du retard.

— Combien de temps encore devez-vous le porter?

— Six semaines.

— Toute une dépense, siffla-t-elle.

— Vous pouvez le dire. Ma femme et moi, on doit en porter tous les deux. Ça me coûte les yeux de la tête, vous comprenez.

Luna songea à sa femme qu'elle avait vue la veille, à la salle des Vétérans. Comment avait-elle réussi à s'échapper ainsi? Elle pensa que le centre de contrôle ne faisait pas correctement son travail.

— Ça coûte combien à présent? Dix ou douze dollars par jour?

Il sortit une cigarette de sa poche. Une petite Marlboro, du paquet rouge.

— J'aimerais bien. C'est quatorze dollars et demi.

Il se pencha vers sa cigarette, protégea son briquet avec ses mains, et tira quelques bouffées. Ses cheveux couleur de réglisse tombèrent sur son visage, et il les repoussa en exhalant.

— Excusez-moi. En voulez-vous une? lui demanda-t-il après avoir remarqué avec quelle attention elle l'observait.

Elle hocha la tête.

— Ma femme et moi, quand on va avoir fini nos cours, on pourra vivre de nouveau ensemble. Dans deux semaines.

Joy se retourna.

— Il me semblait bien avoir senti une cigarette! Maman, j'espère que ce n'est pas toi qui fumes.

Le patch collé à l'intérieur du bras de Luna se mit à picoter.

— Non.

— Vous essayez d'arrêter ? demanda Tiny en retirant la cigarette de ses lèvres. Je vais éteindre.

— Non, non, dit-elle. Je vais rester assise ici et profiter d'une bonne dose de fumée secondaire.

Il sourit, ce qui fit un peu oublier la maigreur inquiétante de son visage. Elle imagina le jeune homme qu'il avait été, il n'y avait pas si longtemps, celui qui avait cru en l'avenir et qui se retrouvait plutôt assis à côté d'elle, sa famille lui manquant terriblement, avec son désir de tout remettre en place.

— Comment se passe votre thérapie ? demanda-t-elle.

— Ça va, vous savez. Ils disent toujours la même chose.

Luna attendit la suite. Il prit quelques bouffées de sa cigarette.

— Il y a un type, il dit toujours que vous devez penser au pire truc que vous pourriez faire. Tuer quelqu'un, par exemple. Penser aussi que ce ne serait peut-être pas une mauvaise chose si vous vous sépariez. Je ne trouve pas que c'est correct, vous savez, dit-il en la regardant.

— Qu'est-ce qui n'est pas correct ?

— Quand vous vous mariez, c'est censé être pour la vie, pas seulement jusqu'à ce que l'envie vous en passe.

— C'est vrai. Et il y a beaucoup de problèmes causés par les divorces. Surtout pour les enfants.

— Bon Dieu ! Je ne pourrais pas supporter d'être séparé de mes enfants comme ça. J'en mourrais.

— Pourtant, vous savez, commença-t-elle en se déplaçant pour replier ses jambes sous elle, il y a des gens qui passent toute leur vie à se rendre mutuellement malheureux. C'était le cas de mes grands-parents.

Elle lui jeta un coup d'œil pour voir si elle avait bien choisi son histoire. Constatant qu'il avait penché la tête, l'air intéressé, elle poursuivit.

— Ma grand-mère était très religieuse, très catholique, vous savez, et mon grand-père… disons simplement qu'il ne l'était pas. Elle n'était pas casse-pieds, elle menait seulement une vie réglée. Elle faisait de la marche tous les jours, elle surveillait son alimentation, ainsi de suite. Il buvait, jouait aux cartes et fumait. Je ne sais même pas ce qui les avait attirés l'un vers l'autre au départ.

— Je connais des gens comme ça, gloussa-t-il.

— Ils ne pouvaient pas se retrouver dans la même pièce sans se quereller. Chacun de leur côté, ils étaient charmants. Ensemble ils devenaient malveillants. Leurs enfants étaient perturbés par leurs disputes. Un jour, ma grand-mère l'a simplement quitté. Juste comme ça, dit-elle en faisant claquer ses doigts. Elle est partie à Albuquerque, pour travailler à la cafétéria de l'université, et il est resté derrière, avec son travail, enfin libre de faire la fête quand ça lui plaisait et il en a profité pleinement. Il adorait traîner dans les bars jusqu'à la fermeture, fumer jusqu'à en cracher ses poumons et courir après les femmes.

Tiny sourit.

— On dirait que c'était un type pas mal débauché.

— Exactement. Mais attendez la suite, Tiny, dit Luna en lui touchant le bras d'un geste instinctif. À Albuquerque, ma grand-mère s'est mise à travailler à la cafétéria et elle a commencé à fréquenter une nouvelle église. Elle a rencontré un homme qui était aussi sobre qu'elle, ils se sont mariés et ils ont vécu ensemble pendant vingt ans, très heureux. Finalement, mes deux grands-parents ont été tous les deux beaucoup plus heureux. Et leurs enfants aussi, parce qu'ils n'avaient plus à craindre que l'un des deux assassine l'autre.

Il éteignit sa cigarette et mit le mégot dans le papier de cellophane qui entourait son paquet, un geste qui plut à Luna.

— Je comprends ce que vous dites, mais ce n'est pas comme ça pour ma femme et moi. Je ne pourrais jamais aimer quelqu'un d'autre.

— Vraiment ?

Quelque chose dans le visage de Tiny lui donna tout à coup l'impression d'étouffer. Son histoire n'avait pas modifié sa façon de penser. Il ne serait jamais capable de lâcher, à moins d'une thérapie beaucoup plus intensive. Sa culture, son monde, ses méthodes, tout lui disait qu'il devait faire les choses d'une certaine manière. Ce n'était pas une session de six, douze, ni même quinze semaines en gestion de la colère qui réglerait ses problèmes en profondeur. Il aurait eu besoin d'une thérapie particulière. Mais qui paierait? Pas l'État. Pas lui, il n'en avait pas les moyens. Luna trouvait cela intolérable.

— Tiny, est-ce votre premier amour?

— Non, dit-il en relevant sa manche pour lui montrer un nom tatoué sur son avant-bras: GLORIA. Je suis sorti avec Gloria depuis l'âge de treize ans jusqu'à ma sortie de l'armée. On devait se marier, mais je l'ai surprise en train de flirter avec un autre type et je l'ai quittée.

— Vous avez donc été ensemble longtemps.

— Ouais.

Il baissa sa manche.

— Votre séparation vous a-t-elle brisé le cœur?

— Ouais, dit-il en la regardant. Mais ce n'est pas la même chose. Je vous le dis, Angelica est spéciale. Elle est ma vie. Elle est la mère de mes enfants.

— J'admire votre dévotion, dit-elle sincèrement, c'est rare. Mais Tiny…

Sur la rive, Joy se mit à sautiller.

— J'en ai attrapé un! Je pense que j'en ai un! Thomas, à l'aide!

Tiny et Luna sautèrent sur leurs pieds et regardèrent Thomas aider Joy à sortir son poisson de l'eau, une truite toute frétillante, de taille respectable. Quand ils la déposèrent sur le bord, Luna dut détourner le regard. Elle détestait voir mourir des poissons. C'était tellement injuste. Ils nageaient tranquillement, sans se mêler des affaires des autres, et quelqu'un arrivait qui les attrapait, puis ils étaient morts.

Quand la truite eut la gorge proprement tranchée, Luna s'approcha pour féliciter Joy, qui bondissait de joie, comme une enfant.

— J'en ai attrapé un! J'en ai attrapé un!

Luna n'aurait plus la chance de parler à Tiny, ce jour-là, mais elle le vit plus tard, assis sur la rive, qui fumait en réfléchissant. Peut-être leur conversation l'avait-elle aidé. Peut-être que non. On ne pouvait rien faire de plus que saisir les occasions qui se présentaient.

Toute fière d'avoir pris son premier poisson, Joy était d'excellente humeur. Elle aida Thomas à préparer un feu dans une petite fosse destinée à cet usage. Il lui montra comment nettoyer le poisson, puis l'emballa dans du papier aluminium avec du beurre. En attendant qu'il soit prêt, tout le monde grignota des sandwiches, des craquelins et du fromage en buvant de la limonade, du thé glacé et de grandes bouteilles d'eau. Thomas, Luna et Tiny parlèrent de politique et du bon vieux temps, alors qu'il n'y avait pas autant de Californiens qui venaient s'installer au Nouveau-Mexique et qu'on pouvait acheter une maison pour presque rien. Quand le poisson fut cuit, ils firent quatre parts de sa chair délicieuse, humide de beurre, aussi tendre que la journée elle-même.

Joy aurait bien aimé que Maggie soit avec elle. Pas tant parce qu'elle n'appréciait pas la compagnie de sa mère et de Thomas, au contraire. Mais parce que les adultes sont toujours… bien… des adultes. Avec toutes leurs discussions ennuyeuses à propos de leur jeunesse, dans l'ancien temps, ils pouvaient rester à causer sans rien faire pendant quelque chose comme douze mille ans. Le type maigre, Tiny, avait fini par s'endormir sur la couverture, à l'ombre, pendant que la mère de Joy et Thomas s'étaient assis, l'un près de l'autre, mais sans se toucher, sur une pierre au bord de l'eau. Thomas laissait filer sa ligne dans le courant, les mains sur les cuisses, et Joy vit que sa mère s'efforçait de ne pas le regarder.

C'était tellement mignon. Sa maman rougissait même. Et Joy voyait bien qu'elle plaisait vraiment à Thomas et qu'il avait besoin de toute sa volonté pour ne pas se jeter sur elle. Le regard ardent, il prenait le moindre prétexte pour la toucher accidentellement. Les doigts, les mains et son bras collé sur le sien. Joy avait tellement hâte de dire à Maggie que sa mère avait un vrai amoureux.

— Je vais marcher un peu, dit-elle après le déjeuner.

— Veux-tu de la compagnie ? demanda Luna.

— Pas à moins d'y être obligée, répondit-elle en haussant les épaules. Je peux ?

— Reste dans le sentier pour ne pas te perdre.

— Et fais attention aux serpents à sonnettes, ajouta Thomas.

— Je n'ai pas peur des serpents à sonnettes, dit Joy en levant les yeux au ciel.

— C'est vrai ?

— Un serpent qui t'avertit de sa présence ? Franchement. Vous avez déjà vu une rivière remplie de vipères d'eau ? Ça c'est terrifiant.

Il lui fit un sourire qui lui plissa les yeux et que Joy trouva charmant.

— Je mentirais si je disais oui. Il y a des pétroglyphes par là-bas, dit-il en lui indiquant un sentier brun grisâtre qui passait entre deux très vieux peupliers. Observe les rochers en passant.

— Super, dit Joy, même si elle ignorait ce qu'étaient des pétroglyphes.

Certainement quelque chose de très ancien. Il y avait toujours quelque chose de vieux par ici. Un de ces jours, elle voulait se rendre à Mesa Verde pour voir les falaises. Ce n'était pas si loin. Une fille qu'elle connaissait à l'école, à Atlanta, était allée en vacances par-là et elle avait dit que c'était vraiment, vraiment, super. Elle prit une bouteille d'eau et leur fit au revoir d'un signe de la main.

— Soyez sages, chantonna-t-elle.

Sa mère rougit.

En marchant, elle songea qu'ils allaient enfin pouvoir s'embrasser et regretta de ne pas avoir un amoureux, elle aussi. Comme ce cousin de Maggie. Ou son oncle ? De toute façon, ce serait bien s'il était venu se promener par ici aujourd'hui et qu'elle tombait sur lui, tout seul, assis sur un rocher à regarder le ciel. Elle serait si étonnée. Et il lui ferait son sourire taquin, les yeux un peu brillants. En y pensant, elle sentit une bouffée de chaleur monter dans son corps. Il était tellement mignon. Et pas si vieux. Peut-être la remarquerait-il si elle redonnait une couleur normale à ses cheveux.

Il y avait d'autres gens sur le sentier – en fait, il y avait beaucoup de circulation. Deux petits garçons descendirent la colline à la course vers elle, en criant de toute leur force. Elle pensa à ses petits frères avec un coup au cœur. C'était ce qu'elle trouvait le plus difficile, le fait qu'ils lui manquent tellement. Elle ne s'y était pas attendue, et elle avait parfois peur de ne pas pouvoir rester avec sa mère, si cela voulait dire ne plus jamais vivre avec ses frères.

Ces garçons avaient la peau foncée. Ils lui dirent « Hola ! » en passant à la course à côté d'elle, deux petits bouts de chou robustes en jeans et en chemises à carreaux. Ils se faufilèrent dans une brèche entre les arbres. Elle entendit des bruits d'eau et décida de les suivre. C'était un endroit tranquille. Elle se retourna du côté d'où elle était venue et aperçut la couverture étendue sur la rive. Tiny était parti. Sa mère et Thomas étaient sur leur rocher, en train de s'embrasser passionnément.

Joy savait qu'elle aurait dû détourner le regard, qu'elle épiait indûment un moment intime, mais la scène était si excitante qu'elle sentit ses joues rougir et le bas de son ventre brûler. Imposant, Thomas enveloppait sa mère comme une poupée, comme s'il allait la fondre dans son corps. Il l'embrassait avec concentration, la main sur son visage, le poignet couvert de ses boucles blondes. Et sa mère – sa mère avait l'air de quelqu'un qui aurait accepté avec joie de mourir à l'instant même. Pendant que Joy les observait, la main de Thomas glissa pour couvrir le sein de sa mère…

Joy se détourna, envahie par une bouffée de chaleur qui l'humiliait. Son corps lui semblait étrange, comme s'il ne lui avait pas appartenu. Elle traversa d'un pas lourd le bosquet de chênes et suivit par intermittence les sentiers qui menaient vers la montagne, sans voir où elle allait. Qu'est-ce qui clochait chez elle ? Il lui arrivait de ne rêver de rien d'autre que de la main d'un garçon sur ses seins. Parfois, tard le soir, elle y songeait, allongée sur son lit, et elle sentait son corps brûler. Elle se sentait agitée. Elle se sentait téméraire. Elle l'avait déjà regretté, aussi, mais elle n'avait pas eu sa leçon.

Ce n'était pas si facile de tomber sur des types à qui elle plaisait. Ils la trouvaient trop grande. Ou ils avaient peur de son père. Ou elle était une trop bonne fille. Ou elle n'était pas leur genre. Ou ils étaient dégoûtés parce qu'elle était sortie pendant deux malheureux mois avec un Noir qui s'était révélé le pire couillon qu'elle ait jamais connu. Une amie avait tenté de la prévenir du risque de sortir avec des types trop beaux, mais elle ne l'avait pas écoutée.

— N'importe quel mec qui est aussi mignon, lui avait dit Tracy, va nécessairement te causer bien des ennuis.

Et c'était ce qui était arrivé. Surtout parce qu'il y avait bien des gars qui ne voulaient toujours pas sortir avec une fille qui avait couché avec un Noir.

Mais, de toute façon, elle n'aurait jamais voulu fréquenter un garçon qui pensait ainsi.

C'était tellement compliqué !

Elle se frappa un orteil sur une pierre. Fort. Avec un cri, elle se mit à sautiller en retenant ses larmes et s'aperçut qu'il commençait à saigner. Un mauvais coup. Elle se retourna pour se diriger vers la rivière, mais elle constata qu'elle était embrouillée. Pas égarée, sûrement. Il y avait un sentier étroit – elle l'avait quitté, mais elle pouvait encore entendre les petits garçons crier et se chamailler, un bruit d'eau à l'arrière-plan.

En boitant et en gardant son pied dans les airs le plus possible, elle se dirigea vers le son des voix des garçons pendant que le sang coulait entre ses orteils. Elle avait mal, aussi. Tout à coup, le soleil lui parut horriblement chaud et le sous-bois vaguement inquiétant. Elle crut apercevoir une silhouette devant elle – un bout de jupe rouge, un bruissement de cheveux.

— Hé ! Madame ! cria-t-elle.

La femme continuait à avancer, d'un bon pas, des taches de soleil sur les épaules.

— Hé ! Au secours !

Elle arriva à un tournant – s'apitoyant sur son sort et presque en larmes – et faillit heurter quelqu'un. Elle retint un cri en levant les yeux. C'était l'ami silencieux de Thomas, Tiny. Il avait l'air confus.

— As-tu vu une dame par ici ? demanda-t-il.

— Ouais, dit-elle, et des petits enfants aussi, là-bas, mais regardez.

Elle lui indiqua son pied, maintenant couvert d'une bonne quantité de sang. Sur le dessus de son orteil, flottait un morceau de peau. La blessure n'était pas aussi grave qu'elle le paraissait, mais elle était quand même plutôt dégoûtante.

— Aidez-moi à me rendre à la rivière pour rincer mon pied.

— Aïe, ma fille, c'est pas beau. Appuie-toi sur mon bras. Viens.

Reconnaissante, Joy saisit son bras maigre. L'eau n'était pas loin. Elle prit soin de ne pas regarder en direction de sa mère et elle apprécia le fait que Tiny émette un sifflement, fort et long, pour attirer son attention et celle de Thomas. Évidemment, ils ne faisaient certainement rien d'inconvenant en plein jour, rien de plus que se bécoter, mais elle ne voulait même pas voir cela. Elle plongea le pied dans l'eau froide, en serrant un peu le bras de Tiny et en retenant son souffle.

— Ouille ! Ça fait mal !

— Mais ça ne saigne plus, dit-il en regardant par-dessus son épaule. Tu as vu cette dame, toi aussi, hein ? Elle n'était pas seulement dans mon imagination ?

— Non, je l'ai vue. De très longs cheveux ? Une jupe rouge ?

— Ouais, dit-il en poussant un soupir de soulagement et en lui faisant un sourire étrangement séduisant. Je pensais que c'était peut-être *La Llorona* et que j'allais avoir de gros ennuis.

— Qui est-ce ?

— Tu ne la connais pas ?

Il pencha la tête, en faisant des tss… tss… perplexes, et s'accroupit. Joy reconnut les préliminaires d'une grande légende et se prépara à écouter.

— *La Llorona,* dit-il, est un fantôme très méchant. Elle a tué ses enfants quand son homme l'a trompée et elle passe tout son temps à errer le long de la rivière, en essayant d'attirer les enfants dans l'eau pour les noyer, ou parfois en avertissant les hommes qu'ils vont mourir.

À point nommé, un oiseau cria au-dessus de leur tête, et Joy sentit un frisson lui parcourir la colonne vertébrale. Elle éclata de rire.

— J'ai eu peur !

Il la poussa du coude.

— Moi aussi ! dit-il avant de rire lui aussi.

— Que s'est-il passé, ma grande ? demanda sa mère qui arrivait, suivie de Thomas.

Elle avait les joues rouges, mais plus à cause du soleil que de la honte, ce dont Joy fut heureuse. Elle sortit son pied de l'eau, l'air pitoyable.

— Je me suis fait un bobo, maman.

— Oh ! C'est bien vrai, dit-elle en se penchant pour regarder la blessure, les doigts autour de la cheville de Joy. Tu as souvent eu des blessures aux orteils. Pauvre toi !

Le soleil faisait miroiter l'or et l'argent dans les boucles blondes de sa mère, qui leva des yeux brun foncé, pleins d'amour, vers le visage de sa fille. Elle lui souriait en fronçant les sourcils par sympathie, et Joy se revit, à trois, à six et à sept ans, venir montrer à sa maman ses orteils vilainement amochés. Ses yeux se remplirent de larmes de gratitude.

— Personne n'a jamais pris soin de moi comme toi, dit-elle en adoptant une voix de petite fille pour que cela ne paraisse pas trop sérieux.

— Viens, ma grande, j'ai une trousse de secours dans la voiture.

Thomas se pencha en se retournant.

— Grimpe. Je vais t'amener sur mon dos.

— Je suis beaucoup trop lourde ! dit-elle.

— Il est fort, *h'ita,* dit Tiny en riant.

Alors Joy prit Thomas par le cou. Sa tresse, chauffée par le soleil, avait l'odeur du vent un jour d'été. Ses épaules étaient larges comme un canyon et, malgré son orteil qui laissait tomber des gouttes de sang pendant tout le trajet, elle se sentait en sécurité. Plus en sécurité, songea-t-elle, qu'elle ne s'était jamais sentie. Comment cela était-il possible ?

227

***

Plus tard, en fin d'après-midi, Thomas aida Luna à se lever, et ils allèrent se promener dans un sentier parmi les arbres. C'était réjouissant et langoureux de marcher avec lui. Elle avait le corps amolli par le soleil et la quiétude. Une belle journée pour être en vie, songea-t-elle. C'était pour des jours comme celui-ci que les autres valaient la peine d'être vécus.

— Je t'ai entendue parler à Tiny, dit Thomas. Merci.

— Ce n'est probablement pas de mes affaires, mais il souffre beaucoup.

Elle pensa à la femme de Tiny, qui s'était exhibée outrageusement la veille.

— Sa femme aussi, ajouta-t-elle en hochant la tête. Quelle est leur histoire ?

Il soupira.

— Je ne sais pas. *Abuelita* dit qu'Angelica descend d'une lignée de mauvaises sorcières.

— Vraiment ? demanda-t-elle, son intérêt piqué.

— Ce matin, elle a donné une amulette à Tiny. Et à moi aussi, dit-il en la sortant de sa poche pour la lui mettre dans la main.

— Qu'y a-t-il dedans ?

— De la poussière sacrée, surtout. Une médaille de saint. Qui sait ? dit-il en haussant les épaules.

— Et à quoi cela sert-il ?

— À se protéger, j'imagine.

— De la poussière pour se protéger ?

— Ce n'est pas n'importe quelle poussière. C'est de la poussière sacrée de Chimayó.

— Je vois, dit Luna avec le respect qui s'imposait. J'en ai entendu parler, mais je n'y suis jamais allée. Toi ?

— Souvent.

Il lui prit le coussinet des mains et le soupesa, comme pour évaluer le poids de son pouvoir magique.

— C'est un endroit sacré, mais dont certains aspects me donnent la chair de poule. Il y a ces poupées là-bas – je ne les aime pas. Et Santo Niño, le connais-tu ?

— Non. Un bébé saint ?

Il remit l'amulette dans son porte-monnaie.

— Un Jésus bébé. On dit qu'il se promène dans la campagne et qu'il accomplit des miracles. Si souvent qu'on doit remplacer ses chaussures une fois par année. J'étais terrifié par lui quand j'étais petit.

— Pourquoi ?

— Il a une niche particulière, dans une chapelle de côté, une grande statue avec des vêtements comme ceux d'un enfant du XVIIIe siècle. À l'intérieur de la niche, il y a des tonnes de bottines de bébés, et les gens ont gravé les noms de personnes – probablement surtout des enfants – dans le bois autour de lui, dit-il en grimaçant. Quand j'étais petit, je croyais entendre des chuchotements et je faisais toujours des cauchemars dans lesquels il venait dans ma chambre pour me dire qu'il m'avait vu faire de vilaines choses.

— Oui, c'est plutôt effrayant.

Ils ne parlaient que pour éviter de s'embrasser. Luna s'arrêta enfin et mit la main sur son bras.

— Je pense que ça va à présent.

Il jeta un coup d'œil par-dessus son épaule.

— La voie est libre, dit-il en posant la main sur sa joue. Merci, mon Dieu.

La Vierge de Guadalupe

Il y a très longtemps, un paysan amérindien, qui s'appelait Juan Diego, gravissait une colline quand lui apparut une magnifique femme à la peau foncée, entourée d'un halo doré. Elle lui dit qu'elle était la Madone, la mère de Jésus, et qu'elle voulait qu'une église soit érigée en son honneur à cet endroit précis. Juan, très impressionné, alla, comme elle le lui avait demandé, porter le message à l'évêque, qui ne le crut pas. Trois jours plus tard, la Guadalupe lui apparut de nouveau et fit fleurir des roses de Castille en plein hiver. Juan Diego en remplit sa cape et alla les porter à l'évêque. Quand il ouvrit sa cape, les roses se répandirent sur le sol, fraîches et superbes, et l'évêque fut convaincu. Aujourd'hui encore, le manteau sacré de Juan Diego porte toujours l'image de la magnifique Vierge noire qui est, au dire de tout le monde, la reine du Mexique.

Quatorze

Le journal de Maggie

17 septembre 2001,
San Roberto B

Cher Tupac,
Ma maman va de plus en plus mal, et je ne sais pas quoi faire. Hier, son patron a appelé, dans tous ses états, et il se demandait pourquoi elle n'était pas allée travailler depuis trois jours. Je n'en savais rien. Je lui ai dit qu'elle avait vraiment la grippe, et il a dit qu'elle devait le rappeler. Il en avait assez qu'elle soit toujours absente. Elle exagérait.

Quand papa était là, le dimanche était une belle journée chez nous. Nous nous levions tôt et nous allions à la messe, tous ensemble, à l'église Notre-Dame-de-Guadalupe, en ville. En-suite, nous allions déjeuner au restaurant, puis faire un tour. Parfois nous allions à Pueblo pour faire des courses ou manger du pain frit, ou quelque part dans les montagnes, parfois à Espagnola pour rendre visite à des cousins. Des trucs comme ça. Ce n'était pas toujours ce que j'avais envie de faire, mais c'était quand même bien. Je regrette de m'être plainte autant en ce temps-là. C'était bien, et je ne le savais même pas.

Et tous les dimanches soir, sauf quand nous allions faire des courses, maman préparait un bon repas. Durant la semaine, nous mangions souvent des trucs ordinaires, comme des spaghettis ou des burritos, *parce que c'est rapide à préparer et que maman de-vait travailler, après tout. Mais le dimanche, maman cuisinait un gros dîner – des côtes de porc, peut-être, un gros rôti ou, parfois, elle achetait des* tamales *à de vieilles dames qui en vendaient à l'église, elle faisait du chili vert, et nous en mangions.*

231

Alors, ce dimanche, aujourd'hui, j'ai décidé que c'était peut-être ce qu'il lui fallait. J'ai appelé mon oncle Ricky, et il est venu. Il m'a emmenée acheter des tamales. Ensuite, j'ai téléphoné à grand-maman, la mère de papa, je l'ai invitée à venir dîner avec nous et j'ai dit à Ricky qu'il pouvait venir lui aussi, s'il voulait. Il a dit que ça lui plairait. Il a déjà dix-neuf ans, même s'il lui reste un an à faire au collège, alors c'est presque un adulte. Ça m'a fait du bien.

Comme maman faisait une de ses siestes sans fin, elle n'a pas remarqué que j'ai passé toute la journée dans la cuisine. J'ai utilisé une de ses recettes. Ce n'est pas comme si je ne savais pas cuisiner – je suis plutôt bonne pour ça – alors, la maison a bientôt été remplie de bonnes odeurs. La cuisine était pleine de vapeur, ce qui m'a mise de bonne humeur, et j'ai même ouvert la radio au poste espagnol parce que ça me faisait penser à papa. Il aimait la radio espagnole.

Vers la fin de la journée, le ciel s'est couvert, et tout m'a semblé encore plus douillet. Sur la table, j'ai mis les assiettes rouges et jaunes que maman a achetées chez Pier One à Albuquerque, avec des images de coqs et de tournesols, des trucs vraiment chargés et un peu fous, et c'est pour ça que maman les a choisies.

Mon amie Joy a téléphoné vers dix-sept heures. « Que fais-tu ? »

« Je mets la table. Nous allons manger des tamales. Veux-tu venir ? As-tu déjà mangé de vrais bons tamales ? » Je ne crois pas qu'ils aient ce genre de truc à Atlanta.

« Je ne pense pas pouvoir y aller. Je me suis blessée à l'orteil. C'est horrible. »

« Ta mère pourrait peut-être te conduire. »

« Non. »

« C'est juste à côté – moins d'un kilomètre. Mets de bonnes chaussures solides. »

« Ça fait trop mal. » Joy avait vraiment l'air déçue, et je l'étais moi aussi. « Ce serait si agréable de me retrouver avec quelqu'un de mon âge. »

« Peut-être que maman pourrait aller te chercher quand elle va se réveiller, hein ? Veux-tu ? »

« *Non, ne te donne pas cette peine. De toute façon, je serais probablement mieux de faire mes devoirs.* » *Il y eut un clic sur la ligne.* « *Je dois te quitter. Il y a un appel en attente. Je te verrai à l'école demain.* »

Tout de suite après, il s'est mis à pleuvoir. Pas une grosse pluie comme celles que nous avions eues, mais une toute douce. Plus froide. Quand grand-maman et Ricky sont arrivés, j'ai regretté de ne pas avoir mis de pull avant de leur ouvrir la porte. Grand-maman a dit : « *L'hiver s'en vient.* » *Ensuite elle a levé le nez pour humer.* « *Oh ! h'ita, que ça sent bon ici !* »

Je l'ai remerciée et je les ai conduits dans la cuisine pour leur montrer la table, qui avait l'air si gaie, et grand-maman a dit : « *Alors, où est ta maman ?* »

Je lui ai dit qu'elle dormait. Grand-maman a soulevé les couvercles des casseroles pour voir ce qu'il y avait dedans, et j'avais un peu peur que ça ne soit pas bon. Elle a pris une grande cuillère dans le tiroir et a brassé le chili en le regardant pendant au moins une minute, je t'assure, je me demande bien ce qu'elle peut voir dans une casserole – juste un tas d'oignons et des petits morceaux de piments et de viande. « *Je n'ai pas haché les oignons assez fins, c'est ça ?* »

« *Ils sont parfaits.* » *Elle a pris une bouchée et a regardé le mur.* « *C'est bon, vraiment bon. Tu vas être une excellente cuisinière.* » *Elle a un peu baissé le feu et m'a dit :* « *La prochaine fois, tu pourrais laisser cuire le porc pendant que tu es à l'église, il sera alors vraiment très tendre.* » *Elle l'a dit gentiment, juste pour m'apprendre quelque chose en cuisine, je ne me suis pas sentie blessée.*

« *Installez-vous tous les deux pour manger* », *a dit grand-maman,* « *je vais aller réveiller Sally.* »

Ricky a levé le couvercle du plat qui contenait les tortillas et il m'a dit : « *Elles ne sont pas maison.* »

« *Hou !* » *lui ai-je répondu.*

Il m'a souri pour me montrer qu'il voulait seulement me taquiner et il en a pris une quand même. « *Tu devrais demander à grand-maman de te montrer, comme ça tu sauras comment faire quand tu seras grande.* » *Il a roulé sa tortilla et s'est appuyé contre le comptoir pour la mâcher. Il me faisait tellement penser à papa, surtout quand il faisait ça en repoussant une mèche qui était retombée sur son front, que j'ai eu tout à coup les yeux pleins de larmes.*

Ricky m'a dit : « Qu'y a-t-il, Maggie ? Que s'est-il passé ? », et j'ai hoché la tête pour que les larmes ne barbouillent pas mon eye-liner. « Tu ressembles tellement à papa. »

Il s'est approché de moi, m'a pris dans ses bras et m'a dit, « Je suis désolé, h'ita. Je te comprends. Il me manque parfois tellement. Souvent, je pense à une chose que je voudrais lui dire, ou je vois une voiture qu'il aurait aimée et, alors, je me rappelle tout d'un coup que je ne pourrai plus jamais rien lui dire. »

Je ne me suis plus inquiétée de mon eye-liner. C'était tellement bon de parler de lui. J'ai dit à Ricky : « Il me manque de toutes sortes de façons, quand il y a des plants de tomates dans le parking du supermarché, par exemple, et quand ils chantent des chansons en latin à l'église, ou quand je mets du vernis sur mes ongles d'orteils, parce qu'il trouvait ça drôle quand j'en mettais du vert. »

De la chambre de maman nous est parvenu un gros bruit, comme s'il y avait une dispute, et mon cœur s'est décroché. Jusqu'à ce moment-là, je ne m'étais pas aperçue que maman avait pris des somnifères. À présent, elle ne se réveillerait pas vraiment avant le lendemain matin. Si on la tirait quand même du lit, elle serait hystérique et bizarre, et je ne pourrais pas le supporter. Alors, j'ai couru jusqu'à sa chambre et j'ai dit à grandmaman de la laisser tranquille, de venir manger, que tout irait bien. Grand-maman m'a dit, scandalisée : « Et toi qui as préparé tout le repas ! »

Je lui ai pris la main pour la ramener dans la cuisine. « Je vais lui en garder. Promis. » Mais cette assiette supplémentaire sur la table m'agaçait, et j'ai demandé à Ricky s'il irait chercher Joy, en lui expliquant qu'elle s'était blessée à l'orteil et qu'elle ne pouvait donc pas marcher jusqu'ici, même si c'était tout près. Et il a été d'accord. Il a sorti ses clés et il l'a ramenée. Alors, nous avons quand même eu un repas agréable, et je pense que Ricky a plu à Joy.

Mais maman ne va pas mieux. Je ne sais pas qui va l'aider. Je ne sais pas à qui m'adresser. Grand-maman a essayé de me convaincre d'aller vivre avec elle, au moins jusqu'à ce que maman aille mieux, mais comment pourrais-je faire ça? La laisser toute seule? Elle mourrait, c'est sûr.

Je dois aller à l'école demain. Bonne nuit.

Alcooliques Anonymes – Les douze étapes

4. Faire une analyse morale de soi-même, profonde et sans indulgence.

5. Reconnaître devant Dieu, devant soi-même et devant les autres la nature exacte de nos torts.

6. Nous mettre entièrement dans les mains de Dieu pour qu'il abolisse tous nos défauts de caractère.

7. Lui demander humblement d'effacer toutes nos imperfections.

8. Établir la liste de toutes les personnes auxquelles nous avons fait du tort et chercher comment leur offrir réparation.

9. Si possible, réparer directement les torts faits à de telles personnes, sauf si cela risque de les blesser ou de blesser quelqu'un d'autre.

10. Faire constamment une analyse personnelle et, s'il y a lieu, admettre aussitôt nos torts.

Quinze

Après le départ de Joy, Luna se sentit agitée. Affamée. À l'extérieur, le temps était trop humide pour jardiner, mais elle mit un chapeau de pluie et sortit quand même se promener, pour profiter de la faible bruine qui réhydratait ses sinus et ses poumons asséchés par l'air désertique et qui aspergeait son visage, ses cils et ses lèvres.

Sans l'avoir prémédité, elle s'aperçut que ses pas la menaient chez Thomas. Elle allait voir où il vivait et à quoi ressemblait sa maison.

Comme une adolescente. «Que c'est mignon!» roucoula Barbie.

Pas vraiment. Mais, quand elle la vit, Luna fut heureuse d'y être allée. Sous la bruine, elle semblait un peu branlante, au sommet d'une colline. Le terrain était si abrupt qu'on y avait installé des marches faites de traverses de voie ferrée. C'était une maison victorienne à deux étages, d'un style inhabituel dans ces parages, avec des murs en stuc et une galerie autour. Une femme aurait accroché des paniers de fleurs aux crochets vides, mais il ne poussait, tout autour, que de grands phlox pourpres et une grosse touffe de cosmos – des plantes très peu exigeantes. En se rappelant que Thomas lui avait décrit sa maison comme un être abandonné qu'il avait adopté, elle sourit, l'en aimant davantage. Cette vaste maison gardait un relent de majesté, une sorte de sérénité dans les grandes fenêtres de l'avant qui donnaient sur la vallée. De cette pièce, la vue devait être extraordinaire. Elle en fut jalouse un instant.

Comme elle n'avait pas prévu venir, elle se demandait si elle allait se présenter à la porte ou continuer sa promenade, mais elle ne se posa plus la question quand elle aperçut Thomas, lui-même à l'abri sous le toit de la galerie. Il était assis sur une chaise et tenait quelque chose dans les mains. Son chien sauta en bas de la galerie et, en glissant sur l'herbe mouillée, s'approcha d'elle. Il lui lécha joyeusement la main, puis repartit vers son maître comme pour lui dire : « Viens voir ! C'est tellement amusant d'avoir de la visite ! »

Thomas se leva sans sourire. Luna fut inquiète. N'avait-elle pas agi bêtement comme une adolescente et ne mériterait-elle pas le fouet pour être venue sans s'annoncer ? Sans réfléchir, elle avait agi d'instinct.

Il l'invita à monter, et elle gravit prudemment les marches, de l'eau dégoulinant de son chapeau, les joues en feu.

— Je voulais voir où tu habites, dit-elle en le rejoignant à l'abri du toit de la galerie.

Un long moment, Thomas la regarda en silence.

— Je suis heureux que tu sois là…

Tiny sortit de la maison en faisant claquer la porte et se mit à parler avant de s'apercevoir de la présence de Luna.

— Hector Baca a vu Angelica cet après-midi, avec un connard, et je ne réussis pas à parler à qui que ce soit pour savoir ce qui se passe. Thomas…

Il s'interrompit en voyant Luna.

Derrière elle, les vannes du ciel s'ouvrirent et l'eau se mit à tomber comme un torrent dévalant des nuages vers la terre. Lui fermant toute issue.

— Attends une seconde, dit Thomas en posant la main sur son bras. Ne pars pas.

Elle acquiesça.

— Tiny, viens avec moi dans la maison.

Ils se préparaient à entrer quand le téléphone que tenait Tiny se mit à sonner. Il répondit aussitôt, puis le passa à Thomas.

— C'est ton ex, dit-il.

Il voulait manifestement que Luna l'entende, que d'autres souffrent avec lui. Il rentra en faisant de nouveau claquer la porte.

Luna aurait souhaité être engloutie dans les entrailles de la terre par un séisme. Le grondement du tonnerre la fit sursauter.

— Nadine, aboya Thomas dans l'appareil, que se passe-t-il?

Il ne s'éloigna pas, et Luna songea qu'il agissait peut-être intentionnellement pour lui montrer que le téléphone de son ex n'avait aucune importance pour lui.

Elle se détourna et regarda vers la vallée. Des nappes de brouillard faisaient paraître les champs de *chamiso* et de sauge doux et pelucheux, et le sommet des montagnes, sous une couche de nuages sombres, était d'un bleu profond. Elle essayait de ne pas écouter la conversation, mais Thomas n'en faisait pas un mystère.

— Ça ne te concerne pas, dit-il. Nadine, que veux-tu que je fasse?

Un long silence, rempli par le bruit de la pluie qui tombait autour de la galerie. Venant du combiné, Luna entendit vaguement une voix de femme qui sanglotait. Quand Thomas reprit la parole, son ton s'était adouci.

— Tu devrais peut-être aller voir un conseiller. S'il ne veut pas t'accompagner, vas-y toute seule.

Intriguée par quelque chose dans sa voix, Luna lui jeta un coup d'œil. Il courbait les épaules, le visage ému.

— Nadine... dit-il doucement. Nadine... répéta-t-il plus fort pour l'interrompre.

« Je suis peut-être encore amoureux de mon ex-femme. »

Les joues brûlantes, Luna descendit de la galerie et s'éloigna légèrement pour lui laisser un peu d'intimité. Par une fenêtre, à l'autre bout de la maison, elle vit une grande cuisine ancienne où Placida était assise dans une berceuse. En écoutant la radio, ouverte à un poste catholique qui diffusait en espagnol, elle égrenait un rosaire dont les grains bleus glissaient entre ses doigts noueux. Luna se rappela tout à coup la mère de son père, dans une maison où il y avait un linoléum turquoise et des installations sanitaires roses dans la salle de bains, à genoux devant un petit autel au fond du corridor. Comme elle était morte alors que Luna n'avait que quatre ans, le souvenir était flou.

Placida ne la vit pas, et Luna recula un peu, pour ne pas paraître indiscrète, mais elle ne pouvait détacher les yeux de la scène. Elle aurait eu envie de la peindre. La lumière, au-dessus de l'évier, qui éclairait un gros chat noir couché sur le rebord de la fenêtre, la queue battante, englobait presque Placida dans son rayon. Avec sa robe de maison fleurie et ses cheveux extraordinaires, surtout gris, mais avec encore une touche de noir, qui lui tombaient probablement jusqu'aux hanches quand elle défaisait ses tresses. Luna songea qu'elle était déjà sur terre à l'époque où Pancho Villa traversait le Mexique et qu'elle avait voyagé sur la route de Raton dans un chariot.

Derrière elle, elle entendit la voix de Thomas.

— Nadine, je suis désolée, mais je ne crois pas que je puisse t'aider.

Il raccrocha en soupirant et se pencha vers Luna pour l'embrasser dans le cou, un geste maintenant familier, même s'ils se connaissaient depuis moins de deux semaines. C'était agréable. Instinctivement, Luna chercha son poignet pour prendre sa main et lui offrir le réconfort dont il avait sans doute besoin.

— Je suis désolée, dit-elle. Je suis venue à un bien mauvais moment.

— Non, dit-il en s'approchant d'elle et en posant son menton sur son épaule, les bras autour de sa taille. Je suis heureux que tu sois là. Viens t'asseoir.

Luna s'installa sur une des chaises, et il s'assit à côté d'elle après avoir ramassé le morceau de bois qu'il tenait à son arrivée. Une forme commençait à en émerger – un genou écartant un pan de tissu, un pied. Il prit un couteau, et des copeaux glissèrent sur la lame et se mirent à voltiger dans l'air.

— Je crois que c'est une Vierge, dit-il. Je n'en ai pas fait depuis longtemps.

— *Santos ?*

Il acquiesça.

— Dans la lignée d'*Abuela,* il y a toujours eu beaucoup de *santeros.*

Il leva la sculpture pour l'examiner. Elle admira la douceur des traits et le contraste de sa main foncée sur le bois.

— À présent, il ne reste que moi, ajouta-t-il.

Elle sourit, mais elle s'aperçut qu'elle avait les poings serrés et elle tenta de se détendre. Elle faisait de gros efforts pour ne pas lui poser de questions sur son ex-femme.

— Nadine, commença-t-il comme s'il avait lu dans son esprit, mon ex, a entendu parler de toi par un tiers. Elle voulait me reprocher de sortir avec une femme blanche.

— Ah !

— Elle est enceinte, aussi, ajouta-t-il, alors elle est un peu détraquée, et elle s'imagine que mon frère la trompe.

— A-t-elle raison ?

Il plissa les lèvres, en passant doucement le pouce sur le pied du *santo*.

— Probablement. Il est ainsi. Il ressemble à mon père.

— Pas toi ?

Il leva les yeux.

— Non.

Le téléphone, posé sur une petite table en métal entre eux, sonna de nouveau, et Thomas le regarda d'un air las.

— Excuse-moi, dit-il en décrochant. Allô ? Oh ! Angelica, il sera vraiment très heureux de te parler.

Tiny était déjà sur la galerie avant même que Thomas ait eu le temps de bouger. Il s'empara de l'appareil et rentra à toute allure dans la maison. Luna put entendre sa voix, à l'intérieur, qui exprimait son soulagement. Elle se toucha la poitrine, là où était toujours la douleur, et elle ferma les yeux.

— Mon Dieu, dit-elle doucement.

— L'amour fait souffrir, dit Thomas.

La pluie diminuait d'intensité. Elle frotta les mains sur ses cuisses.

— Je pense que je vais rentrer. Joy est allée chez une amie et je… Je ne sais pas, dit-elle en haussant les épaules. Mes pas m'ont menée ici.

— Joy est sortie ?

Elle acquiesça.

— Ta maison est vide ?

— Ouais, dit Luna en souriant.

En moins d'une seconde, il avait bondi sur ses pieds et pris ses clés dans sa poche.

— Je reviens plus tard, lança-t-il au hasard.

Il lui saisit la main, pour l'aider à se lever, et l'entraîna jusqu'à son camion.

241

***

Thomas ne prit même pas le temps de réfléchir. Il leur fallut trois minutes pour se rendre chez elle, deux autres pour se débarrasser de leurs vêtements et s'apprêter à tomber dans son grand lit, extra-moelleux, où étaient empilés des coussins soyeux dans les tons d'émeraude, de saphir et d'or. Il la poussa, toute nue, sur le couvre-lit et les oreillers, et resta un moment debout à la regarder. Sa peau blanche, qui se détachait si franchement sur les couleurs vives de son lit ; l'éclat d'une boucle d'oreille contre son cou ; la courbe de son ventre, qui glissait entre ses cuisses pour se perdre dans son triangle ; ses genoux pliés, qui lui découvrirent soudain le secret caché entre ses jambes ; ses yeux, si grands et si profonds, fixés sur son visage. Il perçut l'excitation qui se répandait dans tout son corps – ses yeux et les paumes de ses mains, ses genoux et la peau de sa poitrine. Il sentit un bourdonnement autour de son crâne et sur sa langue.

Comme il ne voyait pas comment satisfaire tous ses sens d'un seul coup, il commença par la regarder, puis il se pencha pour humer sa peau et passa la langue sur son épaule pour connaître son goût. Il lui mordilla ensuite le bras et lécha la courbe inférieure de ses seins. Elle se mit à haleter doucement pendant que les cheveux de Thomas les enveloppaient, libres et coulants. Son sexe frottait ses cuisses et son genou frappa son mollet.

— Il y a si longtemps, si longtemps, dit-il d'une voix saccadée.

Avec son nez, il suivit la ligne de son ventre, les mains sur ses hanches. Il était stupéfait de brûler ainsi de désir, un bouillonnement toujours présent, jour et nuit, et tous les nerfs à vif, n'attendant que la prochaine occasion.

— C'est tellement bon.

Il mit les doigts entre ses jambes, dans l'espoir de lui arracher un cri et il fit durer sa caresse, si longtemps qu'il put observer sa poitrine qui se levait et s'abaissait pendant qu'il la pelotait.

Elle passait les mains sur son dos, sur ses hanches et sur ses fesses.

— Oui, murmura-t-elle.

242

Elle embrassa son menton, ses yeux, son front.

Ils firent l'amour, lentement, très lentement, se laissant tout doucement emporter par l'orgasme, sans cris ni rugissements. Ils restèrent ensuite étendus dans le lit de Luna, côte à côte, en se tenant la main. Thomas se sentit libéré de toutes ses inquiétudes, de toutes les préoccupations auxquelles il ne voulait pas penser. Le plafond était couvert d'une peinture naïve de la galaxie, le fond d'un bleu foncé et intense, les étoiles jaunes, dorées et blanches, comme si elles avaient été dessinées par un enfant, et les planètes en forme de cœurs, colorées comme des boules de bowling.

— C'est toi qui as fait ça ?

— Oui. Je me suis bien amusée, après avoir trouvé la façon de grimper là-haut.

— Comment as-tu fait ?

— J'ai loué un échafaudage chez M. Construction, dit-elle en souriant.

Il rit doucement.

— Bonne idée.

Ils restèrent un long moment silencieux, leurs corps enlacés.

— J'aime ta maison, dit-il.

— Moi aussi. J'ai toujours rêvé d'une vieille maison en adobe et, maintenant, j'en ai une.

— Quel âge a-t-elle ?

— Je ne sais pas exactement. Elle date des années 1840.

Il toucha le mur en sifflant.

— C'est vieux. La mienne a été construite en 1891.

— C'est vieux aussi. A-t-elle une histoire ?

— C'est un forgeron qui l'a bâtie. Tout est de guingois. Il n'y a pas deux fenêtres de la même grandeur. Les planchers ne sont pas droits. Mais je l'aime quand même, dit-il en souriant. Un de ces jours, je veux m'attaquer à la cuisine. J'aurais dû te faire entrer, ajouta-t-il en la regardant.

Luna s'appuya sur un coude.

— J'aurais eu peur de me faire jeter un mauvais sort par *Abuelita.*

Elle passa la paume de la main sur son corps, du creux de sa gorge jusqu'à la base de son sexe, l'exploration d'un nouvel amant.

Il retint sa main sur son ventre.

— Ça, c'est de la glace à la vanille. J'en garde toujours en réserve, juste au cas où.

Quand elle embrassa son nombril, ses cheveux lui chatouillèrent la poitrine.

— Je l'aime.

Il sentit une douleur le frapper en plein cœur.

— Je croyais que les femmes voulaient toujours des amants qui fonctionnent à répétition.

— Ce sont des idées que tu te fais, dit-elle en se déplaçant pour remonter les couvertures sur eux. Nous ne pouvons pas rester longtemps. Joy pourrait rentrer tôt.

— Je comprends. Seulement une ou deux minutes encore, d'accord?

Elle posa la tête sur son épaule, et il s'aperçut qu'il aimait en sentir le poids. Il était un peu somnolent, à cause de la longue journée passée au soleil et en plein air. Il éprouvait une quiétude qu'il n'avait pas connue depuis longtemps.

— J'aime ta fille, dit-il pour éviter de s'endormir. C'est une bonne fille, drôle et à l'esprit ouvert.

— Tu lui plais aussi, dit-elle en tournant la tête vers lui. Mais je ne suis pas tellement favorable au fait que vous passiez beaucoup de temps ensemble, Thomas. Je ne veux pas qu'elle se sente engagée dans mes relations.

Il se sentit vaguement rejeté, puis il comprit l'importance de protéger un enfant des caprices d'amants qui pouvaient être sérieux ou de passage, comment le savoir, au début?

— D'accord.

— Ça ne te blesse pas?

— Ouais, dit-il. Mais je vais m'y faire. Tu as raison. Après tout, nous ne savons pas où nous serons dans une semaine ou dans un mois.

— C'est ça, dit-elle en se blottissant contre lui. Mais, pour le moment, ça me plaît.

— Moi aussi.

Il ferma les yeux et posa la main sur sa poitrine, en songeant vaguement qu'il pourrait sculpter sa forme particulière dans le bois et en se demandant comment il pourrait reproduire l'impression de pesanteur. Ça le fit rire.

— Je rêve aux *chichis* de la Vierge Marie, dit-il pour lui expliquer son hilarité. Crois-tu que c'est sacrilège?

— Je gage qu'ils y ont tous rêvé, tous ces artistes qui ont sculpté ses seins. Il le fallait bien, pas vrai?

— Hem.

Il prit un sein dans ses doigts pour en mémoriser la forme. Ses membres étaient las, parfaitement détendus. Son esprit à la dérive se fixa de nouveau sur la fille de Luna, sur leur délicieux dialogue mère-fille quand Joy s'était blessée à l'orteil. Joy. Luna devait l'avoir aimée follement pour lui donner un tel prénom.

— Pourquoi l'as-tu laissée derrière? dit-il, terminant sa réflexion à voix haute.

Elle tressaillit en entendant sa question, et il comprit immédiatement qu'il avait eu tort de la poser.

— C'était la meilleure décision, à l'époque, dit-elle.

Thomas avait déjà entendu ces mots le premier soir dans sa cuisine. Il s'appuya sur un coude pour pouvoir la regarder.

— Parce que tu buvais?

— Oui.

Elle remonta les couvertures jusqu'à ses épaules.

— Tu n'aimes pas en parler.

— Non.

— Est-ce que ça signifie que tu ne veux pas en parler?

Elle poussa un long soupir.

— Thomas, arrêtons, veux-tu? C'était une période affreuse de ma vie, et je déteste m'en souvenir. Je l'ai vraiment abandonnée, dit-elle, une ombre de tristesse sur le visage, les sourcils froncés. J'ai l'impression de me retrouver aujourd'hui dans une situation semblable, mais il semble que je sois incorrigible.

— Qu'est-ce qui est semblable? Le sexe et l'alcool?

— Parfois. Et le tabac, et la boulimie, et tous ces trucs compulsifs.

— Alors, je suis comme une cigarette ? gloussa-t-il. Veux-tu me sucer, bébé ?

Le regard lubrique, il se pencha sur elle et lui mordilla l'épaule.

En riant, Luna le repoussa.

— Tu sais ce que je veux dire.

— Tu prends tout trop au sérieux.

— Parfois, acquiesça-t-elle en levant les yeux vers lui.

Candides, grands ouverts, et un peu inquiets, comme ceux d'un chat qui craint d'être abandonné par ses maîtres qui partent en voiture vers une destination inconnue.

— Mais, avec Joy, reprit-elle, je ne plaisante pas. Je veux vraiment avoir une seconde chance avec elle. La chance de lui prouver que je peux être la mère que j'aurais dû être. Et à ce propos...

Elle se leva et lui lança ses vêtements.

— Tu dois te rhabiller et m'accompagner dans la cuisine. Nous devons nous conduire comme des personnes civilisées, au cas où elle rentrerait tôt.

Il enfila son slip et son jean, soucieux plus que jamais de tous ces obstacles qu'elle élevait entre elle et lui.

— Et si je te dis les pires choses que j'ai faites, dit-il en boutonnant sa chemise, me diras-tu comment tu l'as laissée ?

Elle pivota sur elle-même.

— Pourquoi veux-tu savoir tout ça ? Ne pouvons-nous pas recommencer à zéro ?

— Nous pourrions, dit-il. Mais je veux en savoir davantage.

Pendant un long moment, elle le regarda en silence.

— Viens dans la cuisine, dit-elle.

Luna se lava le visage à l'évier et s'épongea avec un essuie-mains. Puis, elle sortit deux sodas du réfrigérateur et les apporta dans le coin repas où l'attendait Thomas. Elle s'assit.

— Alors ? dit-il.

Elle sentit une pointe d'agacement lui tendre la nuque.

— Tu es un peu pressant, sais-tu ?

Il lui fit un sourire pas le moindrement contrit.

— Je sais.

Elle versa lentement le soda dans son verre, s'efforçant de ne pas trop le faire mousser. Son odeur de vanille s'éleva dans la pièce.

— Je me suis inscrite au collège à seize ans. J'étais très appliquée et j'avais d'excellentes notes partout, alors j'ai obtenu une bourse pour aller étudier à l'Université du Colorado. J'y ai rencontré Marc la première année. Il venait d'un milieu ouvrier, comme moi, mais il était originaire de Jackson, au Mississippi, où la cloison entre les classes est un peu plus étanche, à ce que j'ai compris.

Thomas lui fit un signe de tête pour l'encourager à continuer.

— Ce ne fut pas un coup de foudre, mais nous sommes sortis occasionnellement ensemble pendant les premiers cycles, puis plus sérieusement quand nous avons été au troisième cycle. Je me suis mariée à vingt-trois ans, et nous avons déménagé à Atlanta quand il a terminé son droit. Nous avions tous les deux bien des choses à apprendre. Comment nous habiller, comment boire, comment organiser des réceptions pour vingt-cinq personnes, comment parler aux gens selon leur rang social… De la foutaise. Je détestais ça. Mais, comme je te l'ai dit, nous étions tous les deux plutôt arrivistes, alors j'ai fait ce qu'il fallait.

Pour soulager la pression qui s'accumulait dans ses sinus, elle prit une gorgée de soda.

— L'une des obligations, c'était de boire beaucoup. Du vin, des martinis, du scotch – tout le bataclan. Je tolérais plutôt bien l'alcool, ce qui impressionnait beaucoup Marc ; une femme qui supporte bien l'alcool en public est un atout, crois-moi.

Elle fit une pause, perdue dans ses souvenirs.

— C'était terrible ce qu'ils buvaient, ces gens. Si on les avait assis dans un bar et qu'on leur avait fait boire de la bière et des petits verres d'alcool pur plutôt que des martinis et du scotch, ils auraient été ivres. Mais pas dans leur monde. J'ai connu une dame qui buvait du gin matin, midi et soir, et ses servantes la suivaient discrètement pour ramasser ses dégâts.

— Charmant.

— Instructif.

— Je suppose, dit-il en fronçant les sourcils. Et toi, travaillais-tu aussi ou te contentais-tu de jouer le rôle d'épouse de jeune cadre dynamique ?

Elle leva l'index.

— Premier sujet de dispute. Dès le collège, j'avais découvert que j'aimais travailler avec des gens démunis. L'argent ne m'a jamais intéressée autant que la possibilité d'aider les autres, de quelque façon que ce soit. À Atlanta, j'ai trouvé un emploi dans une clinique que fréquentaient des personnes à faible revenu. La directrice devait se battre pour la garder ouverte, à coups de subventions, et elle ne payait pas beaucoup, mais j'adorais mon travail. S'il y avait une clinique de ce genre ici, dit-elle en le regardant, Tiny pourrait recevoir l'aide dont il a besoin, plutôt que cette connerie ordonnée par la cour.

Thomas acquiesça, la bouche amère.

—Marc voulait que j'obtienne mon doctorat pour pouvoir accrocher ma plaque et soigner des gens riches, mais j'ai tenu bon, pour une fois, et je suis restée à la clinique. C'était la seule chose qui m'appartenait, tu comprends ? Je n'avais rien d'autre, crois-moi. Je suis presque certaine que j'en étais consciente, même alors. C'est moi, à gauche, dit-elle en lui tendant une photographie qu'elle venait de sortir d'un tiroir.

— Mon Dieu ! Qu'est-il arrivé à tes cheveux ?

— Je les défrisais à l'époque.

Il lui remit la photo.

— Je t'aime beaucoup mieux comme tu es maintenant.

Luna observa la femme sur la photo. Ses cheveux étaient retenus par un bandeau – un style qui avait déjà été à la mode – et coupés au carré, à la hauteur des épaules. Elle portait un chemisier tout simple, avec un col rond, qui cachait son ossature, affreusement maigre, et elle riait. Elle avait un martini à la main.

— Moi aussi, dit-elle calmement.

— Et ensuite… ?

— Ensuite, je suis devenue enceinte de Joy. J'ai cessé de boire et de courir les réceptions. J'ai continué à travailler, j'ai pris du poids et je me suis préparée à l'accouchement. Marc était furieux – il me reprochait de ne pas l'accompagner dans les réceptions, il détestait mon corps, il m'en voulait de ne pas répondre à ses vœux, au moment où il les énonçait. J'étais si malheureuse, dit-elle en secouant la tête, mais j'étais impuissante, tu comprends ?

— Bien sûr.

— C'est alors qu'il a commencé à coucher avec d'autres femmes.

— Mais toi, tu ne l'as pas trompé, n'est-ce pas ?

Se sentant vulnérable, Luna décida d'attaquer à son tour.

— Es-tu encore amoureux d'elle, Thomas ? Je pense que j'ai besoin de le savoir.

Il serra les lèvres et baissa les yeux. Mauvais signe.

— Je ne connais pas la réponse, Luna.

— Alors, pourquoi faisons-nous cela ?

— Faire quoi ? Apprendre à nous connaître ?

Elle le regarda droit dans les yeux, fixement.

— Tu apprends des choses à mon sujet, mais la réciproque n'est pas vraie.

— Je n'essaie pas de cacher quoi que ce soit, Luna. Je ne te mentirai pas – tout cela a été bien merdique –, mais je ne suis pas certain de jamais l'avoir aimée. Ce n'est pas moi qui ai fait les premiers pas – elle était trop jeune et trop changeante, du genre à vous créer des ennuis. Elle ne m'intéressait pas du tout, mais elle était très déterminée. Et très belle, dit-il en haussant les épaules. Elle est très belle. Exotique. Tu te fais remarquer quand tu sors avec une femme comme elle à ton bras.

Elle acquiesça.

— J'essaie de faire la part des choses, Luna. De démêler le vrai du faux. Tout ce dont je suis certain, c'est que je voulais une famille. Et elle était disponible.

Et elle a fait un enfant avec un autre.

— Je suis désolée.

— Que vas-tu faire ? lui demanda-t-il en lui touchant la main. Je tiens à savoir ce qui s'est passé avec Joy. Continue.

Luna lui fit un sourire ironique.

— Tu es vraiment têtu.

— C'est ce qu'on dit.

— Le contexte n'a pas tant d'importance, vraiment. Je peux blâmer Marc pour bien des choses, mais c'est aussi de ma faute, Thomas. C'est ce que tu dois savoir. C'était un connard, mais j'aurais pu faire bien d'autres choix que ceux que j'ai faits.

— Comment ?

Tout à coup, elle regretta de ne plus être dans le lit avec lui, leurs corps serrés l'un contre l'autre. Ce serait tellement plus facile de tout lui raconter si elle n'avait pas à le regarder.

— Marc avait bien des défauts, dit-elle, mais c'était un très bon père. Il aimait vraiment Joy et c'était réciproque. J'ai essayé de sauver notre mariage pour elle, pour qu'elle ait une maman et un papa. Contrairement à moi, qui ai perdu mon père, tu comprends ?

Elle avait la gorge serrée. Elle prit une gorgée de soda et se sentit mieux.

— Pour réussir, j'ai dû me mentir beaucoup. Faire comme si j'ignorais que, si Marc rentrait tellement souvent en retard, c'était parce qu'il sortait avec d'autres femmes.

Elle grimaça en suivant le bord de la table avec un ongle.

— Ce n'était pas exactement cela, non plus. En fait, j'ai su plus tard, au moment du procès, qu'il m'avait trompée, mais je n'avais alors aucune raison de le soupçonner. Pourtant, j'en avais l'intuition et j'ai refusé de voir la vérité.

— C'est normal, Luna.

Il lui toucha la main et suivit la ligne de ses os du bout des doigts.

Elle se sentit soudain oppressée.

— Mon Dieu, Thomas, tout cela est tellement pathétique et affreux. Pourquoi veux-tu savoir ?

— Ce n'est pas pathétique.

— Oui, ça l'est, dit-elle, ravalant sa salive et se levant. Je ne sais pas si je...

Elle hocha la tête. Comment pouvait-elle faire passionnément l'amour avec lui, mais être incapable de lui dire pourquoi elle avait laissé sa fille derrière ? C'était un drôle de genre d'intimité.

— Ce dont je rêvais par-dessus tout, c'était d'être père, dit la voix de Thomas derrière elle. J'ai des aptitudes pour la paternité. J'aime les enfants, et il y en a tellement qui ont besoin de quelqu'un... et j'ai découvert que j'étais stérile. Ç'a été un tel coup. Un tel coup, répéta-t-il plus calmement.

Elle trouvait douloureux de le regarder parce que ses émotions se lisaient sur son visage. Elle voyait la douleur là où il y avait déjà eu tant d'énergie et d'espoir, comme chez elle, autrefois. Il était bien conscient de tout ce qu'il avait perdu.

— Le souvenir de la perte de ta fille te bouleverse. Il me bouleverse aussi parce que j'ai vécu quelque chose d'analogue.

Luna le regarda dans les yeux.

— À un moment donné, dit-elle, j'ai décidé de recommencer à aller dans les réceptions. Et je me suis rappelé à quel point je me sentais mieux quand je buvais de l'alcool. Alors, c'est devenu une habitude. Toujours un peu plus. J'avais une bonne gouvernante, qui demeurait avec nous et qui assurait la marche de la maison quand j'avais la gueule de bois. Je ne buvais jamais en présence de Joy, jamais avant qu'elle se couche, quand je ne sortais pas.

Elle s'appuya lourdement contre le comptoir.

— Marc s'est mis à voyager beaucoup, et j'ai commencé à boire encore davantage. J'arrivais tout juste à fonctionner, plus ou moins. Je travaillais, je jouais avec Joy, puis je m'enivrais tous les soirs.

À ce moment de son histoire, les larmes lui montaient toujours aux yeux. Mais, en s'efforçant de ne pas parler trop vite, elle réussissait à presque toutes les ravaler.

— Quand Joy avait cinq ans, Marc a rencontré quelqu'un d'autre. La fille d'une vieille famille du sud, qui pourrait lui faciliter l'ascension dans le monde dont il rêvait. Pendant deux ans, il a constitué un dossier sur moi. Il a réuni beaucoup de photos, des reçus et tout ce que tu peux imaginer, pour prouver que j'étais une ivrogne. Il a ensuite demandé le divorce et la garde de Joy. J'ai presque tout perdu. Mon travail. Ma maison. Ma famille. Ma fille, ajouta-t-elle en clignant des yeux.

— Merde.

251

— Et c'est alors, dit-elle avec un humour caustique, que je suis vraiment devenue une ivrogne. Je suis revenue au Nouveau-Mexique et me suis installée à Albuquerque. Assez proche, pensais-je, de ma mère et de ma sœur pour avoir de l'aide quand je serais prête à en recevoir, mais assez loin pour ne pas leur faire honte. Il m'a fallu trois ans, dit-elle après avoir pris une grande inspiration. J'ai finalement touché le fond et j'ai appelé ma mère. Elle est venue me chercher et m'a fait suivre une cure de désintoxication. Je suis maintenant sobre depuis quatre ans.

Il se leva et s'approcha d'elle. Il se pencha et appuya son front contre celui de Luna.

— Il aurait dû t'aider au lieu de contribuer à creuser ta tombe.

Très doucement, il l'embrassa sur l'arête du nez.

— Je suis heureux que tu aies survécu à tout cela, reprit-il. Que tu sois ici maintenant. Que tu m'aies conté ton histoire.

— Je n'ai pas vraiment envie d'en reparler, jamais, est-ce clair?

— Tu es trop dure envers toi-même, dit-il de sa voix un peu bourrue. Il arrive à tout le monde de déconner, Luna, c'est ainsi. Cela fait partie du jeu.

— Pas comme moi, dit-elle. La plupart des gens n'abandonnent pas leurs enfants. Ils n'ont pas d'accident de voiture après s'être soûlés. Trois fois, Thomas, j'ai démoli une voiture parce que j'étais ivre. La plupart des gens ne…

Il l'embrassa. Il prit son visage dans ses mains et posa les lèvres sur les siennes pour la faire taire.

— Arrête, murmura-t-il. Tu essayais, tu essayais vraiment de te tuer, et je suis heureux que tu n'aies pas réussi.

La lumière soulignait cruellement les cicatrices qu'il avait sur les joues, et elle y passa le bout des doigts.

— Le vrai miracle, c'est que je n'ai pas tué quelqu'un d'autre.

— Ou que tu ne te sois pas retrouvée en prison pour longtemps.

— Ouais. J'ai eu de la chance, j'imagine.

— Et tu es une femme blanche, dit-il en souriant.

— Ça aussi.

— Tu dois cesser d'être aussi cruelle envers toi-même, dit-il en lui caressant les cheveux. Tu as tout perdu et tu es devenue dingue. Ce n'est pas étonnant.

Elle s'aperçut qu'elle pleurait et elle s'en voulut. Mais il représentait l'espoir. Dans sa caresse, il y avait du respect, de la compassion, de la douceur et de l'humour. Mais comment pourrait-elle encore aimer quelqu'un ? Jamais ?

— Changeons de sujet, d'accord ? murmura-t-elle.

Il la prit dans ses bras et la berça. Son corps, sa façon de la tenir, lui donnait une telle impression de force et un tel sentiment de sécurité. La bouche contre son oreille, il lui parla d'une voix basse et douce.

— Laisse-moi te dire quelque chose, Luna-Lu. Depuis deux ans, j'étais incapable de respirer à fond. Depuis que je t'ai vue avec ma grand-mère, le soir de l'incendie, je ne cesse de siffler.

Il la serra plus fort contre lui, dans une caresse très suggestive, en lui souriant.

— À dire vrai, ajouta-t-il, je voudrais ne jamais débander. Tout ce à quoi je pense à présent, c'est trouver un moment pour recommencer.

Elle rit, un peu choquée, malgré elle, par ses propos grivois.

— Peut-être, dit-il plus sérieusement, découvrirons-nous que nous ne pouvons pas rester ensemble pour une raison ou pour une autre. Cela arrive. Nous avons tous les deux assez d'expérience pour le savoir.

Il hocha la tête.

— Ouais.

— Mais pour le moment, c'est bon. C'est vraiment bon, toi et moi, dit-il calmement, sincèrement. Profitons-en pendant que ça dure, d'accord ?

Elle acquiesça et, lasse, posa la tête sur sa poitrine, respirant son odeur, l'odeur de Thomas Coyote qui la tenait comme si elle était un objet infiniment précieux. Il y avait si longtemps.

***

Debout sur la galerie, embarrassée, Joy s'étonnait que Ricardo – « Ce n'est pas Ricky, lui avait-il dit, il n'y a que ma famille qui m'appelle ainsi » – l'ait raccompagnée jusqu'à sa porte, quoiqu'elle lui ait dit que tout allait bien, qu'elle pouvait faire quelques pas en boitillant, même si elle n'aurait pas pu faire le tour du pâté de maisons. En vérité, son orteil lui faisait mal et elle était vraiment lasse, comme si elle avait couru toute la journée, alors qu'elle n'avait fait qu'être au grand air. Quand elle restait immobile, elle sentait presque la rivière couler dans ses veines, l'invitant au sommeil.

— Eh bien ! dit-elle en se retournant pour lui tendre la main. Merci.

Il lui sourit. Ses dents étaient si belles, si blanches et si brillantes dans le noir, que Joy sentit son cœur palpiter. Il avait les mains dans les poches, mais il en sortit une ostensiblement et enlaça ses doigts aux siens, avec une audace qui aurait dû l'agacer, mais qui lui plut.

— Puis-je te téléphoner, jeune fille aux cheveux de travers ?

— Pas si tu m'appelles ainsi.

Il rit.

— D'accord, puis-je te téléphoner, Joy ?

— Ouais, dit-elle.

Elle sentit de nouvelles palpitations. Mais elle ne voulait pas avoir l'air d'une collégienne idiote, elle voulait avoir plus de classe.

— S'il te plaît, ajouta-t-elle.

Il sortit un crayon de sa poche arrière, le lui tendit et lui offrit son bras.

— Écris-moi ton numéro.

Son avant-bras était foncé et doux. Elle eut un petit émoi en mettant sa paume dessus, pour écrire son numéro sur la veine à l'intérieur. Elle eut l'impression de sentir son souffle sur son épaule, mais quand elle leva les yeux, il se contenta de lui sourire et de reprendre son stylo.

— Bonne nuit, Joy, lui dit-il.

— Bonne nuit, Ricardo.

Elle entra et attendit un instant, derrière la porte, pour se calmer avant de se rendre dans la cuisine où elle avait aperçu la tête de sa mère une minute plus tôt. Tout à coup, elle trouva si bon, si merveilleux d'être dans cette maison, avec sa maman qui l'attendait, assise en compagnie d'un ami à elle, qu'elle se précipita dans la cuisine et prit sa mère par le cou. Luna la serra dans ses bras en riant doucement. Joy sentit une odeur étrange et intense dans ses cheveux – peut-être la rivière, ou Thomas, son amoureux, ou autre chose.

— T'es-tu bien amusée ?

— Oh ! oui. C'est à dire – elle songea à l'humeur de Maggie et à Ricardo qui avait été si mignon ! – oui et non. Je suis inquiète à propos de Maggie. C'était triste là-bas ce soir. Elle avait préparé tout le repas, et sa mère ne s'est même pas levée. Il n'y avait que son oncle, sa grand-maman et moi pour tout manger, et je sais que Maggie l'avait surtout préparé pour sa mère.

— Est-ce la fille de l'homme qui a été tué le printemps dernier ? demanda Thomas.

— Ouais. Vous la connaissez ?

— Je pense que oui. Sa mère vient voir ma grand-mère pour des herbes et d'autres trucs de ce genre.

Le cœur de Joy ne fit qu'un tour.

— Vous êtes le petit-fils de la *bruja* ?

— La *bruja* ? demanda-t-il. C'est ainsi qu'on l'appelle ? Alors, je suppose que oui.

Merde, merde, merde. Maggie serait tellement fâchée contre Joy quand elle découvrirait que le nouvel amoureux de sa mère était justement le type qu'elle avait choisi pour sa propre maman ! Mais Joy pouvait peut-être lui apporter quand même de l'aide.

— Vous devriez dire à votre grand-mère qu'elle est vraiment malade, que Sally est vraiment malade. Elle a besoin de bien plus que d'une amulette.

Thomas se racla la gorge, les sourcils froncés.

— Ma grand-mère n'est pas une psychologue ni rien du genre. Elle est simplement une vieille femme qui prie.

Joy se mordit les lèvres.

— Je sais bien, mais je suis inquiète pour mon amie. Elle a fait comme si de rien n'était, vous savez. Mais elle a eu l'air triste toute la soirée, faisant semblant que tout allait bien, mais ce n'était pas vrai. Et maman, je ne te l'ai pas dit, mais elle a une châsse dédiée à Tupac et elle lui fait des offrandes comme s'il était un saint ou je ne sais quoi. Je pense qu'elle ne sait pas quoi faire.

Luna resta silencieuse un long moment.

— Je ne suis pas certaine de pouvoir faire quelque chose, Joy, dit-elle enfin. Je voudrais aider, parce que tu t'intéresses tellement à cette fille, mais je ne sais pas trop ce que tu me demandes.

— Puis-je simplement l'amener ici, des fois ?

— Bien sûr.

— Et peut-être, maman, dit Joy avec ferveur, comme si elle venait tout juste d'y penser, pourrais-tu parler un peu avec sa mère quand tu la rencontres. Peut-être que tu vas percevoir quelque chose.

Luna acquiesça.

— Je vais garder l'œil ouvert.

— Moi aussi, dit Thomas.

Le téléphone sonna. Luna sursauta et répondit, l'air inquiet. Mais elle se rasséréna aussitôt.

— Bien sûr. Un moment. C'est pour toi, dit-elle avec un sourire, l'appareil sur la poitrine. Un type qui s'appelle Ricardo et qui est très poli au téléphone.

Joy sentit un pincement dans son ventre.

— Je vais le prendre dans ma chambre. Bonne nuit, les amis !

Elle partit à toute vitesse, décrocha et entendit la voix de Ricardo dans son oreille.

— Que fais-tu ?

Dans le magazine *GlamGal,* août 2001

La paix intérieure passe par une belle apparence

Les grandes actrices – Elizabeth Taylor, Sophia Loren et les autres – ont toujours compris que l'atteinte de la paix intérieure réside dans les soins qu'on accorde à sa coquille extérieure. Rien ne vaut un masque facial à l'avocat et un bon manucure pour paraître à son mieux et, c'est bien connu, quand on a belle allure, on se sent bien. Essayez les six trucs suivants (peu coûteux) pour bien paraître ce mois-ci : un masque facial à l'avocat et aux œufs, un traitement à la mayonnaise pour les cheveux, un désincrustant au sucre pour la peau, un soin à l'huile d'olive pour les pieds, un bain chaud à la lavande et à la rose et, notre préférée, une lotion astringente à l'alcool, avec du citron et de la menthe. Les recettes sont ci-dessous.

Seize

L'enfer est pavé de bonnes intentions. Luna s'était bien promis de garder un œil sur Sally, la veuve qui vivait si difficilement son deuil, mais elle l'avait oubliée dans le rythme effréné de sa propre vie. C'était déjà difficile de s'organiser sans voiture quand on était seule, mais c'était presque impossible à deux. Il y avait, par exemple, le problème du lait. Joy en buvait énormément, ce qui voulait dire que Luna, en revenant de son travail, devait rapporter à la maison des contenants de quatre litres de lait plutôt que ceux d'un litre, auxquels elle était habituée. Cela lui était égal de faire le trajet à pied, un sac d'épicerie dans les bras, mais les gros contenants de lait pesaient une tonne, et Joy en buvait un aux deux jours.

Ce n'était qu'un petit exemple. Luna n'avait pas aimé que sa fille ait dû, un jour, rentrer à la maison sous la pluie. Elle avait été furieuse le soir où Joy s'était rappelé, bien après la tombée de la nuit, qu'il lui fallait un ensemble spécial de crayons pour son cours d'art du lendemain. Elle n'avait pas été heureuse, non plus, le jour où Joy, blessée à l'orteil, avait voulu se rendre chez son amie Maggie, à deux pas. De plus, quelle mère aime savoir sa fille dehors, seule, quand il fait noir ?

C'était une partie des ennuis que lui causait son refus de conduire. Elle se demandait vraiment pourquoi elle s'y refusait toujours. Mais ces problèmes ne suffisaient pas à abolir la sensation de panique qui montait en elle à la seule idée de s'asseoir de nouveau au volant d'une automobile. Il y avait maintenant plus d'un an, Kitty lui avait acheté une voiture, un cadeau d'anniversaire pour la récompenser de sa sobriété. C'était une mignonne petite Toyota bleue, et Luna savait à quel point Kitty avait été heureuse d'avoir les moyens de la lui offrir.

Mais, en montant dans l'adorable petite chose, Luna avait eu une attaque de panique. Une vraie – j'étouffe, je vais mourir – attaque de panique. Et elle n'avait pas réessayé depuis. En lui tapotant l'épaule, Kitty lui avait dit que la voiture serait dans le garage quand elle se sentirait prête. Frank la conduisait à l'occasion, seulement pour la garder en condition de rouler, mais elle appartenait à Luna.

Quand elle se sentirait prête.

En plus des maux de tête qui lui venaient de son refus de conduire, le rythme de travail était complètement dément à l'épicerie, avec la rentrée et la fin des activités estivales. Les gens mettaient en conserve des tonnes de légumes et de confitures, comme si l'arrivée de l'hiver signifiait l'impossibilité de sortir de chez soi pendant de longs mois. Et Luna ne cessait de penser à Thomas, qu'elle n'avait pas réussi à voir plus d'une fois en une semaine, pour une session intense de baisers passionnés, le mercredi après-midi. Elle s'inquiétait également de Marc et se demandait quel sale tour il pouvait bien avoir en réserve.

Il y avait aussi sa mère. Ou plutôt son père. Mercredi matin, Elaine avait téléphoné à Luna à son travail.

— Tu devrais aller voir maman aujourd'hui, dit-elle sans le moindre préambule, et comprendre que nous devons vendre ce terrain au plus tôt parce que toute cette histoire lui brise le cœur.

— Bonjour, Elaine, dit sèchement Luna, qui était en train d'empiler des vases.

— Je suis désolée, Lu, mais tu n'as pas l'air de t'en préoccuper, et je crois que maman prend cette affaire très mal.

— Que veux-tu dire?

— Savais-tu seulement que Frank est à l'extérieur de la ville, cette semaine? T'arrive-t-il d'aller voir ta mère?

Luna soupira. Elle se sentait toujours agressive quand elle était inquiète.

— Bien sûr que je vais la voir. J'y vais régulièrement. Mais j'ai été occupée cette semaine et je n'ai pas eu le temps. Lui as-tu parlé? Y a-t-il quelque chose qui ne va pas?

— Je pense que oui, Lu. Elle avait l'air étrange hier soir. L'air absent.

— Je vais y aller cet après-midi.

— Et le terrain?

— Je n'ai même pas eu l'occasion d'y réfléchir, Elaine. Ne prenons pas de décision trop vite, veux-tu? Je crois que nous devrions au moins aller le voir.

— Je n'ai pas besoin de le voir. Te rends-tu compte que, depuis que je suis à Raton, il vivait à moins de cinquante kilomètres de chez moi? C'est dégueulasse. Pourquoi fallait-il qu'il agisse ainsi?

— Je sais. Ce n'est pas juste. Mais je ne me sens pas capable de le vendre tant que nous ne l'aurons pas vu. Et même après, peut-être. C'était sans doute une façon pour lui de se racheter envers nous.

— Je pourrais m'acheter une maison neuve, Lu. Tu en as une, pas moi. Je vis dans un appartement minable.

Elaine avait un meilleur salaire que Luna.

— Je vais y penser, dit-elle après avoir pris une profonde inspiration. Promis. Ça va?

— D'accord. Appelle-moi pour me donner des nouvelles de maman.

— Compte sur moi.

Quand Luna arriva à la maison, en fin d'après-midi, elle proposa à Joy, allongée sur le canapé, en train de lire un roman en édition de poche, d'aller voir sa grand-mère.

— Devons-nous y aller à pied? demanda-t-elle en poussant un long soupir.

— Comment veux-tu faire autrement?

— C'est trop loin. J'en ai marre de marcher tout le temps. Il fait chaud, et j'ai mal à l'orteil.

— Parfait.

Luna reconnut aussitôt le ton mesquin de sa sœur dans sa façon de prononcer le mot. Elle refoula son agacement, qui était de toute façon envers elle-même.

— D'accord, ajouta-t-elle plus gentiment. Je vais y aller seule. Ce n'est pas grave.

— Vas-tu te décider un jour à redemander un permis de conduire? ronchonna Joy.

— Je ne sais pas.

— Si j'obtiens un permis du Nouveau-Mexique, vas-tu m'acheter une voiture?

— J'en ai déjà une que tu peux conduire, dit Luna en feuilletant le courrier et en séparant les factures des pubs et des lettres personnelles, de plus en plus rares à présent que tout le monde utilisait le courriel. C'est une belle Toyota.

— À quel âge peut-on conduire ici?

— Seize ans. Et il te faudra trouver du travail, pour payer les dépenses de la voiture. Essence, assurances, entretien, tout ça.

Joy se laissa retomber sur les coussins.

— C'est facile de payer tout ça en gagnant cinq dollars l'heure.

— C'est plus onéreux que tu crois.

— Et si je convainquais papa de casquer?

C'était tentant.

— Pas question. C'est ta responsabilité.

— Oublie ça, ronchonna-t-elle de nouveau. Je veux de l'argent pour faire du ski.

Elle se redressa tout à coup, l'air horrifié.

— Mais si tu n'as pas de voiture, reprit-elle, il n'y aura pas moyen de se rendre aux pistes, pas vrai?

Accablée, Luna se laissa tomber dans un fauteuil.

— Non. Tu as raison.

— Ne trouves-tu pas que c'est un peu immature de ta part de te refuser à conduire comme les gens normaux? répliqua Joy en levant un bras au-dessus de sa tête, ce qui fit cliqueter ses bracelets. De toujours chercher quelqu'un pour te conduire, de demander à ta mère de t'accompagner à l'épicerie quand tu as beaucoup d'achats à faire ou pour aller accueillir ta fille à l'aéroport?

— Peut-être, dit Luna en haussant les épaules. Il y a beaucoup de gens qui ne conduisent pas.

— Ouais, les épileptiques et les vieilles dames!

Luna sentit une vague de colère monter dans sa poitrine et redescendre dans ses bras. Elle eut l'envie pressante d'une cigarette. Comment avait-elle pu s'imaginer que c'était une bonne idée d'arrêter de fumer juste au moment où sa fille adolescente revenait vivre avec elle ?

Pourquoi ne lui disait-elle pas : « Je ne suis pas obligée d'être ce que tu veux que je sois, Joy. Ce qui m'importe, c'est d'être une personne avec laquelle je me sens bien » ? Elle prit une grande inspiration.

— Plus tôt aujourd'hui, je m'inquiétais vraiment des problèmes que te causait le fait que je ne conduise pas et je vais y réfléchir encore, mais tu dois me laisser du temps.

Joy baissa les yeux et enleva un fil invisible sur son jean.

— Comme tu veux.

Luna se leva.

— Je suis vraiment inquiète au sujet de ta grand-mère, alors je vais marcher jusque chez elle. Veux-tu venir avec moi ou rester ici ? Si tu as faim, il y a de la pizza congelée. Je vais revenir vers dix-neuf ou vingt heures.

— Je vais rester ici. J'irai peut-être voir Maggie un peu plus tard. Et Ricardo a dit qu'il m'appellerait peut-être.

— As-tu des devoirs ?

— Je les ai déjà faits.

— Bien, dit Luna en lui donnant un baiser sur le dessus de la tête, même si elle n'en voulait pas.

Elle sortit.

Il faisait chaud en cette fin d'après-midi, probablement autour de trente degrés, ce qui était beaucoup pour le mois de septembre, mais quand même pas inhabituel. Il n'y avait pas plus de deux kilomètres jusque chez Kitty, mais cela lui parut tout à coup une corvée avec les collines à gravir, les rues à traverser et les voitures à éviter en se réfugiant sur le terre-plein central. Essoufflée, elle s'arrêta, les mains sur les hanches, en se demandant si elle voulait vraiment y aller. Mais, en vérité, la question ne se posait pas. Elle ne pouvait supporter de savoir Kitty triste et seule. Et sa mère n'était pas le genre de personne à quémander de l'aide.

Luna reprit sa marche. Cela ne lui prendrait pas plus d'une demi-heure, et Kitty pourrait la ramener à la maison ensuite.

Mais... de la bouche des enfants. Pourquoi se refusait-elle toujours à conduire ? Il y avait dix-huit mois qu'elle aurait pu ravoir son permis, pourtant elle avait laissé traîner les choses et elle avait continué à se déplacer à pied. Pourquoi ?

Elle ignorait la réponse et ne l'avait toujours pas trouvée quand elle sonna à la porte de sa mère, sentant la sueur à plein nez et à bout de souffle. En attendant que Kitty vienne lui ouvrir, elle remarqua que les peupliers qui ombrageaient la cour commençaient vraiment à changer de couleur maintenant et que des touffes de feuilles d'un jaune vif se mêlaient à présent aux vertes. C'était toujours une surprise, chaque année, de lever les yeux et de constater que l'automne était arrivé.

Kitty lui ouvrit la porte, en peignoir. Elle n'était pas maquillée. Elle avait les pieds nus. Un signal d'alarme résonna dans le cerveau de Luna.

— Maman ! Es-tu malade ?

— Non, répondit-elle en secouant la tête. Frank est parti en voyage d'affaires en Arizona, et j'en profite pour me reposer.

Elle sortit un mouchoir en papier froissé de la poche de son peignoir et s'essuya le nez. Elle avait les yeux rouges. L'air fatigué.

— Entre, ma chérie. Je vais te faire du thé.

Luna prit les choses en main. Elle passa un bras autour des épaules de Kitty, la conduisit dans la cuisine et la fit asseoir sur une chaise.

— Reste là, dit-elle.

Le loulou de Poméranie de Kitty entra à la course en gémissant pitoyablement. Luna se pencha pour le prendre et le mit sur les genoux de sa mère.

— Donne un peu d'affection à ton chien, dit-elle. Je vais te préparer une bouchée. Quand as-tu mangé la dernière fois ?

— Je ne sais pas.

— As-tu pris un petit-déjeuner ? Je n'en vois pas de traces.

Kitty serra son chien dans son cou. La bête blonde se tortillait joyeusement, mais sans excitation exagérée, comme si elle sentait que quelque chose n'allait pas.

— Je ne sais pas, dit Kitty. Je crois que oui.

263

Sa meilleure amie Barbie dit : « Oh ! Oh ! » en se faisant une tresse.

« Ce n'est pas si terrible, répliqua intérieurement Luna, sortant des œufs, du fromage et du beurre du réfrigérateur et les posant sur le comptoir. Elle est seulement un peu déprimée. »

« Un peu ! À quand remonte la dernière fois où ta mère a passé une journée sans se maquiller ? À 1979 ? »

Luna prépara du café, fit chauffer du beurre dans une poêle lourde, battit les œufs avec du fromage et trancha du pain pour faire des toasts, tout en bavardant et en posant à Kitty des questions simples auxquelles elle pouvait facilement répondre. Quand elle mit l'assiette devant sa mère, Luna s'aperçut qu'elle était complètement terrifiée. Elle n'avait jamais, de toute sa vie, vu sa mère ainsi.

— Mange, lui dit-elle doucement en plaçant une fourchette à côté de l'assiette.

Kitty prit la fourchette et commença à porter machinalement de la nourriture à sa bouche et à la mastiquer comme un automate. Luna songea que, peu importait la façon dont elle mangeait, l'essentiel était qu'elle avale quelque chose. Assise en face d'elle, elle caressait Roger, le chien, en buvant du café et en se demandant ce qu'elle devrait faire après avoir nourri sa mère. Dans la lumière vive de la cuisine, elle s'aperçut que Kitty vieillissait. Sous son menton, la peau était moins ferme, et ses paupières étaient ridées. Elle se sentit le cœur brisé.

Quand les œufs eurent disparu, Luna poussa une tasse de café vers sa mère. Kitty la prit moins machinalement et avala une gorgée.

— Allons boire le café dehors. J'ai envie d'une cigarette, et Frank va me tuer s'il se rend compte que j'ai fumé.

— Une cigarette ? dit Luna en riant. Maman ! Tu n'as pas fumé depuis quinze ans.

Mais Kitty n'exagérait pas en disant que Frank la tuerait. Sa femme était morte d'un cancer du poumon. Il détestait la cigarette avec l'ardeur de ceux qui ont perdu un être cher à cause du tabac. Son insistance pour la convaincre n'avait pas été étrangère à la décision de Kitty d'arrêter.

— Je sais. C'est temporaire.

Elle prit le couloir, encore très belle dans son peignoir à froufrou, même si elle était diminuée. Luna sentit que son amour pour elle était si fort qu'il en était douloureux. Elle aimait tout en elle – le courage dans ses épaules encore droites, qui avaient eu tant de fardeaux à porter, la coquetterie qui l'avait gardée si belle, son obstination à trouver le meilleur en tout. Il n'y avait personne au monde comme Kitty McGraw Esquivel Torrance. Luna pensait qu'elle avait eu de la chance d'être sa fille et elle en était reconnaissante.

Dans la lumière verte et dorée du soir, elles s'assirent sur la terrasse qui dominait la mer bleue de la vallée. Kitty sortit une Virginia Slim ultra-légère au menthol et l'alluma.

Luna tendit la main vers le paquet et en prit une elle aussi.

— Si tu fumes, je t'accompagne.

Kitty l'observa une minute, puis acquiesça.

Elles se détendirent en savourant le plaisir défendu de la cigarette.

— J'ai couché avec lui la première fois que nous sommes sortis ensemble, dit tout à coup Kitty. Ça ne serait pas si exceptionnel aujourd'hui, mais ça l'était à l'époque. J'étais vierge parce que les filles l'étaient alors, les bonnes filles du moins, celles qui voulaient réussir dans la vie. Et j'étais une bonne fille, poursuivit-elle, les yeux sur l'horizon. Ambitieuse, mais bonne. À l'instant où j'ai posé les yeux sur Jesse Esquivel...

Elle s'interrompit, prit une bouffée et souffla un nuage de fumée à la manière d'une lady.

Jamais Kitty ne parlait du père de Luna. Jamais. Elle ne disait rien à son propos. Rien sur la façon dont elle l'avait rencontré, dont elle l'avait aimé, dont elle l'avait épousé et dont il l'avait quittée. Rien. Depuis son départ, le sujet était tabou.

— Ce dont je me souviens, dit Luna en hésitant, sans savoir si c'était la chose à dire, ce sont ses bras. Si longs, si forts et si bruns. Comme des poteaux. Le premier jour, ce sont ses cheveux qui m'ont frappée. Il est entré dans le café où je travaillais, et j'ai vu qu'il avait les cheveux les plus épais, les plus brillants et les plus noirs qu'on puisse imaginer. Et ses grands yeux noirs.

Comme les tiens, dit-elle en touchant distraitement le bras de Luna. Si tu n'étais pas si blonde, tu lui ressemblerais tout à fait. Si hispanique, pas du tout comme moi.

— Comment t'a-t-il choisie ?

— J'étais la plus mignonne, répondit-elle comme si c'était une évidence. De longs cheveux blonds que je portais sur les épaules, une belle silhouette, et je prenais soin de moi, tu sais, pas comme les filles des ranches. Mes ongles étaient manucurés, mon rouge à lèvres impeccable. J'étais certaine que, un de ces jours, un homme entrerait par cette porte et qu'il m'emmènerait avec lui. Et quand ton père est entré, j'ai su que c'était lui.

Soudain, elle se plia un peu et porta la main à sa poitrine qu'elle frotta énergiquement. Luna bondit sur ses pieds, alarmée.

— Maman !

Kitty redressa la tête, les yeux brillants de larmes.

— Assieds-toi, Luna. Je ne fais pas une crise cardiaque. Pas du genre que tu penses, en tout cas. Ç'a été une erreur de garder cela pour moi toutes ces années, dit-elle après avoir tiré sur sa cigarette. Je le vois à présent. Mais je ne savais pas quoi dire.

Elle tripota l'encolure de son peignoir et fit tomber la cendre de sa cigarette. Luna s'aperçut qu'elle avait à peine touché à la sienne et elle l'éteignit.

— Cela me brisait le cœur, poursuivit Kitty, de voir qu'il te manquait tellement. Tu l'idolâtrais – oh ! mon Dieu – comme s'il avait été le soleil et la lune. Je pouvais comprendre qu'il ne s'intéresse plus à sa femme, mais pas à ses enfants. À son bébé.

Luna sentit un grand vide dans sa poitrine et elle se le figura comme une rose épanouie, d'où coulait du sang.

— Je rêvais qu'il viendrait me chercher un jour, après l'école. Seulement moi. Il serait arrivé dans son camion, il aurait sifflé, comme il le faisait, tu te rappelles, et il aurait ouvert la porte. Je serais montée à côté de lui, et nous serions partis. Après, je me sentais coupable de ne pas m'être préoccupée de savoir s'il était venu vous chercher aussi toutes les deux.

Elle leva les yeux vers le sommet des arbres.

— J'espérais toujours qu'on trouverait son corps au fond d'un ravin quelque part. Ou son camion dans une rivière, dit Kitty.

— Pour qu'il y ait une raison.

Elle acquiesça.

— Tu n'avais jamais senti que quelque chose n'allait pas ? demanda Luna.

Kitty releva la tête, avec un petit sourire perplexe.

— C'était un ivrogne, ma chérie.

Luna se figea. Sa moindre cellule, sa moindre molécule en attente.

— Tu ne t'en souviens pas parce qu'il faisait bien attention. Il ne commençait pas à boire avant que tu sois au lit. Il – sa voix s'enroua et elle détourna le regard un instant. Il se gardait sobre pendant le travail, mais à peine.

— Je vois, dit Luna qui comprenait maintenant bien des choses. S'il était alcoolique, pourquoi es-tu restée avec lui ?

— La première fois que je suis sortie avec lui, dit Kitty en lui prenant la main, j'ai fait l'amour avec lui. Même si j'étais une bonne fille, même si je savais que ce n'était pas la meilleure façon d'obtenir ce que je voulais. Parce que j'ai eu le coup de foudre pour lui dès que je l'ai vu. Et, de toute ma vie, personne ne m'avait jamais regardée comme lui. Comme si j'étais la reine de l'Univers.

Luna savait de quel regard sa mère parlait. Elle l'avait vu, elle aussi, dans les yeux de son père, quand il la regardait en lui disant : « Tu es mon trésor, le sais-tu ? Ma petite fille à moi. » Elle l'avait vu tous les soirs quand il revenait du travail et que Kitty sortait de la cuisine, dans son tablier bien repassé, pour l'embrasser.

— Je m'en souviens, dit-elle. Si on ne peut pas avoir confiance en un tel regard, en quoi peut-on avoir confiance ?

— Précisément.

Assises l'une à côté de l'autre, dans la lumière déclinante, elles étaient perdues dans leurs pensées.

— Nous devons aller voir le terrain, maman, dit Luna après un long moment de silence. Je ne sais pas quelle était l'intention de papa, mais nous devons au moins aller le voir avant de prendre une décision.

Kitty se cacha la bouche, comme pour étouffer le gémissement qui s'échappa entre ses doigts.

— Je ne peux pas, dit-elle.

Ses yeux se remplirent de larmes, qui se mirent à couler sur ses joues. Elle serra la main de Luna.

— Je dois m'en aller pour un certain temps, mon bébé, ajouta-t-elle. Frank a fait des réservations pour une croisière, nous partons vendredi.

— Mais...

«Tu ne peux pas faire ça!» aurait-elle voulu dire. «J'ai besoin de toi. Joy a besoin de toi. Je ne sais pas ce qui m'arrive avec Thomas ou avec ma vie et je me sens perdue, moi aussi.»

Pourtant, sa mère avait bien mérité ce répit, le droit de se retirer après avoir manifesté tant de courage pendant tant d'années. À cet instant, Luna n'en aima que plus Frank pour avoir compris que Kitty était profondément blessée, pour être présent et prendre soin d'elle.

— C'est une bonne idée, maman, dit-elle. Je vais m'occuper de la maison, comme d'habitude. Combien de temps serez-vous partis?

— Deux semaines. Dans les îles grecques, dit-elle, comme si elle avait parlé d'un week-end à Denver.

Luna éclata de rire en lui serrant la main.

— Tu es maintenant une voyageuse si blasée que la Grèce ne t'excite même pas.

Kitty sourit faiblement.

— Maman, reprit calmement Luna, j'ai besoin de voir ce terrain. J'ai besoin de voir ce qu'il nous a laissé, de voir si ça me permet de donner un sens aux choses. Avant que nous le vendions, j'ai besoin de voir de mes yeux ce qu'il a vu des siens.

— J'espérais que tu le ferais, dit Kitty. Tu l'aimais encore plus que moi, Luna, et tu étais, pour le meilleur et pour le pire, la perle de ses yeux. Je ne sais pas quels démons l'ont amené à nous quitter, mais tu le comprends peut-être mieux qu'Elaine ou que moi.

— À cause de l'alcoolisme?

— Non. Peut-être en partie, je suppose, mais je veux dire que tu lui ressembles. Audacieuse, joyeuse, triste et tellement vivante. Tu es aussi pleine de vie qu'il l'était, ou du moins tu l'étais. Peut-être que, si tu entres en communication avec lui, à quelque niveau que ce soit, tu réussiras à oublier toutes les trahisons de ta vie.

Luna inspira.

— J'ignorais que tu me voyais ainsi, dit-elle d'une petite voix.

— Oh! mon bébé, tu es si extraordinaire. Je ne suis jamais arrivée à te faire comprendre à quel point tu es merveilleuse.

— Merci.

Elles restèrent un moment assises en silence, unies dans leur tristesse.

— C'est bien que tu dises que tu l'aimais, maman, reprit Luna. Que ce qui se passe te fait souffrir. Que tu as souffert alors et que la blessure n'a jamais vraiment guéri.

Kitty leva le menton.

— Oui, je l'ai aimé. Et une partie de moi l'aimera toujours. Mais je ne peux pas me complaire dans le passé, pas si je veux survivre. Frank est un homme bon et honnête qui m'aime vraiment. Il ne me fera jamais de mal. Jamais.

— Je sais.

Mais peut-on jamais avoir une telle certitude?

— Que dirais-tu si je te coiffais? demanda-t-elle pour alléger l'atmosphère.

Kitty sourit.

— Je suppose que c'est une bonne idée. Laisse-moi d'abord prendre une douche et me débarrasser de l'odeur de cigarette.

— D'accord. Je vais appeler Joy, dit Luna en se levant. Et, maman, avant, je pourrais peut-être aller simplement m'asseoir encore une fois dans la Toyota. Joy voudrait bien que je recommence à conduire.

— Bien sûr. Prends les clés et tu pourras l'essayer pendant que je suis sous la douche. Comme ça, personne ne te verra.

Luna la serra dans ses bras.

— Tu sais que je t'aime, hein? que je me trouve la femme la plus comblée de l'Univers parce que je t'ai comme mère?

Kitty lui rendit son étreinte.

— Merci, mon bébé. Je t'aime, moi aussi.

— Je sais.

Pendant que Kitty était sous la douche, Luna prit les clés de la voiture au crochet à côté de la porte et descendit dans le garage. Propre comme un sou neuf, la Toyota bleu foncé l'attendait, montrant une certaine apparence de luxe. Elle ouvrit la portière et entra.

Pendant un bon moment, elle resta simplement assise, la portière toujours ouverte, à apprécier l'odeur opulente, le confort du siège et l'aspect high-tech du tableau de bord. Elle n'avait pas eu de voiture depuis longtemps et celles qu'elle avait possédées après avoir quitté Marc étaient loin d'être neuves. C'était d'ailleurs aussi bien ainsi puisqu'elle les avait toutes démolies.

Des voitures bousillées. Elle sentit un malaise s'emparer d'elle. Assise à l'intérieur du véhicule rutilant, Luna passa la main sur le volant, se rappelant chacun de ses accidents. Le premier n'avait pas été trop grave. Alors qu'elle venait d'arriver à Albuquerque, elle avait appuyé sur l'accélérateur plutôt que sur le frein en entrant dans un parking et avait écrabouillé une Volvo 1982 sur un poteau de lampadaire. Elle n'avait eu que des blessures légères, mais la voiture avait été une perte totale. Comme l'incident s'était produit sur les terrains de l'immeuble où elle habitait et qu'il n'y avait pas eu d'autres dommages à la propriété que les siens, elle s'en était tirée avec une tape sur les doigts.

Le deuxième avait été plus sérieux. Peut-être six mois plus tard. Elle ne s'en souvenait que vaguement. Vraiment très ivre, elle avait brûlé un stop sans même ralentir. Une camionnette avait embouti sa voiture de côté, heureusement vers l'arrière plutôt que vers l'avant, ce qui l'aurait probablement tuée sur le coup. Elle avait passé quelques jours à l'hôpital, avec des côtes brisées et des contusions internes. Mais, par bonheur, le conducteur du camion n'avait pas été blessé et son véhicule n'avait subi que de légers dommages.

Après celui-là, elle avait été condamnée à des travaux communautaires et à des tests pour vérifier sa sobriété, mais elle avait glissé dans les mailles du système assez facilement, simplement en changeant d'adresse et en se déplaçant dorénavant à pied. Personne ne l'avait inquiétée.

Le troisième avait été le pire. Au volant d'une voiture empruntée, elle avait abouti dans un fossé sans en garder le moindre souvenir. C'était alors qu'elle avait enfin touché le fond. Elle était revenue à la maison, était devenue sobre et se retrouvait maintenant dans le garage de sa mère, dans une Toyota qui attendait seulement qu'elle soit prête à conduire de nouveau. Frank et Kitty avaient choisi le modèle le plus sûr, pas parce qu'ils ne lui faisaient pas confiance, mais parce qu'ils voulaient qu'elle se sente protégée derrière le volant.

En sécurité. Presque dans le luxe. Après avoir pris une grande inspiration, elle ferma la portière, ajusta le siège et le rétroviseur, et se sentit bien. Elle ouvrit la porte du garage et inséra la clé dans le démarreur. Comme son cœur ne battait toujours pas à tout rompre, elle tourna la clé. Le moteur se mit en marche dans un grondement doux et discret. Assise avec les mains sur le volant, elle songea à embrayer. Toujours pas de panique.

Très prudemment, elle mit la voiture en marche arrière et commença à la sortir du garage.

Ce fut à ce moment-là qu'elle se sentit mal. De la panique pure. Elle appuya sur les freins trop brutalement. Son corps tremblait, sa gorge se serrait, son cœur palpitait et la sueur sortait de tous ses pores. Même les contours de sa vision s'assombrirent. Très lentement, très doucement, elle rentra la voiture à sa place, arrêta le moteur et remit les clés au crochet.

Pas encore.

Mais ce ne serait peut-être pas long.

Les tatouages de Tupac

Au cou :

Du côté droit : le nom Makaveli

Du côté gauche : une couronne (de type Makaveli) et, dessous, le mot « Playaz ». Sous « Playaz », l'expression « Fuck the World ».

Dans son dos, une grande croix avec, au milieu, les mots « Exodus 18:11 », ce qui veut dire : «Je sais maintenant que Dieu est plus grand que tous les dieux : toutes les fois où ils se sont farouchement battus, il les a vaincus.» De chaque côté de la croix, un masque de clown. Celui de droite pleure et, dessous, il est écrit « Pleurez plus tard ». Le masque de gauche est souriant et dit « Souriez maintenant ».

Dix-sept

Le journal de Maggie

23 septembre 2001,
San Jeronimo

Cher toi qui m'écoutes, qui que tu sois,
   Ce soir, je suis allée voir la bruja. *En y songeant, au retour de l'école, j'avais très peur, mais maman ne va pas mieux. Elle va encore plus mal. J'ai l'impression qu'elle n'a pas été éveillée plus de deux heures depuis dimanche dernier. C'est effrayant, tu sais ? Et je me sens si seule. Les docteurs lui donnent de plus en plus de médicaments, mais ils rendent son esprit encore plus confus, pas plus clair. Je veux retrouver ma vraie maman.*
   Alors, après l'école, je suis rentrée à la maison, je suis allée voir comment elle allait et je l'ai trouvée endormie. Je l'ai embrassée sur la tête, et elle s'est à peine réveillée, elle m'a juste dit qu'il y avait des trucs dans le congélateur. J'ai mangé une pomme que j'avais achetée au Kwickway, en revenant à la maison, puis je suis montée dans ma chambre pour mettre une jupe. J'imaginais que la vieille dame préférerait cela à mon jean. J'ai passé un rosaire autour de mon cou pour me protéger – le beau avec des billes d'ambre, dans lesquelles des trucs sont emprisonnés, que papa m'avait rapporté une fois qu'il était allé à Mexico en voyage d'affaires – puis j'ai cherché quelque chose que je pourrais lui apporter. Je n'ai pas d'argent et, de toute façon, je pense qu'on n'est pas censé utiliser du vrai argent, seulement faire du troc. Il n'y avait pas grand-chose dans ma chambre qui pouvait servir à une vieille femme. J'aurais bien voulu lui apporter de la gelée aux cerises dans les jolis petits pots avec des oranges sur le couvercle que maman fait tous les ans, sauf cette année, mais il n'en restait plus. J'avais mes bougies, mes vêtements et mes trucs, mais rien de correct.

C'est alors que je me suis souvenue d'une barrette que j'avais. Elle est en argent et en nacre et elle a la forme d'un papillon. Je l'ai achetée un jour d'un Amérindien, dans un marché aux puces, et elle est jolie. J'ai pensé que la bruja l'aimerait peut-être – elle a de beaux cheveux. Je l'ai mise dans la poche de ma jupe, puis je suis partie, en suivant le trottoir jusqu'au bout, puis en longeant la route, du côté du ruisseau. Des libellules, toutes bleues et noires, passaient en vrombissant, et je me suis sentie un peu plus heureuse. Les moustiques étaient endormis, Dieu merci, parce qu'ils me dévorent habituellement comme du gâteau et qu'ils invitent tous leurs amis pour se régaler avec eux.

En arrivant chez la vieille dame, j'ai recommencé à avoir peur. Je me suis arrêtée, parce que j'étais essoufflée d'avoir grimpé la colline. Il semblait n'y avoir personne à la maison. Le camion que son petit-fils conduit n'était pas là, pas plus que la voiture que j'avais vue la dernière fois, une belle avec de la peinture pourpre, toute scintillante. La maison avait l'air très tranquille ; j'étais déçue parce que j'étais presque certaine qu'il me faudrait des jours avant d'avoir le courage de revenir.

Mais comme j'étais rendue, je me suis approchée de la porte, le cœur battant à tout rompre, et j'ai frappé. Un chien a aboyé à l'intérieur, et je me suis rappelé le grand chien roux qui était là la dernière fois. Mais aujourd'hui, il avait l'air méchant, comme s'il voulait attaquer, et j'ai senti de la sueur couler dans mon cou. J'ai sursauté quand la porte s'est ouverte.

Madame Ramirez était là et, cette fois, elle ne ressemblait pas à une sorcière, mais seulement à une vieille, une très vieille dame. Ses cheveux blancs et noirs flottaient sur ses épaules, j'ai sorti la barrette et la lui ai montrée. « C'est tout ce que j'ai », lui ai-je dit. « S'il vous plaît, aidez-moi. »

Elle a regardé la barrette une longue minute, puis elle s'est retournée et m'a lancé, par-dessus son épaule, « Vamos », ce qui veut dire viens avec moi en espagnol. Alors, je l'ai suivie.

À la lumière du jour, la maison était complètement différente. Le soleil donnait un éclat jaune aux planchers et montrait combien tout était propre et bien tenu. Dans la cuisine, j'ai senti une odeur de viande qui cuisait, et la vieille dame m'a indiqué la table où il y avait déjà un bol de haricots, avec de la viande, et une assiette de tortillas, munie d'un couvercle bleu sur lequel étaient peintes des fleurs jaunes. « Assieds-toi », me dit-elle en anglais, avant de s'approcher de la cuisinière. Elle a mis quelque chose dans un autre bol et je m'apprêtais à lui dire que j'étais désolée d'avoir interrompu son repas et à me lever pour partir, mais elle est revenue à la table et elle a posé la main sur mon épaule, gentiment, et m'a dit : « Mange. » Elle a posé le bol devant moi. Des haricots pintos et de la viande, dans une sauce qui sentait très bon, comme tout ce que maman faisait cuire et qu'elle ne fait plus. Je voyais des oignons et de petits morceaux de piment vert qui flottaient, et mon estomac s'est mis à gargouiller bruyamment.

Mais je ne voulais pas manger là. « Je n'ai pas faim », je lui ai dit. « J'ai seulement besoin de votre aide. »

Elle s'est assise sur l'autre chaise, elle était si petite que ses pieds touchaient à peine au plancher. « Coma primero », a-t-elle dit en espagnol. Puis, comme si elle avait peur que je n'aie pas compris, elle l'a dit en anglais, dans un murmure : « Manger d'abord, hein ? »

Je ne savais pas quoi faire. Elle a donné une petite tape sur ma main, celle qui tenait la barrette, et je l'ai retournée, en l'ouvrant pour lui montrer les ailes en nacre. Mais elle ne l'a pas prise, elle a simplement recommencé à manger en me répétant que je devais manger aussi.

Mais j'avais toujours peur. Si je mangeais, peut-être que je serais malade ou que je serais envoûtée pour toujours, ou quelque chose comme ça. Mais sinon, j'étais presque certaine qu'elle ne m'écouterait pas. Puis j'ai pensé qu'elle devait faire la cuisine pour son petit-fils, et qu'il avait l'air en bonne santé, alors ce ne serait peut-être pas dangereux.

Mais je dois te dire que c'est l'odeur de la soupe qui me rendait folle. J'ai pris ma cuillère et j'avais envie de pleurer à force d'avoir tellement envie d'en manger et, en même temps, de ne vouloir absolument pas en manger. J'ai posé une main sur mon rosaire, sous mon chemisier, j'ai dit une prière rapide à la

Sainte Mère pour me protéger et j'ai mis une cuillerée dans ma bouche.

Et c'était tellement, tellement, tellement, tellement bon! Piquant, mais sucré en même temps, ce qui voulait dire que c'étaient des piments jalapeños, et pas des serranos, qu'elle avait utilisés pour épicer le tout. Je me sentais comme si je n'avais pas mangé depuis un million d'années et, après la première lampée, j'ai dévoré comme un loup affamé. Madame Ramirez a découvert l'assiette de tortillas, et j'en ai pris aussi, faites à la maison, mais parfaitement lisses parce que, évidemment, elle en fait depuis au moins cent ans.

Tu ne peux pas savoir comme c'est bon, de la soupe aux haricots maison avec des tortillas maison. Ça m'a fait penser à papa et à maman, à la façon dont les choses se passaient avant, et ça a rempli un vide à l'intérieur de moi. C'est seulement quand j'ai été rendue au fond du bol vide, à l'essuyer avec un dernier morceau de tortilla, que je me suis rendu compte que, si la bruja *avait voulu me jeter un sort, j'étais fichue. Je me suis essuyé les mains sur une serviette en papier.*

« Voulez-vous aider ma maman, s'il vous plaît? » J'ai mis la barrette sur la table et je l'ai poussée vers elle.

Elle m'a demandé en anglais si je parlais espagnol. Je lui ai répondu que oui et elle a dit tout le reste en espagnol, mais je vais l'écrire en anglais pour toi, surtout parce que je ne sais pas très bien écrire l'espagnol. Elle a dit: « Ta maman a le cœur brisé. Son cœur est tellement triste sans ton papa. Je ne peux rien faire pour elle, h'ita. »

« Pas un sort, une tisane, quelque chose comme ça? »

Elle s'est signée en frissonnant. « Non, non, rien comme ça. »

« Mais vous êtes une sorcière! Tout le monde le dit, et ils disent que vous pouvez tout faire. Vous avez fait cette amulette pour maman et toutes ces tisanes. »

Elle m'a regardée une longue minute, et j'ai cru qu'elle n'avait pas compris, alors j'ai commencé à le répéter, en anglais, pour être plus sûre, mais j'ai vu le mécontentement plisser son front, j'ai eu peur et je me suis tue. Elle a serré ses mains griffues, puis elle a explosé. Elle n'a pas crié, comme je m'y attendais. Elle a ri. Ses épaules se sont mises à sauter, puis ses seins lourds. Elle se balançait en riant, en riant, en riant. Elle a même donné des claques sur la table. Je la regardais fixement, à moitié horrifiée, à moitié surprise, jusqu'à ce qu'elle s'arrête. Elle m'a fait un grand sourire, un peu édenté. « Alors, c'est ce qu'on dit, hein ? Que je suis une sorcière ? »

« Ce n'est pas vrai ? »

Elle a hoché la tête, tristement.

« Que vais-je faire, alors ? Elle va mourir et je vais me retrouver toute seule ! »

« Jamais toute seule, h'ita. Que te dirait ton papa ? Nous avons toujours notre Sainte Mère, hein ? »

« Je suppose. » J'ai touché à mon rosaire sous mon chemisier. Mais Marie ne m'est pas d'un grand secours, elle non plus.

C'est alors que le petit-fils est entré dans la cuisine en faisant claquer la porte, tout en sueur de sa journée de travail, et j'ai pensé de nouveau qu'il était cool pour un vieux mec. Il s'est dirigé vers le réfrigérateur, en a sorti un pichet de quelque chose, s'est versé un grand verre et l'a bu d'une seule traite. Je ne m'étais pas rendu compte que je le fixais des yeux jusqu'à ce qu'il me dise : « Comment vas-tu, petite ? Comment va ta maman ? »

J'ai rougi. Il était si gentil ! Et il se rappelait que j'étais venue chez lui avec maman, ce qui était un bon signe parce qu'il l'avait peut-être remarquée, car elle est plutôt jolie quand elle s'arrange.

« Elle va bien », lui ai-je dit. « Elle travaille. » Ce qui était un mensonge, mais je ne voulais pas qu'il la trouve trop pathétique. Tout à coup, je me suis rappelé qu'elle s'était plainte de quelque chose. « Elle cherche quelqu'un pour s'occuper du jardin. Il est complètement négligé. »

Il était déjà perdu dans ses pensées, je le voyais bien, mais il a dit qu'il connaissait quelqu'un que nous pourrions appeler. J'avais espéré qu'il s'offre à venir lui-même de façon qu'ils aient l'occasion de se parler, mais il ne l'a pas fait, tant pis. Il a décroché le téléphone et a commencé à composer un numéro.

Je me suis levée, prête à partir. « Merci pour la soupe», ai-je dit à sa grand-mère, et j'ai poussé la barrette vers son côté de la table. « Vous pouvez la garder. Je ne la mets jamais, et vous avez des masses de cheveux. »

Je me suis ensuite dirigée vers la porte, et personne ne m'a arrêtée jusqu'à ce que j'arrive juste à côté. Alors, Abuela *a parlé. «* H'ita, *rappelle-toi ce que j'ai dit. » Elle a pris un rosaire en bois et l'a secoué dans les airs vers moi. « Tu n'es jamais seule. » J'ai juste fait un signe de tête. Mais, une fois dehors, j'ai essayé bien fort de ne pas pleurer. En fait, j'ai pleuré, je ne te mentirai pas. J'ai pleuré tout le long du chemin vers le château de la Belle au bois dormant. Je ne comprenais pas pourquoi papa avait dû mourir ni pourquoi je devais me débrouiller avec tout ça, alors que je ne suis vraiment pas assez vieille, que j'ai besoin d'aide et qu'il n'y a personne pour m'en donner. Et je ne savais pas du tout quoi faire.*

Alors, la chose la plus étrange est arrivée. Poussé par le vent, un morceau de papier a atterri sur mon pied. J'ai sursauté, effrayée, songeant d'abord que c'était un serpent, mais quand j'ai baissé les yeux, j'ai frissonné de la tête aux pieds parce que c'était une couverture de magazine. Rolling Stone. *Et la personne sur la couverture était Tupac Shakur. Un grand titre disait, 1971-1996 TUPAC SHAKUR, L'ÉTRANGE ET TERRIBLE SAGA.*

Quand j'ai vu ça, mes mains se sont mises à trembler et mon cœur s'est mis à battre à grands coups, parce que je me sentais presque aussi mal que le jour des funérailles de papa, quand j'avais reçu le billet d'un dollar. C'était comme un signe. Immédiatement, j'ai décidé de chercher tout ce que je pouvais au sujet de Tupac et de sa mort, réelle ou non. Peut-être essaie-t-il de communiquer avec moi, de rester en relation avec moi. Peut-être que je ne suis pas vraiment seule et que je peux être aussi forte que lui et passer à travers tout ça, même si c'est dur, comme une rose qui pousse dans le ciment, comme dans le titre de son seul et unique livre.

Papa avait l'habitude de dire qu'on trouvait toujours de l'aide quand on en cherchait, et j'ai pensé que c'était l'aide dont j'avais besoin. Je ne sais pas comment tout ça va aider à sauver maman, mais tout ce que je peux faire pour l'instant, c'est de suivre les indices, peu importe où ils me mènent, et d'espérer que tout cela finira par avoir un sens.

À présent, je vais lire des trucs que je viens juste de trouver.

Maggie

El Preso Número Nueve, chanson de folklore

Y si vuelvo a nacer, yo los vuelvo a matar.
Padre no me arrepiento, ni me da miedo la eternidad,
Yo sé que allá en el cielo el ser supremo me ha de juzgar
Voy a seguir sus pasos, voy a buscarlos al más allá.

Et si jamais je devais renaître, je les tuerais de nouveau.
Mon père, je ne me repens pas, et je n'ai pas peur de l'éternité.
Je sais que, là-haut dans le Ciel, l'Être Suprême va me juger.
Je vais suivre leurs pas, je vais les suivre aussi loin qu'ils iront.

Dix-huit

Le vendredi matin, debout sous le chaud soleil de sep-tembre, Thomas huma le vent et sentit une lourdeur qui s'ins-tallait dans l'air stagnant. Son équipe construisait un mur en adobe autour de la propriété d'une vedette de cinéma, auquel ils tentaient de donner un air vieillot en y incorporant divers maté-riaux rappelant l'Ouest du temps jadis. Le résultat était plutôt réussi, songeait-il, particulièrement satisfait des morceaux de poterie bleue que ses hommes avaient parsemés çà et là. Les tessons scintillaient comme un trésor caché parmi les briques.

Rien n'aurait dû l'inquiéter. Autour de lui, le travail se dé-roulait à son rythme habituel. Des membres de l'équipe trans-portaient les lourdes briques rectangulaires près du mur où d'autres les posaient. D'autres encore façonnaient de nouvelles briques sur place en remplissant les formes en bois de boue rougeâtre et de paille. Thomas s'accroupit au soleil pour mettre les mains dans la terre lourde, à la recherche de ce qui le troublait tout à coup.

Rien ne clochait, rien ne semblait annoncer un changement dans le temps. Le ciel, qui s'étendait vers les montagnes, formait un arc au-dessus de la vallée, d'un bleu profond, calme à l'infini. Il n'y avait pas le moindre souffle de vent pour agiter les feuilles des arbres.

Le long de la route, de l'eau coulait en gargouillant dans le fossé d'irrigation. Le silence était si absolu que Thomas entendit même un écureuil grignoter, loin au-dessus de sa tête. Nerveux, il prit de la boue dans ses mains et la lissa en la tapotant. Son poids et son élasticité lui plaisaient, et il passa distraitement la paume dessus en songeant au corps de Luna sous ses mains, les deux derniers soirs. À ce souvenir, il sentit de petites ondes lui parcourir la colonne vertébrale, éclater dans le creux de ses reins et faire frissonner l'intérieur de ses cuisses. Luna avait les couleurs de la nature qui entourait Thomas, ses cheveux semblables aux feuilles dorées, devenues jaunes en une nuit, ses yeux aussi foncés que la fourrure d'un ours, sa peau – il courba sa paume sur la boue, la soupesa et la lissa – du même brun pâle que l'adobe. Du bout des doigts, il forma un mamelon et il eut l'impression de tenir une réplique de son sein dans sa main, se demandant s'il penserait dorénavant toujours à elle quand il verrait de l'adobe.

— *Cabrón*[1]!

Le cri soudain fit sursauter Thomas et l'arracha à sa rêverie. Il vit Tiny se précipiter vers John Young, un garçon dégingandé et irréfléchi qui harcelait Tiny sans s'inquiéter des conséquences de ses gestes. Depuis longtemps, une bataille se préparait entre eux. Thomas bondit sur ses pieds, honteux, et écrasa le sein qu'il tenait dans ses mains. Il posa la boue par terre, les joues rouges en songeant à la forme qu'il avait façonnée, et siffla. Les deux hommes l'ignorèrent. Ils volaient l'un vers l'autre, et la force brutale du plus jeune semblait devoir venir à bout sans peine de la vigueur nerveuse de Tiny…

Jusqu'à ce que la rage prenne le dessus.

Tout comme Thomas, les autres membres de l'équipe avaient déjà observé le tempérament volcanique de Tiny et ils abandonnèrent leurs tâches pour se précipiter vers les deux hommes en criant.

— Tiny! hurla Thomas. Arrête. John, recule.

Ils ne l'écoutèrent ni l'un ni l'autre. John était trop stupide et Tiny trop têtu. Thomas était trop loin pour s'interposer, mais un homme plus âgé, qui s'appelait Lorenzo, essaya de retenir Tiny par le bras.

— Ne fais pas ça, viens, tu vas encore t'attirer des ennuis, et tu en as déjà bien assez, lui dit-il.

---

1. Cocu. *(N.d.T.)*

Mais John ne désarmait pas.

— Ouais, c'est ça, abandonne. Je vais lui sucer les nichons toute la nuit.

Merde.

Thomas fonça vers eux à la course, mais il était trop tard. Possédé par une rage aussi violente qu'un démon, Tiny réunit toutes ses énergies et se mit à rugir. Il agita les poings, les bras, les jambes, les pieds et la tête, comme une tornade. Quand Lorenzo et Thomas eurent réussi à écarter Tiny et à le maîtriser, John gisait sur le sol, complètement abasourdi, saignant du nez, de la bouche et d'une coupure à la joue.

Thomas s'agenouilla et aida le jeune homme à se relever. Malgré le sang qui coulait à flots de son nez, Thomas aurait voulu gifler le gamin pour tous les ennuis qu'il avait causés.

— Penche ta tête vers l'arrière, lui dit-il, je vais te conduire chez le docteur.

En chancelant, John s'appuya contre Thomas.

— Doux Jésus ! Il frappe fort.

Thomas fit un geste du menton en direction de Lorenzo, pour lui confier le chantier.

— Si l'un de vous deux recommence, je vous congédie tous les deux. Et si tu dénonces celui qui t'a fait ça, dit-il au garçon quand il l'eut installé dans le camion, je te congédie sur-le-champ. Je ne peux pas me permettre de perdre Tiny, et tu es un imbécile de l'avoir harcelé. Tu saisis ?

— Je saisis.

Pendant que Thomas contournait le véhicule, trois corbeaux volèrent au-dessus de lui en croassant. Merde. Il devrait cesser d'écouter son *Abuelita*. Elle le rendait superstitieux.

Le Pay and Pack était bondé, surtout au rayon des fleurs. Un festival artistique quelconque avait lieu en fin de semaine. Il y en avait beaucoup, tout au long de l'année. Les participants avaient commencé à arriver le jeudi, emplissant les parkings des motels et des hôtels avec leurs fourgonnettes, leurs Volvo et leurs autocaravanes Volkswagen, si joliment rétro. Les cafés avaient droit à leur lot de clients aux cheveux longs, en bottes de randonnée, et les boutiques vendaient allègrement leurs plus beaux objets. Luna s'efforça de ne pas se laisser exaspérer par les demandes de fromages exotiques et de légumes japonais organiques qui lui furent adressées toute la journée. Elle se disait qu'il s'agissait d'un groupe qui avait beaucoup d'argent à dépenser et que la plupart d'entre eux étaient venus de loin pour le faire. Mais elle éprouvait de la difficulté. D'abord, ils étaient tellement jeunes pour être si riches. Ils étaient tellement conscients d'eux-mêmes sous leur air détaché, leurs corps étaient si parfaitement façonnés par l'exercice, si bien bronzés et vêtus. Gentiment convaincus que leurs goûts donnaient le ton, ils se prenaient au sérieux et avaient la certitude de participer au sauvetage de la terre nourricière.

Cela voulait aussi dire que tous les restaurants de la ville seraient bondés tout le week-end et que, si Luna avait entretenu le moindre espoir de filer en douce quelque part avec Thomas, leurs chances de trouver une chambre libre étaient presque nulles. Cela voulait dire également que le rayon des fleurs serait trop occupé – ces gens s'envoyaient mutuellement des fleurs aussi volontiers que des baisers – pour que Luna puisse partir plus tôt, comme d'habitude le vendredi.

Un peu après le déjeuner, elle reçut un appel d'Allie.

— Comment vas-tu, étrangère ?

Luna se sentit envahie par un sentiment de culpabilité. Sauf l'après-midi où elle était passée à sa boutique, elle n'avait pas parlé à Allie depuis une éternité. C'était curieux, étant donné qu'il se passait tant de choses dans sa vie.

— Allie ! Bonjour ! Es-tu débordée aujourd'hui ?

— Je l'ai été. Douze clients pour le tarot. Si je me faisais payer en argent, je ferais fortune. Mais ces gens pensent que la moindre babiole suffit comme monnaie d'échange, soupira-t-elle. De toute façon, je voulais juste t'attraper avant que tu élabores de grands projets. Veux-tu sortir ce soir ? On pourrait aller au casino et jouer un peu aux machines à sous ?

— Il y a quelque chose qui ne va pas ?

— Non, pas vraiment. Je suis juste un peu tourmentée. Encore l'envie d'avoir un bébé.

Allie était célibataire par choix et n'avait aucune envie de se marier avec qui que ce soit. C'était l'héritage d'une enfance passée avec un père abusif. Elle ne regrettait pas son choix de vivre seule, prenant des amants quand elle en avait envie, mais le désir d'avoir un bébé la rongeait depuis quelque temps.

— Tu sais, ça ne me déplairait pas. Il s'est passé tant de choses dans ma vie, et je n'ai pas eu l'occasion de t'en parler.

— Oh ! De fréquentes relations sexuelles torrides ?

Luna éclata de rire.

— Je t'en dirai davantage plus tard.

— Allez ! Juste un petit indice. As-tu au moins fait l'amour ?

Luna sentit sur sa peau le souvenir des cheveux de Thomas, épais et tièdes, tombant sur elle, mais elle éprouva en même temps une curieuse réticence à en parler.

— Je te raconterai ça plus tard, dit-elle.

— Ça veut dire oui, hein ? Oh ! J'ai tellement hâte de savoir. Mon Dieu ! s'exclama-t-elle après une pause, je pense que je suis jalouse, Lu. C'est comme un grand verre d'eau bien fraîche.

— Hem ! Laisse-moi vérifier avec Joy, pour voir si ça ne l'ennuie pas, et je te rappelle, d'accord ?

— D'accord. On pourrait aller faire un tour chez Rita's. Je meurs d'envie de boire une bonne margarita. Ça ne devrait pas être trop bondé.

C'était un tout petit restaurant dans Angel Fire, un restaurant mexicain familial, avec le meilleur *menudo*[1] du coin. Luna n'en mangeait pas, mais c'était ce que tout le monde disait.

— Je vais t'appeler vers quinze heures pour te dire si ça va.

— D'accord. J'ai hâte de te voir, ma grande.

Luna raccrocha et se frotta la nuque pour la détendre. Quand elle se sentait ainsi, elle avait auparavant l'habitude de sortir fumer une cigarette. Les derniers temps, elle allait dans la salle de repos à l'intérieur, mais c'était un endroit sinistre, avec un

---

1. Plat de tripes. *(N.d.T.)*

éclairage fluorescent blafard et des meubles dépareillés dans des teintes délavées, bien assorties au vert de la rangée de casiers qui longeait le mur. Pas vraiment relaxant. Et ses compagnons fumeurs lui manquaient aussi terriblement.

Tant pis. Elle prendrait le risque aujourd'hui, juste pour s'asseoir dans l'air frais et aspirer un moment de la fumée secondaire. Si c'était trop difficile, elle trouverait autre chose demain.

— Je sors pour une vingtaine de minutes, dit-elle à Jean.

Sous ses cheveux plastifiés, celle-ci lui lança un regard menaçant.

— Tu ne vas pas aller fumer, au moins?

Luna prit un air maternel. Celui qui signifie : «Petite fille, qui crois-tu être pour oser parler sur ce ton à une aînée?» Avec succès.

— Je m'inquiète pour toi, c'est tout.

Luna ne se donna pas la peine de lui répondre et elle en éprouva un curieux sentiment de libération. Elle se glissa par la porte menant à l'extérieur et se dirigea vers le coin des fumeurs, une simple table à pique-nique sur un carré de ciment noirci. Comme elle était située au nord de l'immeuble, il y avait toujours de l'ombre. Quelques pitoyables chênes arbustifs fournissaient un peu d'intimité. Par des ouvertures entre les branches, les employés pouvaient observer le stationnement, mais personne ne pouvait vraiment les voir.

Trois personnes y étaient assises ce jour-là. Diane, Erny et – Luna en fut surprise – Angelica, la femme séparée de Tiny Abeyta.

— Hé! Hé! Regardez qui est là! s'exclama Diane, une des caissières, en la voyant tourner le coin.

Diane avait de l'eye-liner égyptien noir et épais qui remontait au coin de l'œil et une lotion scintillante sur les pommettes. Son sarrau ouvert découvrait la moitié de ses seins blanc crème révélés par le profond décolleté de son tee-shirt. Elle était aussi belle et flamboyante qu'un phlox rose. Luna avait déjà rêvé d'avoir une telle allure.

— Tu retombes dans le vice, ma fille? lui demanda Diane.

Luna sourit doucement en s'entendant appeler «ma fille».

— Non, je suis juste venue en visite.

— Cool!

— Que deviens-tu? demanda Ernie.

Cet ancien militaire, qui portait des chemises blanches et des pantalons de travail bleus, aussi raides d'empois que du papier plié, était un des préférés de Luna. Natif de Taoseño, il s'était enfui à dix-sept ans pour s'enrôler, puis il était allé à la guerre. Il avait ensuite roulé sa bosse par le vaste monde avec sa femme jusqu'à ce qu'il prenne sa retraite, à trente ans, et revienne à la maison. Il travaillait à temps partiel dans le rayon de la boulangerie et, dans ses moments de loisir, il étudiait pour obtenir une licence d'espagnol. Il apportait parfois à Luna des œuvres de poètes espagnols à lire.

Elle lui toucha doucement la main.

— Tu m'as manqué, Ernesto. Que lis-tu ces temps-ci?

— Pas grand-chose. La session vient de commencer, tu comprends. Cette fois, je prends trois cours.

Il coinça sa cigarette au coin de sa bouche, ce qui le fit ressembler à un personnage de bande dessinée. La fumée s'élevait en s'écartant complaisamment de ses pommettes saillantes.

— Et toi, que lis-tu? demanda-t-il à Luna.

— Pas grand-chose non plus. Ma fille vit avec moi à présent!

— Oh! C'est vrai! Comment ça se passe?

Luna se mit à leur raconter ce que Diane et Ernie voulaient tous les deux entendre, les prouesses de sa superbe fille qui s'acclimatait parfaitement à Taos. Un peu à l'écart, Angelica, apparemment perdue dans ses pensées, fumait en silence. Mais sa présence piquait la curiosité de Luna sans qu'elle sache pourquoi.

Angelica se leva pour éteindre sa cigarette dans le gros contenant en ciment rempli de sable qui servait à cet effet. Tout à coup, elle se pencha brusquement.

— C'est mon mari, là-bas! s'exclama-t-elle en se faufilant sous la table. Merde!

En regardant par une ouverture dans les buissons, Luna sentit son cœur se serrer. Elle vit Tiny descendre d'une magnifique

voiture pourpre. Il portait ses vêtements de travail et il était couvert de taches d'adobe de la tête aux pieds, et même dans les
cheveux. Luna crut voir du sang sur sa bouche.

— Veux-tu que j'appelle la police, *h'ita*? demanda Ernie.

— Non, répliqua aussitôt Angelica en levant la main en
signe de protestation. Il va aller en prison, et nous n'aurons plus
du tout d'argent. C'est déjà assez difficile. Non, répéta-t-elle en
se faisant encore plus petite. Je vais rester ici. Il va finir par se
fatiguer d'attendre et il va s'en aller.

— Je peux appeler Thomas, dit Luna. Si vous voulez.

Angelica la regarda comme si elle ne comprenait pas ce
qu'elle lui disait. Luna s'aperçut que, si elle avait vu Angelica à
la salle des Vétérans et si elle connaissait toute son histoire, elle
n'était pour elle que la responsable du rayon des fleurs.

— Son patron, Thomas?

Luna acquiesça.

— C'est un de mes amis.

— D'accord. Ouais. Ce serait bien.

Luna regarda de nouveau par l'ouverture dans les arbustes.

— Il s'en vient par ici, dit-elle. Sait-il que c'est le coin des
fumeurs?

— Ouais. Et il sait que c'est l'heure de ma pause.

— Venez avec moi, dit Luna.

Elle se leva et fit un signe à Ernie, qui se plaça debout devant les buissons pour bloquer la vue. Luna fit signe à Angelica
de la suivre, et elles se précipitèrent vers la porte qui menait à la
grande pièce sombre derrière le comptoir des fleurs.

— Restez assise là jusqu'à ce qu'il parte.

Angelica lui obéit, mais elle avait l'air inquiète.

— Si je suis en retard, je vais avoir des ennuis, il y a tellement de monde aujourd'hui.

— Je m'en occupe.

Elle contourna rapidement le comptoir, alla trouver Jean et
lui dit de se rendre aux caisses et de remplacer Angelica. Quand
elle se mit à protester, Luna lui fit de nouveau son air maternel.

Jean plissa les yeux.

— Merde! Tu es si méchante aujourd'hui. Qu'est-ce qui ne va pas?

— Tais-toi et vas-y.

Sans attendre de voir si Jean l'avait écoutée, elle se dirigea de nouveau vers la porte et sortit comme si elle commençait sa pause. Tiny, qui parlait avec Ernie, semblait dans son état normal. Surprise, Luna haussa les sourcils.

— Hé! Les gars, que faites-vous? demanda-t-elle en se laissant tomber sur le banc de la table à pique-nique. Diane, j'ai besoin d'une cigarette. Puis-je t'en voler une?

Elle ouvrit les yeux tout grand, faisant mine d'être inquiète, et regarda en direction de Tiny.

— Surtout, ne le dites à personne, lui dit-elle dans le but d'établir une complicité entre eux.

— Non, je sais comme c'est difficile.

En se servant uniquement de sa main gauche, il sortit une cigarette de son propre paquet.

— Ça ne vous ennuie pas si je m'assois avec vous? reprit-il. Il faut que je parle une minute à ma femme, et elle prend habituellement sa pause à cette heure-ci.

— Non, allez-y.

Luna se poussa nonchalamment et lui indiqua la place à côté d'elle.

Les yeux écarquillés, Diane passa son briquet à Luna.

— Je dois retourner à l'intérieur. Tu me le rendras plus tard.

Elle s'éloigna en balançant ses hanches un peu trop rondes pour être à la mode. Tiny la regarda partir. Ernie se retourna et fit un clin d'œil.

— On ne voit pas des filles comme ça tous les jours, hein?

Tiny siffla pour signifier son accord et souffla une bouffée de fumée.

Luna ne savait pas trop quoi faire ensuite. Elle voulait appeler Thomas, mais il lui semblait plus important de rester assise avec Tiny et de l'empêcher d'aller chercher Angelica à l'intérieur. Tiny avait les joues rouges, il était évident qu'il s'était battu. Une odeur de sueur et d'anxiété émanait de lui, il agitait nerveusement le genou en fumant. Il était tendu, crispé. Luna eut une idée.

— Ernie, connais-tu Tiny Abeyta ? Tiny, voici Ernie Medina.

Ils se saluèrent en levant le menton.

— Comment ça va ?

Luna chercha les yeux d'Ernie et soutint son regard.

— Je l'ai connu parce qu'il vit avec un ami à moi, Thomas Coyote. Ils travaillent ensemble aussi, dans l'entreprise Coyote Adobe.

Il comprit ce qu'elle attendait de lui. Il lui fit un clin d'œil.

— Coyote et Luna, hein ? demanda-t-il pour la taquiner.

Luna sourit en hochant doucement la tête.

Ernie éteignit sa cigarette sans se presser et les salua de la main.

— Il est temps que je retourne travailler.

— Au revoir.

Luna et Tiny se retrouvèrent seuls dans le coin des fumeurs.

— Que se passe-t-il, Tiny ? demanda-t-elle doucement. Vous vous êtes battu ?

Il pencha la tête et lui fit signe que oui.

— Vous avez quitté le travail ?

Il haussa les épaules.

— C'était l'heure de la pause. J'avais la permission.

— Thomas vous a laissé partir ?

Il tira nerveusement sur sa cigarette. Ses jointures étaient ensanglantées.

— Il a dû amener l'autre type au service des urgences, dit-il en lançant un regard mutin à Luna. Je pense que je lui ai brisé le nez. Mais ce n'était pas ma faute, je le jure. Ce connard n'arrêtait pas de me harceler, de me dire toutes sortes de merdes au sujet de ma femme…

— Tiny, dit-elle calmement en osant mettre la main sur son épaule.

Il tressaillit, mais ne s'écarta pas.

— Voulez-vous aller quelque part, aller boire quelque chose, un soda par exemple ? demanda-t-elle. Je vous invite.

Il secoua énergiquement la tête.

— Non, il faut que je la voie.

— Vous êtes déjà en violation de vos conditions. Maintenant, assis ici, après avoir quitté votre travail sans permission. Et après vous être battu.

Sous ses doigts, Luna sentait ses muscles aussi tendus que la corde d'un arc. Il avait la figure de quelqu'un qui se mettrait à pleurer s'il n'avait pas dû défendre son image de dur à cuire. Il n'était pas aussi vieux qu'elle l'avait d'abord cru – il ne devait pas avoir plus de vingt-sept ou vingt-huit ans. Éperdument amoureux, il rêvait de réussir un projet utopique.

— Puis-je vous dire quelque chose ? demanda-t-elle.

Comme il ne protestait pas, elle lui frotta un peu l'épaule.

— Quand j'avais sept ans, mon père a quitté la maison. Ce fut terrible, Tiny, il me manquait tellement que c'était comme si quelqu'un m'avait coupé un bras. Il me manque toujours, je viens juste d'apprendre qu'il est mort et que je ne le reverrai jamais.

Tiny releva la tête.

— C'est triste.

— Vos enfants vous aiment. Ne faites rien qui risque de vous séparer d'eux. C'est trop grave. Ils ont besoin de vous.

Il pencha brusquement la tête et acquiesça.

— Voulez-vous aller quelque part ? Je vous invite, vraiment.

Il serra les mâchoires en regardant fixement un point sur la table.

— Non. Je vais rentrer à la maison. À la maison de Thomas, à cette maison-là. Je vais parler un peu avec *Abuela*.

— C'est une très bonne idée.

En laissant lentement retomber sa main, elle s'aperçut que sa cigarette avait brûlé sans qu'elle s'en rende compte. Elle l'écrasa.

— Donnez-moi une autre cigarette, voulez-vous ?

Il eut un petit rire étouffé.

— Bien sûr.

Il se leva, regarda autour de lui, soudain inquiet de nouveau, et lui en tendit une. Quand il lui offrit de la lui allumer, Luna lui montra qu'elle avait toujours le briquet de Diane. Il resta encore un moment, silencieux.

— Je crois que je vais y aller, dit-il enfin. Si vous voyez Angelica, dites-lui que je pense à elle, d'accord ?

Luna acquiesça, alluma la cigarette et la fuma vraiment, cette fois, le cœur serré de peur, de soulagement et d'inquiétude.

— Vous savez, Tiny, dit-elle, si jamais vous voulez parler de tout ça, n'hésitez pas à m'appeler. N'importe quand, jour et nuit. J'ai déjà pas mal réussi à aider des gens dans des situations comme celle-là.

— Pourquoi voudriez-vous m'aider ? demanda-t-il d'un ton cynique.

Elle leva la main pour lui montrer sa cigarette.

— Pour que vous gardiez mon secret.

Il lui fit un demi-sourire.

— Merci.

Luna le regarda se diriger vers sa voiture, la tête basse, en finissant sa cigarette. Sa meilleure amie Barbie, les cheveux cachés sous un fichu, pointa le bout du nez et le regarda s'éloigner et engager lentement sa voiture dans la rue. Conduisant comme un vieil homme. « Il va finir par la tuer. »

— Oui, dit Luna tout haut.

À moins d'un miracle, il le ferait certainement. En songeant à eux, elle en avait le cœur brisé. La prison n'était peut-être pas la meilleure solution, mais quoi d'autre pouvait contrer des centaines d'années de conditionnement social et l'esprit fragile d'un homme qui se sentait perdu ? Elle finit sa cigarette, l'éteignit et rentra pour aller prévenir Angelica que la voie était libre.

Elle était partie.

Même après avoir quitté le magasin, Tiny ne réussit pas à décolérer. Il se croyait toujours sur le point d'y arriver, mais la rage revenait percer ses veines, comme des aiguilles. L'intérieur du coude, la base du crâne, les coins des yeux, tout lui piquait, et il voyait en rouge le contour de tout ce qu'il regardait. Lorenzo, un vieil homme qui travaillait avec lui, lui avait parlé tout bas, en espagnol. Ses mots avaient coulé sur lui comme une ondée rafraîchissante. « Arrête, ne t'occupe pas de lui, tu as déjà assez d'ennuis, c'est un enfant, un garçon anglo fou, un dingue. Un moins que rien.»

Mais chaque fois qu'il sentait sa colère s'évanouir, Tiny voyait les grosses mains blanches de John sur les seins d'Angelica, ces grosses mains laides sur sa peau blanche et ses taches de rousseur. Elle avait des seins magnifiques, gros, ronds et lourds, avec des mamelons foncés en forme de couronne. Juste à y penser, à rêver à sa présence près de lui, il sentit une poussée de désir si forte qu'elle en était douloureuse. «Je vais sucer ses mamelons toute la nuit.»

De sept heures du matin jusqu'à dix-sept heures, le bracelet à sa cheville était plus ou moins inactivé parce qu'il était au travail, à des kilomètres de la machine qui, le reste du temps, émettait une alerte dès qu'il s'éloignait. En fait, il était condamné à rester à domicile sauf pour aller travailler. Habituellement, Thomas était là pour s'assurer que Tiny ne dérogeait pas aux termes de l'entente, mais il serait à l'hôpital avec John pour un certain temps encore.

Tiny avait une heure devant lui, peut-être deux.

Après avoir quitté l'épicerie, il se promena en voiture un bon moment, sans but, juste à réfléchir. Il repensait à ce que cette femme, Luna, lui avait dit. Et il rêvait de mettre son visage dans le cou d'Angelica. Cela le comblerait tellement et effacerait le vide qu'il sentait dans sa poitrine. Il avait besoin de la voir. C'était comme une drogue.

Il pourrait se rendre chez elle et attendre qu'elle revienne du travail. Il y songea pendant au moins vingt minutes en se rendant jusqu'à Rancho de Taos, puis, par les petites routes, jusqu'à Peñasco, avant de revenir à Taos. S'il laissait sa voiture dans la rue, quelqu'un pourrait la voir et ils auraient tous des ennuis. Il se gara donc trois pâtés de maisons plus loin et cacha son véhicule dans un terrain vacant, derrière quelques arbres. Il s'éloigna en coupant à travers champs, passa sous un grand saule pleureur dont les branches retombaient mollement jusqu'au sol et arriva à sa maison par le côté. La porte arrière était ouverte.

Debout sous le soleil, il mit la main sur ses cheveux brûlants en se demandant pourquoi il n'avait jamais eu l'idée auparavant de venir ici le jour, alors que les enfants étaient à l'école et qu'Angelica et lui pourraient se retrouver seuls. Seuls. Il était si excité qu'il faillit défaillir.

En pensant à la peau de sa femme et à ses cheveux lourds, il ouvrit la barrière et suivit le vieux trottoir, usé par le temps et les intempéries, dont la couche supérieure s'était écaillée en découvrant les cailloux et le sable qui entraient dans la composition du ciment. Des roses tardives retombaient sur la clôture, emplissant l'air d'un parfum lourd. Il s'arrêta, un peu étourdi, en cueillit une.

Par la porte ouverte, il entendit la radio qui jouait la musique pop qu'Angelica aimait. Il ouvrit lentement la porte à moustiquaire, marchant sur la pointe des pieds dans sa propre maison. Il se sentit faiblir en revoyant toutes les choses qui lui manquaient tant – sa chaise à la table, la salière et la poivrière avec des couvercles argent qu'il avait achetées un jour dans un marché aux puces parce qu'elles étaient en verre taillé et qu'Angelica aimait les jolies choses. Tout était impeccable, il n'y avait pas de vaisselle sur le comptoir et le plancher était si propre qu'on aurait pu y manger. La brise soulevait un rideau blanc bien empesé, Tiny sentit des odeurs de repassage.

Son sentiment amoureux, exacerbé, lui gonfla la poitrine. Elle aimait que tout soit joli. Elle travaillait si fort pour tout garder bien pimpant pour sa famille. De petites choses – des bols bleus remplis d'un truc qui sentait bon, sa façon de garder ses gants dans la salle de bain et des torchons près de tout ce qui pouvait se salir, ses trois sortes de balais différents pour des tâches différentes. C'était important pour elle de tout garder bien propre.

Et les enfants étaient pimpants eux aussi, leurs vêtements toujours impeccables, leurs cheveux jamais trop longs, leurs chaussettes toujours bien tirées. Elle était prête à se priver de viande pour acheter de nouvelles chaussures à l'un des petits.

Debout dans la cuisine, concentré sur la violence de son amour pour cette maison et sa famille, il se demandait comment lui et sa femme pouvaient vivre séparés, même si ce n'était pas pour longtemps. En faisant tourner la rose entre son pouce et son index, il s'engagea dans le couloir menant à la salle de séjour, la fleur à la main.

Debout devant la planche, elle repassait un chemisier en chantant avec la musique. Elle avait attaché ses cheveux à l'arrière de sa tête avec une pince, et des mèches retombaient le long de sa mâchoire. Comme elle s'était démaquillée en rentrant du travail, il put voir les cernes brunâtres sous ses yeux. Même si elle ne portait qu'un short ample, un sweat-shirt et des tongs, son envie d'elle lui coupa le souffle.

— Angelica, dit-il doucement.

Elle sursauta, effrayée. Pendant un court moment, il vit de la peur véritable dans ses yeux, même si elle l'avait reconnu. Son effroi se transforma en joie quand elle vit la fleur. Les yeux écarquillés, elle se précipita vers la porte avant pour la fermer et la verrouiller avant que quelqu'un puisse voir à l'intérieur.

— Tiny! s'écria-t-elle en s'appuyant le dos contre la porte. Que fais-tu ici? ajouta-t-elle en chuchotant, comme si quelqu'un avait pu l'entendre. Tu vas avoir des ennuis, et nous ne pourrons plus jamais vivre ensemble. Tu dois partir.

— Je vais partir, dit-il en hochant la tête et en s'approchant d'elle. C'est juste que j'avais tellement envie de te voir.

Il lui donna la fleur, se serra contre elle et mit les mains sur ses hanches – des hanches de femme, bien solides.

— Envie de te caresser.

— Elle est magnifique, dit-elle avec un soupir en parlant de la rose. Tu me manques tellement.

Elle lui passa les bras autour du cou. Il l'embrassa, et ce fut comme un éclair, comme un orage qui vient du sud. Il sentit le miel sauvage coulant de sa langue. En gémissant, il lui retira son sweat-shirt pour dénuder ses seins, puis s'agenouilla pour les embrasser. Il lui arracha ensuite son short et sa culotte et la pénétra aussitôt. Elle se couvrit la bouche pour étouffer ses cris rauques et trop forts. Il la couvrit ensuite lui-même, prenant plaisir à la sentir mordre sa main presque au sang. Leurs corps heurtèrent violemment le plancher sur lequel ils étaient tombés, et ils rugirent ensemble de désir et de cette délivrance qu'ils avaient tant désirée. C'était à la fois une agonie, un soulagement, une tristesse et une joie.

Il n'y avait jamais, dans son cœur ni dans son esprit, personne d'autre que cette femme, son Angelica, son ange, sa femme, son épouse.

— Tu es à moi, dit-il férocement. À moi.

— Oui, cria-t-elle. Oui.

Alcooliques anonymes – Les douze étapes

1. Nous avons reconnu notre impuissance face à l'alcool qui nous fait perdre la maîtrise de nos vies.

2. Nous en sommes venus à croire que seule une Puissance supérieure peut nous permettre de retrouver notre raison.

3. Nous avons choisi de remettre notre volonté et notre vie entre les mains de Dieu, tel que nous le concevons.

Dix-neuf

Pour la première fois depuis son arrivée, Joy n'était pas là quand sa mère rentra à la maison. Trop épuisée pour faire trois kilomètres à pied, Luna avait demandé à un compagnon de travail de la ramener. En entrant, elle vit l'indicateur du répondeur qui clignotait et elle feuilleta distraitement le courrier en écoutant les messages. Il y en avait quatre. Le premier venait du registraire du collège qui réclamait des papiers que Joy avait demandés à April.

Le deuxième était de Thomas. Il remerciait abondamment Luna pour l'aide précieuse qu'elle lui avait apportée cet après-midi-là et lui promettait de la rappeler quand les choses se seraient arrangées.

Le troisième était de Marc. Le message était si typique de sa manière que Luna se mit aussitôt à grincer des dents. « Lu, écoute, nous devons faire le point ensemble. J'avais pensé m'habituer à l'idée que Joy vive avec toi, mais je suis finalement insatisfait de cette décision et je crois que nous devrions chercher sérieusement ce qui est préférable pour elle. J'ai lu des trucs à propos de l'activité des gangs là-bas, et Joy n'a certainement pas avantage à se retrouver dans cet environnement. Je sais que tu as récemment acheté une maison, mais elle me dit que tu ne conduis toujours pas et elle dispose de tellement plus de commodités ici. »

Une pause, dont il avait profité pour reprendre son souffle. « Lu, tu l'aimes. Fais ce qui est bon pour elle, veux-tu ? »

— Certainement, dit-elle tout haut en appuyant sur le sept pour effacer le message. C'est ce que je vais faire, monsieur.

Le quatrième était d'April. Sa voix était haute et fragile. « Allô, chérie. Je t'appelle simplement pour te dire que nous avons reçu tes lettres. Merci beaucoup. Tu es un amour. Appelle-nous quand tu auras le temps. Ton père sera à l'extérieur de la ville tout le week-end, alors nous allons regarder des films et rester tranquilles à la maison. Appelle-moi n'importe quand, trésor. »

Luna était encore debout à côté du téléphone quand Allie la rappela.

— Alors, c'est oui ou quoi ?

Luna se sentit de nouveau coupable. Elle avait oublié.

— Sais-tu, Allie, je suis fatiguée. Je n'ai vraiment pas envie de sortir. Pourquoi pas demain ? Je m'amuserai alors probablement beaucoup plus.

— Tu n'as pas ton dîner avec ta mère ?

— Elle s'en va en Grèce, la pauvre. Nous allons faire ça chez moi demain soir. Peux-tu venir ?

— Je ne dis pas non. Peut-être. Je vais aller au festival ce soir, admirer les garçons dans leurs jeans serrés.

— Bonne idée, gloussa Luna.

En raccrochant, elle se demanda un instant pourquoi elle n'avait encore rien dit de plus à Allie au sujet de Thomas. Elle n'en avait d'ailleurs parlé à personne. Ni à Allie ni à sa mère ou à Elaine. Intéressant. Elle devrait en chercher les raisons. Quand elle aurait le temps.

Pour l'heure, elle devait retourner l'appel de Marc, même si cela lui pesait. Surtout s'il quittait la ville pour le week-end. Sa secrétaire le lui passa aussitôt.

— Lu ! dit-il d'une voix cordiale. Merci de m'avoir rappelé aussi vite.

— Je ne la laisse pas repartir chez toi, Marc.

— Lu, ce n'est pas raisonnable. Tu es…

— Écoute-moi, dit-elle. Si jamais Joy choisit de rentrer à Atlanta, je serai pleinement d'accord pour qu'elle parte, mais ce n'est ni à toi ni à moi de trancher. C'est elle que ça regarde. Elle est assez vieille pour prendre cette décision elle-même. Tu peux la harceler autant que tu voudras, elle est encore plus têtue que toi. Tout ce que tu réussiras à faire, ce sera de la braquer davantage contre toi.

— Lu, qu'y a-t-il d'intéressant pour elle à Taos ? Franchement.

Il y avait beaucoup de choses, mais la question n'était pas là. Il ne s'agissait ni de Taos, ni de Luna, ni même de Joy.

— Pourquoi as-tu changé d'idée, Marc? Pourquoi l'avoir envoyée ici pour vouloir la ravoir aussitôt? Les journaux en ont-ils eu vent? Ton directeur de campagne t'a-t-il dit que Joy serait un atout pour toi?

Le silence qui suivit lui prouva qu'elle avait visé juste. Elle sentit la colère lui brûler la poitrine.

— Vas-tu cesser un jour de te servir des gens? demanda-t-elle d'un ton amer.

— Je ne me sers pas d'elle. Elle est ma fille, et je l'aime.

— Surtout quand elle peut t'aider dans tes projets.

— D'ailleurs, je ne la harcèle pas, Lu. C'est grandement exagéré.

— Vraiment? Après lui avoir promis de lui envoyer une allocation, tu la lui as retirée une semaine après son arrivée ici. Comment appelles-tu ça? demanda Luna en écartant brusquement les cheveux de son visage. Si ce n'est pas du harcèlement, disons que c'est de la manipulation.

— Tu n'as pas besoin d'élever la voix.

Luna ferma les yeux et posa un doigt sur l'endroit, entre ses sourcils, où une douleur lancinante venait d'apparaître.

— Je n'élève pas la voix, mais j'aurais de bonnes raisons de le faire. Je suis furieuse contre toi parce que tu utilises ta fille comme un jouet, et je ne te laisserai pas faire. Pas maintenant. Plus jamais. L'entente sur la garde a été changée et, que ça te plaise ou non, tu nous dois à toutes les deux un peu de temps ensemble.

— Je peux retourner devant la cour, tu sais.

Elle eut l'impression que ses poumons se vidaient soudain de tout leur oxygène. «De vieux souvenirs», dit la thérapeute Barbie. «Prends une grande inspiration.»

— Oui, tu peux, réussit-elle à dire calmement. Et tu auras tout en ta faveur, comme toujours.

Terrifiée, elle songea à sa nuit avec Thomas au motel, à sa relation de plus en plus intime avec lui, au fait qu'elle s'était assise aujourd'hui, en plein jour, avec un homme reconnu coupable de violence conjugale. Elle pensa aux relations de Marc et comprit que, s'il voulait vraiment gagner, il réussirait.

— Je continue à espérer jour après jour, reprit-elle, que tu finiras par admettre à quel point tu l'as blessée. Autrefois et maintenant. Essaye donc, pour une fois dans ta vie, de faire ce qui est bien, veux-tu ?

Elle raccrocha. Des larmes de colère menaçaient de l'étouffer. Comment avait-elle pu déjà aimer cet homme ? Y avait-il jamais eu un tant soit peu de bonté en lui ? autre chose que ses propres ambitions aveugles et égoïstes ?

Il avait déjà été un homme bon. Il était parti de rien, pourvu de ses seules aspirations et d'une volonté féroce de réussir. Au temps de cette noble lutte, Luna l'avait admiré. Mais, comme il arrive souvent, ses qualités s'étaient aussi révélées ses pires défauts.

En regardant les montagnes par la fenêtre, immuables et symboles d'une certaine sagesse, elle se sentit submergée par une nouvelle vague de colère. N'avait-elle pas payé son dû ? Devait-elle continuer à céder tout ce qu'elle aimait pour que les dieux la laissent en paix ?

Elle ne voulait pas que Joy retourne à Atlanta. Elle ne voulait pas briser ce lien de plus en plus riche, le doux plaisir de simplement voir sa fille chaque matin, se traînant jusqu'à la cuisine, les yeux encore bouffis de sommeil. Luna adorait le rire de Joy, la façon dont elle tenait son crayon quand elle faisait ses devoirs. Elle se réjouissait d'observer les prémisses de la femme qu'elle serait un jour.

Luna l'aimait plus que n'importe qui ou que n'importe quoi au monde.

Elle croisa les bras. Cette fois, elle n'abandonnerait pas, elle ne ramperait pas pour aller se cacher dans un trou, s'aplatissant pour que les forces du mal ne la voient pas.

Elle se battrait contre lui. Elle trouverait un moyen – peu importe lequel – de lutter pour elle-même et pour Joy, pour le droit d'élever sa fille, même si elle n'était pas riche et célèbre, même si elle avait connu de mauvaises années dans sa vie et si elle avait fait des erreurs. Beaucoup de parents extraordinaires avaient déjà fait des erreurs.

Mieux encore, elle avait le sentiment que Joy avait besoin d'elle maintenant. Elle avait besoin de sa mère pendant qu'elle traversait cette période difficile. Elle avait besoin de l'influence de Kitty, de l'univers plus tranquille de Taos et de plein d'autres choses. Luna ne laisserait pas l'offensive égoïste de Marc lui enlever sa fille.

Joy arriva à ce moment, le visage congestionné par la chaleur.

— Salut, dit-elle en se dirigeant vers l'armoire où elle prit un verre qu'elle remplit ensuite d'eau et but d'une traite, avant de le remplir de nouveau. Il fait chaud dehors aujourd'hui. Je me demande quand le temps va changer.

Luna se sentit de nouveau coupable d'être toujours incapable de conduire la voiture.

— Dans pas longtemps, dit-elle en lui faisant une moue. Mais il va faire froid ensuite.

— Je peux m'accommoder du froid, répliqua Joy en prenant une grappe de raisin dans le bol à fruits. Quoi de neuf?

Il valait toujours mieux dire la vérité.

— Je viens de parler à ton père. Il veut que tu retournes à Atlanta.

Joy haussa les épaules, lança un raisin dans les airs et le rattrapa dans sa bouche.

— Ouais, et alors?

— Je suis prête à me battre pour que tu restes ici, Joy, mais si tu ressens la moindre ambivalence, tu serais peut-être plus heureuse là-bas. Plus d'argent, plus d'espace, de meilleures écoles.

— Plus d'embêtements, plus de scènes, des revolvers dans tous les casiers, des gens qui me traitent de tous les noms parce que je sors avec quelqu'un qui, selon eux, ne me convient pas... et sans toi, ajouta-t-elle après une pause.

Luna ne voulut pas laisser trop paraître son émotion et se retourna, faisant mine de prendre un verre dans l'armoire.

— Très bien, alors, dit-elle. Je continuerai à lui dire non chaque fois qu'il me le demandera.

Joy plongea la tête dans le réfrigérateur, en sortit une pointe de fromage et se mit à la mâchouiller comiquement.

— Maman, je veux vraiment que tu saches que, si j'aime ça être ici, c'est parce que tu y es, d'accord ? Pas pour la ville ou pour m'éloigner de papa, mais parce que je pense simplement que je te ressemble plus qu'à n'importe qui là-bas. Et je veux vivre avec quelqu'un qui comprend que ce n'est pas un drame d'être différent des autres.

Luna la serra violemment dans ses bras.

— Je suis si heureuse d'avoir une fille comme toi.

Joy lui rendit son étreinte.

— Alors, jusqu'à quel point m'aimes-tu ? lui souffla-t-elle à l'oreille.

— Que veux-tu ? lui demanda Luna en riant.

— Penses-tu qu'on pourrait faire revenir mes cheveux blonds ? Ricardo n'arrête pas de me taquiner et de m'appeler la fille avec des cheveux de travers. J'ai l'impression qu'il aimerait me voir en blonde.

Luna lui lança un regard étonné.

— Oh ! je sais, je sais. Je ne change pas mon allure juste pour un mec.

Elle haussa les épaules, baissa les yeux et se concentra sur une miette de fromage qu'elle mit dans sa bouche.

— Personne ne porte ses cheveux comme ça ici, reprit-elle, et je commence à me sentir un peu ridicule. Et nous faisons prendre nos photos la semaine prochaine.

— Dans ce cas, je serai heureuse de le faire pour toi. Ça ne devrait même pas être difficile. Que dirais-tu si j'appelais ta grand-mère tout de suite pour qu'elle nous emmène acheter ce qu'il faut ?

— Cool ! s'exclama-t-elle avec un sourire timide. Nous allons peut-être sortir plus tard. Ricardo et moi, je veux dire. Est-ce que je peux ?

— Hum ! Nous en reparlerons dans une minute, après que j'aurai téléphoné à ta grand-mère.

***

Incapable de contrôler son agitation, Thomas se demandait s'il devait partir à la recherche de Tiny ou de sa voiture, dont la couleur peu banale en faisait un véhicule assez facile à repérer. Entre-temps, il faisait les cent pas sur la galerie en scrutant la route chaque fois qu'il voyait un nuage de poussière s'élever derrière les peupliers. Il se disait que si Tiny ne rentrait pas à l'heure dite, à dix-sept heures trente, l'alarme reliée au bracelet qu'il portait à la cheville retentirait au quartier général.

Mais le temps passait. Il était déjà dix-sept heures cinq.

Le téléphone posé sur la rampe de la galerie sonna et Thomas s'en empara.

— Allô, dit-il d'un ton bourru.

— Thomas, dit Nadine d'une petite voix. As-tu un moment pour me parler?

Il se sentit coupable d'avoir essayé de l'éviter ces derniers temps.

— Bien sûr, ma grande, que se passe-t-il? Je sais que j'ai été difficile à joindre, mais il arrive tant de choses ici en ce moment. Le travail, *Abuela,* et plein d'autres choses.

— Ça va. Je comprends.

Elle semblait manquer d'air et parlait d'une voix monocorde.

— Le bébé va bien?

— Très bien, dit-elle, riant de son rire fragile. Je suis énorme.

Peut-être à cause de ce petit rire courageux, Thomas eut de nouveau un sentiment de perte. Des images puissantes lui apparurent – ses longs cheveux épais, ses lèvres pulpeuses. Son corps, si voluptueux et sensuel, étendu nu sur son lit.

— Je suis certaine que tu es toujours aussi belle.

— Eh bien, non, dit-elle en poussant un soupir de femme mûre. Je pense que c'est un peu de ça que je voulais te parler.

— De ta beauté? demanda-t-il, sur le ton de la blague.

— Non, idiot.

304

Au moins, elle ne pleurait pas. Mais elle semblait si fatiguée, si lasse. Peut-être parce qu'elle était enceinte. Il eut un élan de sympathie pour elle qui le rendit plus bienveillant. Il appuya un pied sur la rampe. Dans un genévrier voisin, un couple de troglodytes se mit à gazouiller.

— Que se passe-t-il ?

— Je veux d'abord te dire que je suis désolée d'avoir été si émotive au téléphone l'autre jour. J'étais tellement effrayée, je ne savais pas vers qui me tourner.

— Ce n'est rien.

Elle soupira.

— Ce n'est pas une chose dont il est facile de parler, dit-elle.

Il sentit la terreur s'installer dans sa poitrine, un avertissement obscur qui lui fit espérer qu'elle se tairait, mais il se contenta de grogner.

— C'est ironique, reprit-elle, mais j'ai la quasi-certitude que ton frère me trompe.

Elle parlait calmement, comme si ce n'était rien de grave.

Mais le corps de Thomas n'était pas du même avis. Tous ses muscles se contractèrent et tressaillirent, comme pour se rebeller contre cette nouvelle.

— Ce serait ironique, reconnut-il. Mais je ne vois pas très bien en quoi ça me concerne.

— Je ne le sais pas non plus, dit-elle, la voix un peu cassée. Je me suis dit tant de choses, Thomas, quand nous étions... quand lui et moi...

— Je comprends.

— Quand je t'ai trompé avec lui, dit-elle d'un ton plus assuré.

Il la revit soudain écarter résolument ses longs cheveux de son visage.

— Je me disais que c'était hors de mon contrôle, poursuivit-elle, que la passion m'avait emportée, que nous étions des âmes sœurs et que cela excusait tout le reste. Des âmes sœurs, répéta-t-elle d'une voix fêlée.

Sentant sa paume glissante de sueur, il serra le combiné plus fermement. La terreur parcourait ses membres comme une nuée de mouches, noires et bourdonnantes. Une protestation s'élevait doucement en lui. « Ne m'entraîne pas là-dedans, pas encore, j'étouffe. »

— Je me rends compte, Thomas, continua-t-elle, que tout cela était de la foutaise. Je ne peux pas croire que j'ai été assez égoïste, que nous l'avons été tous les deux, pour te blesser à ce point. Tu étais mon mari, et il était ton frère, et c'était si affreux de notre part. Je n'aurais jamais dû…

— Arrête, dit-il brutalement. Je ne saisis pas ce que tu attends de moi. De la sympathie ? Mon pardon ? Quoi ?

— Rien, dit-elle, des larmes dans la voix. Je ne veux rien. Je voulais juste te dire que je comprends maintenant que j'ai eu tort, que tu es un homme bon et que tu ne méritais pas cela.

Si elle comprenait maintenant, constata Thomas avec un pincement au cœur, c'était qu'elle aimait sincèrement son frère. Il regarda la route en direction de la maison de Luna, invisible derrière la rangée de chênes arbustifs. Il songea à sa poitrine, à ses cheveux, à sa bouche, et la terreur qu'il ressentait s'atténua.

— Peut-être devrais-tu chercher de l'aide, Nadine, dit-il après avoir pris une grande inspiration.

Il lui épargna l'évidence, à savoir qu'un homme capable de coucher avec la femme de son frère n'était sans doute pas le meilleur choix comme mari. Il s'aperçut, un peu las, que Nadine allait apprendre la même leçon que sa mère à lui avait apprise.

— Il ne s'agit plus seulement de toi, reprit-il. Tu dois aussi penser à ce qui est préférable pour le bébé.

— Alors je dois me comporter comme si je ne voyais rien ?

— Je ne peux pas te dire quoi faire, Nadine. Cela ne me regarde pas.

Un long silence lourd.

— Je suppose que ce serait stupide de ma part de te demander si je pourrais aller rester avec toi quelques jours, juste le temps de faire le point.

Il songea de nouveau à Luna, à ses yeux sombres et réservés, à son sourire hésitant.

— Excuse-moi. C'est impossible.

— À cause de la fille blanche ?

Son ton amer ne toucha pas Thomas.

— Oui, répondit-il calmement. Cela la blesserait.

— Je suis désolée, dit Nadine après un autre silence. J'ai eu tort de te le demander. Excuse-moi.

Elle raccrocha. Pendant un bon moment, Thomas se demanda s'il devait la rappeler. Si elle avait juré violemment, si elle avait pleuré de manière hystérique, cela aurait mieux correspondu à son caractère. C'était une des choses en elle qui l'avaient à la fois le plus attiré et le plus rebuté. Son intensité dramatique.

Il s'aperçut alors qu'il aimait justement beaucoup, chez Luna, cette absence de dramatisation. Elle avait un caractère égal, calme. Comme lui, elle trouvait que la vie était déjà assez dramatique sans en remettre. Il sentit un désir violent de la voir, de se retrouver avec elle. Pas pour faire l'amour. Juste pour regarder ses yeux bruns si sereins.

Il composa son numéro. Joy lui répondit, essoufflée.

— Salut, Joy. C'est Thomas Coyote. Ta mère est-elle là ?

— Ouais, dit-elle d'un ton évidemment déçu. Elle est dans le jardin. Je vais la chercher.

Thomas sourit.

— Tu attends un appel ?

— Peut-être.

— Veux-tu que je rappelle un peu plus tard ?

— Non, ça va. Elle me tuerait.

— Alors, j'ai une idée. Raccroche. De toute façon, une petite marche va me faire le plus grand bien.

— Je vous assure, Thomas, ça va. J'étais juste un peu grincheuse. Je vais aller la chercher. Vraiment.

— J'insiste. D'ailleurs, j'ai plus envie de la voir que de lui parler.

Sans la laisser tergiverser davantage, il raccrocha et alla retrouver sa grand-mère. Ce fut seulement en entrant dans la cuisine qu'il s'aperçut qu'il sifflait. Assise dans sa berceuse, Placida ronflait, la bouche ouverte. Plutôt que de lui parler, il l'embrassa sur la tête.

— Ça va ? demanda-t-il quand elle ouvrit les yeux en inter-rompant brusquement son ronflement.

— Bien, bien.

Thomas pensa tout à coup à Tiny et poussa un profond soupir.

— Je vais voir mon amie. Si Tiny arrive, dis-lui de rester tranquille. Si le signal du bracelet se déclenche, appelle-moi.

Mais juste alors, le grondement sourd d'un moteur se fit en-tendre devant la maison. Thomas sortit sur la galerie pour ac-cueillir Tiny qui, à part un œil qui commençait à virer au noir, semblait calme et joyeux.

— D'où viens-tu ? lui demanda Thomas en plissant les yeux.

— Je suis allé voir Angelica, si tu veux le savoir. Je ne te mentirai pas. J'avais juste besoin d'être avec elle pour me calmer un peu. Et nous allons bien tous les deux, ça va ? Je te le jure, mon frère, dit-il en se touchant le cœur.

— Deux semaines, mon homme, dit Thomas. C'est tout ce qui te reste. Ne prends pas de risques.

— Je sais.

Il avait vraiment l'air bien. Serein. Et Thomas avait encore plus envie de voir Luna.

— Occupe-toi d'*Abuela,* mon homme. Elle a l'air fatiguée. Je sors, dit-il en tirant ses clés de sa poche.

En souriant, Tiny lui donna une claque sur le bras.

— Tu vois ? Une femme rend la vie meilleure.

— Ouais, dit Thomas. Certaines d'entre elles du moins.

Un des éléments qui avait séduit Luna quand elle cherchait une maison (ce qui avait duré plusieurs mois – il lui avait fallu beaucoup de temps pour en trouver une qui lui plaisait et qu'elle avait aussi les moyens d'acheter), c'était le patio. La maison était en forme de L, le séjour, la salle à manger et la cuisine étaient dans une aile, le solarium, les chambres et la salle de bains dans l'autre. Niché entre les deux, à l'ombre d'un vieux peuplier, se trouvait un patio fait de briques très anciennes. Au fil des ans, il était devenu inégal, des plantes sortaient continuellement dans les fentes, entre autres une touffe de cosmos, dans un coin, que Luna laissait pousser. Un banc, du même adobe que la maison, longeait les deux côtés du L. Elle y avait mis une table et des chaises, avait planté des roses et des pétunias dans des jardinières et avait posé des pots de lavande et de romarin à plusieurs endroits, pour l'odeur. Elle n'avait pas de foyer, mais elle espérait en ajouter un éventuellement.

Elle décolora le rouge et le noir des cheveux de Joy et elles se retrouvèrent avec une teinte, froment clair, très proche de sa couleur naturelle. L'opération se fit assez rapidement – elles avaient mangé un dîner rapide de hamburgers avant de commencer et elles grignotèrent des pistaches en écale pendant que la teinture faisait effet. Assises à l'extérieur, sur le patio, elles profitaient de la douce lumière rosâtre et de la brise fraîche. Joy ôta son poli à ongles noir et essaya une teinte cuivrée.

— Pourquoi crois-tu qu'il est si réconfortant de se vernir les ongles ? demanda-t-elle.

Luna sourit.

— Je ne sais pas. C'est la même chose quand on se fait coiffer ou qu'on se fait faire un masque facial. Il m'arrive même de me sentir mieux rien qu'à me raser les jambes.

— Je sais pourquoi on se sent bien quand on se fait coiffer. Sentir les mains de quelqu'un d'autre dans ses cheveux, c'est agréable.

— C'est vrai, dit Luna qui débarrassait elle aussi ses ongles de leur vieux poli.

Elle les gardait plutôt courts, à cause de son travail, mais il y avait eu des périodes de sa vie où ils avaient été vraiment très longs. Ils poussaient facilement. Dans le panier rempli de bouteilles de vernis, elle choisit un prune-pourpre foncé et agita le flacon. Elle aimait ceux qui contenaient de petites billes à l'intérieur. Signe d'un produit de qualité.

— Pas pourpre, maman. Sois plus excentrique pour une fois.

— Excentrique ? Pourquoi ?

— Juste pour le plaisir, dit Joy en jetant son dévolu sur une teinte turquoise. Celle-là. Fais-moi confiance. Cela va te rendre heureuse toute la semaine.

Sa meilleure amie Barbie, qui enlevait le vernis sur ses ongles d'orteils, lui jeta un coup d'œil. « Écoute ta fille. »

Pourquoi pas ? Elle pouvait bien ressembler à un geai bleu pendant une semaine.

— Comment va ton amie Maggie ?

— Ça va, je pense. Mais sa maman ne va plus travailler. C'est toute une dépression, pas vrai ?

Luna fronça les sourcils.

— Peut-être.

Cesse de faire de la procrastination, se dit-elle. Elle prit le téléphone sans fil posé entre elles sur la table.

— Veux-tu que je les invite demain ? demanda-t-elle. Grand-maman va venir ici, plutôt que nous allions chez elle. Allie sera là, elle aussi.

— Bien sûr ! C'est une bonne idée. Nous pourrons peut-être faire des jeux de société ou autre chose.

— Quel est le numéro ?

Luna le composa à mesure que Joy lui donnait les chiffres. Une jeune fille répondit à la seconde sonnerie, essoufflée.

— Allô ?

— Bonjour, Maggie. Je suis Luna McGraw, la mère de ton amie Joy. Ta maman est-elle là ?

— Euh… elle est sous la douche actuellement. Voulez-vous que je lui demande de vous rappeler ? Je crois qu'elle est occupée ce soir, mais peut-être demain matin ?

— C'est parfait. Entre-temps, dis-lui que nous voulons vous inviter toutes les deux pour dîner demain soir. Quelque chose de simple, Joy, moi et une ou deux autres personnes. Nous regarderons des films, ferons des jeux de société, des trucs de ce genre.

— Oh !

Elle avait l'air si étonnée que Luna se sentit le cœur serré.

— J'adorerais ça, reprit-elle. Je vais demander à maman si elle veut venir, elle aussi. Je veux dire, est-ce que je pourrais y aller toute seule si elle… euh… a autre chose à faire ?

— Bien sûr ! Vous pouvez venir toutes les deux ou toi toute seule, comme ça vous ira.

— Merci. Puis-je parler à Joy ?

Joy fit un signe de tête négatif, mais il était trop tard. Luna posa le combiné sur son oreille pour qu'elle ne gâche pas le vernis frais sur ses ongles.

— Allô, Maggie, mes ongles ne sont pas secs. Puis-je te rappeler dans quelques minutes ? Promis, reprit-elle après avoir écouté la réponse de son amie. Dans quelques minutes, sans faute.

Après avoir raccroché, Joy soupira.

— Elle est vraiment obsédée par toute cette histoire de Tupac. Elle veut prouver qu'il est encore vivant. Pourquoi les gens font-ils ça ? Prétendre que des personnes mortes sont encore vivantes ? Oh ! s'exclama-t-elle en levant la tête. Elle fait ça à cause de son père, hein ?

— Probablement. Et ce n'est vraiment pas grave, à moins que ça n'aille trop loin. Ça lui donne une chose en laquelle croire à un moment de sa vie où c'est vraiment difficile pour elle de croire à quoi que ce soit d'autre.

Joy acquiesça.

— Je n'y peux rien, mais ça m'agace un peu. Je ne veux pas parler de ça toute la journée et tous les jours. C'est joli, hein ? demanda-t-elle en étirant ses mains pour admirer le vernis cuivré.

— Oui, c'est joli.

Quand vint le moment de rincer la teinture, Joy entra pour prendre une douche en apportant le téléphone avec elle. Luna l'avertit de ne pas l'utiliser sous la douche.

— Évidemment !

— Mieux vaut prévenir que guérir.

Comme ses ongles étaient secs, elle mit une paire de gants et prit son sécateur pour faire de petits travaux sur le patio. Elle ôta les fleurs fanées des phlox roses, des longues tiges jaune vif des coréopsis et de la touffe échevelée de cosmos roses et blancs. Certains plants étaient presque aussi grands qu'elle, et leur beauté toute simple la réjouissait. Ils poussaient partout en ville, avec leur feuillage de fougères, parfaitement adaptés au soleil brillant et chaud de haute altitude et aux nuits fraîches. Il n'y avait rien de tel qu'un bouquet de cosmos pour lui donner le mal du pays quand elle était au loin.

Cette tâche l'apaisa. En plus de sa journée de travail stressante, elle avait passé une nuit agitée, peuplée de cauchemars où elle laissait Joy dans une voiture et ne réussissait pas à revenir près d'elle avant qu'elle suffoque sous le soleil et où elle courait à perdre haleine pour accomplir une mission inconnue dont le sort du monde dépendait. Deux fois, elle s'était réveillée, hantée par des bribes de souvenirs qu'elle voulait oublier à tout jamais.

Elle était certaine que ces rêves lui étaient venus parce qu'elle était descendue dans le garage de sa mère pour essayer la petite Toyota bleue.

Quand elle entendit la douche cesser de couler, elle prit le tuyau de jardin et se mit à arroser à la main. Le son argentin de l'eau, le doux gazouillis des oiseaux et le chant des grillons la calmèrent. En trempant un pot de lavande, elle huma l'odeur des feuilles et appela les démons de la mémoire, les défiant de sortir à la lumière.

Elle songeait parfois que c'était un miracle si elle ne s'était jamais blessée plus gravement à l'époque où elle buvait, si elle ne s'était pas fait violer ou tuer. Une grande partie de cette période était heureusement floue – ses réveils dans la senteur de moisi de son studio à Albuquerque, son travail comme serveuse dans un restaurant d'autoroute, puis le début de sa tâche la plus importante de la journée : faire disparaître la souffrance avec tout l'alcool nécessaire.

Il lui en fallait parfois beaucoup

Elle avait plusieurs compagnons d'infortune. Des hommes et des femmes, des vieux et des jeunes, tous ayant le même objectif : noyer leur peine, se détacher des problèmes affreux ou simplement succomber aux charmes de la bouteille, qui adoucissait les couleurs et rendait la vie plus facile.

Parce que, d'une certaine façon, il était plus facile d'être ivrogne. En coupant une rose, elle se rappela le vert océan qui teintait le monde quand elle se mettait à boire. Dans cet univers frais et doux, elle réussissait à respirer sans souffrir le martyre, à oublier tout ce qu'elle n'était pas et à se contenter de ce qu'elle était, heureuse en compagnie d'autres ivrognes, heureuse de ne plus se préoccuper de tout ce qui clochait.

Évidemment, il y avait les ennuis des effets secondaires. Les gueules de bois, les trous de mémoire, le problème empoisonnant de devoir être assez fonctionnelle pendant une partie de la journée pour gagner suffisamment d'argent pour payer son alcool.

Il lui avait fallu du temps pour toucher le fond. Et c'était un endroit horriblement sombre. Elle s'était réveillée dans les toilettes d'une station-service, ne sachant absolument pas comment elle s'était retrouvée là. Elle était revenue à elle brusquement, en se cognant la tête sur le sol de la cabine. Le plancher était sale et, la première chose qui avait frappé Luna, c'était un morceau de papier déchiré sous son pied marqué d'une petite tache de sang. Elle s'était relevée lentement, son corps et sa tête souffrant terriblement, avec des points où la douleur était plus aiguë – ses paumes, où étaient incrustés des graviers, ses ongles brisés et ensanglantés ; ses genoux et ses coudes éraflés. Son coude gauche était si enflé qu'elle avait pensé s'être réellement blessée et, en quelques secondes, elle avait découvert qu'elle ne pouvait pas le bouger sans souffrir énormément. L'apparition de cette souffrance particulière l'avait conduite vers l'évier où elle avait vomi. Songeant qu'elle devait impérativement se souvenir de ne pas bouger son bras gauche.

En se regardant dans le miroir, elle s'était vue – vraiment vue – pour la première fois depuis un an. Elle était décharnée et pour cause. Elle ne se rappelait même pas la dernière fois qu'elle avait mangé. Ses cheveux étaient emmêlés et sales, ses pommettes aussi aiguisées que des lames, ses clavicules ressortaient comme un cintre sous sa robe. Sur le front, elle avait une blessure qui saignait un peu et, à en juger par le rouge qui entourait son œil gauche, celui-ci ne serait pas beau à voir dans quelques heures.

Sa meilleure amie, Barbie, sa compagne omniprésente, avait posé la main dans le dos de Luna et s'était penchée pour examiner son reflet avec elle. « Et si Joy te voyait ainsi ? » avait-elle dit simplement.

La tête au-dessus du lavabo, Luna avait pleuré. Elle avait ouvert le robinet, en gardant son coude gauche serré contre elle pour ne pas le secouer, et s'était abandonnée aux sanglots et aux larmes de honte. Elle avait pleuré jusqu'à ne plus pouvoir, puis elle s'était lavée du mieux qu'elle avait pu et, avec le séchoir à mains, elle s'était asséché les cheveux et le visage.

Quand elle était sortie, dans la lumière crue du jour, elle avait constaté qu'elle n'était pas loin de chez elle, mais il n'y avait aucune trace de la voiture qu'elle avait conduite. Ou plutôt de la voiture qu'elle avait empruntée. Elle n'avait même pas eu l'énergie de se demander où elle était. Elle avait marché jusqu'à un téléphone public, au coin de la rue, y avait déposé les trois dollars qu'elle avait trouvés dans sa poche et avait appelé sa mère qui lui avait simplement dit : « Rentre chez toi. Je viens te chercher. »

Il lui avait fallu vingt minutes pour marcher les quatre pâtés de maisons, mais Luna avait réussi. Elle avait pris une douche et s'était assise dans la salle de séjour, sans musique ni télévision, pour attendre.

Kitty était arrivée exactement trois heures plus tard et avait insisté pour emmener Luna voir un médecin. Qui avait découvert un doigt cassé, un orteil fracturé, diverses contusions et un coude gauche fracassé. Elle avait passé deux jours à l'hôpital pendant lesquels elle avait appris que la voiture était une perte totale. Kitty l'avait ensuite ramenée à la maison, à Taos, et l'avait mise au lit. Luna avait dormi encore deux autres jours, puis s'était réveillée pour pleurer pendant les trois suivants. Elle avait pleuré, pleuré, pleuré, comme s'il n'y avait pas de limite à la profondeur de sa souffrance. Elle avait pleuré sur ses pertes, sur sa honte, sur Joy – pas parce que Joy n'avait pas sa mère, mais parce que Luna se sentait tellement perdue sans elle comme planche de salut. Elle lui manquait chaque seconde de chaque jour, mais c'était un tourment avec lequel elle allait devoir apprendre à vivre.

Elle n'avait pas bu un seul verre depuis. La plupart de ses souvenirs étaient plutôt flous et faciles à oublier, mais à l'occasion elle pensait à ce dernier trou de mémoire et se demandait ce qui s'était passé. Tout ce qu'elle se rappelait, c'était un phlox géant et exagérément rose, aussi épanoui et sensuel qu'une toile de Georgia O'Keeffe[1]. Il remplissait l'air de son odeur et les pétales formaient une arche protectrice au-dessus d'elle pour qu'elle puisse dormir.

Des années plus tard, dans le calme du soir à Taos, Luna pouvait en sourire. Le fonctionnement du cerveau était étrange. Quelque chose l'avait certainement protégée. Elle supposa qu'elle ne saurait jamais quoi.

En apercevant une silhouette du coin de l'œil, elle se retourna.

— Oh! s'exclama-t-elle en voyant Thomas, debout à la limite du jardin. Tu m'as fait peur!

Il resta immobile un moment, sur le fond rosâtre de la lumière du soleil couchant, si grand, si protecteur et si présent qu'elle eut envie de l'attirer vers elle et de poser la tête sur son épaule. Mais elle perçut une flamme nouvelle dans ses yeux — qui l'intrigua jusqu'à ce qu'il s'approche, mette les mains de chaque côté de son visage et se penche pour l'embrasser.

— Tu es si paisible, Luna. Tu es comme la musique.

Luna posa la tête à l'endroit dont elle avait rêvé et laissa s'évanouir tous ses soucis de la journée et ses souvenirs.

— C'est toi qui es paisible.

— Peut-être sommes-nous tout simplement épuisés tous les deux.

Il lui caressait doucement le dos.

— Peut-être.

Songeant tout à coup à Joy, Luna releva la tête et s'éloigna. Elle ôta ses gants.

— Comment vont les choses chez toi? demanda-t-elle.

Il s'installa sur le banc, les mains jointes entre les genoux.

— Bien, je suppose. Tiny dort. Il a promis de consulter un psychologue demain. Je leur fournis une bonne assurance maladie qui va payer pour ça.

— Tu veux en parler?

---

1. Peintre américaine (1887-1986) qui a peint, entre autres sujets, des fleurs vues de si près qu'elles semblent envahir toute la toile. *(N.d.T.)*

Il hocha lentement la tête.

— Non. Je veux t'emmener quelque part et dîner avec toi. Dans un endroit tranquille. Peux-tu venir?

— J'ai déjà mangé. Je suis désolée.

— Veux-tu quand même m'accompagner? Juste t'asseoir avec moi?

Luna songea à Joy, au fait qu'elle avait annulé son rendez-vous avec Allie.

— Normalement, ça me ferait plaisir, mais c'est... compliqué ce soir.

Il baissa les yeux.

— Je vois.

À cet instant, Joy sortit par la porte arrière.

— Et voilà!

Ses cheveux, longs et soyeux, revenus à leur couleur naturelle, coulaient dans son cou et sur ses épaules.

— C'est magnifique, Joy.

— Salut, Thomas, dit-elle. Qu'en pensez-vous?

— J'adore ça.

Elle s'était maquillée et avait mis un tee-shirt, plus joli que d'habitude, qui montrait la boucle qu'elle portait au nombril.

— J'y vais, alors, d'accord? Ricardo vient me chercher dans cinq minutes.

— Tu rentres avant vingt-deux heures, n'est-ce pas?

— Oui, promis, dit-elle en s'approchant de Luna pour l'embrasser. Merci, maman. Pourquoi ne sortiriez-vous pas, vous deux?

— Je vais y songer, répondit Luna en souriant.

— Au revoir!

Elle entra dans la maison à toute allure et fit claquer la porte avant en sortant pour aller attendre Ricardo sur la galerie.

Thomas regarda Luna.

— Y a-t-il d'autres objections?

— J'ai annulé un rendez-vous avec une amie. Je ne veux pas qu'elle croie que c'était pour sortir avec un type.

Le visage de Thomas s'éclaira.

— Ah ! D'accord, je comprends. Viens avec moi et, si nous la rencontrons, je lui fournirai les explications. Ça va ?

En réalité, il était très beau, Luna avait un tel béguin pour lui et elle avait envie de s'évader dans la bulle qu'il semblait lui offrir.

— D'accord. Suis-je habillée convenablement ou devrais-je aller me changer ?

— Tu es parfaite comme tu es.

Il lui tendit la main. Elle la prit, tout à coup très reconnaissante d'avoir cette chance. En le touchant, elle se sentit plus légère.

En se dirigeant vers son camion, garé dans la rue, elle se sourit à elle-même.

— Qu'y a-t-il ?

Elle hocha la tête.

— Tu ne peux t'imaginer comme il y a longtemps que j'ai le béguin pour toi. Chaque fois que tu venais au magasin, mon cœur se mettait à battre plus vite et mes mains devenaient moites. C'est tellement étrange, maintenant…

Elle s'interrompit, embarrassée par cet épanchement soudain.

Il frotta son pouce au centre de sa paume.

— Comment ai-je pu ne pas te remarquer ?

— Tu étais amoureux de quelqu'un d'autre.

Une ombre passa sur son visage, très visible.

— Ouais, je suppose.

Sa meilleure amie Barbie dit : « Oh ! oh ! petite amoureuse, des ennuis en perspective. »

C'était évident.

— Y a-t-il quelque chose qui ne va pas, Thomas, autre chose que Tiny et tous ses problèmes ?

Elle s'arrêta et leva les yeux vers les siens.

— Quelque chose au sujet de ton ex ? demanda-t-elle.

Il acquiesça, l'air grave.

— Elle m'a appelé ce soir. Je t'en parlerai au dîner.

Merde. Elle n'aurait jamais dû entreprendre cette relation avec un homme encore écorché par la précédente. Elle ne voulait pas être pour lui celle qui aide à vivre la transition. Thomas fit le tour du camion, dans la lumière pâle du soir et regarda vers le sud, peut-être vers la femme qui l'avait blessé. En observant ses grandes mains douces, Luna eut envie de chasser les soucis de ses joues, de toucher ses cheveux et de le faire sourire.

— Tu pourras me payer quelque chose d'horriblement cher pour te faire pardonner de n'avoir jamais remarqué que je me pâmais en te voyant.

Il fit un demi-sourire.

Victoire.

Interprétation du tarot : Les Amants

Arcane majeur. Le choix entre différents attraits, la lutte entre l'amour sacré et l'amour profane. Attraction, beauté et harmonie de la vie intérieure et extérieure. Le pouvoir de choisir entraîne la responsabilité. Si la carte sort à l'envers : ingérence parentale, risque de rupture de mariage, disputes au sujet des enfants. La possibilité de faire de mauvais choix.

Vingt

Thomas emmena Luna dans un petit restaurant discret, à l'écart du centre commercial. Il était presque rempli, surtout de clients locaux et de quelques touristes. Un homme chantait du rock-and-roll d'une voix rauque en s'accompagnant à la guitare – du Jackson Browne, du Dan Fogelberg et même du Cat Stevens. Parfait, pensa Thomas, sentant sa nuque se détendre.

Ils s'installèrent à une table sous un puits de lumière où étaient suspendues de nombreuses plantes. Quand la serveuse vint leur porter les menus, Thomas commanda une Negro Modelo plutôt qu'une Corona, la bière des touristes. Depuis des années, des rumeurs sur la qualité minable de cette bière circulaient dans la région, mais Thomas ne l'aimait tout simplement pas. Trop fade. Luna commanda un thé glacé.

— Tu sais, dit-il, je ne bois presque plus et voilà que, pour la deuxième fois, je bois en ta présence.

— Ça ne me dérange vraiment pas.

— Mais je ne veux pas te donner une mauvaise impression. Je bois à peine trois fois par année.

— Ça va, dit-elle en lui souriant.

— Quelle horrible journée! s'exclama-t-il en se frottant le menton.

Un tas d'images se bousculaient dans sa mémoire – la bataille, la salle des urgences, son inquiétude au sujet de Tiny, puis l'appel de Nadine.

La serveuse revint presque aussitôt, tenant une bière si froide qu'elle avait les doigts rouges d'être allée la pêcher dans la glacière. Le thé de Luna lui fut servi dans un verre géant, garni d'une cuillère très longue et de trois quartiers de citron. Thomas commanda un hamburger au fromage et insista pour que Luna prenne un dessert. Elle choisit un gâteau au chocolat chaud avec de la glace.

— Bonne fille, lui dit Thomas, avec un large sourire.

— Ouais, c'est ton avis pour l'instant. Attends que je pèse cent cinquante kilos. Tu vas raconter à tous tes amis : «Vous voyez cette femme là-bas ? Je suis déjà sorti avec elle, et regardez-la maintenant. Incroyable.»

Thomas gloussa.

— Mon ex aussi m'a téléphoné aujourd'hui, dit Luna en mettant du sucre dans son thé glacé. Il veut que ma fille retourne à Atlanta et il menace de lancer sa meute d'avocats à mes trousses.

— Es-tu inquiète ?

Elle pinça les lèvres.

— Un peu. Il a beaucoup de pouvoir et bien peu de conscience.

Thomas lui toucha la main.

— Je suis désolé.

— Cette fois, ma mère va m'aider. Auparavant, nous n'avions pas assez d'argent pour nous battre contre lui. À présent, elle est mariée à un millionnaire. Ce n'est pas une mauvaise chose, dit-elle en haussant les sourcils.

Il rit.

— Veux-tu me l'emprunter ? demanda-t-elle. Il pourrait peut-être t'aider aussi avec ton ex.

Il hocha la tête en baissant les yeux pour ne pas voir l'inquiétude dans le regard de Luna.

— Ça ne donnerait rien.

— Que se passe-t-il, Thomas ? M'as-tu emmenée ici pour m'annoncer que nous ne pourrons plus nous voir parce que vous allez recommencer à vivre ensemble ?

— Non! Doux Jésus! s'exclama-t-il, stupéfait.

Elle secoua la tête en posant sur lui un regard soutenu et interrogateur.

— Mais elle m'a demandé, d'une manière indirecte, si elle pourrait venir rester chez moi quelque temps.

— Je vois.

— Comment l'avais-tu deviné ?

Luna haussa les épaules.

— Une intuition.

— J'ai refusé, Luna.

Elle détourna les yeux pour regarder vers les musiciens. En la voyant de profil, l'air grave et réfléchi, il sentit une douleur à la poitrine. Il posa la main sur la sienne.

— J'ai refusé à cause de toi. Ai-je eu tort ? demanda-t-il en constatant qu'elle se taisait.

— Tu sais, dit-elle en retirant sa main, c'est vraiment embarrassant. Je ne sais pas ce que tu souhaites que je fasse ou que je dise. Nous nous connaissons à peine. Nous avons fait l'amour quelques fois. La belle affaire ! s'exclama-t-elle en repoussant sa chaise. Si tu veux qu'elle vienne rester avec toi, je peux le comprendre. Tu rêvais d'un bébé. Elle en attend un.

Il saisit son poignet et le serra fermement.

— Luna, dit-il calmement, ne pars pas, je t'en prie.

Elle prit une grande inspiration. Le regarda. Il soutint son regard, pour lui montrer qu'il n'avait rien à cacher.

— Je t'en prie, répéta-t-il.

Elle fléchit d'un coup et se rassit.

— Comment pourrais-je renoncer à un gâteau au chocolat chaud ?

Soulagé, il se pencha au-dessus de la table et l'embrassa. Fort.

— Merci.

Elle rapprocha sa chaise, leva son verre de thé et prit une longue gorgée.

— Tu sais, tout ça m'a donné une telle envie d'une cigarette que j'ai failli aller en quêter une à la femme là-bas. J'ai déjà eu une faiblesse, plus tôt aujourd'hui, et j'en ai fumé une.

— Je sais. Tiny me l'a dit.

— Oui ? Le salaud. Il m'avait promis de se taire.

— Je ne te juge pas, Luna.

— Je me juge moi-même. Je veux vraiment réussir, cette fois. Mais c'est difficile.

La serveuse leur apporta leurs assiettes.

— Tu ne ressembles pas vraiment à une fumeuse, dit Thomas.

— À quoi ressemble une fumeuse ?

Elle pencha la tête au-dessus du gâteau, le huma profondément, les yeux à demi fermés, avec un grognement de plaisir. Le geste était inconsciemment sensuel. Thomas se rappela le matin où il l'avait vue à l'aube, alors qu'elle avait l'air d'absorber toute la lumière du monde et de s'en remplir. Une poussée de désir monta en lui, l'envie de goûter cette lumière de nouveau.

Il prit la bouteille de ketchup.

— Je ne sais pas, dit-il en réponse à sa question. Il me semble que les fumeurs sont le plus souvent des travailleurs manuels.

Elle éclata de rire.

— Ma mère a toujours été serveuse dans un bar. Je travaille dans une épicerie.

Il hocha la tête.

— Ce n'est pas ton vrai travail, et tu le sais.

— Que veux-tu dire ?

— Ça ne correspond tout simplement pas à ce que tu es. Trop facile.

Il s'empara de son hamburger, tout à coup conscient que son estomac criait famine. Il y mordit. Il savoura les sucs chauds et salés de la viande de bœuf sur sa langue.

Luna plongea sa cuillère dans le sirop au chocolat, mêlé à la glace à la vanille, et prit une bouchée en fermant les yeux.

— Oh ! voilà pourquoi je ne serai jamais maigre. C'est si bon.

Il s'esclaffa.

— La maigreur n'est pas une si grande qualité.

Ils mangèrent en silence, tous les deux absorbés par le plaisir de manger. Au bout d'une minute, Thomas fit une pause pour prendre une gorgée de bière.

— J'ai l'impression, dit-il, que tu es toujours une thérapeute. Tu y penses beaucoup.

Elle hésita.

— Bien sûr. J'y pense tout le temps. J'aimais ça. Et je réussissais assez bien.

Avec sa cuillère, elle prit exactement la même proportion de gâteau et de glace.

— Tu as déjà fumé? demanda-t-elle.

— Ouais.

— Pourquoi as-tu arrêté?

Il retira soigneusement les oignons de son hamburger. Il avait envie de l'embrasser encore. Plus tard.

— Mon ex détestait ça, dit-il, avec un clin d'œil, en se tapotant le ventre.

Ces dernières semaines, il avait fait des exercices pour l'abdomen, des redressements assis tous les matins, et il avait l'impression que la situation s'améliorait un peu.

— C'est à cause de ça que j'ai développé une petite bedaine.

— Ne me dis pas ça, fit-elle d'un ton cassant. Je ne voudrais surtout pas prendre du poids.

— Mais ça vaut le coup. Pense à ta fille.

Elle inspira et acquiesça.

— Merci.

— Pas de quoi.

Tout en mangeant, il la regardait et il se sentait tellement lié à elle qu'il avait le sentiment que c'était visible. Ce soir, il avait voulu lui prouver qu'il ne s'agissait pas seulement d'une affaire de sexe, mais en voyant ses yeux briller et sa bouche esquisser un sourire, il rêva tout à coup de l'emmener dans un endroit tranquille, de l'embrasser, de la caresser et de s'allonger à côté d'elle, tout près.

Ils continuèrent à manger. Dans un calme partagé qui lui fit éprouver des regrets. C'était tout ce qu'il aurait souhaité avec Nadine, une union paisible et une assistance réciproque. Serait-ce possible avec Luna?

Ou bien cela se terminerait-il comme toujours – avec des cœurs et des espoirs brisés, l'obligation de se retrouver dans des pièces inhabitées, des pièces qui avaient été agréables lorsque le rire de la personne aimée les remplissait, et qui étaient maintenant tristement vides?

Après avoir traversé tant de vallées de larmes, il trouvait difficile d'avoir encore de l'espoir, mais il ne perdait pas courage sans savoir pourquoi. Cela vaudrait-il la peine d'aimer Luna si cela devait se terminer dans la tristesse au bout du compte? Il l'observait qui plongeait sa cuillère dans le chocolat, lui faisait faire le tour du bol et la léchait ensuite d'un geste juvénile.

Malgré la pénombre, il pouvait voir l'outrage du temps sur son visage. Elle n'était plus une jeune fille. Les pattes d'oie au coin de ses yeux et sa mâchoire serrée témoignaient de bien des paroles dites et de bien des choses vues. Pendant qu'il la regardait, un mot du chanteur attira l'attention de Luna et elle esquissa un sourire rapide avant de se concentrer de nouveau sur son chocolat. Une minuscule cicatrice en demi-lune traversait le côté droit de sa lèvre inférieure.

Il aimait ses poignets, plats et bronzés sous ses bracelets en argent, son front et le haut de sa poitrine, visible entre les boutons de son chemisier. Il aimait ses angles – l'inclinaison de ses yeux, l'arche de ses pommettes, les coins de sa bouche qui retombaient un peu lorsqu'elle n'était pas sur ses gardes.

— Es-tu Amérindienne, Luna?

Elle leva les yeux.

— Pas beaucoup, dit-elle en haussant les épaules. Mon père avait un quart de sang apache. Pourquoi?

— Je viens juste de le remarquer, dit-il en admirant une fois de plus la profondeur de ses yeux sombres. Et tes cheveux blonds, les as-tu aussi hérités de lui?

— Pas du tout. C'est une caractéristique des McGraw.

— Alors, McGraw est le nom de ta mère?

— Ouais, dit-elle en penchant soudain la tête. Son nom de fille. Elle l'a repris quand elle a obtenu son divorce, et moi aussi.

— Comment s'appelait ton père?

— Esquivel. Jesse Esquivel.

— Hispanique?

Luna acquiesça.

— Mais ni ma sœur ni moi n'en avons l'air.

Avec un fulgurant sentiment de tristesse, Thomas vit tout à coup à quoi auraient ressemblé leurs bébés s'ils s'étaient rencontrés plus tôt, suffisamment tôt, avant qu'ils ne soient tous les deux si vieux et si las. Il les vit, ces bébés, avec des boucles folles et des yeux sombres et rieurs. Il imagina son père et celui de Luna, sa mère et sa grand-mère, tous fondus dans une parfaite union du sud-ouest. Cette pensée lui donna presque l'envie de hurler. Il lui prit la main.

— J'aimerais t'avoir connue il y a bien longtemps, Luna McGraw. Peut-être quand j'avais autour de dix-sept ans.

— J'aurais alors été trop jeune pour toi, dit-elle en retournant la main pour que leurs paumes se touchent.

Il acquiesça tristement. Il n'aurait pas pu lui donner de bébé à ce moment-là non plus.

— Qu'est-ce qui te préoccupe ce soir, Thomas ? demanda-t-elle doucement.

Il appuya son index sur le sien.

— Je ne sais pas au juste. Bien des choses. Je m'inquiète pour Tiny, je pense que ma grand-mère est au bout de son rouleau, et mon frère trompe sa femme enceinte, une femme qu'il disait désirer si ardemment qu'il a dû me la voler.

Il prit une inspiration et décida de lui dire la vérité.

— Cela m'enrage encore tellement, poursuivit-il. Il a vécu chez moi pendant six mois, et je ne me doutais de rien, tout ce temps.

— Je suis si désolée.

— Ouais. Mais qu'est-ce que je peux faire ?

— Ça devient plus facile avec le temps, Thomas.

— Non, ce n'est pas vrai. Ce que je peux faire, c'est reconnaître que c'était merdique, ce qu'ils m'ont fait. Mais je voudrais toujours changer le passé, et ce n'est pas possible.

— Je connais ce sentiment. Si tu le vois venir à temps, peut-être peux-tu le refréner.

— Non, dit-il en hochant lugubrement la tête. Je rêve toujours de remonter dans le temps et de les saisir sur le fait pour leur donner une raclée.

— Hé ! s'exclama-t-elle, les yeux brillants. Un fantasme de vengeance. Pour ainsi dire. C'est bien.

— J'ai d'autres fantasmes aussi, dit-il. Mais ce soir, j'essaie de prouver que notre histoire n'est pas seulement une affaire de sexe.

— Ce n'en est pas une?

— Pas seulement, dit-il en lui caressant l'intérieur du bras. Veux-tu que nous allions au casino, jouer dans les machines à sous? Je t'invite.

— Bien sûr. J'adorerais ça.

Les casinos sont pareils partout, songeait Luna. Le bruit, les lumières, la pagaille et l'odeur de sueur nerveuse. Les casinos amérindiens qu'elle avait fréquentés n'avaient rien de différent, sauf qu'on n'y servait pas d'alcool – ce qui n'était pas une mauvaise idée, à bien y penser – et, à Taos, on n'avait pas le droit de fumer non plus. Ce fut un soulagement.

— Qu'est-ce qui te plairait? demanda Thomas pendant qu'ils se promenaient dans les allées.

— Les machines à sous, je pense. Toi, joues-tu au poker?

— Pas ici, dit-il en s'arrêtant pour mettre un dollar dans une machine. Je ne suis pas assez bon.

— Moi non plus.

Ils regardèrent les images rouler furieusement pour se figer sur deux cerises et une barre. Les pièces de vingt-cinq cents tombèrent dans le plateau dans un bruit métallique.

— Voici des débuts plutôt prometteurs, dit-elle avec un sourire.

Il lui fit un clin d'œil.

— Je suppose que tu me portes chance.

Il prit les pièces de monnaie et les mit dans un verre en plastique posé entre les machines.

— Que veux-tu jouer? Des vingt-cinq cents, des dollars?

— Le poker électronique, dit-elle. Seulement des pièces de cinq cents.

— C'est dangereux.

— Je suis une fille qui adore le danger.

Ils s'approchèrent d'une série de machines à poker à cinq cents et Luna sortit un billet de cinq dollars. Thomas posa la main sur la sienne.

— Je t'en prie. C'est moi qui t'ai entraînée ici, après tout.

— D'accord, mais je paie le prochain tour.

À côté d'elle se trouvait une vieille dame d'environ soixante-quinze ans, son sac posé sur les genoux. Elle portait un pantalon ample en polyester, un chemisier à fleurs et le genre de tennis qu'on achète en solde pour cinq dollars.

— J'ai joué sur celle-là un bon moment, dit-elle, indiquant la machine de Luna. Je n'ai absolument rien gagné. Ça va mieux sur celle-ci.

Elle secoua son verre. Il était plein de monnaie.

— Merci de l'avertissement, dit Luna.

Mais son argent était déjà dans la machine et les lumières clignotaient pour l'inviter à commencer la partie. Elle appuya sur les boutons. Et vlan! Elle perdit tout. Les dix mains, toute la mise.

D'une certaine façon, c'était hypnotisant de jouer aux machines à sous. Le bruit, les lumières, l'évasion de tous les soucis que cela apporte. Quand elle était sous le charme des machines, Luna ne pensait jamais à rien. Elle était tellement envoûtée qu'elle en avait oublié Thomas, assis à côté d'elle dans toute sa splendeur. Elle ne sortit de son état second que lorsque la serveuse vint leur offrir des boissons – du café pour Luna, pas mauvais, dut-elle reconnaître, et un coca-cola pour Thomas. La serveuse, trop expérimentée pour prendre le risque de perdre un pourboire, fut discrète, mais Luna remarqua que son sourire s'adressait uniquement à Thomas. Elle ne semblait pas apprécier de le voir assis en compagnie d'une femme blanche.

Luna joua les cinq dollars qu'il lui avait donnés, puis se servit de son propre argent. Thomas, las des mises trop basses, se leva.

— Ça ne t'ennuie pas si je vais là-bas, jouer sur les machines à vingt-cinq cents? Je n'ai jamais aimé celles à cinq cents.

— Pas du tout.

Dix minutes plus tard, alors qu'elle avait presque fini de perdre ses cinq dollars et qu'elle songeait à abandonner, il revint d'un pas tranquille avec un sourire qui traduisait une satisfaction enfantine.

— Hé! petite fille. Je vais te donner vingt-cinq cents pour un baiser.

Il tenait la pièce entre ses doigts foncés, agitant les sourcils comme un diable, et elle ressentit un coup au cœur. Dieu qu'elle l'aimait! Ce n'était pas seulement du désir ou l'envie d'être follement amoureuse de lui. Il lui plaisait vraiment.

Elle tendit la main, et il y laissa tomber une poignée de pièces de monnaie.

— Combien as-tu gagné? demanda-t-elle.

— Cinquante dollars.

Il se pencha et lui donna un long baiser sur la bouche en lui caressant les cheveux.

— Je me ferai payer le reste plus tard, dit-il à voix basse.

— Bonne idée.

Elle mit les nouvelles pièces dans la machine, se réjouissant d'entendre le bip électronique qui accompagnait chaque offrande. Elle se demanda rêveusement si des études avaient été réalisées sur les bruits qui plaisaient davantage aux oreilles humaines. Celui-ci lui faisait penser au jeu Nintendo auquel Joy avait déjà joué. Le Nintendo aussi causait de la dépendance.

— Hé! lança Luna avant que Thomas s'éloigne. Veux-tu dire à la serveuse qui te trouve si séduisant que ton esclave amoureuse a encore besoin de café?

Il lui fit lentement son plus grand sourire.

— À tes ordres.

— Est-ce votre mari? demanda la voisine de Luna.

Elle éclata de rire.

— Pas du tout.

— Hum! Je ne me trompe habituellement pas. Alors, vous devez être ensemble depuis longtemps, hein?

— Non, pas ça non plus.

La dame fit claquer un billet entre ses doigts pour le lisser.

— Alors, vous pouvez être certaine que ça va durer.

Elle nourrit sa machine et se concentra de nouveau sur le jeu. Luna retourna à la sienne en se souriant doucement à elle-même.

Pas plus de quatre coups plus tard, la machine lui donna quatre as. Dix mains, quatre as dans chacune. Luna rit tout bas, misa tout ce qui lui était permis, prit une grande inspiration et appuya sur le bouton. La lumière s'éteignit et le bruit des pièces, tombant l'une après l'autre, devint frénétique. Un son si doux à l'oreille.

Mais c'était un gain plus gros que le montant que la machine pouvait lui donner, encore plus gros que ce que Luna avait calculé dans son état hypnotique. Quand le plateau fut plein de monnaie, une lumière sur le dessus de la machine se mit à clignoter furieusement et un léger bruit de sirène se fit entendre.

— Zut de zut! s'exclama la vieille dame à côté d'elle. Ça aurait dû être moi!

Luna haussa les épaules, attendant que le préposé vienne vérifier la machine.

— La vie est ainsi faite.

— À qui le dites-vous, répliqua la dame. Une fois à Las Vegas, poursuivit-elle après avoir touché à une manette, je suivais une femme à l'air oriental, qui avait à peu près mon âge et qui tenait trois immenses verres remplis de jetons en argent.

Elle s'arrêta pour appuyer sur les boutons correspondant aux cartes qu'elle voulait garder.

— Je lui ai dit: «Oh là là! Vous avez gagné le gros lot.» Elle s'est retournée et m'a dit: «Malgré ça, je perds encore.»

Luna éclata de rire.

— Ainsi va la vie, hein? dit la vieille dame.

— J'en ai bien peur.

Mais ce soir elle avait gagné beaucoup. Deux cent soixante-seize dollars, pour être précis. Après avoir pris les billets que lui tendait le préposé, Luna partit à la recherche de Thomas.

Elle venait de l'apercevoir, près d'une série de machines à vingt-cinq cents, et elle se dirigeait vers lui quand elle entendit quelqu'un lui parler.

— Mille millions de mille sabords, je me suis fait poser un lapin pour un homme.

Allie était droit devant elle. Luna cligna des yeux.

— Ce n'est pas ce que tu crois, dit-elle. Viens.

Elle saisit Allie par la manche et l'entraîna.

— Regarde! J'ai gagné tout un magot!

— Mon Dieu, Luna ! C'est super. Je n'ai jamais gagné plus de cent dollars.

Luna, grisée par son gain, se glissa derrière Thomas et passa les bras autour de lui, en ouvrant les mains pour lui montrer son trésor.

— Tu dois être mon porte-bonheur.

Pendant un instant éblouissant, ils se retrouvèrent seuls tous les deux dans la foule. Luna sentit le corps chaud de Thomas contre ses seins et son ventre, elle huma l'odeur de shampoing de ses cheveux et elle perçut en lui quelque chose de familier et d'étrange à la fois. Il lui prit les poignets, lui fit fermer les mains et se pencha pour embrasser son coude avant de se retourner pour la serrer toute contre lui, bras, jambes et lèvres.

— Félicitations !

Elle resta un moment dans cette lumière aveuglante, bleue et blanche, qui les unissait, puis elle s'écarta.

— Tu m'as promis de tout expliquer à Allie, dit-elle en la lui indiquant. Explique à présent.

— C'est ton amie ?

— Allie, c'est Thomas Coyote. Thomas, Allie.

Il lui tendit la main. En voyant le visage d'Allie pâlir, puis briller, Luna comprit qu'elle était séduite.

— Comment allez-vous ? demanda-t-il.

— Eh bien, mon cœur est brisé, mais, sinon, je vais bien. Je gagne vingt dollars, ce qui est plutôt bon pour moi.

— Luna ne devait pas sortir avec moi. Je me suis présenté chez elle au moment où sa fille partait et je l'ai convaincue de m'accompagner au restaurant.

— Ça va. Je comprends. Nous avons un rendez-vous demain.

— Bien.

Luna fit de gros yeux à Allie derrière le dos de Thomas, et Allie sourit.

— Je pense que je vais maintenant vous laisser tous les deux terminer votre soirée. J'ai aperçu un cow-boy là-bas qui porte un jean avec mon nom brodé dessus.

Luna la serra impétueusement dans ses bras.

— À dix-neuf heures demain, d'accord ?

— Je serai là à dix-huit heures, répondit Allie. Des rapports sexuels fréquents et torrides, ajouta-t-elle à voix basse.

— Tout à fait, dit Luna en riant.

— Dieu, que je suis jalouse!

Une lumière ambrée, venant sans doute d'un réverbère, passait par une fente entre les draperies du motel où Luna et Thomas avaient fini par trouver une chambre. Après avoir traversé le nuage de poussière soulevé par leurs ébats, le rayon éclairait le genou relevé de Thomas, à côté de Luna. Celle-ci mit paresseusement la main dans le faisceau et observa le jeu des ombres avant de poser la paume sur l'articulation robuste et solide. Son corps était comme la lumière, à la fois chaud, doux et léger. L'air était rempli de leurs odeurs combinées, ses cheveux à lui et son savon à elle, une touche de l'eau de Cologne boisée de Thomas et l'arôme sensuel de leurs sécrétions.

Ils étaient étendus côte à côte, en silence, calmes et comblés. Luna se serrait contre le flanc de Thomas et ses seins épousaient la forme de sa cage thoracique. Elle avait posé la tête sur son épaule accueillante. Il lui caressait doucement et paresseusement le dos. Parfois, elle frottait sa joue sur sa peau. Parfois, il lui embrassait la tête. Elle somnolait un peu, étonnée d'être capable de s'abandonner autant avec lui, et qu'ils puissent trouver un tel havre de paix dans cette petite chambre sombre.

— À quoi penses-tu? demanda Thomas, après un long moment.

Elle se déplaça légèrement.

— Pas à grand-chose, en fait. Que j'aime être avec toi. Tout est si simple. Toi? demanda-t-elle à son tour, caressant sa poitrine dont elle admirait la peau acajou.

Il se tourna de côté et s'appuya sur un coude. Ses cheveux, qu'il avait dénoués pour lui faire plaisir, tombèrent en cascade sur eux, fous et touffus. En le regardant, elle sentit un pincement au plus profond d'elle.

— Je pensais que je suis encore capable d'amour, après tout, répondit-il.

Il évita ses yeux pour laisser s'attarder son regard sur son corps, son coude, son ventre, son sexe.

Les poumons serrés par une émotion proche de la terreur, elle lui mit les doigts sur la bouche, incapable de parler.

Il regarda alors Luna droit dans les yeux. Il embrassa ses doigts sur sa bouche et les prit dans sa main.

— Je suis amoureux de toi, fille-lune, dit-il. C'est ainsi, même si je ne te connais pas depuis longtemps. Tout ce qui importe, c'est que c'est bon.

Elle hocha violemment la tête.

— Ne dis pas ça, Thomas.

— L'amour est une bonne chose, Luna. Ce n'est pas un malheur.

— Ce n'est pas si simple.

— Vraiment? Est-ce si difficile? demanda-t-il en souriant, après l'avoir embrassée.

Ses cheveux frôlèrent la poitrine de Luna.

— Non.

Elle avait la gorge trop serrée pour parler beaucoup. Elle songeait au nombre de fois où elle l'avait admiré à l'épicerie, à sa force et à son attitude enjouée avec tout le monde, à la gentillesse dont il faisait preuve quand une personne âgée avait de la difficulté à ouvrir un sac ou quand une caisse d'oranges s'était répandue sur le plancher. Combien de fois l'avait-elle observé, en pensant qu'il ne pouvait pas être aussi gentil, bon et honnête qu'il en avait l'air? Personne n'était ainsi.

Et pourtant, il semblait être précisément tout cela.

Des larmes lui montèrent aux yeux et, se sentant ridicule, elle se détourna en se défaisant de son étreinte.

— Tu sais que ce n'est pas ça.

Elle s'essuya les yeux. Mais, curieusement, les larmes surgirent de nouveau, comme si elles jaillissaient d'un puits sans fond, et elles lui inondèrent le visage. Elle s'entendit haleter doucement.

— Oh! Luna, dit-il.

Tendrement, très tendrement, il l'enlaça et serra sa poitrine contre son dos. Il posa le nez sur sa nuque.

— Laisse-moi t'aimer, reprit-il. Je sais comment faire.

Oui, il savait. Elle avait constaté cela aussi.

Et, tout à coup, elle revit son père, suivant en riant le trottoir menant à leur maison. Il aperçut la Barbie de Luna, couchée sous la pluie, la ramassa, lissa ses cheveux et l'emporta à l'intérieur. Ce fut un court éclair de mémoire, aussi acéré qu'un coup de rasoir.

Ses larmes taries, elle se retourna.

— J'essaie, mais… commença-t-elle en fronçant les sourcils. Je suis pratiquement incapable de simplement… faire confiance à quelqu'un.

Elle le regarda droit dans ses yeux noirs et toucha la cicatrice sur sa joue.

— Tu me rappelles mon père, reprit-elle. Je ne m'en étais pas rendu compte jusqu'à maintenant.

— Ce n'est pas inhabituel, n'est-ce pas? Les filles recherchent leur père et les garçons leur mère.

— Je ressemble à ta mère?

Il réfléchit un instant, haussant les sourcils.

— D'une certaine façon. Pas mal, en y pensant bien. Elle est fonctionnaire au Colorado, elle travaille au service de protection de l'enfance. Mais tu ressembles davantage à *Abuelita,* dit-il soudain, avec un grand sourire.

— Merci bien! Mesquine et mystérieuse.

— Non, ce n'est pas vrai. Elle est forte, changeante, pleine d'amour et de soucis, et elle essaie toujours de prendre soin de tout le monde. De qui crois-tu que j'ai appris à recueillir les êtres errants?

Soulagée de voir la conversation prendre un tour plus léger, elle sourit.

Soudain, la dernière lumière s'éteignit derrière les draperies, et la chambre fut plongée dans les ténèbres.

— Oh! oh! s'exclama Thomas. Je vais devoir trouver ma route en me servant de mes mains à présent. Ah! ceci doit être un sein. Peut-être devrais-je y goûter pour en être certain.

Il posa les lèvres sur celles de Luna et les suçota. Elle eut un rire guttural. C'était si facile, ce ravissement mutuel dans la découverte du corps de l'autre.

Mais, après l'avoir pénétrée, Thomas se mit à bouger lentement, pour faire durer le plaisir et retarder le moment du départ. Il releva la tête et posa les mains sur le visage de Luna, qu'il embrassa délicatement.

— Trop tard, dit-il doucement. C'est l'amour, Luna-Lu.

Elle avait envie de lui dire : « Quant à moi, j'ai été amoureuse la première fois que je t'ai vu. » Mais elle approcha simplement la tête de Thomas de la sienne, enroula ses cheveux autour de ses mains et l'absorba tout entier, très lentement.

Prière à la Vierge

Souvenez-vous, ô Vierge Marie, qu'on n'a jamais entendu dire que quelqu'un, s'étant mis sous votre protection, vous ayant imploré de l'aider ou vous ayant demandé votre intercession, ait été abandonné. Ainsi, en toute confiance, je viens vers vous, ô Vierge des vierges, ma mère. Je viens vers vous et je m'incline, pécheresse et affligée. Ô Mère du monde incarné, ne rejetez pas ma supplique, mais prenez pitié de moi, écoutez-moi et répondez-moi. Amen.

Vingt et un

Le journal de Maggie

24 septembre 2001,
Sra de la Merced (je n'ai jamais entendu parler d'elle)

Cher Tupac,
Oh! quelle mauvaise journée ce fut. Elle a mal débuté, elle s'est améliorée pendant un certain temps, puis elle s'est terminée de façon abominable, vraiment abominable.

Elle a mal commencé quand le patron de maman a appelé, très tôt, et qu'il m'a dit de la tirer du lit. Je ne voulais pas, mais j'ai fini par le faire parce qu'il ne cessait de rappeler. Alors, j'ai apporté le téléphone dans sa chambre, je l'ai réveillée et je le lui ai donné. Elle était assez réveillée pour parler. Je suis retournée dans la cuisine pour lui préparer du café – elle adore le café – en espérant que l'odeur la ferait sortir de sa chambre, pour une fois. Je l'entendais dire qu'elle était désolée, qu'elle irait travailler lundi, quoi qu'il arrive.

C'était une bonne nouvelle. Elle est allée dans la salle de bains et je l'ai entendue se brosser les dents et se débarbouiller. Elle est ensuite venue dans la cuisine, en peignoir, les cheveux brossés, et elle m'a dit : « Hé! ça sent bon! » Elle a bu une grande tasse de café, puis nous avons préparé des œufs brouillés.

Je ne peux pas te dire à quel point je me suis sentie heureuse. Elle était presque comme avant, maigre, mais pas si fatiguée, fatiguée, fatiguée. Elle a dit qu'elle en avait assez de traînasser et que nous devrions peut-être aller acheter de nouveaux vêtements pour l'école aujourd'hui. J'ai dit que ce serait bien et que je pourrais aussi acheter d'autres choses, comme des cahiers (j'en utilise un que je me suis procuré chez Safeway, mais je n'ai plus d'argent) et peut-être des marqueurs et des crayons, et elle a dit bien sûr.

Je me suis mise à penser que l'amulette fonctionnait peut-être, celle que madame Ramirez lui a donnée. Je ne sais pas pourquoi ça n'a pas marché tout de suite après qu'elle l'a reçue, mais il faut peut-être lui laisser du temps pour faire effet. Je dis aussi le rosaire cinq fois par jour, au complet, et des prières à la Vierge et à saint François. Tout ça devrait finir par aider un jour. Je veux dire, papa était très croyant et il serait furieux envers moi s'il savait que j'en ai voulu à Dieu et à la Vierge Marie pour l'avoir laissé se faire tuer. Je sais très bien ce qu'il dirait, que c'est mal de douter de Dieu. Mais il n'a pas perdu son papa aussi jeune, non plus.

Peu importe. Grand-maman est venue pendant que maman était debout et qu'elle prenait son petit-déjeuner dans la cuisine. Elle a été très heureuse, elle aussi, et nous avons mangé des beignets qu'elle avait achetés. J'ai vu maman en manger tout un, glacé, sans l'émietter comme elle le fait habituellement. Alors, grand-maman n'avait plus à s'en faire pour que j'aille habiter avec elle parce que maman allait bien.

Nous sommes allées faire des courses et j'ai eu deux nouveaux chemisiers et un jean. Elle n'a pas voulu m'en acheter un à taille basse, mais celui que j'ai eu est vraiment long, avec des boutons d'argent sur le côté, et un joli haut avec de la dentelle autour du cou. De nouveaux sous-vêtements aussi, un paquet de crayons, trois cahiers à spirale. Elle m'a même laissé avoir ce stylo super avec lequel j'écris en ce moment, un stylo à bille. Il est pourpre, comme tu peux voir. Il me fait une belle écriture.

À la fin de la journée, comme elle était vraiment épuisée, elle a pris une de ses pilules – à l'heure où elle doit le faire – et m'a dit que je pouvais commander un film au canal payant. Je suppose qu'elle ne sait pas que nous n'avons plus le câble ni Internet. C'est pourquoi je dois toujours aller à la bibliothèque pour m'en servir. Mais je n'ai rien dit. Elle était si heureuse, et c'était vraiment une bonne journée, alors j'ai décidé de me contenter de lire des trucs que j'avais rapportés à la maison.

C'est alors que Joy a appelé pour me dire qu'elle était sortie avec Ricardo, mais que celui-ci avait reçu un appel sur son télé-avertisseur et qu'il avait dû aller travailler (il est cuisinier, un très bon cuisinier, dans un restaurant chic), alors il l'avait ramenée à la maison plus tôt, et elle était toute triste. Sa maman était sortie et elle était toute seule. Pouvais-je venir passer la soirée chez elle? Elle avait du maïs soufflé et toutes sortes de trucs. Nous pourrions regarder des films. J'ai demandé à maman, elle a dit oui, alors je me suis rendue là-bas vers vingt heures.

Je me suis tellement amusée. Sa maison est un endroit rigolo, peinte de couleurs vives et décorée de motifs peints sur les meubles, comme des oiseaux, des jungles et d'autres trucs. Presque comme les assiettes de chez Pier Import de maman, mais partout. Et sur le canapé, il y a plein de coussins aux couleurs vives sur lesquels on s'est affalées, pour manger tous les trucs que Joy avait apportés sur un plateau, bien présentés, comme pour une fête spéciale. Il y avait des raisins, du maïs soufflé, du fromage et de la dinde vraiment délicieuse. Au début, j'étais gênée, mais tout était si bon que j'ai mangé comme un ogre, et Joy tout autant. Nous avons ensuite préparé des sodas à la vanille avec une boule de glace, c'était tellement bon que je me sentais comme une fille riche.

Nous avons regardé des vidéos pendant un moment et, quand un de tes vidéos est arrivé, Joy a dit : « Tupac est vraiment super. Quel dommage qu'il soit mort. »

« Il n'est peut-être pas mort, tu sais? Beaucoup de gens pensent que non. »

Je me suis aperçue qu'elle ne voulait pas en parler. Elle a eu l'air agacée et elle a repoussé ses cheveux vers l'arrière (qui sont redevenus blonds, et Yvonne va certainement en baver lundi, parce que Joy est vraiment une jolie fille et que tous les garçons vont la remarquer). Alors, peut-être seulement pour me changer les idées (je dois admettre que j'ai beaucoup parlé de Tupac ces derniers temps), elle m'a dit : « Je suis sortie avec un mec noir quand je vivais à Atlanta. »

« Celui qui aimait le rap? Étais-tu follement amoureuse de lui? »

Elle a haussé les épaules. « Ouais. Mais c'était plutôt idiot. Ce n'était vraiment pas un gentil garçon. Ma belle-mère me l'avait dit, alors j'ai pensé qu'elle réagissait comme une beauté du sud, tu sais, pas de mélange de races, mais elle avait vraiment vu que c'était un connard. » Elle a roulé les yeux et elle a lancé des raisins dans sa bouche. « Puis j'ai découvert moi-même que c'était un connard, comme quatre-vingt-dix-neuf pour cent de tous les mecs de l'Univers. »

Je lui ai dit que je ne croyais pas qu'ils étaient tous des connards, mais elle m'a répliqué : « Oh ! vraiment ? » Elle s'est mise à penser aux types qu'elle a connus dans sa vie et ça n'est pas super. Son papa a trompé sa maman, et à présent il trompe sa belle-mère, son grand-papa a abandonné sa grand-maman avec de jeunes enfants, et son premier amoureux était un connard. Alors je pense que je comprends pourquoi elle peut se faire une mauvaise idée des hommes.

Pour une fois que j'avais quelque chose de bien à raconter à quelqu'un, je lui ai parlé de mes grands-papas et de mes grands-mamans, qui sont tous mariés depuis quelque chose comme un million d'années, et de tous mes oncles. J'ai seulement un oncle qui a déjà trompé sa femme, et ç'a été tout un drame. Personne ne lui a adressé la parole pendant des siècles, on lui faisait la leçon tout le temps et ç'a vraiment été l'enfer pour lui. Je ne comprends pas pourquoi ce n'est pas un drame dans les films. Les gens disent simplement : « Oh ! je suis tombé amoureux de quelqu'un d'autre », comme si c'était normal de briser des familles et de laisser des enfants tout tristes et des mères sans personne pour les réconforter quand elles travaillent fort pour gagner leur vie.

Papa aimait vraiment maman. Je le sais au fond de mon cœur. C'est pour ça qu'elle est si triste.

Joy m'a fait un air incrédule. « Je suppose qu'ils font seulement attention de ne pas se faire prendre, tous ces types. »

« Non, Joy. C'est tellement triste que tu penses ainsi. »

Elle avait l'air toute malheureuse et avait même les yeux pleins de larmes. « Ce mec ? Il m'a convaincue de faire l'amour avec lui. » Elle s'est essuyé le nez, rapidement. « Et j'étais tellement folle de lui. Il avait un si beau visage, de si belles mains et une voix si merveilleuse. » Elle a frissonné. « Et j'ai été si humiliée quand je me suis rendu compte qu'il m'utilisait. »

Je l'ai serrée dans mes bras. « Ce n'est pas de ta faute. Je suis désolée qu'il t'ait blessée, Joy, mais c'est parce que lui était méchant, pas toi, tu comprends ? »

Elle m'a serrée dans ses bras, elle aussi très fort, en soupirant dans mes cheveux. Comme si elle avait vraiment besoin d'en parler à quelqu'un et qu'elle s'imaginait avoir trouvé la bonne personne. Puis, toutes deux un peu embarrassées, nous nous sommes éloignées l'une de l'autre. Je lui ai parlé de papa et lui ai dit combien il était vieux jeu. « Tout le monde disait toujours que je n'avais pas de chance, qu'il était surprotecteur et tout ça, mais ça ne me dérangeait pas. Il voulait me garder en sécurité, tu comprends ? »

« Ouais. Mon père n'est jamais à la maison. Il ne s'est jamais demandé si j'étais en sécurité ou non. C'est ce que j'aime chez maman. Elle est tellement présente que ça me rend presque folle. » Elle a éclaté de rire pour me montrer qu'elle ne le pensait pas. « C'est juste que je voudrais ne pas l'avoir fait encore, tu comprends ? C'est comme si ça avait ôté tout l'aspect spécial de la chose de la faire avec lui et que ça ait mal tourné. »

J'ai eu une bonne idée, alors, mais tout le monde me trouve toujours si barbante que j'avais peur de parler, mais je me suis quand même décidée. « Tu pourrais peut-être tout simplement devenir une nouvelle vierge. »

« Que veux-tu dire ? »

« Je ne sais pas, faire quelque chose, tu sais, comme dire à la Vierge que tu regrettes et lui demander de faire de toi une nouvelle vierge et tu pourrais tout recommencer. »

« Je ne suis pas catholique », a-t-elle dit. J'ai commencé à me sentir vraiment ridicule, mais j'ai ensuite entendu l'écho de ses mots, comme si elle regrettait de ne pas l'être, pour pouvoir faire ce que je lui suggérais. J'ai dit : « Je ne pense pas que ça la dérange. Ce n'est pas comme si elle était seulement la Sainte Mère des catholiques, même si nous sommes les seuls à l'appeler ainsi. Elle peut être la Sainte Mère de n'importe qui, pas vrai ? »

Joy a fermé les yeux bien fort, comme si elle allait pleurer. « Voudrais-tu m'aider ? »

« Ouais ! Papa était absolument fou d'elle, alors j'en sais beaucoup à son sujet. » Je me suis tout à coup rappelé quelque chose. « Peut-être que si j'ai enfin ma quinceañera, tu pourrais venir et faire la même chose que moi. Je ne sais pas si je l'aurai, à présent, parce que je devais l'avoir, puis papa est mort, et tout le monde a oublié. »

Elle ne savait pas de quoi il s'agissait, alors je lui ai expliqué. « Tu vas à des cours à l'église pour tout apprendre au sujet de la Vierge. Ensuite, le jour de tes quinze ans, il se dit une grand-messe, juste pour toi, et tu promets de rester vierge jusqu'à ton mariage. Puis on te fait une grande fête et tout le monde vient. Et si tu voyais ma robe ! C'est comme une vraie robe de mariée, avec des appliqués argent sur la jupe et les manches. J'avais même du vernis à ongle argent, et maman devait me laisser porter des faux ongles, juste pour ce jour-là. »

« Puis ton père est mort et tu n'as pas pu le faire ? »

Je lui ai dit que c'était trop récent. Il y avait seulement deux mois qu'il était mort.

Joy est devenue silencieuse, puis elle a dit : « Est-ce que tu détestes en parler ? De ton papa, je veux dire. De ce qui s'est passé. »

Je lui ai dit que non. « Je déteste ça davantage quand tout le monde agit comme s'il n'avait jamais vécu. Il a eu un accident de voiture – il conduisait sous la pluie et un camion a heurté sa voiture. Je ne pouvais pas le croire quand on me l'a dit. Comme si c'était une mauvaise blague et que quelqu'un allait dire d'un moment à l'autre, "C'est pas vrai !" Ou qu'on s'était trompé, qu'il était rentré à la maison et qu'il s'agissait d'un autre type. »

Mais c'était bien lui.

« Il me manque », lui ai-je dit. « Il était drôle et il rendait tout agréable. Il ne serait vraiment pas content de voir maman agir comme elle le fait. »

Alors elle m'a dit que sa maman avait déjà été psychiatre ou quelque chose du genre et que ce serait peut-être bien si maman venait la voir.

Et c'est à ce moment-là que la journée a vraiment mal tourné. Nous avons entendu une voiture s'arrêter à l'extérieur, et Joy m'a jeté un regard étrange, comme si elle se sentait coupable. Elle a dit : « Maggie, je voulais te dire quelque chose au sujet du nouvel amoureux de maman, mais je ne savais pas comment. »

« Quoi ? »

Joy a regardé par-dessus son épaule, l'air inquiet, et nous avons entendu deux voix, celle d'un homme et celle d'une femme, qui s'approchaient de la porte. « C'est le type que tu voulais pour ta maman. »

« Je ne comprends pas ce que tu veux dire. »

Mais la maman de Joy est entrée à ce moment-là, son nouvel amoureux derrière elle, et ils avaient l'air de s'aimer beaucoup. Et c'était le petit-fils de la bruja. *Il m'a souri gentiment et m'a dit : « Salut, Maggie. Comment vas-tu ? »*

J'ai regardé Joy, l'air furieux, et j'ai vu qu'elle avait compris, parce qu'elle semblait triste. « J'allais justement partir », ai-je dit.

Et voilà le pire. La maman de Joy était si jolie, avec ses beaux cheveux si blonds, comme ceux de Joy, qu'ils étaient presque blancs, ils tombaient en boucles autour de son visage, et elle avait ces magnifiques yeux sombres qui lui mangeaient la moitié du visage et des joues roses, comme si elle était follement amoureuse. Quand elle m'a vue, elle a souri et m'a dit, d'une voix toute chaude : « Tu dois être Maggie. J'ai tellement entendu parler de toi. » Elle m'a tendu la main, mais j'ai fait semblant que je ne l'avais pas vue.

« Je dois partir », ai-je dit alors.

Mais si le petit-fils était entré, c'était parce qu'ils nous avaient vues et qu'il avait pensé que j'aurais besoin de quelqu'un pour me raccompagner à la maison si tard. « Je vais simplement marcher, d'accord ? Je le fais tout le temps. »

« Voyons, c'est dans la direction où je vais », a dit le petit-fils. Tomás.

J'ai hoché la tête, mais j'ai compris que c'était inutile. Deux adultes ne laisseront jamais une fille rentrer seule à la maison le soir, même à Taos. Alors j'ai simplement fait semblant d'être contente. « D'accord. » Et je l'ai laissé me raccompagner à la maison, mais je n'ai pas dit un mot.

Alors, à présent, je ne sais pas quoi faire. S'il n'y a pas un type pour elle quelque part, maman va mourir.

Maggie

Les cinq phases du deuil

1. La dénégation et l'isolement

Au début, on a tendance à nier la perte de l'être cher et, aussi, à éviter ses contacts sociaux habituels. Cette phase peut durer plus ou moins longtemps.

2. La colère

La personne en deuil devient ensuite furieuse: envers la personne qui lui a infligé cette souffrance (même si elle est morte) ou envers tout l'Univers, qui a permis qu'une telle chose se produise. Elle peut même être en colère contre elle-même pour ne pas avoir empêché l'événement d'arriver, même si, de façon réaliste, rien n'aurait pu l'éviter.

3. La négociation

La personne en deuil en vient à tenter de négocier avec Dieu, lui demandant, par exemple: «Si je fais telle chose, allez-vous me redonner l'être cher?»

4. La dépression

La personne se sent abattue, même si la colère et la tristesse n'ont pas complètement disparu.

5. L'acceptation

Elle se produit quand la colère, la tristesse et le deuil se sont atténués. La personne accepte enfin la réalité de sa perte.

Vingt-deux

Le samedi matin, Luna se rendit chez sa mère pour prendre la liste des tâches à effectuer en son absence et les clés de la maison. Au grand soulagement de sa fille, lorsque Kitty s'empressa de lui ouvrir la porte, avant même que Luna sonne, elle était redevenue elle-même. Elle portait un tailleur-pantalon blanc et or et des sandales or. Trois minces chaînes en or paraient son décolleté et des anneaux en or se balançaient à ses oreilles.

— Bonjour, ma chérie, dit-elle. Entre.

Après un épisode dépressif, elles avaient toujours fait comme si rien ne s'était passé. Mais cette fois, en voyant Kitty tellement semblable à elle-même, Luna ne put se retenir. Elle la suivit dans la cuisine et l'enlaça. Très fort.

— J'étais tellement inquiète à ton sujet, souffla-t-elle en humant le gel coiffant à la pastèque et l'eau de Cologne Jean Naté de sa mère.

Kitty ne résista pas. Elle rendit aussitôt son étreinte à Luna.

— Je suis costaude, ma chérie, tu le sais bien.

Ce qui rappela à Luna la façon dont Thomas lui décrivait Placida. Elle se sépara de sa mère en souriant.

— Que j'aimerais être aussi forte que toi un jour.

— Foutaise ! Tu es plus forte que moi depuis ta naissance.

Kitty se dirigea vers le lavabo en se trémoussant le derrière pour garder son équilibre sur ses talons hauts.

— Comme du cuir de vache, disait ton père, poursuivit-elle.

Barbie, la meilleure amie de Luna, commença à ronchonner. « Alors, mine de rien, nous allons nous mettre à parler de lui ? Les souvenirs et tous ces trucs que tu as toujours cherchés et qu'elle ne voulait pas te donner ? Merci bien ! »

346

Mais Frank entra dans la cuisine, et Luna abandonna le sujet. Il l'étreignit chaleureusement en la secouant aussi un peu.

— Comment va ma grande fille?

— Je vais bien, Frank, dit-elle en l'embrassant sur la joue.

Elle ne put s'empêcher de se demander, pour la centième fois, à quel point sa vie aurait été différente si Frank était arrivé un peu plus tôt. Kitty aurait eu le temps de faire des courses, de garder la maison étincelante de propreté et de préparer de merveilleux dîners pour eux tous. Elaine n'aurait peut-être pas ressenti le besoin de se cacher derrière tant de couches protectrices ni de s'abriter sous le parapluie de sa religion. Luna n'aurait peut-être pas été aussi ambitieuse, elle ne serait pas allée à l'université si jeune et elle n'aurait jamais rencontré Marc.

Mais Joy ne serait pas là non plus, et Luna n'aurait voulu se passer de sa fille pour rien au monde.

— Êtes-vous prêts tous les deux? demanda-t-elle.

Elle prit la liste, soigneusement rédigée, de tout ce qu'il y avait à faire dans la maison et le jardin, avec les numéros de l'homme à tout faire, du jardinier et de la femme de ménage, qui viendraient, comme d'habitude, une fois par semaine. Il y avait aussi tous les détails de la croisière, avec la liste des escales, dont les noms avaient une consonance exotique et rafraîchissante.

— La Grèce, dit-elle en soupirant.

Elle avait la tête remplie d'images de maisons impeccablement blanches, échelonnées sur une colline menant à une vaste mer d'un bleu profond. En inspirant, elle eut presque l'impression de sentir l'air iodé et de voir le soleil scintiller sur les vagues.

— Vous allez passer de merveilleux moments.

Kitty, penchée sur une trousse de toilette posée sur le comptoir, murmura quelque chose, puis se dirigea vers la chambre dans le cliquetis de ses talons. En levant la tête, Luna vit Frank qui la fixait gravement, le visage torturé. Elle lui toucha la main.

— C'est une très bonne idée. Et, au cas où je ne te l'aurais jamais dit, je te remercie de prendre aussi bien soin de ma mère.

Il lui serra les doigts.

— Ma chérie, c'est elle qui prend soin de moi.

Le bruit des chaussures de Kitty se rapprocha d'eux. Elle réapparut avec d'autres feuilles de papier à la main.

— J'ai failli oublier, dit-elle. C'est ce que l'avocat m'a envoyé. De l'information sur les contacts, l'endroit où est situé le terrain, tout. C'est à toi, mon trésor.

Luna acquiesça lentement en examinant le document.

— Veux-tu que je te tienne au courant de ce que je vais trouver?

Kitty leva vers elle ses yeux d'un bleu brillant.

— Non, je ne crois pas.

— À ta guise, répondit Luna en mettant les papiers dans son sac. Euh… me laisserais-tu aussi les clés de la Toyota? Je ne promets rien, mais je vais continuer à essayer.

Elle prit une grande inspiration avant de révéler son secret.

— J'ai reçu mon nouveau permis cette semaine. J'ai passé l'examen de conduite, tout.

Kitty poussa un petit cri et la serra dans ses bras.

— Je suis si fière de toi, ma chérie! s'exclama-t-elle en prenant un trousseau de clés à un crochet sur le mur. Je vais te rapporter un superchouette porte-clés de Grèce, comme ça tu l'auras quand tu recommenceras à conduire, qu'en penses-tu?

Luna éclata de rire.

— C'est une bonne idée. Merci.

Elle n'avait aucune raison de rester plus longtemps. Sa mère serait de retour dans une quinzaine. Ils n'avaient pas besoin de son aide, non plus. Alors, pourquoi restait-elle là, debout, les mains dans les poches?

Thomas.

— Frank, dit-elle, voudrais-tu me laisser seule une dizaine de minutes avec maman?

— Bien sûr, mon trésor. De toute façon, j'avais l'intention de passer à la station-service pour faire le plein et vérifier le niveau d'huile. Je reviens dans une demi-heure, dit-il, embrassant Kitty sur la raie dans ses cheveux.

Elle lui caressa la main.

— Je serai prête.

La porte se referma derrière lui.

— J'ai rencontré quelqu'un, dit Luna.

— La personne que tu étais si pressée d'aller rejoindre il y a deux semaines?

Y avait-il si peu de temps ? En intensité, cela lui avait paru beaucoup plus long. Comme si elle ne pouvait maintenant s'imaginer comment sa vie avait pu suivre son cours sans lui.

— Oui, dit-elle, le souffle court, avec l'envie de fumer une cigarette.

Si elle avait pu en prendre une, la tapoter sur le comptoir et jouer avec le briquet, cela lui aurait donné le temps de réfléchir et de souffler. Évidemment, elle ne l'aurait pas allumée dans la cuisine de sa mère, même si elle avait encore fumé.

— Il m'effraie, dit-elle calmement.

— Il t'effraie ?

Elle pensa à leurs longues conversations au téléphone, tard le soir, et à ce qu'elle ressentait, couchée dans son lit, en lui parlant. Elle pensa aux notes qu'il lui envoyait au travail : «S'il vous plaît, préparez un bouquet de fleurs bleues pour la fleuriste.» Elle pensa à la terrible envie qu'elle avait eue de le voir toute la semaine, si intense que c'était comme une douleur physique, d'autant plus que, pour une raison ou une autre, elle n'avait pas réussi à le rencontrer. Mais tout cela lui parut incohérent.

— Il y a deux ans que je rêvais de faire sa connaissance, dit-elle.

— Je ne te suis pas.

— Je sais. C'est pareil pour moi. Je ne sais même pas ce que je voulais te dire, sinon que je l'ai rencontré. Il me semble trop bien pour être réel, alors ça ne durera probablement pas.

— Parfois, dit Kitty, les hommes sont vraiment ce qu'ils semblent être, mon bébé. Ils ne vous abandonnent pas ni ne vous trahissent tous.

— Comment peux-tu parler ainsi ? Nous avons eu la vie si dure parce que papa est parti, puis j'ai trouvé quelqu'un d'autre, qui m'a aussi trahie. Ce n'est pas si facile, maman, d'affirmer simplement : "Ça va peut-être marcher."

— Je sais, dit Kitty après une pause. Mais tu dois penser à ta fille.

Luna se sentit submergée par un sentiment de culpabilité.

— Je ne le lui ai pas encore imposé ni rien de tel. Je…

— Ce n'est pas ce que je veux dire, l'interrompit Kitty en lui touchant la main. Ce que tu dois te rappeler au sujet de Joy, c'est qu'elle n'a pas vu beaucoup de bons exemples. Son père a trompé deux femmes, ton père t'a abandonnée. Tu ne veux quand même pas attendre qu'elle ait quarante ans pour faire confiance à quelqu'un? Tu ne voudrais pas qu'elle se referme sur elle-même parce que l'amour est dangereux et qu'il fait parfois souffrir?

— Comme j'ai fait?

— Oui, répondit Kitty en souriant tristement. Et où crois-tu que tu l'as appris?

Luna reprit son souffle.

— Fais-toi confiance, Luna, et laisse-la te faire confiance. Montre-lui que tu prends des risques, celui de tomber amoureuse, d'éprouver des émotions et de vivre. C'est mieux ainsi que de passer toute sa vie à l'abri derrière un mur.

— Je ne sais pas si j'en suis capable, dit Luna, terrifiée. Comment peux-tu le supporter?

Kitty haussa les épaules.

— Un jour à la fois, c'est tout.

— Je vais y songer.

Luna partit, les clés dans sa poche. Toutes les clés. En marchant, elle tripotait celles de la Toyota entre ses doigts. C'était un après-midi dont la chaleur tranchait avec le jaune doré des feuilles, le souffle de l'hiver qui s'installait sur les arroyos et qui rendait les soirées plus fraîches. Elle se sentait étrangement mélancolique et, après avoir jeté un coup d'œil à sa montre, elle arrêta au café pour s'acheter un *latte,* qu'elle emporta sur la place où elle trouva presque aussitôt un banc libre. Ce qui aurait été impossible deux semaines plus tôt, et même la semaine précédente.

Pour la première fois, elle remarqua que la foule des estivants s'était décimée et que les quelques touristes qui faisaient le tour des boutiques n'avaient pas d'enfants. Un très jeune couple, tous les deux avec de longs cheveux blonds et des vêtements amples qui couvraient à peine leurs corps parfaits, se promenaient, main dans la main, manifestement amoureux. Amoureux d'eux-mêmes, l'un de l'autre, de Taos, de tout. Elle aurait souhaité être à leur place, toute sa vie devant elle et rien à regretter du passé.

Barbie, qui se limait les ongles, lui dit: « Reprends-toi, ma chère. Je t'en prie. »

Elle avait raison. Les deux jeunes gens connaîtraient bien des malheurs. Comme tout le monde – c'est ce qui est dégueulasse, pas vrai ? Rien n'est toujours calme, magnifique et bon, ni la peau, ni les visages, ni la route de la vie. Ce qui importe, c'est la façon dont chacun traverse les événements qui lui arrivent.

Tout en rêvant de fumer une cigarette, elle réfléchissait. Quand elle avait cet âge, qu'y avait-il devant elle qu'elle voudrait maintenant ne pas avoir vécu ? Que changerait-elle à sa vie ?

Elle sortit un calepin de son sac, l'ouvrit et, le stylo suspendu au-dessus de la page, elle laissa son regard flotter à l'horizon, admirant les montagnes bleues, le ciel plus bleu encore et la douceur des immeubles en adobe.

« Numéro un », écrivit-elle avant de faire une pause. Elle encercla ensuite les mots, en se demandant pourquoi elle n'avait pas simplement écrit 1.

Le plus évident, c'était son alcoolisme. Boire jusqu'à être assez inconsciente pour avoir un accident dont elle ne se souvenait pas, à Albuquerque.

« Tu recommences », dit Barbie, en balançant sa chaussure au bout de son pied, pour crever sa bulle.

— Tais-toi.

Luna leva la tête. Sur un balcon qui donnait sur le square, une femme, appuyée contre le mur, observait ce qui se passait en dessous d'elle. Elle portait un chemisier or, ses cheveux étaient roux clair et elle semblait heureuse d'être là où elle était. Luna fouilla dans son sac et en sortit les papiers que sa mère lui avait remis. Que changerait-elle ?

Les trahisons.

Soudain, elle se leva. Plus question de ruminer. Plus question de pleurnicher sur son sort. Elle en avait marre de toujours avoir peur – peur du passé, peur de Marc, peur de conduire, peur d'elle-même. Marre de toujours préméditer chaque pensée, chaque geste, chaque décision. D'un pas décidé, elle se dirigea vers une cabine téléphonique d'où elle appela un taxi.

Il y avait au moins une chose qu'elle pouvait changer aujourd'hui. Tout de suite.

***

Une fois de plus, elle se rendit dans le garage de sa mère et ouvrit la portière de la voiture. Même si le rétroviseur était resté ajusté pour elle, depuis la dernière fois où elle avait essayé, elle y toucha quand même.

Elle se sentait d'attaque. Effrayée mais décidée. Elle mit la clé dans le contact et fit démarrer le moteur. Après avoir inspiré profondément, elle sortit du garage. Les palpitations annonciatrices d'une crise de panique apparurent, mais elle se força à respirer calmement. Inspirer. Expirer.

Arrivée dans l'allée, elle s'arrêta. Elle ferma même le contact, descendit de la voiture et en fit le tour, se rappelant qu'elle devait respirer. Inspirer. Expirer. Simplement respirer.

Barbie s'installa sur le siège du passager et mit ses lunettes de soleil, comme si elle était parfaitement confiante. « Viens. Nous sommes capables. Je suis là avec toi. »

Pendant une minute, Luna eut envie de baisser la tête et de pleurer. Mais, sans qu'elle comprenne comment, Barbie lui redonna du courage. Elle savait qu'il s'agissait d'un être imaginaire, que c'était un jeu stupide qu'elle jouait avec elle-même, mais ce fut quand même suffisant. Elle trouva l'énergie de remonter dans la voiture, d'embrayer et de s'engager sur la route.

Heureusement, il y avait peu de circulation. En essayant de s'habituer à l'idée d'être entourée par un énorme véhicule, potentiellement meurtrier, elle roula à environ cinq kilomètres à l'heure dans les petites rues tranquilles du quartier où vivait sa mère. Elle s'était beaucoup inquiétée d'avance en s'imaginant en train de circuler dans ces rues, mais la voiture était bien faite et correspondait, d'une certaine façon, à la perception de l'espace de Luna. L'aventure ne fut pas aussi effrayante qu'elle l'avait anticipé, même quand une camionnette apparut en face d'elle, à bonne vitesse, et la croisa en trombe. Luna retint son souffle, les mains serrées sur le volant. Elle ne se sentit embarrassée que lorsque le moteur s'étouffa, à quelques reprises.

Elle s'engagea ensuite sur une artère plus importante et arriva à un feu de circulation. Qui était rouge. Elle perçut de nouveau un début de panique et eut une vision, dans un éclair, avant de se rappeler de respirer. Inspirer. Expirer. Trempée de sueur, elle prit le temps d'appuyer sur le bouton qui commandait l'ouverture de la glace. Une brise parfumée par le *chamiso* entra dans la voiture et lui ébouriffa les cheveux.

« Tout va bien, chère amie. »

Quand le feu passa au vert, Luna repartit, consciente qu'elle devait maintenant rouler à vingt kilomètres à l'heure, au moins, si elle ne voulait pas se faire klaxonner, ce qui l'aurait fait paniquer alors qu'elle n'avait surtout pas besoin d'un stress supplémentaire. Elle appuya sur l'accélérateur et tourna le coin pour s'engager dans le dédale des rues qui menaient chez elle. À présent, elle pouvait se permettre de conduire plus lentement, étant donné que les rues étaient étroites et couvertes de gravier. Seuls les imbéciles y roulaient à toute vitesse.

Quand elle entra dans sa propre allée, le sentiment d'avoir réussi un véritable exploit l'envahit, la frappant comme un coup de canon. Trois kilomètres. Elle avait conduit trois kilomètres !

Elle sortit de la voiture en coup de vent et se précipita dans la maison pour appeler Joy, qui n'était pas là. Dépitée, Luna songea que sa fille était peut-être partie chez Maggie. Un autre demi-kilomètre à conduire.

Toute la journée, Joy s'était inquiétée de Maggie. Elle l'avait appelée plusieurs fois, sans jamais obtenir de réponse. Joy avait finalement fait le tour de tous les endroits qu'elles fréquentaient habituellement ensemble, le Loaf and Jug, le parc et même le collège désert. Elle y vit monsieur Romero à qui elle demanda s'il avait vu Maggie, mais non. Elle était alors retournée chez son amie et avait frappé à plusieurs reprises, en attendant poliment entre chacune, pendant près de cinq minutes, mais il n'y avait personne, ce qui l'avait chavirée.

Elle avait sorti un morceau de papier pour écrire une note.

Chère Maggie,

Je suis vraiment très désolée de t'avoir blessée. Je ne le voulais pas ! Je me promettais toujours de te dire que le nouvel

amoureux de maman était le même que celui auquel tu pensais
pour la tienne, et j'ai toujours oublié (tu sais déjà que je suis
tellement distraite !). S'il te plaît, appelle-moi pour me dire si ça
va. Je suis en train de devenir folle !!!

P.-S. J'aimerais vraiment beaucoup voir ta robe de (kw)
(qunnsyera) quinsinyera. Je trouve ça super !

Ton amie Joy (pour de vrai !!!)

Elle avait plié la note, l'avait mise dans une enveloppe, avec
le nom de Maggie dessus, et l'avait déposée dans la boîte aux
lettres. Elle avait ensuite descendu la rue vers sa maison, le cœur
lourd. Maggie lui manquait. Elle était sa seule amie ici et, si elle
ne réussissait pas à se réconcilier avec elle, avec qui pourrait-elle
parler ? Elle aurait tant aimé voir ses petits frères. À cette heure,
ils devaient revenir à la maison, après leur entraînement de
soccer, les cheveux et les vêtements sales et en bataille, leurs
taches de rousseur si belles sur leurs petits nez, et ils auraient
plein de choses à lui raconter, leurs bons coups et les engueu-
lades qu'ils auraient reçues de l'entraîneur. Ils lui manquaient
vraiment beaucoup.

Assez pour retourner là-bas ?

Non. Elle était surprise d'en être aussi certaine. Elle aimait
vraiment être ici. Elle aimait ses professeurs, surtout celui d'art.
Elle aimait vivre avec sa maman – ça avait quelque chose de
spécial. Elle aimait la maison, la ville et tout le reste. Elle aurait
simplement voulu aussi avoir ses frères près d'elle.

Elle entendit tout à coup derrière elle le bruit des pneus
d'une voiture roulant à basse vitesse sur le gravier. Souhaitant à
demi que ce soit Ricardo, elle jeta un coup d'œil par-dessus son
épaule. C'était une simple voiture bleue, et Joy se mit à marcher
plus près du bord de la rue, espérant qu'il ne s'agisse pas d'un
mec qui la harcèlerait. Une fois, à Atlanta, un homme avait
conduit très lentement à côté d'elle jusqu'à un parc. Quand elle
avait fini par penser qu'il avait peut-être seulement besoin
d'indications sur la route à suivre, elle s'était penchée pour lui
demander ce qu'il voulait et elle avait vu qu'il tenait son membre
dans sa main.

Dégoûtant.

La voiture ralentit effectivement, et Joy continua à marcher, regardant obstinément droit devant elle, même quand la glace de l'auto s'ouvrit de son côté. La voiture la suivit, à la même vitesse qu'elle, pendant quelques secondes.

— Hé ! espèce de buse. Regarde-moi. Monte !

Joy se retourna, bouche bée.

— Maman ?

Luna était derrière le volant, et ses cheveux étaient ébouriffés par le vent comme si elle avait fait une virée dans toute la ville, les glaces ouvertes.

— Hou ! hou ! j'ai mon permis !

Comprenant enfin que c'était véritablement sa mère qui conduisait, Joy ouvrit la portière. C'était vraiment une voiture mignonne, d'un bleu métallique, avec des vitres à ouverture automatique et de jolis sièges en cuir.

— Où as-tu eu cette voiture ?

— Je t'ai déjà dit que j'en avais une. Maman me l'a achetée il y a deux ans.

Elle remit ses lunettes de soleil et regarda dans le rétroviseur avant de repartir, très doucement.

— Tu n'es pas la seule à m'avoir harcelée pour que je recommence à conduire.

Joy gigotait sur le siège.

— Elle est magnifique !

— Veux-tu que nous allions manger une glace au Dairy Queen pour fêter ça ?

— Bien sûr !

Impulsivement, elle se pencha pour embrasser sa mère sur la joue. Luna lui tapota la main.

Au Dairy Queen, elles commandèrent leurs glaces, avec du sirop au chocolat chaud pour Luna et aux fraises pour Joy, et les apportèrent à l'extérieur. À voir sa mère si joyeuse, presque frivole, Joy sentit un amour fou pour elle. Tout à coup, elle en eut assez de traîner ses lourds secrets.

— Maman ? dit-elle. Puis-je te parler ?

— Bien sûr.

Alors, Joy inspira profondément et lui raconta tout ce qui s'était passé avec le garçon à Atlanta. Elle lui expliqua combien elle avait honte de toute cette histoire. Sa mère se contenta de l'écouter, sans essayer de minimiser l'importance de l'événement, mais sans non plus pousser les hauts cris.

— C'est une dure leçon que tu devais apprendre, dit Luna, à la fin, mais ce n'est pas une si mauvaise chose, à long terme, tu sais.

— Que veux-tu dire ?

— Eh bien, tu sais maintenant que les gens se servent parfois les uns des autres dans le sexe et que tu n'aimes pas faire l'amour dans ces conditions. Tu ne peux pas te contenter de ce genre de relations, et c'est intelligent de ta part.

Joy se sentit soulagée d'un poids énorme.

— Oh ! dit-elle en clignant des yeux, je n'avais jamais vu la chose sous cet angle.

— Ce n'est pas grave de commettre des erreurs, pourvu que tu en tires des leçons.

Joy acquiesça.

— Il y a autre chose, dit-elle après avoir rassemblé tout son courage.

— Je t'écoute.

— C'est au sujet de papa.

Luna garda un visage impassible. Elle avait l'air patiente, prête à l'entendre, sans porter de jugements, mais Joy sentit que le corps de sa mère était tendu.

— J'écoute, dit Luna.

— Il a une nouvelle liaison. Depuis vraiment longtemps. April ne semble pas être au courant ou, du moins, elle n'en est pas certaine, mais ça m'a rendue tellement furieuse que j'étais devenue presque incapable d'adresser la parole à papa.

Le masque de la thérapeute tomba, et Joy vit une vraie souffrance apparaître sur le visage de sa mère.

— Oh ! ma chérie. Je suis désolée. Ce devait être une situation bien pénible à vivre.

— Je ne savais jamais si je devais en parler à April ou non.

Luna hocha la tête.

356

— Ce n'est pas ta responsabilité.

— Mais toi, lui dirais-tu ?

Luna resta silencieuse un moment.

— Non. Ce n'est pas la mienne non plus. Il est tout à fait possible qu'elle soit au courant et qu'elle ne réussisse à garder sa dignité qu'au prix de son silence.

— Mais comment peut-on supporter de vivre ainsi ?

— Les gens vivent dans toutes sortes de situations, mon trésor. Je suis heureuse que tu m'aies parlé.

Joy poussa un long soupir de soulagement.

— Moi aussi.

L'hiver arriva en trombe à l'heure du dîner, fondant sur la ville du haut des montagnes. Comme un balai géant, il débarrassa la vallée des restes de l'été. Pour la première fois de la saison, Thomas fit un feu dans le foyer de sa salle de séjour. Il prit plaisir à nettoyer l'âtre des cendres, à empiler le bois et à l'allumer. Tiny était parti à sa session sur la violence conjugale, laissant Thomas, Placida, Tonto et Ranger seuls à dîner dans la cuisine bien douillette. Thomas engloutit deux assiettées de ragoût de bœuf, et plusieurs tranches de pain, et il noya le tout avec de grandes tasses de Kool-Aid rouge.

Ce ne fut que lorsqu'il eut terminé qu'il s'aperçut que Placida ne parlait pas et qu'elle n'avait presque pas mangé.

— Ça va, *Abuelita* ? lui demanda-t-il en posant la main sur ses doigts maigres.

— Je suis simplement fatiguée, dit-elle en regardant vers la fenêtre, les lèvres pincées. Je pense que je vais aller à l'église ce soir.

Elle se frotta le haut des bras.

— Je vais t'accompagner.

Elle acquiesça.

— Ça commence à dix-sept heures.

— Tu devrais aller te reposer en attendant.

— Tu n'oublieras pas ?

— Promis, dit-il sérieusement, la main sur le cœur.

Elle se leva péniblement et, avec un pincement au cœur, Thomas s'aperçut qu'elle était très frêle. Vieille. Très, très vieille. Il était facile de l'oublier parce qu'elle était toujours si occupée, si affairée, mais ça se voyait à l'occasion. Ce soir, ça se manifestait dans ses épaules courbées et dans son pas traînant. Thomas posa sa serviette de table. Il aurait voulu la prendre dans ses bras et la transporter – elle était si petite et il était si grand –, mais elle ne le lui aurait jamais permis.

Le téléphone sonna au moment où elle allait sortir de la cuisine, et sa main se tendit, aussi rapide que la langue d'un serpent, pour s'emparer du combiné la première. Thomas esquissa un petit sourire discret.

— *Hola*? lança-t-elle, trop fort.

En faisant mine de se désintéresser de la conversation, il ramassa les assiettes et alla les porter dans l'évier. À l'autre bout du fil, il entendait une voix féminine, bouleversée, et il crut que c'était peut-être Angelica.

— Non, dit Placida, la bouche serrée. N'appelle plus ici. Jamais.

Elle raccrocha.

— Qui était-ce?

Elle releva le menton.

— Personne. Ne t'en fais pas.

Elle s'éloigna en se traînant les pieds. Thomas la laissa partir, puis appuya sur le bouton de l'afficheur pour connaître l'origine de l'appel. James Coyote, 505-555-2122.

C'était Nadine, pas Angelica. Que se passait-il? Dehors, le vent soufflait fort et faisait voler de petits cailloux contre les vitres des fenêtres. Il décida de laisser faire. Si c'était vraiment important, elle le rappellerait.

Placida ne réussit pas à dormir profondément. Elle s'allongea simplement sur le lit, à réfléchir, la tête remplie d'images, comme toujours ces derniers temps. Elle ne dormait pas bien depuis plusieurs semaines, depuis l'incendie de sa maison. Toutes les nuits elle rêvait d'horribles bêtes, aux longues dents, aux langues tirées et au souffle haletant. Elle rêvait de serpents qui sortaient en rampant du cœur d'une rose ou d'une chienne noire, enceinte et à l'oreille déchirée, signe prémonitoire de danger.

C'était une bonne chose que Tomás l'accompagne à l'église ce soir. Tomás, son petit dernier. Si gentil avec elle. Il lui tint le coude pour l'aider à monter dans son camion dont les sièges étaient si hauts, puis il s'assura qu'elle avait bien bouclé sa ceinture de sécurité. Elle avait boutonné sa veste jusqu'au cou et elle mit sur sa tête le fichu qu'elle avait apporté, parce que le vent était aussi froid que l'hiver.

Pendant le trajet jusqu'à l'église, elle regarda par la glace et vit que les arbres avaient perdu presque toutes leurs feuilles. La neige tomberait bientôt. Placida souffrirait toute la journée et toute la nuit. Le matin, il lui faudrait un temps infini pour réussir à se tirer du lit et, le soir, elle devrait chercher longtemps la position la moins inconfortable. Elle ne voulait pas vivre un autre hiver. Elle en avait assez.

À destination, elle attendit que Tomás fasse le tour du camion. En levant les yeux vers l'église, elle vit que les lumières qui éclairaient la nuit étaient d'un jaune qui lui rappela son enfance et les bougies qu'on utilisait à l'époque. Les temps étaient durs alors, mais elle les regrettait quand même. Sa mère, surtout, lui manquait, mais aussi ses sœurs et l'odeur de cannelle des *empeñadas* qu'on faisait cuire à Noël.

Elle fut surprise quand la porte du côté du passager s'ouvrit et elle cligna des yeux en voyant Tomás, se demandant un instant pourquoi il était là. Il avait toujours été un si bel homme ! Pas un joli garçon comme elle en avait tant connu. Les beaux visages causaient toujours des ennuis. Non, Tomás avait des épaules larges et solides, de grandes mains pleines de bonté et un cœur tendre. Et il était si esseulé.

— Tout ce que j'ai voulu faire, c'est de te trouver une femme, dit-elle en espagnol.

Il sourit, et elle se rappela qu'il ne parlait pas très bien l'espagnol.

Peu importe. La *Señora* comprenait toutes les langues, et c'était elle que Placida allait prier ce soir. Elle s'agenouilla dans l'église fraîche et tranquille, en regardant fixement la statue de la *Señora* à l'arrière. «*Señora*», dit Placida dans sa tête, le front appuyé sur ses pouces qui tenaient le rosaire en bois de rose qu'elle gardait pour des occasions spéciales comme celle-ci. «Je suis une vieille femme et j'ai fait de mauvaises demandes. Pardonnez-moi pour avoir cru que j'en savais plus que *Nuestro Padre* et aidez-moi maintenant à réparer le mal que j'ai fait.»

Son erreur n'avait pas été de demander une femme pour Tomás, parce qu'il en avait vraiment besoin et que les hommes et les femmes doivent vivre en couple. Placida ne pouvait pas partir avant qu'il ait une femme qui tiendrait bon.

Mais son erreur avait été de croire qu'elle savait quelle femme serait la bonne. Placida avait pensé à la mère de la fillette – la veuve si triste qui souhaitait rejoindre son mari dans la tombe. Aider Tomás, aider la veuve, aider la fille. Tout serait bien.

Pendant ce temps, la Madone avait amené cette femme blanche, grande et costaude. Placida ne connaissait même pas sa famille. Sally, la veuve, était une bonne femme, qui allait à l'église toutes les semaines, qui ne s'emportait jamais et qui ne courait pas les bars à la recherche d'un homme, même si elle avait le cœur brisé. C'était une bonne Hispanique qui ferait une bonne femme à Tomás et qui avait déjà une fille qu'il pourrait élever.

Mais c'était la mauvaise chose à demander.

— Pardonnez-moi, *Madre,* chuchota Placida. Apportez-lui celle qui va tenir bon. C'est tout.

Elle pencha la tête, malgré son cou si fatigué d'avoir prié tant et tant de fois pendant toutes ces années.

— Celle qui va tenir bon, répéta-t-elle.

Tiré du journal *Taos Three Penny Press* :

Règles de vie

En échange d'un bol d'eau, offrez un repas nourrissant ;
En échange d'une salutation amicale, inclinez-vous profondément ;
En échange d'une simple obole, rendez de l'or ;
Si votre vie est sauvée, ne soyez pas avare de votre temps.
Ainsi vont les paroles et les actes du sage ;
Le moindre service est rendu au centuple.
Mais la vraie noblesse, c'est de reconnaître tous les hommes comme semblables,
Et de rendre avec allégresse le bien pour le mal.

SHAMAL BHATT
GUJARATI DIDACTIC STANZA [1]

---

1. Strophe didactique de Gujarati. *(N.d.T.)*

Vingt-trois

Sitôt que Luna et Joy furent rentrées de leur excursion au Dairy Queen, un front froid traversa la ville, porté par de violentes rafales, et la température chuta d'une quinzaine de degrés en moins d'une heure. À la tombée de la nuit, Luna dut mettre le chauffage en marche pour la première fois de la saison, et une odeur de poussière se répandit dans toutes les pièces pendant qu'elle coupait les légumes pour leur dîner du samedi soir. Kitty n'y serait pas, évidemment, mais Allie viendrait et, comme toujours, Elaine ferait le trajet depuis Raton. Luna avait tenté de rappeler Sally et Maggie, mais elle n'avait pas eu de réponse. Elle essaierait de nouveau un peu plus tard.

Joy s'était installée dans sa chambre, avec le téléphone, et avait enfin mis sa musique assez basse pour que Luna fasse jouer quelque chose d'un peu moins… torturant… sur le petit lecteur de CD de la cuisine. Elle mit de nouveau *White Bird* en songeant à Thomas. Elle se demanda si, en écoutant cette musique, elle penserait toujours à lui en train de l'embrasser et si ce serait toujours un bon souvenir. La soirée précédente avait été… eh bien, à la fois troublante et excitante.

Allie arriva à dix-huit heures, les cheveux en bataille et les joues rouges à la suite de son rapide trajet entre sa voiture et la maison. Dans sa hâte de rentrer, son chien s'emmêla les pattes et faillit faire tomber à la fois Allie et Luna.

— Jack! le réprimanda sa maîtresse.

Mais il se dirigeait déjà vers la chambre de Joy. Il s'assit devant la porte et la gratta avec insistance. Joy lui ouvrit, salua Allie d'un signe de la main et referma aussitôt la porte, sans lâcher le téléphone solidement fixé à son oreille.

— Un garçon, j'imagine, dit Allie en souriant.

— Et il est tout à fait charmant. Viens dans la cuisine, dit Luna en s'emparant du caquelon à fondue que son amie portait.

— Je ne m'en suis pas servi depuis au moins dix ans, dit celle-ci. Tu ne peux imaginer à quel point ce truc était poussiéreux.

— C'est un des mets préférés de Joy, dit Luna. J'ai emprunté le caquelon de ma mère, mais je voulais faire deux fondues, une au fromage et une au chocolat.

Elle indiqua le comptoir, couvert de bananes, de cerises, de fraises et de morceaux de gâteau de Savoie, pour la fondue au chocolat ; de brocoli, de pain et d'un assortiment d'autres légumes, pour celle au fromage.

— Miam-miam, dit Allie en soulevant le couvercle d'une casserole sur la cuisinière. Tu as fait ça toi-même ? À partir de rien ?

Luna sourit.

— Oui. Maman m'a assurée que, même moi, je pourrais réussir une fondue sans trop de difficulté et, si tu y goûtes, petite finaude, tu verras qu'elle avait raison.

— Ça sent super bon.

Allie prit un cube de pain au levain, sur le comptoir, le trempa dans la casserole de fromage et le mangea.

— Extra ! s'exclama-t-elle. Ce n'est pas seulement bon, c'est fantastique ! Quel est le secret ?

— Je n'ai pas le droit de le dire.

C'était une demi-bouteille de bière, mais Kitty refusait de donner ses recettes.

— Si maman m'a transmis son secret, c'est seulement parce que je suis de son sang.

Allie éclata de rire.

— Bon Dieu, que j'aime ta mère.

— Moi aussi.

Luna prit un couteau et se mit à tailler les tiges de brocoli.

— Ne te gêne pas pour m'aider, dit-elle à Allie en lui indiquant les fraises.

363

— Nous pourrions au moins nous asseoir, proposa celle-ci en prenant le contenant de fraises et en l'apportant sur la table près de la fenêtre. Je veux que tu me parles de TC.

Luna la suivit.

— Que veux-tu savoir ?

— Tout, dit-elle d'un ton un peu vexé.

Luna sentit de nouveau cette étrange résistance. Le désir de garder cela privé, secret. Sacré. En un éclair, elle revit Thomas qui passait sa grande main lourde sur tout son corps.

— Je ne sais pas quoi dire, dit-elle, son attention concentrée sur les arbres miniatures qu'elle taillait, en prenant soin de garder assez long de tige pour pouvoir tremper la tête dans le fromage. Il est... extraordinaire, Allie.

— Ouais ? Extraordinaire comment ?

Tant de choses vinrent à l'esprit de Luna qu'elle ne sut par laquelle commencer.

— Ses cheveux me rendent folle, dit-elle enfin en souriant. Et il m'embrasse comme si j'étais un être très précieux.

Elle se rappela avec quelle aisance il l'avait lavée le premier soir où ils avaient fait l'amour, et une sensation presque douloureuse lui parcourut le ventre.

— Et il est vraiment terre à terre, poursuivit-elle, vraiment bon et il semble vraiment m'aimer. Avec tous mes défauts.

Allie regardait fixement le dessus de la fraise qu'elle tenait dans la main.

— Ça me paraît plutôt sérieux.

— Je ne sais pas si c'est le mot juste.

— Laisse-moi reformuler. On dirait que tu es en train de tomber amoureuse, Luna.

Luna baissa les yeux et acquiesça.

— J'en ai bien peur.

— Oh ! trésor ! Tu ne dois pas tomber amoureuse du premier type qui passe !

— Ce n'est pas le cas, se défendit Luna.

Elle venait de comprendre pourquoi elle n'avait pas eu envie de parler de Thomas à Allie, à sa mère ou à n'importe qui d'autre.

— Je ne sais pas comment t'expliquer que c'est correct, Allie. Ma raison ne cesse de me prévenir de protéger mes arrières, de faire attention à mon cœur et d'être prudente. Thomas sort d'une déception amoureuse. Il est plus séduisant que je peux le dire, et il y aura toujours des femmes qui vont le désirer et essayer de le séduire. Il est...

Elle s'interrompit et regarda par-dessus l'épaule d'Allie. Elle le vit en imagination qui s'inquiétait de sa grand-mère et de Tiny, qui montrait à Joy comment pêcher.

— Il est tellement extraordinaire qu'il est dangereux, conclut-elle.

— Voilà! s'exclama Allie. C'est le genre d'homme avec qui tu peux prendre plaisir à baiser, ajouta-t-elle en se penchant vers Luna, mais que tu gardes à distance parce qu'il est capable de te briser le cœur en mille morceaux.

Luna se tut un moment. Aucune Barbie ne se montra pour lui proposer une réplique, alors elle s'arma de courage et décida de dire la vérité.

— Quand je pose la tête sur son épaule, quand il me caresse, quand nous rions ensemble – elle fit une pause, essayant de trouver les bons mots –, c'est comme si tout tombait en place. Comme un cercle complet. C'est simplement correct, c'est tout.

— Luna! dit Allie en penchant la tête. Depuis combien de temps sors-tu avec lui? Quelques semaines? Un mois? Comment peux-tu donner ton cœur si facilement?

À sa propre surprise, Luna éclata de rire.

— Pas du tout! Je ne donne pas mon cœur aux hommes. Je ne le donne à personne. Je l'ai donné à mon père, et il l'a brisé. Je l'ai donné à Marc et il...

— Il t'a baisée, dans tous les sens du terme.

— Je ne t'ai rien demandé.

— Excuse-moi.

— Je n'ai donné mon cœur à aucun homme depuis Marc. Je suis sortie avec des types et j'ai fait l'amour. J'ai même eu des liaisons, mais il y avait toujours cette grande part de moi que je ne donnais à personne. Et peut-être suis-je lasse de vivre ainsi. Peut-être y a-t-il autre chose dans la vie que ce souci de ne jamais courir de risques. Et si Thomas est vraiment l'homme que je peux aimer pour le reste de ma vie et que je rate cette occasion parce que j'ai peur? Quel genre de vie est-ce là?

— Oh là là!

Allie se laissa tomber contre le dossier du siège. Son pentagramme brillait furieusement dans la lumière. Un long moment, elle resta silencieuse à regarder Luna d'un air à la fois interrogateur et surpris.

— Tu as raison, dit-elle enfin. Je ne suis pas rendue à ce point, mais ça ne signifie pas que tu n'y es pas. Je suis tellement jalouse.

Elle tendit la main par-dessus la table et serra celle de Luna. Elle hocha la tête, un sourire mélancolique aux lèvres, les yeux fermés.

Luna se mit à rire.

— Il est si beau et il y a toute cette lumière qui émane de lui, tu sais?

Allie se reprit, les yeux tristes malgré son sourire.

— À voir comment il te caressait hier soir, c'était évident. Il va t'éloigner de moi et, alors, je devrai partir en chasse toute seule.

— Tu ne me perdras jamais, Allie.

— Ce n'est pas vrai. Les femmes perdent toujours leurs amies quand un mec arrive dans les parages.

Blessée, Luna lui serra la main.

— Pas moi, idiote. Au cas où tu ne l'aurais pas remarqué, je donne mon cœur, tout mon cœur et mon âme, aux femmes. Et tu en es une. Tu ne me perdras jamais, répéta-t-elle. Je te le promets.

En se retenant de pleurer, Allie retira sa main de celle de Luna et secoua les bras.

— Bon, assez d'attendrissement, dit-elle dans un soupir. Laisse-moi te parler des cow-boys dont j'ai fait la connaissance hier soir, poursuivit-elle avec un sourire malicieux, puisqu'il est évident que tu refuses de me donner des détails croustillants.

— Oh! Tu as rencontré quelqu'un?

— Je n'ai pas rencontré quelqu'un. Mais j'ai fait une bonne baise. Et il n'avait que vingt-six ans!

Luna éclata de rire, comme Allie s'y attendait.

— Te voilà partie, ma fille !

— Oh ! non. Il est parti. Parti. Parti.

— Vas-tu le revoir ?

Allie haussa les épaules.

— L'avenir le dira. Il a pris mon numéro.

La porte de la chambre de Joy s'ouvrit, et Luna fit signe à Allie d'être discrète. Celle-ci acquiesça.

— Salut, Joy ! s'exclama-t-elle, pendant que l'adolescente raccrochait le combiné et se frottait l'oreille.

— Salut, tantine

— Un nouvel amoureux, hein ?

Le visage de Joy s'éclaira.

— Ouais. Il s'appelle Ricardo. Il est vraiment gentil.

— Maintenant que tu as libéré la ligne, pourquoi n'essaies-tu pas de rappeler Maggie ?

— J'ai essayé tout à l'heure. Toujours pas de réponse, dit-elle en se frottant le ventre, les sourcils froncés. Je suis inquiète. Crois-tu que nous devrions nous rendre là-bas ?

— Il me semble que ce serait un peu impoli de les contraindre à sortir de leur maison pour venir dîner avec nous si elles ont une bonne raison de refuser. Qui sait ? Elles sont peut-être parties chez un parent ou ailleurs.

Joy soupira.

— Ce n'est pas aussi simple que ça. Maggie m'en veut.

— Oui ? Pourquoi ?

— Elle me répétait sans cesse qu'elle avait trouvé un type que, selon elle, sa mère pourrait aimer. Tu sais, sa mère se requinquait quand elle le voyait, et Maggie essayait de jouer l'entremetteuse ou, du moins, de dénicher un truc pour les amener à mieux se connaître.

Luna avait deviné.

— Thomas ?

— Ouais, dit Joy en tordant ses cheveux pour les nouer, ce qui découvrit toutes ses boucles d'oreilles. Pendant un certain temps, je ne me suis pas rendu compte qu'il s'agissait du même type, ensuite je n'ai pas trouvé comment le lui dire, et tout s'est emmêlé.

— Je suis tellement désolée, dit Luna.

— Non, non! Je ne veux pas dire que tu ne devrais pas l'aimer. Parce qu'il est cool, tu sais, et il t'aime et tu l'aimes, et c'est bien. Mais je me sens mal parce que Maggie avait ce grand projet et que je ne me suis pas aperçue, avant qu'il soit trop tard, que ce n'était pas un bon projet.

— Bien. Je comprends. Alors, elle prend peut-être seulement un jour ou deux pour panser ses blessures, tu pourras te réconcilier avec elle lundi.

Joy acquiesça sans manifester beaucoup d'espoir. Luna se sentit le cœur brisé pour elle. On sonna à la porte.

— J'y vais, dit Allie.

Reconnaissante, Luna lui sourit et prit le temps de serrer sa fille dans ses bras.

— Tu n'as rien fait de mal, ma chérie. Le chemin de l'amour est semé d'embûches.

— Je sais.

Elaine entra, enveloppée dans un manteau orange, incroyablement laid et imprimé d'oursons dansants. Luna s'efforça de ne pas cligner des yeux, mais elle n'arrivait pas à comprendre pourquoi sa sœur choisissait toujours les vêtements les moins flatteurs pour elle. Ce n'était pas à cause des oursons ou de la couleur vive – beaucoup de gens aiment ce genre de choses –, c'était à cause de l'orange, probablement la pire couleur pour Elaine. Et c'était ainsi pour tout – les montures de ses lunettes lui allaient affreusement mal. Ses cheveux permanentés étaient crépus. Elle n'était pas maquillée et portait un pantalon extensible dans un imprimé rose et vert. Avec un manteau orange!

Il était difficile de croire qu'elle était la fille de Kitty.

La meilleure amie Barbie prit la parole. «Si tu cessais de toujours la juger et si tu lui donnais un coup de main, hein? Peut-être ne sait-elle tout simplement pas comment choisir ses affaires. Ce n'est pas si facile pour les femmes grosses de trouver des vêtements flatteurs, tu sais. Les dessinateurs de mode imaginent que les femmes grosses sont stupides et peu élégantes, alors ils créent ce genre de style pour elles.»

Elle avait raison. Luna se sentit rougir de honte et, pour se racheter, elle serra Elaine dans ses bras. Très fort, comme Kitty l'aurait fait.

— J'avais un peu peur que tu ne puisses pas venir, avec le temps qui se gâte.

— Je vais coucher chez maman.

Luna acquiesça.

— Es-tu libre demain ? J'ai quelque chose à faire et j'espère que tu voudras le faire avec moi.

— Je peux me libérer. De quoi s'agit-il ?

Luna eut le cœur serré en voyant à quel point Elaine paraissait heureuse de participer à une activité avec elle. Comment avait-elle pu ne jamais se rendre compte combien sa sœur était esseulée ?

— Nous en parlerons tout à l'heure. Pour l'instant, donne-moi le dessert absolument succulent que tu as certainement apporté, et que la soirée commence !

Le téléphone sonna alors, et Joy fit un saut impressionnant pour l'atteindre, comme un receveur de passes au football qui saute par-dessus tous les obstacles pour saisir le ballon. Abasourdie, Luna éclata de rire.

— Allô ?

Luna se dirigeait vers la cuisine avec ses invitées quand Joy l'attrapa par l'arrière de son chemisier pour la retenir.

— Quoi ? dit-elle dans le combiné. Maggie, je ne te comprends pas. Essaie de prendre une grande inspiration et recommence.

Les yeux exorbités, Joy jeta un regard angoissé à sa mère.

Luna s'empara aussitôt de l'appareil.

— Maggie ? Qu'est-ce qui ne va pas, trésor ?

— C'est maman… elle est…

Un énorme sanglot étranglé l'interrompit.

— Je ne sais pas, reprit-elle. Il y a quelque chose qui ne va pas. Ma grand-maman n'est pas chez elle et je ne savais pas qui d'autre appeler !

— J'arrive tout de suite. Ne bouge pas, ma chérie. Je serai là dans une minute, d'accord ?

Elle prit ses clés sur la table.

— Viens avec moi, commanda-t-elle à Joy.

— Veux-tu que je te conduise ? demanda Elaine.

Luna lui sourit.

— Je vais me débrouiller.

Tout le long du trajet, Joy avait un mauvais pressentiment. Elle mordilla ses pouces si fort qu'ils étaient douloureux à son arrivée chez Maggie. Toutes les lumières brillaient, y compris celle de la galerie, et Maggie, sans veste ni même de chaussures, les y attendait. Elle s'était fait une queue de cheval qui retroussait vers le haut, comme dans certaines bandes dessinées. À peine la voiture s'était-elle arrêtée que Joy en descendit, se précipita vers son amie et la serra dans ses bras.

— Est-ce que ça va ?

Maggie réussit seulement à prendre une grande inspiration et à indiquer la maison du doigt.

— Je ne suis pas capable de la réveiller !

Voilà des circonstances où il est bon d'avoir une mère qui a de l'expérience. Luna gravit l'escalier deux marches à la fois.

— Montre-moi où elle est, ma chérie.

Elle s'appuya sur l'épaule de Maggie, gentiment.

L'odeur de poisson mort qui régnait à l'intérieur donna la nausée à Joy. Se sentant à la fois triste, curieuse et effrayée, elle suivit les autres le long du couloir. Elle avait peur de regarder. Elle s'imagina tout à coup des poignets taillés ou d'autres choses aussi sanglantes. Mais la mère de Maggie était simplement étendue dans son lit. Luna se pencha pour lui parler.

— Sally ? Sally, m'entendez-vous ?

Rien.

— Va chercher le téléphone, Maggie, demanda Luna.

Entre-temps, elle mit la main sur la poitrine de Sally, peut-être pour vérifier si elle respirait toujours. Elle jura à voix basse, puis se tourna vers la table de nuit où elle prit quelques flacons de médicaments vendus sur ordonnance, l'un après l'autre. Ses épaules étaient raides et tendues.

— Merde ! s'exclama-t-elle en regardant la dernière bouteille.

Elle se pencha pour passer un bras sous le dos de Sally et amena son corps inerte en position assise.

— Sally ! Sally ! cria-t-elle en la secouant. Allons, Sally, vous devez vous réveiller.

Maggie arriva dans la chambre à la course.

— Compose le 911, aboya Luna, et dis que nous avons un cas de surdose de barbituriques. Joy, va chercher une serviette humide avec des cubes de glace à l'intérieur et rapporte-la-moi. Vite, ma chérie.

Joy courut vers la cuisine et ouvrit quelques tiroirs avant de trouver celui qui contenait des serviettes. Elle fit couler de l'eau froide dans l'évier, lança la serviette sous le jet et, pendant qu'elle se mouillait, ouvrit le congélateur et y prit des cubes de glace. Il n'y avait rien d'autre à l'intérieur. Elle essora la serviette et y enveloppa les cubes de glace, fière de constater que ses mains ne tremblaient pas.

Quand elle revint dans la chambre à toute allure, sa mère déplaçait Sally, dont la tête ballottait comme celle d'une morte, comme si son cou avait été dépourvu d'os. Joy se hâta de mettre la serviette dans la main de sa mère, puis alla se placer à côté de Maggie, qui avait les bras croisés sur la poitrine et les yeux rouges à force d'avoir pleuré. Joy se demandait si elle devait ou non lui prendre la main. Elle décida de le faire au cas où cela aiderait son amie. Maggie la serra très fort.

— Va-t-elle mourir ?

— Non ! lança Luna, toujours à côté du lit, en passant la serviette froide sur le visage de Sally. Sally ! cria-t-elle. Votre fille est ici. Elle a besoin de vous. Restez avec moi !

Le bruit des sirènes retentit alors. Maggie courut ouvrir la porte aux ambulanciers, qui se précipitèrent à l'intérieur, dans leurs uniformes soignés, munis de leurs radios qui crépitaient.

— Merci, mon Dieu, s'exclama Luna. Une surdose sévère, peut-être un accident, peut-être une tentative de suicide. Elle doit être admise à l'hôpital pour une évaluation.

— Êtes-vous sa psy traitante ?

Joy, qui regardait sa mère, vit son visage se durcir.

— Non. Mais je suis thérapeute et je connais son cas. Elle est extrêmement dépressive à cause de la mort de son mari.

Les hommes s'affairèrent, étendirent Sally sur la civière et la sortirent de la chambre en donnant des détails dans leur radio. Luna se dirigea droit vers Maggie et la serra affectueusement dans ses bras. Maggie éclata en sanglots à fendre l'âme.

— Tout va bien, mon trésor, répétait Luna sans fin, tout en berçant Maggie. Tu as bien fait. Tu lui as sauvé la vie. Elle va s'en tirer. Elle va avoir de l'aide. Tu as bien fait.

Ce fut seulement alors que Joy comprit vraiment tout ce qui s'était passé.

— Peut-elle venir chez nous, maman?

— Un peu plus tard. Nous allons d'abord nous rendre à l'hôpital, d'accord? Ainsi, Maggie, tu pourras te rendre compte par toi-même qu'elle va bien.

Elle prit la serviette mouillée. Les cubes de glace en tombèrent, et Joy les ramassa sur le lit pendant que sa mère essuyait le visage de Maggie.

— Viens, dit doucement Luna. Va chercher un manteau et des chaussures et nous allons partir pour l'hôpital.

Maggie avait le regard vide.

— Joy, dit Luna, pourquoi n'irais-tu pas l'aider?

— Bien sûr. Viens, Maggie. On va aller te chercher des trucs.

Tous ses os faisaient souffrir Placida, même quand elle était assise dans la cuisine bien chaude, enveloppée dans une couverture de laine qu'une de ses filles lui avait tricotée, longtemps auparavant. En se berçant dans son fauteuil, elle disait le rosaire pour se prémunir contre les ténèbres dont elle sentait l'approche, des ténèbres sur lesquelles elle était incapable de mettre un nom, qui lui remplissaient la poitrine, qui se répandaient tout autour d'elle et atteignaient tout le monde. Tout le monde.

Elle se dit que ce n'était rien, qu'elle n'était que fatiguée et de mauvaise humeur à cause du changement dans le temps. Elle entendit Tiny se disputer avec quelqu'un au téléphone et récita une prière supplémentaire pour qu'il devienne plus paisible, pour qu'il apprenne la bienveillance. Pendant un instant, après l'avoir entendu raccrocher, en colère, elle pensa qu'elle devrait l'inviter à la rejoindre dans la cuisine pour boire un chocolat chaud, celui en cubes qui venait du Mexique et qui était aromatisé à la cannelle. Mais à la pensée d'avoir à moudre ce chocolat si dur, sa fatigue lui apparut insurmontable.

Tomás, toujours aussi bienveillant, était assis avec elle dans la cuisine et faisait ses comptes. Lui aussi s'inquiétait pour Tiny. À un moment donné, il se rendit dans la pièce voisine et lui parla d'une voix ferme, puis il revint et retourna à ses colonnes de chiffres. Un homme bon, son Tomás. C'était rare de nos jours.

En entendant des sirènes sur la route, elle eut encore plus froid. L'ambulance parut s'arrêter tout près, mais Placida ne réussit pas à deviner lequel de leurs voisins avait été frappé par le mauvais sort ce soir. Peut-être n'était-ce rien de grave, un enfant qui s'était fait une vilaine coupure. Elle devait cesser de toujours imaginer le pire.

Mais quand la sonnette de l'entrée retentit, elle poussa un cri d'effroi. Et quand elle vit entrer *La Diabla,* enceinte jusqu'aux yeux, les yeux rouges à force de pleurer, et qu'elle la vit se jeter dans les bras de Tomás, elle comprit ce qu'elle avait appréhendé. Oh! pas celle-là! Pas celle-là, *Madre* !

Mais elle se souvint alors de la prière qu'elle avait faite plus tôt. Elle n'était qu'une vieille femme orgueilleuse. Que savait-elle? Peut-être celle-ci finirait-elle par tenir bon. Et, au moins, elle emmenait un fils avec elle.

Elle fut quand même contente de voir Tomás repousser *La Diabla* comme si elle souffrait d'une maladie contagieuse. C'était d'ailleurs le cas. La maladie du malheur. Peu importe ce qui lui arriverait, elle serait toujours malheureuse. Elle attirait le malheur à elle comme un nuage, parce qu'elle aimait le tonnerre et les éclairs, parce qu'elle s'ennuyait quand elle avait un bonheur tout simple entre les mains.

Dégoûtée, Placida se leva.

— Je vais me coucher, cracha-t-elle en espagnol, parce que cette fille idiote ne l'avait jamais compris et qu'elle ne le méritait même pas.

Luna appela Elaine et Allie de l'hôpital pour leur expliquer ce qui s'était passé. Elles décidèrent de rester et d'attendre le retour de Luna. Allie se porta volontaire pour joindre des parents à partir d'une liste de numéros de téléphone que Maggie avait fournie. Deux heures plus tard, elle annonça que tout le monde était allé à un mariage, dans une petite ville au sud de Santa Fe.

— C'est peut-être ce qui a déclenché toute l'affaire, hein?

— C'est possible, dit Luna.

Elle raccrocha et alla retrouver les filles, assises tranquillement dans la salle d'attente. Maggie venait de voir sa mère et elle avait les traits d'une personne qui est à bout.

— Viens-t'en, trésor, dit Luna. Tu nous accompagnes à la maison pour ce soir, d'accord? Nous reviendrons à la première heure demain matin, si tu veux.

En marchant comme une automate, Maggie les suivit. De retour à la maison, Luna fit réchauffer la fondue, et elles s'assirent toutes autour de la table de la salle à manger, de la musique douce jouant à l'arrière-plan. Maggie mangea comme une enfant affamée. Ce qu'elle était probablement. Luna l'installa dans la chambre de Joy et donna son propre lit à sa fille pour la nuit. Elle sortit des oreillers et des couvertures pour s'installer elle-même sur le canapé. Elaine l'aida à ramasser les assiettes et prépara la cafetière électrique pour le lendemain matin (Luna n'eut pas le cœur de lui dire qu'elle détestait cela parce que l'eau n'était alors pas assez froide au début et qu'elle ne devenait donc pas assez chaude pour l'infusion du café). Allie enveloppa les restes de fruits et de légumes dans des sacs en plastique. Elles ne parlèrent pas beaucoup. Allie partit la première. Elle embrassa Luna sur la joue.

— Appelle-moi si tu as besoin de quoi que ce soit.

Elaine enfila ensuite son manteau et sortit les clés de sa voiture.

— Y avait-il quelque chose que tu voulais me demander, Luna?

— Ouais, répondit Luna après avoir pris une grande inspiration. Ouais, répéta-t-elle en faisant un signe de tête affirmatif pour donner plus de poids à ce qu'elle allait dire.

Elle se mordilla l'intérieur de la joue un moment.

— Je voulais te demander, reprit-elle, si tu viendrais voir le terrain avec moi demain. Il faut absolument que je le voie, et j'ai peur d'y aller toute seule, sans toi.

— C'est seulement parce que tu veux que je t'y conduise, n'est-ce pas?

Luna regarda sa sœur dans les yeux.

— Non, pas du tout. J'ai besoin de toi. Maman est incapable de le faire, et je veux être accompagnée de quelqu'un qui comprendra… tout.

Elaine jeta un coup d'œil sur ses clés et les agita.

— Je ne me souviens pas vraiment de lui, Luna. J'avais seulement cinq ans.

— Je sais. Mais son départ t'a fait souffrir autant que maman et que moi. Peut-être plus.

— Que crois-tu trouver, Luna? demanda Elaine d'un ton agacé. Une lettre disant : «Chère famille, voilà pourquoi j'ai été un tel connard et pourquoi je suis parti?»

— Je n'en ai pas la moindre idée, Elaine. Je sais seulement que je dois y aller. Et je ne veux vraiment pas y aller toute seule.

Elle prit la main de sa sœur. Elle était froide.

— S'il te plaît, sœurette, poursuivit-elle. Nous pourrons amener les filles avec nous et nous trouverons peut-être un endroit super pour déjeuner. Après nous pourrons procéder à la vente et nous aurons des masses d'argent.

Un long silence. Puis les verres des lunettes d'Elaine reflétèrent la lumière quand elle redressa la tête.

— D'accord.

Luna la serra dans ses bras.

— Merci. Viens dès que tu seras debout et nous partirons tout de suite après avoir emmené Maggie voir sa mère à l'hôpital.

— Et si elle veut rester avec elle?

— Elle ne pourra pas. Sa mère devra être internée en psychiatrie pendant un certain temps. Ce sera préférable pour Maggie d'avoir des activités, de voir d'autres gens.

— Tu as raison, dit-elle, surprise. Luna, pourquoi ne redeviens-tu pas thérapeute? Tu réussis bien dans ce travail et, comme Joy me l'a si bien dit, c'est un péché de gaspiller ses talents.

Probablement à la suite de tout ce qui s'était passé durant la soirée, des larmes montèrent aux yeux de Luna.

— Je vais faire un pacte avec toi. Trouve-toi un groupe de blues avec lequel tu pourras chanter et je ferai renouveler mon certificat.

Elaine éclata de rire.

— À demain matin.

Luna se lava le visage, enfila une chemise de nuit à manches longues et mit ses pantoufles ornées de lunes et d'étoiles. Même s'il était près de minuit, elle n'avait pas sommeil. Elle mit la bouilloire sur la cuisinière pour se préparer un thé. La maison ronronnait paisiblement autour d'elle, le bruit du ventilateur soufflait efficacement de l'air tiède dans toutes les pièces. Elle éprouvait un sentiment de sécurité en pensant à la fournaise flambant neuve qui faisait vaillamment son travail. Elle était très fière d'avoir cette maison à elle, un lieu pouvant fournir une oasis à une fille perdue, un endroit où sa famille et ses amis pouvaient se réunir.

Tout à coup, elle s'aperçut qu'elle n'avait pas songé une seule fois de toute la soirée à fumer une cigarette. Elle n'en avait même pas envie à présent.

«Nous y voilà», dit Barbie.

Oui. Elle y était presque. Debout dans sa grande cuisine si gaie entourée de silence, elle comprit qu'elle n'aurait pas voulu être personne d'autre en ce moment précis. Par extension, cela voulait aussi dire qu'elle ne pouvait pas souhaiter changer des éléments de son passé et être en même temps elle-même, debout dans cette pièce, fière de savoir qu'elle avait aidé Sally ce soir, qu'il y avait un homme dans le monde avec lequel elle se sentait bien, qu'elle était une bonne mère et sans doute même une bonne personne la plupart du temps.

Émerveillée, elle toucha son coude, cette cicatrice qui avait toujours été un rappel de tout ce qu'elle ne voulait pas être. Elle se demanda si ce n'était pas simplement une blessure de guerre, une marque laissée par la vie. Elle n'avait pas à en être fière, mais elle pouvait admettre que cela lui avait appris quelque chose, que cela lui avait permis de progresser.

Quand elle entendit la bouilloire siffler, elle la retira du feu avant que celle-ci ne réveille Joy ou Maggie. Elle versa de l'eau sur le sachet de thé et ajouta du sucre.

La sonnerie du téléphone la fit sursauter. Elle décrocha le combiné avec un sentiment d'angoisse, espérant qu'il ne s'agisse pas de mauvaises nouvelles au sujet de Sally.

— Allô ?

— Ce ne sont pas de mauvaises nouvelles, s'empressa de dire Thomas.

— Thomas !

— Dormais-tu ?

— Non, dit-elle avant de prendre une grande inspiration. Je suis si heureuse d'entendre ta voix. J'ai eu une longue, très longue, soirée.

— Moi aussi. Parle-moi d'abord de la tienne.

Luna se lança dans l'histoire de la mère de Maggie, du voyage à l'hôpital et de tout le reste.

— Et toi ?

— Sais-tu, je t'entends parler et je voudrais voir bouger tes lèvres. Puis-je aller chez toi ? Nous pourrions nous asseoir sur la galerie.

Luna sourit, le cœur en joie.

— Si tu promets d'être vraiment très sage, nous irons dans mon atelier.

— D'accord. Je serai là dans trois minutes.

Elle eut un rire grave et sexy.

— Je t'attendrai à la porte arrière.

— Luna !

— Je suis là.

— Que portes-tu ?

Cette fois, elle eut un rire moqueur.

— Une très vieille chemise de nuit.

— Ne te change pas. Promis ?

— Bien sûr. Qu'est-ce que ça peut faire ?

Mais elle se regarda quand même dans le miroir pour s'assurer qu'elle n'avait pas de traces de rimmel sous les yeux. Sans maquillage, elle avait l'air fatigué, ses cernes la vieillissaient et ses joues étaient très pâles, comme elles l'étaient toujours sans l'aide du fard. Elle n'était vraiment pas belle. Kitty se serait mis un peu de rouge à lèvres, aurait vaporisé un peu de Cologne sur ses cheveux et aurait peut-être même enduit ses paupières et ses cils d'un peu de vaseline, pour qu'ils aient l'air humides. Luna décida qu'elle préférait être simplement elle-même pour l'instant.

Quand elle entendit son camion arriver, elle se précipita pour ouvrir la porte à Thomas et frissonna un peu pendant qu'il traversait le jardin. Ses cheveux étaient libres sur ses épaules.

Il bondit sur les marches. Quand il la prit dans ses bras pour l'embrasser, Luna sentit que son corps était froid. Elle se serra contre lui, pour humer son odeur si fraîche, cette odeur particulière qui lui était propre, faite de feu, de sauge et du vent du Nouveau-Mexique.

— Bonjour, dit-elle doucement. Entre avant que je sois frigorifiée.

Gardant sa main dans la sienne, il referma la porte derrière lui et l'observa de la tête aux pieds.

— Quelle élégance!

— Tu m'as dit de ne pas me changer.

— Je voulais te voir telle que tu es.

Elle le conduisit dans l'atelier et s'installa sur le canapé, les jambes croisées.

— Les chambres sont tout à côté, alors nous devrons être très tranquilles. Veux-tu du thé ou autre chose?

— Non merci, dit-il en mêlant ses doigts aux siens. Je souhaitais te voir en personne parce que j'ai quelque chose à te dire. Oh! Oh!

— Je t'écoute.

Il inspira et leva les yeux vers elle.

— Nadine s'est présentée chez moi ce soir. Elle était hystérique, épuisée et elle semblait aller horriblement mal, alors je... je l'ai accueillie, Luna. Je lui ai offert un lit pour dormir. Pas le mien.

— Je vois.

— C'est tout ? Je vois ?

— Que veux-tu que je dise ?

Il pencha la tête et haussa les épaules.

— Je ne sais pas.

Luna laissa le silence s'étirer, sans comprendre ce qu'il voulait ni à quoi tout cela rimait.

— Cela te cause-t-il un problème ? lui demanda-t-il enfin.

Elle hocha la tête.

— Tu sais ce que tu as à faire.

— Si ça te dérange, elle peut aller ailleurs.

— Non, dit-elle calmement. Je pense que tu dois être cohérent avec ce que tu es.

Il se frotta le visage.

— Elle doit accoucher dans deux semaines. J'ai pensé que je pourrais l'héberger jusque-là si elle ne réussit pas à se réconcilier avec mon frère. Mais seulement si ça ne te dérange pas.

— Je ne te connais pas depuis assez longtemps pour avoir voix au chapitre en ce qui concerne ta vie, Thomas. Tu dois mener cette affaire jusqu'au bout, voir où ça va te conduire.

Sa main était glacée. Elle la lui retira pour la réchauffer sous son aisselle et hocha la tête en soupirant.

— Je dois aussi te dire que j'avais prévu que cela arriverait. Dès le début, j'ai su que je serais une personne de transition pour toi et j'ai pris le risque.

— Ce n'est pas vrai, Luna.

Elle pencha la tête, analysant les possibilités qui s'offraient à elle. Elle aurait pu lui demander de partir, pour se donner le temps d'y réfléchir, mais il rentrerait alors à la maison, mettrait Nadine à la porte et se sentirait coupable.

« Dis simplement la vérité », proposa Barbie.

— C'est une bonne occasion pour te permettre de savoir où en sont vraiment tes sentiments envers elle.

— Je serais nettement plus intéressé à savoir où j'en suis avec toi.

— Je pense que tout cela est arrivé trop vite, dit honnêtement Luna. Je t'en ai déjà parlé… je ne sais pas si je suis vraiment prête à m'engager. Je ne sais pas.

Elle lut de la déception dans les grands yeux noirs de Thomas. Une amère déception, en fait. Elle pencha de nouveau la tête pour détourner le regard.

— Je suis désolée, dit-elle.

Pendant un long moment, il resta silencieux.

— Luna, nous sommes tous les deux assez vieux pour savoir que ce n'est que dans les contes de fées que tout finit bien. La vie est longue et il arrive bien des choses, dit-il en lui prenant la main. Tout va vite. Nous sommes tombés amoureux l'un de l'autre, et c'est bien. La seule promesse que je peux te faire, c'est que je te dirai toujours la vérité. Toujours, tu comprends?

Elle ne savait que lui répondre.

Il se leva et lui passa la main sur la tête.

— Tu sais où me trouver.

Elle fit signe que oui.

— Parfois, Luna, un homme a besoin de connaître les sentiments d'une femme.

Il partit.

Tiny ne réussissait pas à s'endormir. Il se tournait et se retournait dans son lit, en sueur, et son sang bouillait dans ses veines. Il le sentait couler en lui comme de la lave, lui brûler les bras, le ventre et l'aine.

Angelica ne voulait plus de lui. Elle le lui avait dit au téléphone. Plus jamais.

Mais cette fois, avant de perdre tout à fait la tête, il perçut une certaine sérénité qui s'installait en lui et qui lui murmurait de rester calme. Pourtant, il n'avait pas réussi à se calmer. Il avait pleuré en lui parlant au téléphone, il l'avait suppliée de changer d'idée, il lui avait promis de cesser de boire et de ne plus jamais lui faire mal. Jamais. Même si elle le frappait avec une poêle à frire comme elle l'avait déjà fait. Elle lui avait fracturé le crâne.

Mais elle ne l'avait pas écouté. Elle ne l'avait pas écouté.

Il était ensuite devenu tout calme à l'intérieur, comme s'il avait été un de ses ancêtres comanches, tranquille, serein et ardent. Un plan. Très conscient du lourd bracelet qu'il portait à la cheville, il alla se coucher. Il essaya de dormir, mais la rivière de feu qui coulait en lui le réveillait sans cesse en sursaut. Il rêva à de grandes mains sur les seins de sa femme. Il rêva à *La Llorona,* qui criait son nom à tue-tête dans le torrent. Il rêva à des roses, des roses roses dont les pétales lui tombaient sur la tête. Les dernières le rafraîchirent un peu et il s'endormit dans leur odeur parfumée.

Les enfants devaient coucher chez leur grand-mère, pour qu'ils puissent aller à la messe au matin. Angelica serait seule. Avant qu'elle se lève pour aller à l'église, il irait la voir. Il lui parlerait, face à face. Il l'embrasserait, parce que c'était la façon de faire fondre le cœur de sa femme quand il s'était durci. Il la toucherait. Doucement. Seulement doucement.

Il lui montrerait sa passion et son amour pour elle, et elle comprendrait la vérité.

Et il pourrait le faire parce que c'était dimanche. Parce qu'on lui laissait du temps pour aller faire des courses ce jour-là. Il avait aussi appris par hasard que le centre de contrôle ne répondait pas aux appels aussi rapidement le dimanche. Il aurait du temps. Il aurait de l'espace.

Il la convaincrait. Il le fallait.

Histoire de rose

Pour les catholiques, le nom du rosaire vient évidemment de celui de la fleur. Autrefois, les rosaires étaient fabriqués de pétales de roses. Il y a encore des gens qui font des perles de cette façon et qui prétendent que, quand la chaleur du corps réchauffe un collier ainsi fait de pétales, on peut sentir l'odeur de la fleur.

Vingt-quatre

Comme Luna l'avait prévu, Sally fut admise en psychiatrie pour traitement, et les visites lui furent interdites jusqu'à la fin des tests permettant d'évaluer son état. Ayant déjà été informée de cette possibilité par Luna, Maggie ne fut pas trop abattue à l'annonce de la nouvelle.

— Ça veut dire qu'elle va recevoir de l'aide, n'est-ce pas ?

Elles étaient assises seules à la table de la cuisine. Les rafales glaciales de la veille avaient cessé de souffler.

— Oui. C'est absolument certain qu'elle va recevoir de l'aide à présent, dit Luna en prenant la main de Maggie. Je suis si désolée que tu aies eu à traverser toutes ces épreuves, ma chérie. Tu as vraiment été courageuse et raisonnable. Tu n'aurais jamais dû être obligée de régler tous ces problèmes toute seule.

Maggie acquiesça, l'air triste. Le regard de ses grands yeux topaze était trop sérieux pour son âge.

— Mais je commençais à manquer de moyens. Je ne savais absolument plus quoi faire.

— Joy m'a dit que tu as fabriqué une châsse pour Tupac. Est-ce que cela t'a aidée ?

Maggie baissa les yeux.

— Ça vous semble ridicule, n'est-ce pas ?

— Pas nécessairement. Tu devais avoir une raison pour le choisir, lui ?

— Ouais. J'ai reçu un signe le jour des funérailles de papa. Ensuite, j'ai commencé à lire à son sujet. Il a eu une vie difficile, vraiment difficile, mais il a fini par s'en sortir. Il a écrit un livre qui s'appelle *A Rose That Grew from Concrete,* et c'est tellement merveilleux. C'est... plein d'espoir, vous comprenez ? Je me sentais plus forte, simplement en... lui parlant ou en y pensant.

— Tu te sentais bien seule.

— Complètement. Mon père me manque vraiment, dit-elle en levant les yeux.

— J'imagine. Ça doit être très pénible.

Maggie fit signe que oui.

— Parfois, je serais prête à tout pour que ça cesse. Parfois, ça me fait si mal que je voudrais prendre un couteau et me couper le bras, vous savez, comme les Amérindiens faisaient? Je voudrais avoir une cicatrice pour montrer à tout le monde que j'ai perdu quelque chose d'important. Mais je me suis rendu compte, poursuivit-elle en enfonçant vivement son pouce dans un beignet glacé, que la seule façon de m'en sortir, c'était d'aller au bout de la souffrance. Pas de tout briser pour échapper à la douleur, pas de me couper. Pas de prendre des pilules comme maman. C'est ce qu'elle a fait, vous savez, essayer de se cacher, mais la souffrance ne peut pas disparaître, à moins d'y faire face.

Luna cligna des yeux, puis éclata d'un grand rire de stupéfaction.

— Tu sais, Maggie, j'ai été thérapeute pendant des années et j'ai souvent travaillé avec des gens dans la soixantaine qui n'avaient pas encore compris ce que tu viens de m'expliquer. Tu es si sage.

— Sage?

— Ouais. Même ton idée de te couper est, d'une certaine façon, pleine de bon sens. Les gens font toutes sortes de choses pour montrer leur deuil. Ils se coupent les cheveux, ils se coupent eux-mêmes pour se faire une cicatrice, comme tu disais. C'est tellement douloureux de perdre quelqu'un qu'on aime, mais tu as trouvé la bonne façon de t'en sortir – aller jusqu'au bout de la souffrance.

— Vous savez, ce n'est plus aussi difficile pour moi. Il me manque encore. Je pense encore à plein de choses que je voudrais lui dire, mais il m'arrive parfois de passer toute une journée et d'oublier qu'il est mort. Je ne l'oublie pas vraiment, mais c'est correct de ne pas y penser chaque minute.

— Tu as raison. C'est ainsi qu'on guérit.

— Peut-être maman apprendra-t-elle comment faire, elle aussi.

— Bien sûr. Et tu sais qu'elle t'aime de toutes ses forces, n'est-ce pas ?

— Ouais. La *bruja* m'a dit qu'elle avait le cœur malade. On ne peut pas faire grand-chose pour ça.

— Elle va aller mieux, tu vas voir.

Joy sortit alors de la salle de bains, les cheveux enturbannés dans une serviette.

— Je meurs de faim, maman. Nous ferais-tu du pain perdu ?

— Certainement. Aimes-tu ça, toi aussi, Maggie ?

— J'adore ça.

Même s'il était parti très tard de chez Luna, Thomas se réveilla bien avant l'aube. Il se leva même si tôt qu'il précéda Placida dans la cuisine, ce qui l'inquiéta suffisamment pour qu'il aille voir dans sa chambre si elle se portait bien. Elle ronflait très fort, elle était donc en vie. Il se sourit à lui-même et referma la porte.

Il ressentait un petit pincement dans la poitrine ce matin. Luna, Luna, Luna. Elle lui manquait. Il aurait souhaité qu'elle soit ici.

Plutôt que Nadine qui, après avoir fait de sa vie un enfer, était de retour et dormait en haut avec son gros ventre. Il prit le téléphone et composa le numéro de son frère. James répondit après la première sonnerie.

— Nadine ?

Il prononça le prénom d'un ton pressant, rempli d'inquiétude, et Thomas fronça les sourcils.

— C'est moi, frérot. Elle est ici.

— Avec toi ?

— Non, pas vraiment, elle est simplement ici. Que se passe-t-il ?

— À dire vrai, Thomas, elle est en train de devenir folle. Je t'assure. Je ne comprends pas comment elle pense, c'est comme si son cerveau était rendu dans son ventre.

— Elle pense que tu la trompes, James.

— Ouais, je sais. Mais ce n'est pas vrai, Thomas. Je l'aime. Comment peux-tu prouver à une femme que tu ne la trompes pas ?

— Tu ne la trompes pas ?

— Tu croyais que c'était vrai ?

— Ça m'a traversé l'esprit, dit Thomas en pinçant les lèvres. Tu l'as déjà fait une ou deux fois.

— Je sais. Thomas, poursuivit-il après une pause, je ne t'aurais jamais fait ça si je ne l'aimais pas comme un fou et si je ne l'avais pas dans la peau. Elle t'a rendu dingue, mais tout ce qui t'agaçait chez elle me plaisait. Et ça me plaît encore, même quand elle est bizarre.

— Pourquoi ne viens-tu pas la retrouver ici ? Pour la convaincre.

— D'accord. Je pars dans quelques minutes. Juste le temps de mettre des chaussures.

Thomas raccrocha et regarda fixement le téléphone. James ne la trompait pas. C'était au moins une bonne nouvelle.

Il décrocha de nouveau le combiné et composa le numéro de Luna. Mais, sans attendre la première sonnerie, il raccrocha, l'air renfrogné. Pas cette fois. Cette fois, il ne perdrait pas la tête pour une femme. Si elle voulait le garder, elle devrait faire les premiers pas.

Le trajet jusqu'à Trinidad fut étonnamment court. Moins de deux heures. Tout ce temps, songeait Luna, il aurait été assez près pour...

Le terrain était en fait un ranch, et un ranch en exploitation à en juger par les troupeaux d'animaux au poil brillant qui broutaient l'herbe jaune pâle. Les quelques dépendances semblaient désertes. Mais Elaine et Luna continuèrent à rouler jusqu'à ce qu'elles arrivent à une maison toute simple, une maison préfabriquée peinte en rouge. Rien de recherché, mais des soucis poussaient tout autour. Luna retrouva un souvenir poignant – un souvenir de son père lui disant que les soucis étaient une façon de se rappeler les morts.

— J'ai les mains qui tremblent, dit-elle à Elaine qui regardait fixement par le pare-brise.

— Que faisons-nous à présent ?

— Peut-être, dit Joy, assise sur le siège arrière, devrions-nous tout simplement sortir de la voiture.

— C'est un bon début, en tout cas, dit Luna.

Elle inspira profondément et descendit. Une brise douce, qui soufflait sur la plaine, lui ébouriffa les cheveux pendant qu'elle s'étirait. Elle rabaissa ses manches.

Un homme sortit sur la petite plateforme qui menait à la porte. Il devait être âgé d'une soixantaine d'années et avait une toison épaisse qui surmontait un visage d'éleveur de bétail. Il portait une chemise en flanelle et un jean. Ses jambes avaient la courbure caractéristique de celles d'un homme qui a travaillé avec les chevaux toute sa vie.

— Comment allez-vous ? Puis-je vous aider ?

— Bonjour, dit Luna en s'avançant, les cheveux dans le visage.

Elle les écarta et tendit la main.

— Je m'appelle… reprit-elle.

— Vous êtes la fille de Jesse. Bon Dieu que vous lui ressemblez, dit-il en baissant un peu le menton pour ravaler son émotion. Excusez-moi. Ça ne fait pas si longtemps et j'ai encore le cœur chamboulé.

— Je suis désolée, dit Luna.

— Vos êtes venue voir la terre ?

— Oui. Voici ma sœur Elaine, ma fille Joy, et son amie Maggie, qui nous ont accompagnées. En fait, nous voulions seulement la voir de nos yeux avant de prendre une décision.

— Je suis Ralph, dit-il avant de faire une pause pour les regarder toutes un moment. Pourquoi ne rentrez-vous pas une minute ? Il reste encore de ses affaires ici. J'imagine que vous voudriez peut-être les voir.

Le cœur de Luna se serra très fort. Elle se dirigea ensuite vers la maison.

— Je vais rester dehors, dit Elaine.

Luna s'arrêta. Puis elle fit un signe de tête affirmatif et rentra seule. Après tout, c'était elle qui cherchait des réponses.

L'intérieur de la maison n'était pas plus raffiné que l'extérieur. Le plancher était recouvert d'un tapis résistant, en tweed brun moucheté de tons or. Un canapé fonctionnel et un fauteuil étaient disposés devant un appareil de télévision à grand écran et rien n'était accroché aux murs. La cuisine s'ouvrait sur un petit coin dînette et un couloir conduisait probablement vers les chambres.

— Vous viviez ensemble ?

— Ouais. Un couple de vieux connards. C'était une façon d'avoir un peu de compagnie. Je suis arrivé ici en 1987, il me semble. Jesse m'a recueilli quand j'avais nulle part où aller, dit-il, les lèvres tremblantes. Jusque-là, je buvais le moindre dix cents que je gagnais, j'avais eu trois femmes et deux familles. Je me suis retrouvé en prison par ici et je suis entré dans les AA.

— Je suis sobre depuis quatre ans, dit Luna en souriant.

— C'est vrai ?

— Ouais. Alors, il était sobre lui aussi, mon père ? demanda-t-elle en se frottant les mains sur les cuisses.

— Vous pouvez le dire, chérie. Il ne parlait pas trop de ses mauvais jours, mais j'ai cru comprendre qu'il était tombé bien bas. Ça faisait au moins vingt ans qu'il n'avait pas pris une goutte quand il est mort.

— C'est super.

Luna s'assit tout à coup, le souffle court, accablée.

Respectueusement, le vieil homme lui laissa un peu de temps pour se reprendre.

— Et si je sortais cette boîte de trucs pour vous ? dit-il après un moment.

— J'aimerais bien.

Il disparut dans le couloir. Tout était tellement silencieux qu'elle entendit le tic-tac d'une horloge quelque part, une vieille horloge. Tic-tac, tic-tac, tic-tac. Ralph faisait des mots croisés. Il devait avoir presque terminé le recueil en cours, à en juger par son allure. Elle ne vit rien d'autre, sinon un *TV Guide* et un numéro de *Outdoors Man*.

— Et voilà, dit-il en revenant avec une boîte pas très grande. Il n'avait pas grand-chose – il mettait tout son argent dans le ranch –, mais voici ce qu'il a laissé.

En tendant la main pour prendre la boîte, Luna fut étonnée de constater qu'elle tremblait. Elle faillit la laisser tomber, mais réussit à la saisir fermement pour la déposer à ses pieds.

— Il a quitté la maison quand j'avais sept ans, dit-elle. Nous ne l'avons jamais revu.

Il acquiesça poliment, davantage comme quelqu'un qui est prêt à écouter que comme quelqu'un qui est au courant.

— Je n'ai jamais cessé de rêver à son retour.

Elle ouvrit la boîte et regarda à l'intérieur. Ce fut moins difficile qu'elle ne l'avait craint. Il y avait un tas de bricoles – une montre, un signet des AA, un pot rempli de cartons d'allumettes venant de différents endroits.

— J'ai l'impression qu'il aimait bien Las Vegas, n'est-ce pas ?

— Il y allait une fois par année, beau temps, mauvais temps. Il adorait les machines à sous. Et il se payait probablement du bon temps avec des petites femmes.

Il lui fit un clin d'œil.

Elle mit les allumettes de côté et regarda au fond de la boîte. Elle se figea.

Des rideaux bleus, couverts de la poussière de l'air du désert. Le dossier du canapé, d'un brun terne, sous ses coudes. Quelque chose qui lui piquait le genou – sans doute un ressort brisé – pendant qu'elle regardait fixement la fenêtre. Une Barbie abandonnée gisait à côté du trottoir menant à la maison. Même si c'était la laide, avec des cheveux courts et des genoux raides, une démodée, quelqu'un devrait aller la chercher avant qu'elle soit abîmée.

Les odeurs du dîner dans l'air. Des oignons, de la viande et un dessert dans le four, un petit spécial.

Concentrée. Elle le voit remonter la rue. Un débardeur laisse voir ses bras bruns et musclés, avec un hâle si foncé, si foncé. Son jean est couvert de poussière de ciment. Des bottes noires. Une gamelle noire dans une main, son casque dans l'autre. Des boucles noires collées par la sueur sur son crâne.

Au fond de la boîte, il y avait une poupée Barbie. Luna la prit et vit, piquées dans les lobes de ses oreilles, les boucles qu'elle lui avait fabriquées avec des épingles à chapeau. C'était une Barbie ancienne, avec des cheveux courts coupés au carré et des jambes raides. Sur son visage, la peinture s'était maintenant presque effacée, ses genoux et ses chevilles étaient sales, comme si elle avait été beaucoup manipulée. Elle n'avait pas de chaussures, mais elle portait la robe en vichy bleu et blanc que Kitty avait cousue pour elle.

— Il nous aimait, dit Luna. Je l'ai toujours su. C'était ma poupée. Il a dû la ramasser en allant au travail. Ou peut-être savait-il, ce jour-là, qu'il partait pour toujours.

Le vieil homme acquiesça.

— Vous l'a-t-il déjà dit ? Pourquoi il était parti, je veux dire.

— Ça, je ne le sais pas. Il n'est pas retourné après être devenu sobre à cause de la neuvième étape. Ça, je le sais. Il ne voulait pas faire plus de mal à votre maman.

La neuvième étape, chez les AA, consiste à demander pardon aux personnes que vous avez blessées, sauf si cette démarche est susceptible de leur causer plus de tort. Et Luna songea à Kitty en train de faire une croisière en Grèce avec un homme qui l'adorait. Elle se rappela comment sa mère avait gardé la tête haute, toutes ces années, sans jamais montrer sa souffrance, sauf quand elle mettait les disques des Beatles et repensait à son malheur, une fois de temps en temps.

— Il a bien fait, dit Luna. Mais j'aurais tellement aimé avoir l'occasion de le revoir.

Elle pencha alors la tête et se mit à pleurer. Ralph la laissa faire.

Elles se promenèrent ensuite toutes les quatre, avec Ralph, dans les pâturages et les bois clairsemés et le long d'un petit torrent profondément encaissé. Les montagnes de cette région étaient étranges – elles formaient des plateaux très élevés, comme si leurs cimes bleues avaient été tranchées à la hache. Luna imagina le vaste océan qui avait déjà recouvert cet espace et les animaux préhistoriques qui étaient morts pour former le sable qu'elle foulait.

En voyant cette terre, elle songeait aussi à son père. Qui savait qu'il la léguerait à Kitty et à ses filles. C'était une pensée douloureuse, mais sa souffrance était douce, ni triste ni amère. D'une certaine façon, elle éprouvait beaucoup de réconfort à mettre un point final à toute l'histoire.

Ralph se plaignit des adeptes du Nouvel Âge, qui étaient intéressés à la terre parce qu'elle était sur une ligne-clé – « Dieu sait ce que ça veut dire ! » – mais il avait encore plus en horreur les gros promoteurs immobiliers qui remontaient vers le nord à partir de la région de Santa Fe et de Taos.

— Que se passera-t-il si nous vendons ? lui demanda Luna quand ils revinrent à la voiture.

— Pas grand-chose, j'imagine, dit Ralph, la bouche tremblante. Ils vont construire un temple ou quelque autre folie, mais ils veulent empêcher les promoteurs de mettre la main sur la terre, pour garder les troupeaux. Je resterai le gardien.

Luna acquiesça.

— Merci, Ralph.

Elle lui tendit la main et il la serra entre les siennes.

— Je veux que vous sachiez, les filles, que c'était un homme bon. C'était un pécheur, évidemment, mais il a passé bien des années à essayer de se racheter. Ça lui ferait du bien si vous lui accordiez votre pardon, même à présent.

— Merci de nous avoir donné de votre temps, dit Elaine d'un ton sec. Nous devons partir maintenant.

Elles s'arrêtèrent dans un café, à Trinidad, pour déjeuner. C'était un établissement simple. Il y avait un ragoût en sauce avec des boulettes de pâte au menu et un présentoir à tartes sur le comptoir.

— Oh ! s'exclama Joy. Ils en ont aux pacanes. J'adore la tarte aux pacanes.

— Tu pourras en avoir au dessert.

Elaine était restée silencieuse pendant tout le trajet depuis le ranch, la mâchoire serrée.

— Que penses-tu, sœurette ? lui demanda Luna quand elles eurent passé leur commande.

— Tu sais ce que je pense, répondit Elaine en mettant de l'édulcorant de synthèse dans son thé. Je pense que je veux l'argent. Je me fiche de la terre. Je t'ai bien vue, les yeux dans l'eau et toute douce, et je sais bien que tu vas refuser de vendre, alors dis-le-moi franchement, d'accord?

Elle se croisa les bras sur la table.

Luna haussa les sourcils.

— Tu es certaine d'avoir deviné mes intentions, hein?

— Je te connais, Lu. Mademoiselle la sentimentale.

— Eh bien, tu te trompes.

Elle sortit la poupée Barbie de la boîte qu'elle avait apportée avec elle.

— J'ai eu ce que je voulais, poursuivit-elle.

— Oh! mon Dieu! s'exclama Elaine. Je veux dire, mince alors! Il l'a gardée tout ce temps?

Elle tendit la main vers la poupée.

— Ouais.

Elle lissa les cheveux de la Barbie avec son pouce.

— J'ai pleuré tous les soirs, dit-elle d'une voix haletante.

Maggie, qui était assise à côté d'elle, posa sa petite main sur le bras d'Elaine.

— Vous pouvez pleurer à présent, vous savez. Ça ne nous gêne pas.

Et c'est exactement ce que fit Elaine.

Les péchés ne peuvent pas disparaître,
ils peuvent seulement être pardonnés.
IGOR STRAVINSKY

Vingt-cinq

Placida était fébrile. Quelque chose n'allait pas. Quelque chose n'allait vraiment pas. Elle tendit l'oreille pour écouter les corbeaux, mais elle ne les entendit pas. Elle essaya d'apercevoir la chienne noire et dépenaillée, et elle ne la vit pas. Elle sortit sur la galerie pour écouter le murmure du Santo Niño, qui aurait pu lui indiquer ce qu'elle devait faire, mais l'air était aussi calme et silencieux que la mort.

Elle sentait pourtant l'imminence du danger peser sur sa poitrine. Incapable de rester assise tranquille, elle tenait son rosaire serré dans sa main, en frottant l'endroit sous les seins qui la faisait souffrir.

Tomás vint la rejoindre quand James et *La Diabla* se retrouvèrent enlacés, en larmes, dans le salon, se conduisant comme des tourtereaux dans la maison de l'homme qu'ils avaient trompé. Le mal. Il n'y avait plus le moindre respect dans le monde de nos jours. Plus le moindre. Autrefois, un homme était capable de tuer sa femme pour l'avoir trompé ainsi et il aurait certainement tué son frère. Placida ne comprenait pas un univers qui laissait passer ce genre de choses, où il y avait tant de souffrance, où les hommes ne se préoccupaient pas de leur famille et où les femmes négligeaient leurs enfants. Ces vœux brisés causaient tant de chagrin, les gens ne s'en rendaient-ils pas compte ?

— Ça va ? lui demanda Tomás en lui apportant du thé dans une grande tasse en métal.

Elle regarda à l'horizon et hocha la tête.

— Quelque chose ne va pas. Le mal rôde quelque part.

— Oh ! s'exclama Tomás. Tu veux parler de *La Diabla* ?

Il avait utilisé ce nom pour lui faire plaisir, et Placida aurait dû sourire, mais elle en était incapable. En appuyant de nouveau la main sur son sternum, elle la sentit peser sur son cœur. Tout à coup, elle eut une vision très nette de roses, des roses roses, dont les pétales tombaient sur la tête de Tiny Abeyta. En apercevant des gouttes de sang sur les fleurs, elle se leva brusquement.

— Va trouver Manuel. Va le retrouver à la maison de sa femme. Il va la tuer.

Comme Tomás tardait à bouger, elle se retourna, les bras dans les airs, et se mit à crier.

— Vas-y ! Vas-y tout de suite ! Va le retrouver chez elle.

Effrayé par l'expression de son visage et par le ton de sa voix, il lui obéit.

— Je reviens à l'instant, *Abuela.* Tu vas voir qu'elle se porte bien.

— Vas-y, ordonna-t-elle de nouveau.

Il partit. Assise dans sa chaise, elle serra le rosaire entre ses doigts noueux. La pression se faisait plus forte dans sa poitrine.

— *Je vous salue, Marie, pleine de grâce,* dit-elle à voix haute, l'esprit fixé sur Tiny, qu'elle confiait aux bras de la Vierge, pour qu'il y soit bercé et protégé. *Le Seigneur est avec vous.*

Elle mit tout son cœur et son être dans cette prière. Dans cette dernière chose. Cette toute dernière chose.

Le cœur battant, Thomas fit démarrer son camion et se dirigea vers l'ancienne maison de Tiny. Le trajet de quelques kilomètres n'était pas direct. Thomas ne cessait d'entendre la voix de sa grand-mère. « Vas-y ! Vas-y tout de suite ! » Elle avait crié plus fort que jamais, comme si son corps avait été possédé par un être plus puissant qu'elle, une déesse jeune et puissante. Elle lui avait fait une peur bleue.

Alors, même s'il pensait que c'était ridicule, même si sa raison lui disait que Tiny dormait à l'étage, il se rendit jusque chez Angelica. Et il éprouva un immense soulagement en s'arrêtant devant la maison, un petit pavillon recouvert de stuc, entouré de roses roses poussant sur des treillis. Arrachées par les rafales de la veille, leurs pétales jonchaient la pelouse. Elles lui firent penser à un mariage. En descendant de son camion, il n'entendit aucun bruit de dispute. La voiture d'Angelica était garée sous l'abri d'auto, et les tuyaux d'arrosage étaient soigneusement enroulés et accrochés au mur.

En se dirigeant vers la porte, il se sentait comme un parfait imbécile. Arrivé à la barrière, il hésita, songeant que c'était un dimanche matin, qu'elle avait peut-être envie de faire la grasse matinée et qu'il allait la tirer du lit. Un rideau flottait à l'extérieur par une fenêtre ouverte. Il tourna en rond, en tendant l'oreille pour percevoir le moindre bruit incongru.

« Vas-y ! Vas-y tout de suite ! »

En inspirant profondément, il ouvrit la barrière, traversa la pelouse jonchée de pétales de roses, s'approcha de la porte et frappa.

Rien.

Elle n'était peut-être pas à la maison. À sa connaissance, quand elle était là, la radio jouait toujours. C'était étrange. Peut-être était-il atteint de la paranoïa de sa grand-mère et devrait-il simplement rentrer chez lui pour voir si Tiny y était. Il le trouverait sans doute plongé dans un profond sommeil, sous une pile d'édredons, comme ça lui plaisait, la tête enfouie et un oreiller serré sur la poitrine à la place de la femme qui lui manquait tellement.

Après avoir frappé une seconde fois, il entendit un bruit étouffé. Un bruit pas tout à fait... normal.

— Angelica ? appela-t-il. C'est Thomas. Est-ce que ça va ?

— Va-t'en, cria Tiny. Tout va bien.

Merde. Merde, merde, merde.

— Angelica, je ne partirai pas tant que tu ne m'auras pas répondu. Est-ce que ça va ?

Un murmure, puis un cri.

— Aide-moi !

Thomas essaya d'ouvrir la porte, mais elle était verrouillée.

— Tiny ! Écoute-moi, mon vieux. Tu ne veux pas avoir d'ennuis. Tu as une bonne vie. Tu ne peux pas faire ça.

— Va-t'en, cria Tiny dans un sanglot. Nous allons régler cela entre nous.

Thomas recula pour estimer la résistance de la porte. Il leva ensuite son pied chaussé d'une botte et frappa du côté des gonds. La porte craqua, mais ne céda pas. Il donna un autre coup de pied. Un autre craquement. Il entendit Angelica crier. Thomas recommença et la porte s'ouvrit en tombant. Il entra à toute allure.

La première chose qu'il vit dans la pénombre, ce furent d'autres pétales de roses. D'autres roses. Il y en avait partout. D'énormes tas, arrachés dans un geste de colère à des arbustes massacrés. Le plancher était couvert d'un mélange de pétales, de fleurs, de feuilles et de tiges.

— Sors d'ici, Thomas !

Tiny tenait Angelica sur ses genoux, il avait enroulé ses longs cheveux autour de son poignet et avait un couteau à la main, un couteau qu'on aurait presque pu qualifier de machette. Il le brandit dans les airs.

Thomas s'arrêta.

— Tiny. Ne fais pas cela.

Il leva les mains pour montrer qu'il ne portait pas d'armes.

Angelica et Tiny avaient les joues barbouillées de larmes, et des pétales de roses étaient collés sur leurs vêtements. Le visage de Tiny était couvert d'égratignures, ainsi que les bras et le cou d'Angelica. Les épines de roses, comprit Thomas. Angelica ne portait qu'une chemise de nuit en coton sans manches. Tiny était ébouriffé. Parce qu'il s'était battu ou parce qu'il avait fait l'amour ? Les deux, sans doute. Tiny avait un œil qui commençait à tourner au noir, et la lèvre inférieure d'Angelica était enflée. Elle sanglotait doucement.

— Allons, mon vieux, dit calmement Thomas. Pose ce couteau et laisse-la aller.

— Va-t'en ! Laisse-nous régler ça.

Thomas prit le risque d'avancer d'un pas.

— Cela ne réglera aucun problème. Ça va en créer de nouveaux.

Tiny tressaillit comme s'il avait été frappé.

— Non, ce n'est pas vrai, dit-il. C'est ma vie. Ma seule vie. Ne comprends-tu pas ?

Angelica regardait fixement Thomas en silence, les yeux terrifiés. Il s'en voulait de ne pas avoir pris de mesures plus tôt. Il était furieux de constater que l'amour se change si souvent en désastre. Que ce soit la plus vieille, et sans doute la plus triste, histoire dans le livre de la vie. Il ne savait absolument pas quoi faire.

— Je ne comprends pas, dit-il doucement en songeant à Luna qui avait réussi à faire sortir Tiny de sa réserve à la rivière. Explique-moi.

— Nous sommes une famille! Une famille, c'est tout ce qu'un homme est, tout ce qui donne un sens à sa vie. Si je n'ai pas ma femme et mes enfants, mon vieux, que suis-je? Je ne suis pas une merde, mais un fils de pute, cria-t-il, des larmes coulant sur ses joues. Je ne réussis pas à faire en sorte qu'elle m'écoute. Elle ne veut pas m'entendre. Elle a trouvé un autre connard pour s'occuper d'elle à présent, probablement meilleur que moi, hein?

— Pense à Ray, Tiny. Pense à lui. Veux-tu le faire souffrir?

— Non, répondit-il.

Il laissa au moins retomber le bras qui tenait le couteau. Ses épaules s'affaissèrent. Thomas s'approcha un peu plus.

— Je ne veux faire souffrir personne, reprit Tiny d'une voix saccadée. Je veux que nous soyons heureux encore. Je suis prêt à tout pour ça.

Des larmes coulaient aussi des yeux d'Angelica et ses épaules commencèrent à trembler. La tête penchée, elle pleurait silencieusement, accablée de chagrin.

— Ce n'est pas la bonne façon de t'y prendre, Tiny, dit doucement Thomas. Donne-moi ton couteau.

Il fit les derniers pas et tendit la main.

Tiny leva le bras.

— Je ne peux pas aller en prison, mon vieux. Qu'est-ce que mon garçon va penser de moi?

— Ce ne sera pas long, Tiny.

— Non, dit-il en hochant la tête, les yeux remplis de larmes, plus brillants qu'un clair de lune. Je n'ai pas d'avenir sans ma famille.

Il s'essuya les yeux avec la manche de sa chemise, en secouant toujours la tête.

Thomas fut frappé d'horreur en voyant le couteau se balancer dans les airs.

— Tiny, dit-il d'un ton pressant. Tu m'as vu quand Nadine m'a quitté, pas vrai ? Tu te souviens ?

— Ouais, je me souviens.

— J'ai pensé que j'allais mourir de douleur, que cela me rongerait à l'intérieur et qu'il ne resterait rien de moi. J'étais un homme fichu, mon vieux. Vraiment fichu. Je sais que tu t'en souviens.

Tiny écoutait.

— Et regarde-moi à présent. Je suis amoureux, sérieusement. Et son nom va bien avec le mien. Luna et Coyote. Je hurle à cette lune. Elle éclaire toute ma vie. Peut-être que, si vous allez voir un conseiller, tous les deux ensemble, vous allez trouver la manière de former de nouveau une famille. Mais tu n'auras rien de tout ça si tu n'arrêtes pas tout de suite, si tu ne me donnes pas ce couteau et si tu ne sors pas d'ici avec moi. En ce moment même, *Abuela* prie pour toi, dit-il en tendant la main. Elle prie si fort qu'elle va faire une crise cardiaque si tu ne reviens pas à la maison avec moi. Viens.

Tiny ferma les yeux, indécis. Thomas comprit l'épuisement profond qui l'avait rendu fou. Il vit en lui de la douleur, de la solitude et un amour véritable.

Tiny laissa tomber le couteau. Il se pencha, embrassa la tête d'Angelica et se dirigea vers Thomas en titubant. Angelica s'effondra sur le plancher en sanglotant.

— Je t'aime, Tiny. Je t'aime. Je suis désolée.

Merde. Thomas posa la main dans le dos de Tiny.

— Ne t'arrête pas, mon vieux.

Peut-être à cause des prières, peut-être à cause de l'intensité du moment, peut-être parce qu'il était épuisé outre mesure, Tiny ne se retourna pas. Il ne regarda pas en arrière. Il continua d'avancer d'un pas lourd, les mains pendantes à ses côtés. Il attendit pendant que Thomas ouvrait la portière du camion et il ne se retourna même pas quand Angelica vint à la porte pour crier d'une voix brisée :

— Tiny ! Ne pars pas ! Je t'aime. Je suis désolée !

— Appelle la police, Angelica, dit Thomas, ou je vais le faire en arrivant à la maison.

Tiny, les poignets et les pommettes exagérément maigres, se laissa tomber sur le siège sans tourner la tête.

— L'as-tu violée ? lui demanda Thomas d'une voix dure.

Tiny hocha la tête et ôta un pétale de rose sur son jean.

— Elle n'a pas voulu faire l'amour avec moi.

C'était au moins ça. Pas de viol et pas de meurtre. Tout le monde était encore en vie. C'était incroyable combien ce seul fait pouvait parfois avoir de l'importance.

— Tu as besoin d'aide, Tiny.

— Ouais, dit-il, épuisé. Oui, j'en ai besoin.

Après le déjeuner, Elaine demanda aux autres de la laisser seule quelques minutes. Elle se dirigea vers un petit parc. Luna et les filles flânèrent dans un grand magasin et, comme des papillons de nuit attirés par une flamme, se retrouvèrent dans la section du maquillage. Joy, si fière de ses ongles, s'approcha des vernis, pendant que Luna admirait les rouges à lèvres – elle n'en portait jamais, mais se disait toujours qu'elle devrait essayer – et Maggie la suivit, éblouie.

— Qu'est-ce qui te plaît ? lui demanda Luna.

— Le maquillage pour les yeux. Eye-liner, rimmel, ombre à paupières, tout ça.

— Moi aussi. Tes yeux doivent être magnifiques quand tu les maquilles, hein ?

Maggie haussa les épaules, timidement.

— Papa ne me laissait pas le faire trop souvent.

— C'est mieux de garder ça pour des occasions spéciales, surtout un maquillage élaboré, en tout cas. Ma mère dit toujours que le maquillage doit se contenter de mettre en valeur notre beauté naturelle et cacher nos défauts, alors il doit être simple.

Remarque qu'elle ne suit pas toujours ses propres conseils, ajouta-t-elle avec un grand sourire.

Joy éclata de rire.

Elles passèrent ensuite au comptoir des parfums.

— À Atlanta, il y a un magasin qui s'appelle Sephora, dit Joy en hochant la tête avec respect. Quand tu entres là-dedans, il y a plein de couleurs et de lotions, ça sent bon et tout le monde sait ce qui est bon pour toi. C'est un magasin de maquillage comme il n'y en a pas d'autres dans tout l'Univers.

Elle ferma les yeux en signe de révérence.

— Nous irons ensemble un jour, Joy, dit Luna avant de prendre un musc et de humer le goulot. Bien.

Elle en vaporisa un peu sur son poignet, puis le tendit à Maggie.

— Qu'en penses-tu ?

Celle-ci lui fit signe qu'elle était d'accord, en haussant les sourcils. Une gaieté feinte. Elle devait commencer à être fatiguée.

— J'aime celui-ci, dit-elle en tendant à Luna une petite bouteille.

Essence de roses. Luna fut surprise de constater à quel point l'odeur était agréable.

— Ça sent très bon. D'habitude je trouve l'odeur de rose trop sucrée pour moi.

En plissant les yeux, elle le huma de nouveau. La senteur lui rappelait un après-midi d'été, de l'herbe, du soleil et un mélange de roses, que la chaleur force à exhaler tout leur parfum.

— Achetons-le, hein ? Je vais l'acheter pour toi, mais tu devras me laisser en mettre un peu.

— Non, ce n'est pas correct. Je veux dire, je n'ai pas dit que ça sentait bon pour ça.

Luna sourit.

— Je sais bien. Mais ce parfum te va bien, c'est tout. Tu as l'air d'une fille qui devrait sentir la rose.

— C'est vrai ?

— Oui, dit Joy. Tout à fait. Maman, tu es géniale. Et moi, que devrais-je sentir ?

Luna pencha la tête, plissa les yeux… et éclata de rire. Elle regarda autour d'elle pour trouver le parfum auquel elle pensait. Elle le découvrit, enfermé sous clé dans une étagère vitrée.

— Je sais exactement ce qu'il te faut. Mademoiselle? dit-elle en apercevant une vendeuse à un comptoir voisin. Pouvons-nous avoir de l'aide?

La jeune fille, émoustillée à l'idée de faire une vente, se hâta. Elle sortit la bouteille de parfum que Luna lui indiquait et l'offrit à Joy, qui resta bouche bée.

— Oh, c'est magnifique! Qu'est-ce que c'est?

Luna rit.

— C'est Joy, un des parfums les plus anciens et les plus estimés du monde.

Joy renversa la bouteille et ouvrit tout grand les yeux.

— Et un des plus chers.

— Ouais, mais j'ai des gains du casino à flamber… et nous fêtons. Nous allons le prendre, avec cette bouteille d'Essence de rose, s'il vous plaît.

— Et toi, maman? Tu mérites bien un bon parfum pour avoir arrêté de fumer.

— Je n'arrive jamais à me décider, avoua-t-elle en tendant sa carte de crédit. Je vais y réfléchir, d'accord? Peut-être vais-je finir par trouver un parfum qui deviendra comme ma signature.

— Comme grand-maman et son Jean Naté.

— Exactement.

— Je pense que votre odeur est très bien comme elle est, dit Maggie. Vous sentez le soleil, on dirait.

— Merci, mon trésor, dit Luna, touchée.

Une fois les parfums emballés et payés, Luna s'aperçut qu'elles avaient pris beaucoup de temps. Mais, en se dirigeant vers la sortie, elle pensa à Elaine.

— Attendez, dit-elle. Je veux acheter un parfum à Elaine aussi. Que porterait une chanteuse de blues selon toi, Joy? Quel est ton avis?

— Quelque chose de vraiment sexy et féminin.

— Du musc, dit Maggie. Le musc que nous avons senti tout à l'heure.

— Parfait.

Elles retournèrent en vitesse acheter le troisième flacon. C'était une journée importante. Elles avaient toutes besoin de quelque chose pour s'en souvenir, pour la fixer dans leurs mémoires. Luna avait eu sa Barbie. Les autres auraient du parfum.

Elaine les attendait à côté de la voiture, visiblement impatiente, les bras croisés et l'air renfrogné.

— Nous t'avons acheté un cadeau, dit Joy, lui tendant cérémonieusement la boîte.

L'impatience disparut aussitôt.

— Vraiment? Qu'est-ce que c'est?

— Ouvre-la, tu vas bien voir.

Elaine lança un regard à la fois perplexe et heureux à Luna, qui sentit son cœur se serrer. Pourquoi n'avait-elle jamais pu comprendre que sa sœur avait seulement besoin d'être un peu dorlotée? Quand elle eut déchiré l'emballage, Elaine parut embarrassée.

— Du parfum?

— C'est un parfum pour chanteuse de blues, dit Joy. Sens-le. Il est tellement sexy.

Elaine se mordit la lèvre.

— Je ne suis pas très sexy.

— Tu vas l'être avec ce parfum, dit Luna. Mets-en un peu.

Elaine s'exécuta en riant.

— Oh! C'est vraiment bien. Merci.

Elle serra Joy dans ses bras.

— C'était l'idée de maman, pas la mienne.

— Merci, Lu, dit-elle, les yeux dans l'eau derrière ses lunettes. Pour toute la journée.

Luna la prit dans ses bras.

— Merci, sœurette. Merci beaucoup.

Maggie sortit son parfum.

— Vous vouliez mettre un peu du mien, pas vrai? demanda-t-elle à Luna.

— Absolument!

Elle en vaporisa à l'endroit où son pouls battait. Il restait un soupçon de musc sur son poignet gauche, et l'odeur se mêla parfaitement avec celle des roses d'été. Tout à coup, elle sentit le besoin de voir Thomas de toute urgence. Elle avait été stupide la veille au soir. Stupide.

— Venez, les filles. On rentre.

Elaine les déposa chez Luna et poursuivit sa route pour retourner chez elle. Luna ne pouvait même pas imaginer marcher les trois pâtés de maisons. Elle saisit ses clés et dit aux filles qu'elle serait bientôt de retour.

— Amuse-toi bien, chantonna Joy en se penchant vers Maggie, qui se mit à rire.

C'était une journée éclatante, claire et fraîche, après les vents de la veille. En constatant que le camion de Thomas n'était pas là, Luna sentit son cœur se serrer. Peut-être était-il simplement parti faire une course et reviendrait-il sous peu. Elle irait vérifier. Même si, pour cela, elle devait affronter Placida, pour la première fois depuis la nuit où elle l'avait sortie de force de sa maison. Cela lui paraissait bien loin. En gravissant l'escalier fait de traverses de rails qui menait à la maison, elle aperçut la vieille femme, assise dans une berceuse, sur la galerie, les épaules recouvertes d'une veste aux couleurs vives, un rosaire dans les mains, comme toujours. Ses pieds ne touchaient pas tout à fait le sol. L'estomac de Luna ne fit qu'un tour.

Barbie se manifesta pour la première fois de la journée. « Tu as peur d'elle ! » s'exclama-t-elle en riant.

Luna accrocha un sourire sur son visage. Oui. Oui, elle avait peur. Elle s'arrêta au pied de l'escalier qui menait à la galerie.

— *Buenos días, Señora,* dit-elle.

Cela devrait être assez respectueux. Incapable de trouver comment demander en espagnol si Thomas était là, elle posa la question en anglais.

— Thomas est-il là ?

Placida recourba son doigt pour lui faire signe de s'approcher. Un peu nerveuse, Luna lui obéit et s'assit dans le fauteuil voisin de celui de la vieille femme. Elle n'avait pas l'air bien.

Son visage était pâle. Derrière ses lunettes, ses yeux semblaient fatigués.

— Est-ce que ça va ?

Impulsivement, Luna lui toucha la main et trouva qu'elle avait la peau moite.

Placida retourna sa main pour serrer celle de Luna.

— C'est un homme bon.

— Oh ! oui. C'est vrai.

Placida acquiesça. Elle inspira ensuite, porta sa main libre à sa poitrine, poussa un soupir et ferma les yeux.

Luna ne saisit pas tout de suite ce qui se passait. Jusqu'à ce que le rosaire que Placida tenait dans la main droite tombe sur ses genoux et que son étreinte se relâche sur la main de Luna.

— *Abuela ?*

La vieille dame s'affaissa vers l'avant, et Luna réussit tout juste à la retenir, ses os aussi légers que ceux d'un oiseau. En la prenant dans ses bras pour la bercer, Luna sentit que la vie avait quitté son corps. Un instant, elle se demanda quoi faire. Finalement, elle transporta Placida dans la maison, par la porte ouverte, et la déposa sur un canapé. La pièce était beaucoup plus belle que Luna ne l'avait prévu, remplie d'objets en bois que, devina-t-elle, Thomas avait sculptés. Il y avait un téléphone sur une table à côté du canapé et, même si elle savait qu'il serait trop tard, elle composa le 911 pour la deuxième fois en deux jours.

Elle s'assit ensuite pour attendre dans la pièce inondée de soleil. Le visage de Placida était serein, calme, presque… joyeux. Sans réfléchir, Luna prit la main de la vieille dans les siennes, comme si cela pouvait lui apporter du réconfort. Elle entendit un camion arriver à l'extérieur et vit Thomas gravir les degrés qui menaient à la porte avant, l'air maussade. Tiny le suivait plus lentement.

Luna attendit. Ils entrèrent tous les deux à l'intérieur. Luna s'aperçut que Tiny s'était battu et qu'il était complètement atone, à tel point que Thomas dut plus ou moins le conduire à un fauteuil et l'y asseoir.

— Reste là. Je vais appeler la police.

Mais quand il vit Placida, étendue sur le canapé, son visage s'illumina d'un sourire paisible. Il se laissa tomber à genoux à côté d'elle, lui prit les mains et les embrassa.

— *Te quiero, Abuelita,* murmura-t-il avant de retirer ses lunettes. *Te quiero,* répéta-t-il en l'embrassant sur le front. Bonne route !

En retenant ses larmes, Luna alla se placer près de Tiny, pendant que la sirène de l'ambulance retentissait à l'extérieur. Les ambulanciers se précipitèrent bruyamment à l'intérieur, l'air affairé. L'un d'eux reconnut Luna pour l'avoir vue la veille.

— Doux Jésus ! Vous êtes comme la veuve noire, hein ?

— On dirait.

— Que s'est-il passé ? demanda Thomas.

— J'étais venue pour te voir, dit-elle en cherchant son regard pour lui faire comprendre ses intentions sans les formuler. Elle était assise là, elle m'a parlé un moment, puis elle a simplement... pris une inspiration et elle a perdu conscience.

— Je pense qu'elle faisait une crise cardiaque quand je suis parti...

Il grogna en jetant un regard furieux à Tiny. Il hocha ensuite la tête.

— Que t'a-t-elle dit ? demanda-t-il.

Luna se détourna.

— J'aime mieux ne pas le dire pour l'instant.

Il pencha la tête.

— D'accord. As-tu compris ce qu'elle te disait ? demanda-t-il en fronçant les sourcils.

— Bien sûr, dit Luna. Elle a parlé en anglais. Ou murmuré, en réalité.

— Elle a parlé en anglais ? demanda Tiny, l'air incrédule.

Thomas éclata de rire.

— Je ne comprends pas, dit Luna.

— Je t'expliquerai plus tard.

Thomas prit la main de Luna et la porta à ses lèvres.

— Je veux savoir ce qu'elle a dit. Ne pars pas. Ça va être la pagaille ici, mais ne pars pas. D'accord ?

— Promis.

Il prit le téléphone.

Luna se laissa tomber à côté de Tiny.

— Ça va?

Il hocha la tête.

— Il appelle la police pour qu'on vienne m'arrêter. Je suis allé chez Angelica. Nous nous sommes battus, dit-il en ouvrant et en fermant les mains. J'ai pris un couteau. J'avais l'intention de la tuer et de me tuer ensuite.

Un courant glacial parcourut la colonne vertébrale de Luna. Elle posa la main sur le bras de Tiny.

— Oh! Tiny. Je suis désolée. Angelica est-elle blessée?

— Non, dit-il. Je n'ai pas fait ce que j'avais prévu.

— C'est une bonne chose, Tiny. Vraiment une bonne chose.

— Je vais me retrouver en prison pour un certain temps à présent.

— Ouais, probablement. Mais ce ne sera pas pour toujours, dit-elle en lui passant la main dans le dos. Peut-être verrez-vous les choses plus clairement ensuite.

Elle vit sa mâchoire frémir et s'aperçut qu'il fermait et ouvrait les mains sans cesse parce qu'elles tremblaient terriblement.

— Je n'ai pas le droit de vous le demander, mais viendriez-vous me voir là-bas? Juste pour parler?

Il leva vers elle des yeux remplis de chagrin, de douleur et de regret.

C'était ce genre d'expression, un désespoir prêt à s'accrocher au plus petit rayon de lumière, qui l'avait amenée à choisir le travail de thérapeute. Elle n'avait jamais voulu faire des masses d'argent. Elle ne s'était jamais préoccupée du prestige qu'il pouvait y avoir dans le fait d'être psychologue. Elle voulait simplement tendre la main à des gens qui étaient convaincus que personne ne le ferait pour eux. Et peut-être, ayant été tellement dépourvue elle-même, ayant touché le fond et s'en étant sortie, était-elle maintenant mieux préparée à offrir cet espoir. Si ça ne lui avait rien donné d'autre, ça lui avait au moins apporté de la compassion. Comme ça l'avait fait pour son père.

— Bien sûr, dit-elle. J'aimerais beaucoup cela.

Elle devrait probablement le faire dans un cadre officiel. Elle s'en occuperait immédiatement, en faisant renouveler son droit de pratique.

De toute façon, il était temps.

Trois heures plus tard, Tiny avait été arrêté et le corps de Placida transporté à la morgue, pour être ensuite apporté à l'établissement de pompes funèbres. Nadine et James étaient repartis, en promettant de revenir pour le service, trois jours plus tard. Luna appela les filles pour leur dire ce qui se passait et pour s'assurer que tout allait bien de leur côté. Elles mangeaient de la pizza en regardant un film comique à la télévision et en se vernissant les ongles. Maggie avait parlé à sa grand-mère, qui était en route pour rentrer chez elle, mais qui arriverait tard. Elle voulait savoir si elle pouvait rester une nuit de plus.

— Bien sûr, dit Luna.

À la tombée du jour, Thomas vint la rejoindre dans la cuisine. Luna avait préparé du café.

— J'espère que ça ne t'ennuie pas.

— Pas du tout. Ça sent bon, dit-il en se laissant tomber à la table et en se frottant le visage. Doux Jésus, quelle journée ! Verse-m'en une tasse, veux-tu ?

Le chat tournait autour des chevilles de Luna en ronronnant.

— Que veux-tu, chaton ? demanda-t-elle.

— C'est Ranger, dit Thomas, un sourire dans la voix.

En riant, Luna posa une tasse devant lui, puis elle prit le chat.

— Salut, Ranger. Que veux-tu ?

En ronronnant, il se cacha la tête sous son menton. Sa fourrure était douce et épaisse. Elle avait oublié combien c'était agréable d'avoir un chat qui se blottit contre soi.

— Les chats me manquent. C'est peut-être ce que tu as compris, hein ? dit-elle.

— Viens t'asseoir avec moi, Luna, dit doucement Thomas.

Elle posa le chat à terre et se glissa sur la chaise voisine de la sienne. Avec un soupir, il passa un bras autour d'elle et laissa tomber sa tête sur son épaule. Le poids était juste bien, il lui convenait parfaitement.

— Pourquoi étais-tu venue ?

— Parce que j'ai l'impression de m'être comportée comme une idiote hier soir et que je voulais te le dire.

— Tu as été idiote.

Elle rit doucement.

— Ce n'est pas poli d'être d'accord avec une femme qui essaie de s'excuser.

Il se frotta le nez sur son cou.

— C'est ce que tu fais ?

— Oui, excuse-moi d'avoir douté de toi. Tu as raison, tu ne m'as jamais menti. On dirait bien que tu ne mens jamais.

— C'est vrai.

Il la serra plus fort contre lui, en passant son autre bras autour d'elle.

— Viens t'asseoir sur mes genoux, j'ai envie de te prendre.

— Je suis trop lourde. Je vais t'écraser.

— Viens.

Il se redressa pour lui faire de la place. Luna s'installa doucement, mais les jambes de Thomas lui parurent solides sous son poids. Elle se détendit, et il l'entoura de ses bras.

— Je suis amoureux de toi, dit-il. Ça s'est vraiment passé vite, mais c'est peut-être seulement parce que c'est bien, tu comprends ?

Elle sentit son cœur bondir en entendant le ton chaud et rauque de sa voix.

— Je suis amoureuse de toi, moi aussi, murmura-t-elle en se sentant si bien de simplement le dire.

Laisser aller le cours des choses. Elle passa les bras autour de ses épaules et, à son tour, posa son nez dans son cou. Elle eut le vertige, tout était tellement bien.

— Tu sens les roses, dit-il.

— J'ai acheté du parfum aux filles.

— Comment va Maggie ?

— Ça va aller. Et toi ?

409

— Ça va. Mais bon Dieu, qu'elle va me manquer, dit-il en la serrant plus fort, la voix enrouée par les larmes qu'il n'avait pas versées.

— Je sais.

— Que t'a-t-elle dit?

Luna se redressa et posa les mains sur le visage de Thomas.

— Elle m'a dit que tu étais un homme bon.

— C'est vrai, dit-il.

— Oui, c'est vrai.

Luna l'embrassa.

— Je suis si heureux qu'elle ait mis le feu à sa maison. Sinon, je ne t'aurais jamais rencontrée.

— Moi aussi, dit-elle.

— Est-ce un départ, Luna?

— Un départ?

— Vas-tu me laisser t'aimer? Même si je ne peux pas te promettre que nous vivrons heureux ensemble pour toujours?

— Oui, murmura-t-elle en lui caressant le visage. Je suppose que les choses s'arrangent parfois.

— J'ai un bon pressentiment, dit-il.

— Moi aussi, Thomas, dit-elle en l'embrassant très doucement. Moi aussi.

Tiré de *Travellady Magazine* :

Día de los Muertos
Par David Schultz

El Día de los Muertos, ou jour des Morts, est une fête mexicaine traditionnelle en l'honneur des morts. La tradition se poursuit partout où il y a une population hispanique d'une certaine importance, comme ici, au Nouveau-Mexique.

Au cours des festivités, on voit divers genres de squelettes qui dansent et qui chantent; des silhouettes découpées dans du papier de soie, qu'on appelle *papel picados*; des chandelles et des lampions pour aider les défunts à trouver leur route; des guirlandes et des croix décorées avec des fleurs en papier ou en soie; et des fleurs fraîches de la saison, surtout des *cempazuchiles* (soucis) et du *barro de obispo* (crête de coq). Parmi les douceurs qu'on offre aux morts, il y a des crânes et des cercueils en sucre ou en chocolat et des pâtisseries, spécialement des petits pains sucrés qu'on appelle *pan de muerto,* qui sont fabriqués en différentes tailles et qui sont décorés avec des morceaux de pâte en forme d'os. Toutes ces douceurs représentent la *ofrenda de muertos* (offrande pour les morts) de la part de celui qui les achète.

On croit que les esprits des morts viennent faire une visite à l'occasion de cette fête et un repas leur est servi pour les soutenir pendant le voyage... *El Día de los Muertos* n'est pas un moment de tristesse ou de souffrance, mais une célébration du bon vieux temps et un souvenir du bonheur partagé dans le passé. Prenez un jour de congé et dansez avec les défunts. Vous ne le regretterez pas.

Vingt-six

Le journal de Maggie

2 novembre 2001,
Día de los Muertos

Cher Tupac,
Luna, c'est la maman de mon amie, dit que c'est tout à fait
correct de t'adresser mon journal si je me sens bien en le faisant,
et je ne pense pas que ça te gêne, alors je vais continuer à le
faire. Excuse-moi de ne pas avoir écrit depuis si longtemps, mais
il s'est passé bien des choses.
Premièrement, maman va mieux, enfin. Elle a failli mourir
d'une surdose, qui était surtout un accident, mais ça l'a amenée
à se faire traiter, et elle a passé trois semaines à l'hôpital, puis
deux autres semaines à y aller tous les jours. Ils lui ont donné
plusieurs médicaments, mais surtout un qui est censé l'empêcher
d'être si déprimée. Elle s'est aussi jointe à un groupe de soutien
pour les gens en deuil et ça semble l'aider. De toute façon, elle
va beaucoup, beaucoup mieux et si ça continue à s'améliorer
pendant un autre mois, les docteurs vont me laisser retourner
vivre avec elle. Je reste actuellement avec grand-maman, ce qui
n'est pas si mal. Quand c'est arrivé, tout le monde s'inquiétait
pour moi et tout le monde était désolé de ne pas s'être rendu
compte à quel point ça allait mal, mais je n'en veux à personne.
Luna dit que c'est tout à fait normal pour les enfants de se sentir
responsables de leurs parents et d'en prendre soin, alors, même
si j'étais dépassée par les événements, je faisais des choses
normales. C'est amusant de sortir avec Ricky – je veux dire
Ricardo (il ne s'est jamais appelé Ricardo avant, il a commencé

ça récemment, mais c'est bien, je suppose, sauf que ça me fait penser à Ricky Ricardo dans I love Lucy[1]*). Joy et lui sortent toujours ensemble et ils semblent s'aimer beaucoup. Joy a commencé à changer d'allure ces derniers temps aussi. Elle a même porté une jupe pour aller au collège un jour, un truc à taille basse, qui laissait voir son anneau dans le nombril. Yvonne a failli péter les plombs, mais elle laisse Joy tranquille à présent parce que trop de gens l'aiment. Les autres sont jaloux de moi parce que je suis sa meilleure amie, mais on a traversé bien des épreuves ensemble, tu sais. C'est profond.*

Joy a failli être obligée de retourner à Atlanta, parce que son papa, le connard, voulait ravoir la garde de sa fille. Mais sa femme April l'a quitté parce qu'il la trompait et elle a promis qu'elle témoignerait en faveur de Joy, alors il a reculé. Ils sont venus en visite après que c'est arrivé et les petits frères de Joy sont mignons comme tout.

Deuxièmement, mon professeur d'anglais a envoyé un de mes poèmes à un magazine et ils vont le publier!!!!!!!! Elle dit que c'est vraiment bien pour une fille qui n'a que quinze ans. Je vais même avoir de l'argent, 25 $. Ils ont écrit la nouvelle dans le journal de l'école, et ça s'est même rendu dans le journal de Taos!

Mais voici ce dont je voulais vraiment te parler : Día de los Muertos. *C'est aujourd'hui. Le jour des Morts, au cas où tu ne le saurais pas. C'est vraiment un truc super et ç'a été extraordinaire aujourd'hui. Maman, grand-maman, moi et... oh! tout le monde, nous sommes allés au cimetière pour nous occuper de la tombe de papa. On avait apporté une variété de soucis, des petits bonbons en forme de squelettes et son mets préféré, les* tamales *de maman, qu'elle avait vraiment préparés à partir de rien, pour l'occasion, pour que tout le monde en mange. Elle portait sa robe verte, la préférée de papa, et elle avait apporté un peu de bière pour en verser sur sa tombe. On a ensuite*

---

1. Télésérie comique américaine, diffusée entre 1951 et 1961 et dont on a présenté des reprises pendant de nombreuses années. Ricky Ricardo était le fils de Lucy. *(N.d.T.)*

partagé le reste, tout le monde en a bu une gorgée. Elle a pris un peu de poids et elle avait l'air si jolie que j'ai vu beaucoup d'hommes qui la remarquaient, alors, quand elle sera prête, il y aura un nouveau mari pour elle.

Beaucoup de gens vont s'occuper de la tombe de leurs familles, nous avons rencontré toutes sortes de personnes, et elles ont toutes été très gentilles avec maman. Nous avons vu Thomas, Joy et Luna, qui étaient venus s'occuper de la tombe de madame Ramirez. Maman a voulu s'arrêter là aussi, et je me suis rendu compte que la vieille dame me manquait un peu. J'ai raconté à maman que j'étais allée la voir pour lui demander de l'aide, à quel point elle avait été gentille ce jour-là, et Thomas m'a serré l'épaule.

Ensuite, maman et moi, nous sommes allées chez Luna et Joy pour le dîner. C'était une grande fête – il y avait toutes sortes de gens, mais presque seulement des femmes, sauf pour Thomas et pour ce type, qui s'appelle Frank, qui est le mari de la grand-maman de Joy. Il y avait une poupée Barbie au milieu de la table, la vieille démodée et toute sale que Luna a rapportée du ranch, mais c'était évidemment pour ça qu'elle était là. Parce qu'elles ne savent pas où Jesse est enterré ou que c'est trop loin. Alors elles l'ont honoré à la maison avec ses mets préférés. Elles ont fait jouer les Beatles toute la soirée, puis Elaine a annoncé qu'elle allait chanter dans un café, à Taos, la semaine prochaine, et qu'elle aimerait ça si tout le monde y allait. Elle était toute timide et elle a rougi en le disant, mais on voyait combien elle était fière aussi. Joy m'a fait un clin d'œil, en inspirant profondément, alors je l'ai imitée et j'ai senti le parfum de chanteuse de blues.

Ç'a été une des plus belles journées de ma vie. Alors que j'étais assise là, à regarder tout le monde, avec maman juste à côté de moi, la lumière de la lampe qui tombait sur tous ces gens qui riaient et tout l'amour qu'il y avait dans la pièce, j'ai senti papa à côté de moi, juste un instant. Qui nous aimait, maman et moi, qui nous voyait. Je pouvais presque sentir son odeur. Et mon cœur s'est gonflé, comme tu ne peux pas l'imaginer, et il a failli éclater de bonheur.

J'ai gardé quelques soucis et je les ai mis sur la châsse que j'ai fabriquée pour toi, étant donné que je ne sais pas où est ta tombe. Je suppose que ça te fait plaisir qu'on se souvienne de toi, vu que tu es mort si jeune. J'ai aussi allumé une bougie pour toi et, assise là, songeant à papa, à maman, et à tout ce qui s'est passé, j'ai vu le billet d'un dollar sur lequel il est écrit « Tupac is alive », celui que j'ai eu le jour de l'enterrement de papa. Et j'ai enfin compris ce que papa essayait de me dire. Qu'on est vivant même lorsqu'on est mort, tant que quelqu'un se souvient de nous. Tu es vivant dans mon cœur, tout comme papa, parce que je me souviens de toi. Je vais essayer de savoir quel est ton mets préféré et j'en mangerai l'année prochaine.

Et j'ai pensé, assise là, que la vie est parfois très difficile. C'est ainsi. Il arrive des choses qui te donnent envie de mourir, mais si tu tiens bon, ça finit par s'améliorer. Je pense que je devrais écrire un poème là-dessus.

Amitiés,

Maggie